初国卿　黄文兴 / 主编

辽海散文大系

本溪卷

王重旭　刘兴雨 / 编

线装书局

图书在版编目（CIP）数据

辽海散文大系. 本溪卷 / 初国卿，黄文兴主编；王重旭，
刘兴雨编 . -- 北京：线装书局，2022.1
ISBN 978-7-5120-4889-8

Ⅰ.①辽… Ⅱ.①初… ②黄… ③王… ④刘… Ⅲ.①散文集—
中国—当代 Ⅳ.① I267

中国版本图书馆 CIP 数据核字（2022）第 016395 号

辽海散文大系. 本溪卷
LIAOHAISANWENDAXI.BENXIJUAN

主　　编：初国卿　黄文兴
编　　者：王重旭　刘兴雨
责任编辑：林　菲
出版发行：线装書局
地　　址：北京市丰台区方庄日月天地大厦 B 座 17 层（100078）
电　　话：010-58077126（发行部）010-58076938（总编室）
网　　址：www.zgxzsj.com
经　　销：新华书店
印　　制：廊坊市海涛印刷有限公司
开　　本：710mm×1000mm　1/16
印　　张：24.25
字　　数：434 千字
版　　次：2022 年 1 月第 1 版第 1 次印刷

线装书局官方微信

定　　价：68.00 元

总 序

初国卿

　　时入小暑节气，沈阳不再清凉。这几天我都会坐在楼前皂角树下的浓荫里，看一两个小时的稿子，是著名作家和书法家李正中先生刚刚编就的一部散文集《浅梦抄》。李先生今年 97 岁了，80 年前他的书法作品就获得过东北地区书法展的金奖，同时还出版过两部散文集，如今他还在写散文，还要出版集子，并嘱我作序。读他的散文，让我不觉暑热在身；同时也让我感到组织策划这套"辽海散文大系"更有信心。

　　"辽海散文大系"的策划与出版是辽宁省散文学会的集体创意。在整个过程中，学会秘书处和各市卷编委会及主编都费了很多的心思。此事对辽宁地区的散文创作与文化繁荣无疑是一件有益的尝试。所以，我和散文学会诸同人深感责任在肩，同时也为辽宁文学史上这第一部"散文大系"的面世而自豪。

　　在当下的中国文学创作领域，散文无疑是诸文体中最繁荣的。其实这也是中国文学之本源，传统文化发展传承之必然。因为仓颉造字，易结绳而治，文字的根本意义就是记事，这也是散文之滥觞。到了春秋战国，孔子说"焕乎其有文章"，于是"夫子之文章可得而闻"，这显然是文字之上，又加了些许文采。至于文章的内容，或如《梁书·文学传》所言："妙发性灵，独拔怀抱。"或如《北齐书·文苑传序》所道："达幽显之情，明天人之际。"或如《元史·儒学传》所说："六经者道之所在，文则所以载夫道者也。"而这"六经"之中，除《诗经》外，则全系散文。东晋以后，图书典籍以"四库"名之，而这"四库"之中，也多是散文，如经部几乎全是广义的散文；史部中，如司马迁的《史记》等，也都是散文之列；子部，除了少数几种外，绝大多数也都属于狭义散文；而集部，除了诗唱外，似可都能归入狭义的散文里。总之，无论是从数量上观，还是从质量上看，中国古来的文章从来都是以散文为主的，韵文系情感满溢之时的偶一发挥，不可多得，不能强求的东西。

　　如此繁兴的文体，在辽海文化的历史上自然也有着灿烂的一页。翻开一部辽宁文学史，早在先秦时期，就有箕子的《洪范》等篇，影响很大。进入两汉魏晋南北朝时期，如汉末时的公孙渊，"辽东三杰"管宁、邴原、王烈，三燕时期慕容廆、慕容皝、韩恒、冯跋，北朝时的韩显宗、高谦之、高恭之、韩秀等都有散文作品传世。其中如公孙渊的《上孙权表》、管宁的《辞辟别驾文》、慕容皝的《与晋太尉陶侃笺》、韩秀的《敦煌移就凉州文》等，堪称名作。辽金时期，散文创作有成就者如王鼎、张琳、耶律纯、王庭筠、王寂、李术鲁端仁等，都有作品传世。元明时期的散文作家，主要有耶律楚材、贺钦、秦桐、冯惟敏、毕恭、范鏓、佟卜年、徐景嵩、刘琦、王慎中、周祚、王英等。其中耶律楚材的《西游录》《贫乐庵记》《苗彦实琴谱序》，贺钦的《辽右书院记》《辞职陈言疏》，冯惟敏的《重修三义祠碑记》，范鏓的《重迁复州学记》《增建河东土堡记》，刘琦的《具瞻亭记》，王慎中的《游凤凰山记》，周祚的《游医巫闾山记》，王英的《广宁建学记》等，不管是议论还是写景，都不失为散文中的杰作。

　　进入清代，辽宁地区的散文创作也进入了一个高峰，如范文程、佟世思、郝浴、董国祥、陈梦雷、博明、纳兰常安、金科豫、章经、范勋、王尔烈、梁拱辰、陈一炳、年仲隆、刘大观、项蕙、吕耀曾、屠精忠、魏燮均、姚斌椿、张德彝等一大批官员、学者，都是散文中的高手。其中如郝浴的《银冈书院记》《铁岭异燕记》，董国祥的《银冈书院记》，陈梦雷的《游千山记》，佟世思的《鲜话》，博明的《凤城琐录》，纳兰常安的"盛京四赋"，即《盛京瓜果赋》《盛京蔬菜赋》《盛京物产赋》《盛京人物赋》，金科豫的《解脱纪行录》，章经的《巨流河辞》，范勋的《锦石赋》，王尔烈的《游千山记》，梁拱辰的《奉天府文庙记》，刘大观的《锦县泮池并记》，吕耀曾的《奉天试院记》，魏燮均的《农神庙碑记》《龙首山慈清寺碑记》等，都名冠一时。而姚斌椿的《乘槎笔记》《海国胜游草》和张德彝的《航海述奇》则开创海外游记之先河，在当时很有代表性。再有乾隆皇帝写沈阳的《盛京赋》和《文溯阁记》，也颇为有名，并流传海外，有着广泛的影响。

　　民国和东北沦陷时期，辽宁的散文也没有停止发展，并有许多作家在散文创作中卓有成就，如金毓黻、金梁、杜重远、萧军、杨絮、陈陡、杨慈灯、白朗、金音、李正中、铁汉、吕公眉等。

　　新中国成立后，辽宁的散文创作走上健康发展之路，尤其是改革开放以来，辽宁省散文学会成立，散文创作队伍不断扩大，并涌现出许多优秀的散文作家和作品。从2000年开始，辽宁的散文创作进入蓬勃发展的时代，散文学会不断壮大，会员增至近2000人；散文专业刊物如《辽海散文》越办越好，省市报刊的散文栏目也广受欢迎；不同题材的散文作品集接连出版，每年新书达数百种；许多省内的散文作家创作出了一批高质量的优秀作品，并在全国产生很大影响。

"五四"以来的散文，已与古代传统意义上的散文大有不同，这是现代散文的时代，同时也是全民参与的创作。但正是这种全民参与性，又给当下的散文创作以重要启示：一个民族或一个时代的散文创作，要想保持良好的情景和健康的生态，除了吸引更多的写作者投身其中，组成尽可能广泛的群众性的创作队伍之外，还有一个关键的不可或缺的重要条件，这就是精英散文家的始终在场和高品质作品的问世。毋庸讳言，当下的辽宁散文创作，虽然作者众多，文章大量涌现，作品集不断出版，也不乏精品问世，但终究还是庸庸泛泛者众，精品少见。许多作品缺少的是深切的人文关怀、执着的独立思考和沉潜的艺术探索。从这个意义上说，辽宁虽然是一个散文大省，但还不是一个散文强省。

如何能让辽海在散文创作上成为一个强省，这需要多方面的因素，但有一点是我们自己可把握的，那就是力争我们个体创作的高质量，从而出现更多的精英散文家和高质量散文。如何提高当下和未来散文创作的质量，我想不妨在余光中《剪掉散文的辫子》中提出的"弹性、密度和质料"上下点功夫。关于这三个方面，余光中给出的解释是：所谓"弹性"，是指这种散文对于各种文体各种语气能够兼容并包融和无间的高度适应能力；所谓"密度"，是指这种散文在一定的篇幅中（或一定的字数内）满足读者对于美感要求的分量，分量越重，当然密度越大；所谓"质料"，更是一般散文作者从不考虑的因素，它是指构成全篇散文的个别的字或词的品质。如果我们的创作能解决好这三个方面的问题，我相信，辽海散文一定会有一个新的高度。

除此之外，我们的散文创作还要在选题上多讲究一些。当下的散文创作泛泛之作太多的一个重要原因就是选题过于一般，这也是全民写作时代散文创作中的一个通病。天下文章，都有选题一说，绝不是什么内容均可入文的，尤其是在全媒体"小众阅读"时代，选题更为重要。民国时期，梁实秋先生曾在《新月》上发表过一篇论散文的文章，其中有一段说："近来写散文的人，不知是过分的要求自然，抑过分的忽略艺术，常常的沦于粗陋之一途。无论写的是什么样的题目，类皆出之以嬉笑怒骂；引车卖浆之流的语气和村妇骂街的口吻，都成为散文的正则。像这样恣肆的文字，里面有的是感情，但是文调，没有！"尽管当时这段话受到了郁达夫的批评，但我还是认为梁实秋说得很有道理。散文选题选对了，自然就有"文调"，如果再解决好了"弹性、密度和质料"上的问题，则散文创作自然就会跃上一个新的高度，散文强省的目标也就不难实现。

如今，"辽海散文大系"的选题已开始组织实施，第一本"抚顺卷"即将付梓。这是一套全面整理辽宁地区以 21 世纪十几年间散文创作为主的大型系列丛书，大系拟分 14 卷本出版，即全省每市一卷。力求网罗十几年来辽宁散文创作的主要成果，从当代散文创作的各个角度，重新梳理辽海散文创作，从中检验队伍，总结规律，并建立一个相对完善的当代散文资料体系和阅读文库，以展现辽海散文的丰富内涵和多彩面貌，从而推动全省散文创作的繁荣和进步。

辽海散文人才济济，前边说 97 岁高龄的李正中先生仍在创作，而在我们省散文学会的会员里，也有十几岁就出版散文集的文学少年，还有一家三代、夫妻双双、母女共写、父子同创的会员，他们都有优秀文章问世，或有作品集出版。辽海散文创作文脉绵延，代不乏人，未来会大有希望。这也是我们编好这套"辽海散文大系"的基础和信心。

刚刚做完白内障手术出院的李正中老人为"辽海散文大系"题写了书名，他和我说：这套书编得好，辽海文章，希望在散文。

借李老之吉言，愿我们这套书能尽快出齐出好！

丙申蒲月于盛京浅绛轩

本卷序

王重旭

1

著名散文家、收藏家、学者初国卿先生在担任辽宁省散文学会会长伊始,便提出编选《辽海散文大系》的动议,得到各市的积极响应。

这部散文大系的编辑出版,不仅可以全方位展示我省各市散文创作的丰硕成果,也可以调动全省散文作家的创作积极性。而且,编辑这样一部作品,不仅对一个城市的文学创作是一个全面的总结,也是一部值得收藏和对外进行交流的文学珍品。

从文学的分类角度来说,除小说、诗歌、戏剧、报告文学外,其他的文学样式差不多都可以纳入散文的范畴。所以,在我们的这本大系中,就涵盖了散文、游记、回忆录、随笔等,可谓五光十色,琳琅满目,丰富多彩。

可以说,对本溪的散文创作成就,我们还是很有些"文学自信"的,完全有资格自立于全省或者全国散文之林的。这不是孤芳自赏、自我陶醉,而是实实在在的文学成就摆在那里。

本溪的散文创作有一个较大的群体,也有一个非常好的传承。他们的作品视野开阔,文笔纵横捭阖,汪洋恣肆,风格多样,个性鲜明,从不拘泥。

而且,本溪的散文创作以其深刻的思想性著称,散文作品极少卿卿我我,极少风花雪月,始终坚持独立思考,不做无病呻吟,这也是本溪散文创作的一个鲜明特征。

这些年,本溪的散文作品有的入选《散文选刊》;有的发表于《当代》《散文》《随笔》《散文百家》《读者》《读书文摘》等全国知名杂志;有的入选全国年度散文选本、散文名家选本以及《新中国散文典藏》《中国新文学大系》等;有的文章发表后,被多家选刊转载,最多的一篇文章短时间内被全国30多家报刊转载。

他们出版的集子多次登上全国重要的图书排行榜,并多次再版。还有的作品多次荣登《人民日报》文学版的头题,多次在全国散文征文大赛和各类文学奖项中获奖,这是本溪作家潜心创作、默默耕耘所取得的硕果。

2

本溪文学创作的成就与本溪市委宣传部、本溪市文联的重视和支持密不可分。

《辽宁日报》曾对本溪市扶持文学精品创作的举措予以专题报道,在《用文化精品夯实地域历史文化矿藏》这篇报道中说,本溪市委宣传部"积极扶持文学精品创作,为作家的采访写作提供支持,创造条件,由此推动本溪文学创作出精品、出人才,勇跨高原,敢攀高峰,形成品牌"。

事实的确如此。尤其是十几年来,在市委宣传部和市文联的支持下,本溪市作家协会组织撰写和编辑出版了多部文集,比如《杂文四重奏》《本溪文学简史》《张捷诗歌精选》《2008 本溪文学作品选》《2009 本溪文学作品选》《2010 本溪文学作品选》《2011 本溪文学作品选》。报告文学、传记文学、口述史等就更多了,主要有《人望幸福》《风雨惊堂·田连元传》《绿世界——刘仁与绿川英子的跨国情缘》《寻找天使》《铁山人一直姓铁》《补天》《天蓝兰、水清青》《本溪农脉》《铁水奔流的年代》《山城慈善家》等等。

市委宣传部和市文联不仅在创作和出版上对作家予以大力支持,在本溪文学艺术界的各项评选、评奖中也对作家予以足够的重视。比如在本溪市形象大使评选中,一共选出十二位,作家占了三位;在三年一届,连续十一届的本溪市天女木兰奖评选中,共评出十二位金奖得主,作家占了四位。

一个城市的文学艺术界,并非作协一家,而是美术、书法、音乐、舞蹈、摄影、戏剧等十多家,而作家被放到重要的位置,这既是对文学的重视,也是对作家的肯定。

3

编辑这本《辽海散文大系·本溪卷》,我们本着这样两个原则。一个是质量第一,一定要把代表本溪散文创作的精品选出来,不是以人选作品,而是以作品选人。通过这个集子,可以看到本溪散文创作的全貌。二是以近十几年中散文创作比较活跃的作家为主,这也是省散文学会对这部散文大系的最基本要求。

在这部集子中,有些作品虽然没有在报刊发表,仅在微信群或公众号里传播,但只要优秀,我们也选了进来。有些篇幅过长的文章,我们或予以节选,或忍痛割爱。还有的作者所写的回忆或悼念父母的文章，虽然情感真挚，感人泪下，但终因此类文章过多，所以在这个集子中，尽量不选。另外，一些作家作品在全国各类报刊发表，在各类征文和评奖中获奖，被各类报刊、文集转载和收录等等，因为实在太多，难以尽述，所以在这个集子中就不一一提及，而以最初发表的媒体为主。这样既节省篇幅，也可以充分展示我们本地报刊不俗的实力。

有些作者虽然因各种原因离开本溪，但只要曾是本溪市作家协会的会员，他的作品我们仍然收入。还有的作者既不是作协会员，也不是散文学会的会员，但只要文章好，只要是本溪人，我们也将其收入。

由于编者目光所及，难免有遗珠之憾，敬请谅解。

这部《辽海散文大系·本溪卷》由市文联主席高治寰亲自担任编委会主任，他多次主持编委会成员开会研究本书的体例、入选范围、作品出版等事项。

市文联副主席冯雁鸣以及市作协主席杨雪松亲自挂帅，积极筹划，审阅稿件，并对此书的编辑和出版提出了很多建设性意见。

王重旭、刘兴雨对此书稿件的征集、选稿、排版、校对、出版等，做了大量的工作。

省散文学会会长初国卿先生、副会长兼秘书长黄文兴先生以及汪金友、吴光利先生对此书的出版给予大力支持和帮助，在此一并表示感谢。

炎炎夏日，挥汗如雨。数易其稿，苦亦欣然。唯愿此书，传之其人，藏之文苑。是为序。

2021 年 8 月 1 日

目录
CONTENTS

丁宗皓　1964 年出生于辽宁省本溪县，1986 年吉林大学中文系毕业。中国作家协会会员。诗歌、散文、评论兼工。出版有散文集《阳光照耀七奶》《乡邦札记》，诗集《残局》等。

年后忆年

丁宗皓

年后仍旧忆年，这多少有点像行将就木的乡间老妪，边把玩玉石手镯，边支离破碎地陈述逝水流年，是件俗事儿。

可是，一年一度的年，给人俗的感觉吗？没有。对于每一个生命而言，一个年轮的生长与嵌刻，都能使其对年有一种新的体验，所以大年三十的零点，总是大戏或一个圣节的高潮。

不唯如此，年的魅力，还在于它牵动着国人一年一度的最浩大的集体性活动。在那个过程里，每个国人无论在精神或肉体上，都做了一次候鸟之旅。大年三十的零点，是一次潮水或一幕大戏的最高潮、最精彩的部分。这个时间也是一个分水岭，它使腊月充满激情、紧张和忙碌，使整个正月充满慵懒、解脱和有节制的放纵。这是高潮过后沉稳的退却，像刚刚结束的初吻。

我们都被裹挟在这候鸟的群落里，而迁徙的路线大致如下：在街区和街区间、在城市和乡村间、在乡村和乡村间。当然也有从海外飞回的鸟，那是一种无法承受孤独的鸟，而且他要买机票。携妻带子、大包小裹的人们充斥在年前锦缎似的阳光里，他们坚定而匆忙地穿梭着，若雷阵雨前忙三火四搬家的蚁群。这表面上杂乱无章的迁徙却是在钢铁般的秩序上进行的，由小家奔向大家、由新家赶赴老家、由城里的巢奔回乡间老屋。而终点却都是父母膝下、祖宗祠堂前。

我没在城里过过年，因此，我都要在年三十前，几乎被挤瘪地和打工的农民一起返乡。我在他们脸上看见了神秘的光泽。当我敲开家门时，父母分明责备着：怎么才回来？言外之意是，我差点错过了什么好事。这时，他们的脸上分明也有同样的光泽：这种神秘感都指向了年三十的零点。

的确，一进腊月，阳光就告诉炊烟说，悠着点儿，于是，它们一起缓缓地弥散、笼罩着四野；风说，既然这样，正月我再吹两天吧。一切都快活而庄严地向三十流去。先劈柴，然后磨黏米，再做豆腐，最后杀猪。而二十九，则穿新衣、挂灯笼、写春联，而且一定要把猪肉挂在堂屋梁上化冻。

而三十这一天，没有人互相串门，每个家庭成员除了挑水的不再走出院落。这时，每个家庭都成了村落中的村落，血缘关系使家庭开始收缩攥成一只拳头。爷爷辈的更加慈祥形同晴空，父辈则变得宽厚、孝顺。孩子仿佛接了神谕，一起乖巧起来：不能说不吉利的话，而且要和气地笑。婆媳、妯娌开始坦露心迹面对问题，以使前嫌尽释。

吃过了三十的晚饭，就包饺子，边包饺子边听老人讲故事，故事大多关于家族的，这使祖宗发黄的黑白照片和牌位的香烟分明充满了时间的沧桑。于是，我们沉入时间的河床，看到宗族的血沿着怎样的轨迹在流。在这样特殊的氛围里，时间来到零点，我们则来到了某个类似隘口的时间的高处，沿着祖宗的目光，我们的身世变得雪亮，而未来居然既明确又模糊地浮现了。

我们一起跪拜并遥念祖先时，母亲已将饺子下锅，三十的高潮正式到来了。我们在祖先的牌位前摆上了桌子，并按次序围坐，小心地听长辈发表演说，然后孩子磕头，长辈压岁。

三十的夜一片漆黑，大红灯笼光彻四野。当我抬头四顾时，一种启示顿时带着凉意掠过皮肤进入我的内心。

我的天啊，我的确是爷爷的孙子、父母的儿子、哥哥的兄弟、弟妹的哥哥、侄女的二叔哇。我的妈呀！这才是高于一切的身份呀！

我知道我究竟是谁了。这是我大年三十零点的心得。那么，在邈远的中国大地上，在每一豆灯光下演出的是不是类似的高潮。在追忆祖先时展望未来，重温血缘亲情，重新梳理长幼尊卑之序，明确责任义务。原来，是儒家的精神在那一刻贯注了土地，并对混乱的乡村社会进行一次理性的清理。

正月是候鸟返程的日子，初一的早晨使人对父母充满依恋，一过初三，千家万户的门一起打开涌出上路的人们。母亲使劲地往我的背囊里塞东西，仿佛我是个在城市里寄宿的孩子。

我挤在人群中，在摇摇晃晃的旅途上，年给我的温馨和理性却再度被空间一点点风化着。

我突然悲哀地想到，年还有什么意义？在一个不可逆转的不可能由亲缘组成的外部世界里，年只能增加候鸟们的怀乡病。年真正地成了一出戏，成了我们追忆远去的乡土社会的借口，既然如此，年只剩下了躯壳，在它不能和未来联结时，重温亲情究竟是让我们更加坚强、清醒，还是更加脆弱、更加迷失呢?

我无法再忘情地沉浸在年里了，因此，年的美妙在我耳畔成了地道的温情的挽歌。年已远去，候鸟们异口同声地表述了这一点：过年太没意思了。说这话的人不是因为又长了一岁，更不是因为禁放烟花爆竹，而是因为年的全部旨趣已断裂在逝去的时间里了。

多年以后，还有年吗?

原载《本溪晚报》

农　民

丁宗皓

使我如此清晰而又沉重地想起乡村和农民的只是一首歌，歌的名字叫"小芳"，是最近唱红的，歌名朴素得几乎能让刽子手放下屠刀。对我而言，如此持久地沉浸在对农村的绵绵不绝的回忆里的情形并不多见。我离开农村有 15 年了。15 年，城市生活的紧张使我无暇再去想身后的乡土，即使是在梦里。

奇怪的是这首歌平平常常，在流行音乐里绝对不是什么精品，它调子轻浮，歌词缺乏真诚，而且这首歌是由一位 30 多岁的从未当过知青更没有下乡插队经历的毛头孩子写就唱红的，这更不可思议。如果说这首歌有什么成功之处的话，那恐怕就是它搭起了一个独木桥，桥的一头通向乡土，而另一头伸向城市——不仅仅是当过知青的人们，只要有一点农村生活经历的人们都会感受到心灵上吹过一阵旷野上的风。

偏偏就有那么多所谓的城市人与农村有着千丝万缕的联系。中国是个农业大国，中国有 8 亿农民，在地图上，城市不过一个个豆大的圆点，而农村却广如瀚海，且不要说我们这些在农村土生土长的人，即便是生于城市长于城市的人，他们的父母以及爷爷奶奶也未必能禁得起推敲。

城市是农业文明的产物，这决定了我们与农村、农民的天然的联系。农民是我们的父兄，它代表着我们民族以及我们这些由田野深处飘来的孤魂的前世，而且农民是个文化的定义，它代表着某种特定的思想，生活方式、道德方式，它几乎是我们仍然要负担的宿命。

这种宿命是天然的、与生俱来的，这一点与世界正脱离农耕文明的发展中国家的情形大同小异。所不同的是，中国社会近半个世纪以来从未停止过人为地加强城市与乡村的联系，这如同按着牛头让它喝水。

名义是多种多样的，但目的相同，那就是让千千万万的人们从城市中走出到乡土上安家落户。这其中，绝大部分人是知识分子，让他们了解中国社会，让中国社会的农村实际打磨掉他们思想中浪漫想象的成分，当然这其中主要目的是改造他们。"走五七道路"和"反右"使一大批成熟的知识分子像水珠一样洒落在乡野间的泥土里。在我故乡的小山村里，有一位下放的工程师，他拿笔的手被迫拿起了放羊鞭，在空旷的山里除了羊的叫声还有他的哭泣。而上山下乡则使更大一批热血青年在不谙世事时跌进了噩梦的深渊，当最后一批知青从我们的小村里撤走时，他们用石头把村里的小学校的玻璃砸得一块不剩，使我们浑身发抖地听着老师讲解并在同样噩梦般的感觉中度过了冬季。我能理解他们的愤怒，但不理解他们砸玻璃的行为，因为农村与农民从来都是无辜的。

而现在，这种方式像一件永远穿不破的衣裳一样出现在我们身上。两年前，我有幸地被以温情的方式、同样目的地驱赶到了我将永远熟悉的农村，睡在农民兄弟的土炕上，感受着劈柴的热量。而农民的心比这还热，这几乎让我流泪。我们又能做些什么呢？只能把社会主义思想传播给他们，可他们对此并不陌生，因为 20 年前，有类似我们的人出现在这里做着同一件事，而那时我正穿着开裆裤在另一处乡村的田埂上追逐着鸟群。

这种人为的方法几乎使中国社会所有的人都了解了农村、乡土与农民。本来在农耕文明下产生的城市应该将目光投向土地之外，然而，中国社会却将这目光引向了土地，这就是貌似充满现代气息的城市与广阔农村的血肉联系，这就是城市中的人们与农民的联系——从这个意义上说，中国有没有地道的城市实在让人怀疑，高楼大厦说明不了什么。

在我们的都市里如果提到了农村与乡村，就等于打开了人们记忆的窗口，这几乎是中国文学艺术成功的秘诀。与乡土相关的文学艺术形式总是引人追忆，引起人们关于对于故乡的情感。尽管有很多作品是不成功的，这其中包括类似于本文开头提到的《小芳》的粗制滥造。

农民在土地上以人间至诚的态度去耕作。他们的汗水砸在泥土间发不出一点声响，他们生产的粮食被以很低的价格收购进城市，填平了城市饭桌上的碗。他们培植、收获的水果一筐筐送进城，摆在水果摊或医院的门口，闪动着大自然的光芒以及生命的气息，这是除了感情以外，农民与城市最后的联系。

我是一个地道的农民，这么说不是因为我有 15 年农村生活的经历，而是因为我习惯了农民的思想。

不管报纸上如何把农村描绘成农民的天堂，农民面朝黄土背朝天、日出而作日落而息的最原始的生存姿态并没有改变。农民还是在春天时渴望雨水，种子种下去要打更多的粮食，他们的希望仍要更多地求助于大自然。他们创造民间的文化并不是想表达内心所谓的喜悦，而是表述面对土地的无奈与痛苦——农村是农民的炼狱，这也是人们曾被赶到农村的原因。

我是农民的儿子，因而我了解生存对于农民来说是第一性的，这种威胁直接到了无法再直接的地步。因而他们的爱情充满了忧患，没有时间精雕细刻，他们的儿女野草一样地随意地生长，而他们自己则默默地来自泥土再归于泥土。

在西北的某户农民家里，当我问起一个农民生活得怎么样时，他说："遭罪呀。"这使我想起农民的模糊的悲壮的希望，这正如祖母曾昼夜不停地打草帽卖几个可怜的小钱送父亲上学，而父亲不顾一切地把我们带出小山村一样，他们的希望就是将儿女们托举出土地，让他们的儿女再与土地无关。而现在故乡有一位农民卖掉房子供 4 个孩子念大学，50 多岁便白发苍苍——支撑他生命的就是已出现在儿女们身上的曙光。

和我有同样经历的一位友人在每年的春节，一定要穿上极少穿的呢大衣，借上一辆吉普车，回到家乡去看父母、看乡亲。他要让家乡的人们看着他的样子并让父母为此骄傲，说到底就是要证明他离开土地之后的幸福。

从农村考上大学的孩子，走出校园时，没有一个要回到农村与他们的农民父母一起面对土地，如果这样就等于毁掉了父母的梦想。

这是农民们真切的痛苦的一部分。

在那些与他们息息相关的城市面前，农民是自卑的。走在城市的街道上，他们惊慌地躲着川流不息的汽车，笨拙得如同企鹅；他们站在商场的面前局促不安地为自己的穿着而感到羞耻，这何尝不是令人窒息的痛苦？

"土包子""乡巴佬""屯子里来的""小农意识"……中国社会讽刺性的词汇大多与农民有关，对农民的鄙夷几乎成了社会时尚。报纸总在扮演农民的导师，他们的行为常被善意地指责，而他们的痛苦却常被忽视。

如果你是个农民，你怎么能不谨小慎微、工于算计？因为钱是你用汗水换来的。如果你是个农民，你怎么能不把房子盖得豪华美丽？因为你要用它换得一份属于自己的安逸；如果你是个农民，你就无法不相信轮回，就不能不大办丧事……如果你是个农民而且一生都脱离不开土地，你的头脑难道不会麻木吗？

农民仍然要扮演在历史深处演过的角色，他们的悲欢与命运完全与土地死死相连，得到，失去，再得到，一切根源全因了只有泥土才能忠实于农民虔诚的劳动，泥土从不辜负农民的诚实。但是，农民被拯救的命运却从未变过，从他们手中买卖粮食却只打欠条，兑现成现金时还要农民千恩万谢；当政府减轻农民负担时，还要农民去感激，我们朴实的农民从未问过一个简单的问题：究竟是谁增加了他们的负担？

从泥土里创生计，这种方式孕育了伟大的农业文明，这种文明成为中国社会最坚实的基础。面对土地，面对自然，农民凭着对自然的感悟把握着人生，并抵达了知性难以抵达的境界，许多农谚便传达了这伟大的智慧。

然而，这贫困而澄明之境正一点点被现代物质社会所蚕食；农民用天气预报取代了对天象的观测；用温度计和化学药水取代了对什么土地长什么庄稼的直观判断。农民与土地的灵魂上的联系一天天缥缈。当然，科学注入凭直觉而生存的农民的心中是件好事，但是科学打破了农民的土地梦，使土地在农民心中失去了神圣的感觉并最终失去了农村的依赖。

我的故乡在一个遥远的山村，我儿时的两个朋友仍在田野上劳作，在他们各自低矮的小屋里相见时，我们默然无语。他们都儿女绕膝，苍老木讷。他们还有一个共同之处，那就是他们已不会也不懂该怎样面对荒芜的土地。他们一直在外面找零工做，收入极不稳定。在没有事可做时，我朋友中的一位终日睡觉，实在无米下锅时，就让妻子与在当地修铁路的工程队的汉子厮混，然后拿回浸着妻子屈辱更浸着他作为一个男人全部屈辱的钱钞；而另一位终日赌博，没钱时就偷了邻村的牛到集市上去卖以便买回年货。但即便这样，他们也没有向土地投去怀念的目光，当我问起他们将何去何从时，他们木讷地一笑：再找活呗。

埋头于田垄间，只有贫困，这是显而易见的事，但它似乎不完全是农民遗弃土地的全部理由，也许更内在的原因是所谓现代文明的召唤，因而大批大批的农民扛着脏兮兮的行李拘谨地走入城市，男的弹棉花、上脚手架，女的当保姆、进饭店——而这是列祖列宗们所不齿的行为。然而，这一天，终于在农民中到来。每年春天，从布满尘土的乡间小路上滚滚而来的是打工的队伍。而半个世纪以前，是他们的父兄推着小车装满粮食跟随着士兵攻打着一个又一个的城市，只是为了能拿到新政权给他们的黄金般珍贵的土地。而现在这土地正一天天被遗弃，他们抛下父母留下的土地再度潮水般地涌进城市，他们能得到什么呢？

在了无边际的农民群落里，还有多少人能看岁尾的星象而知明年的收成？还有多少人能看黄昏落日而预料明日的阴晴？燕子低飞，蚂蚁过道，蛇入居室……这是大自然融入农民智慧的神秘的暗示，而现在有多少农民还能沉浸于其中？

从科学的意义上说，这是巨大的进步，但进步是否意味着要以农民割断与土地的联系为沉重的代价？是否摆脱贫困就必须使农民承担他们绝对陌生的命运？

怀乡病是中国人的宿疾，城市使人生变得漂浮不定，仿佛无根的落叶，城市总使人身在异乡为异客，那么究竟哪里是故乡呢？

当然还是土地。中国的文人总是忘不了故乡和母亲，而在村头的大树下，母亲挥手以苍老的姿态送着游子，她的头发如深秋的蓬草无助地随风而动，没有人不为这样的形象而感动。唐代人这样写母亲，现在的人仍旧这样写母亲，这是农业文明在人心中打下的最深的烙印，仿佛离开了土地，生命便如无缆之舟。

怀乡的情绪在城中弥漫，在我们心中上演的这一幕可能就是正在奔向城市的农民明天的心情，只不过我们提前到了城市，而现在我们在城市的斗室里正满含深情地遥望着祖父种过的土地，那里的野花芳草仍旧一年一度。

我们其实仍旧是农民，这不仅仅因为我们来自农村，了解农村，而且我们一代代地被改造成沿着农耕文明的河床而涌动的水流。我们有着与农民一样的痛苦和理想；不堪人际上的倾轧使你想起山区的宁静与陶然；人与人情感的冷漠使你想起了农民间的亲昵；世风日下使你不由自主地想起包青天以及清明的政治……法律的无情使你怀念起乡民间不成文的道德上的契约……怀念乡村怀念农民以及农耕状态下的恬淡。这仍旧不过是新型农民的情感……而城市社会疾病的医治仍要靠树立道德的典范来完成。

当农民奔向城市时，城市正在怀乡病里挣扎，我们的文学与艺术惨淡地活在烂熟的农业文明的回忆里。在怀乡病里，农民不再是怀有无法排解的痛苦的农民，他们要么被嘲讽要么被美化，而这一切，完全是为了充塞怀乡病下无从皈依的灵魂，这如同为一个不知出身的孩子寻找童年的踪迹。

一个农民出身的小品演员在舞台上学着农民的笨拙与愚蠢，引逗着大半个中国在城市里笑个不停，他带动了一大批人在中国的舞台上跳个不停，整个城市都在笑着农民的不合时宜却着实地引起一阵卑鄙的笑声。农民的局限与笨拙和他们的伟大是相通的，当他们面对了土地，他们就是圣人，然而，这一面被掩弃着，他们的伟大和痛苦只被赋予了小丑的品质。

那些演员不是优秀的农民，如果相反，他们会正视农民的不幸和理想，他们的心中会浮起最起码的悲悯。然而事实恰恰相反，他们的嘲讽换来了成功，而真正的农民仍在自己的悲剧中挣扎，在这样的事实面前，你能抑制农民的自卑吗？

怀乡病使人们给乡村披上了神秘的文化的外衣，距离使这外衣成为田野上的盛装，那些没有衣食之虞的作家们在思想贫穷的时候便遥想起了熟悉的农民，勤劳与善良被夸大，贫穷被涂上坚忍、淡泊的精神光泽……这不是一两个作家文笔下的呻吟，唯独那些痛苦被一点点地装饰成花朵。人们怀念着乡村与农民，但他们绝不肯在土炕上睡上几年，情愿挨虱咬蚊叮；他们欣赏农民在土地上挥镐舞镰的美却不肯去劳作半年；他们怀念远在乡村的母亲，当母亲挎着一篮红皮鸡蛋将一双泥脚踩在他们的地毯上时，他们未必能永远忍受。

　　这就是城市与农民的关系。有的人含着泪水唱着：啊父老乡亲，我那勤劳善良的父老乡亲如何如何，样子死去活来，可他们绝对不肯去做别人的父老乡亲，难道这全部是真诚而没有一丝虚假的成分？

　　前面提到的那个《小芳》何尝不是类似情绪的产物？

　　一个知青和一个农村姑娘相恋,回城后不断地想起那辫子很长的善良的姑娘，并想象地站在小村旁——这是一个异常轻浮的叙述，它表达的是一种追忆、怀念或者是一种情感上的忏悔。使人感到别扭的是没有小芳命运的交代。作为一个农民，她可能在失去了第一次恋情以后使婚姻变得狼藉，现在她可能已被旷野的风销蚀了美丽的容颜，她的儿子或女儿可能正拥挤在打工仔或打工妹的人流里疲惫地走在通向城市的路上。她的命运没有幸福之星的照耀，注定仍要面对泥土，而知青给予她的却仅仅是轻松的"今生今世我不忘怀"。这难道就是对乡土之上人间至诚温情的回报吗？

　　农村是城市的教堂，里面传播着宁静的安魂曲，农民则是庄严的牧师，倾听着来自城市的千万个灵魂的未必真诚的忏悔，在城市通向乡村的道路上，畅通着城市对乡土浅薄的追忆，而在同一条道路上，千万个农民正要摆脱真切的痛楚向城市匆忙地靠近。

　　这是两种农民的不同理想，我们和土地上的农民在同一片天空下，守着各自的灯光和人生，这里有全部的悲喜剧，只有沉默才可能是恰如其分的表达。

原载《辽东文学》

丁　舒　女，1969年出生于辽宁省本溪市。1992年毕业于辽宁大学中文系，入职本溪广播电视台，从事新闻编采工作。现任《本溪广播电视报》副总编辑、主任记者，辽宁省作家协会会员。著有散文集《上帝的笑容》。

长在房上的树

丁　舒

我在一座老旧的楼房里办公，楼房后面和我们的办公楼平行着一些更为老旧的建筑，它大概早已不是初建时的样子，从外形和结构可以推断，这是因某些突如其来的需要而加建改造的，于是成了现在的样子，有些类似过去曾流行一时的一种家具——高低高，中间是平房的高度，两边是二层楼。我办公室的窗口正对着中间那个仅存的空间，我想这也是当时的设计者，为这个窗口预留的，包括光线和视野。

看书和上网累了的时候，我常常站在窗口前向外望，目光所及，满眼都是错落的屋檐，唯一可爱的倒是那棵在低屋顶和高墙的垂直处陡生出来的小树，那是真正的在夹缝中求生存，它的根扎在红砖砌起的墙里，没有土壤的庇护。由于它植根于墙缝中，从探头到长大，都被身旁的高墙压抑着，为了伸展枝叶，它不得不向另一个方向努力，于是树体就倾斜了，看上去很像一个倾身而立的人，如果你和它对立而视的时间长了，就会有些压迫和辛苦的感觉。

我想它还是一粒树种的时候，可能来自一阵风或是一次鸟的衔落，便落在了一撮泥土里，泥土又附着在一块砖上或者混杂在一堆水泥里。房子改建时，砖头和水泥成了建筑材料，树种就有了新生，总之，这棵小树突兀地长在房上，让我不得不想到生命的偶然。

我的想法当然不关小树的事。它旁若无人地在那个缝隙里顽强地生长着，现在它的树干已经有三个拇指那么粗，树高近两米。别的树染碧着绿的季节，它也认真地绿着，别的树迎风摇曳，它也会顺势起舞。只是在我看来，它和山林公园里的树相比，有些离群索居，而且长在不起眼的角落里的，长在不起眼的房上，高处不胜寒。

从我办公室的窗口望出去，在砖头和水泥的世界里，这棵小树是唯一生动的存在，特别是有风吹过的时候，它总是柔软地摇动着，摇出几分风情，还有雨后，枝叶被冲洗一新，小小的叶片在阳光下闪着光泽，清新鲜嫩，都是生命的姿态。

或许是物以稀为贵的原因吧，我很喜欢这棵小树。有趣的是，喜欢它的不仅是我，还有偶尔路过或在附近闲飞的鸟儿。有一次，我正和一位同事站在窗前聊天，一只灰色的大喜鹊盘旋着飞来，落在了树枝上，稍后飞走了。同事心下欢喜、爱心大发，第二天到商场买回一些米来，顺着窗口抛撒到对面的屋顶上。她说，有了米，喜鹊会常来，然而在其后的很长一段时间里，我却始终没见到喜鹊的影子，这让我想起有心栽花无心插柳之类的话。前两天，另一位朋友有事来访，我们还是站在窗前，突然一只黄色的大鸟掠过远处的屋檐，径直飞过来，落在了小树上，鸟身上那种明丽的黄美不胜收。在城市里，除了那些在笼中被宠养的，我们已经很少能够看见这样美丽的鸟了，特别是它自由飞翔的姿态，看了让人心生艳羡，我因此更加珍视眼前的这一抹绿。

有朋友来的时候，我常指着小树给他们看，问了几个人，谁都不能确定这棵树是什么树种，有人说它是樱桃，有人说它是榆树，孤陋寡闻的我每天就这样带着怜爱和探询注视着它。近来，我看它的目光里如果多了些东西，那是我发自心底的伤感，因为这里很快就要拆迁了，我的办公楼和小树的"家"都将被新的建筑所取代，我要搬到更美好的环境里工作了，而小树能有同样的幸运吗？我不敢奢望动迁的脚步会因为一棵孱弱的小树而稍有停留。

我眼里的小树很像一个努力生活的人，在艰难的环境里，执着地向前。甚至为了生存，不惜改变生命的姿态。然而，并不是所有的付出都能够换来期待的结局，因为选择了不适宜的土壤，因为还不够强大，它必须在变故中承受命运的裁定。

原载《辽宁日报》

丁　涛　1951年出生，中国美术家协会会员，中国油画学会员，国家一级美术师，历任辽宁美协理事、本溪市美协主席、本溪书画院院长，作品多次参加全国美展并获奖，多次在国内外举办个人画展。

画室春秋

丁　涛

塞纳河左岸，一间有落地窗的、宽敞明亮的画室，画架上是一幅表现地中海风景的画。我置身于其中，享受着创作一幅好画的愉悦心情。21世纪初，我以学者身份应邀来到法国国际艺术城，在那间P2213画室工作了一段时间，创作了40余幅作品，度过一段美好时光，回想起来，如梦境一般。

再往前，20世纪70年代初，映衬在丁香树、槐花丛中，一幢纯俄罗斯建筑风格的楼房里，有一个可在阳台上举手采花、窗前举目眺海的大房间，那是我的画室。海风轻抚，阳光明媚，诗一样的意境激发了我的创作冲动和热情，激化了一个年轻军人对艺术的终身向往。

回到骨感现实中，我现在的画室不过是一间不足14平方米的库房。四周堆满画框，几乎没有立足之地，加之房间处于阴面，常年不见阳光。偶有一米阳光照于脚下，举目望去，乃对面高楼玻璃反射的光柱，瞬间掠过，仍是一片灰暗。

画室东临二马路自由市场，每日都得聆听小贩叫卖、车辆鸣笛、高音喇叭播放歌曲及各种噪声。对于五音不全且记不住歌词的我，在反反复复嘈嘈切切中记住了很多新歌。那一年较时尚的《我的爱情鸟飞走了》不但记住了歌词，还可以哼唱几句。遇有阴天下雨，屋顶四处漏雨，严重时要用四个盆接水，画幅后面清晰可见小孩尿似的"地图"。一位台湾朋友仔细地看完我的每幅画后，发现了"地图"，仍要收藏，让我于心实在不忍。

画室空间太小，一直不能画大幅画。以前创作的大幅作品，也都分放在别的房间。一次，待我写生回来，装修工人正将我的画踩在脚下，画面上满是大白粉。我不禁痛彻心扉，一阵大喊大叫制止了他。冷静下来，领悟着何为蹂躏践踏艺术之词的真真切切。

就是这样的 50 年代的旧楼，每逢领导换届都要装修一番，最奇葩的一次将窗户玻璃全部换成了蓝色，这颜色在当时可是时髦的。但是对于一个研究色彩，光线要求很准确的职业，我只能默默无语，任那美丽的蓝色笼罩室内。在那样的创作环境中，一直走过了 N 年，心情如同被那层蓝玻璃罩在阴影中，灰暗极了。由此下去，画了一堆灰暗色调的画，终了，权当做了一遍画布底子，或者丢弃。这间冬冷夏热且十二分逼仄的画室，令我心灰意冷，整个人变得呆滞、无奈，再也不愿待毙其中，不时挣脱出来，行走于大自然，或去国外，晾晒下潮湿的心情，回来再进入创作，平静许多。

前年，人员更替，我有了一间稍大一些的画室，创作了一些好的作品，如今这间画室随着动迁的信息将要消失。我不禁憧憬着有那么一天，我能拥有大大的、窗外满是绿色风景的画室，尽管是不可能实现的梦，还是幸福了好一阵子。

原载《辽东文学》

马牧边　本名吴若子。1924年生于辽宁开原。1944年在东北大学读书时发表文学作品，任"匆匆诗社"主编。出版《中国文学简史》《古代文学》，曾在《青春》《散文》《鸭绿江》《散文选刊》等发表作品。出版散文集《祈听水声》《独步夕阳》。

等待李白

马牧边

听说你捞月亮去了。我在岩岸痴迷地等待你捧来天地间一片皎洁。一等，等过了五代十国，宋、辽、金、元、明、清和民国还未见你上来。

我不想探问你漫游蜀中，顶一弯峨眉山月飘出峡谷浪迹大江长河两岸和怎样挥就《蜀道难》在洛阳纸贵的都城长安驻足的。我只祈盼亲耳聆听到你讲讲荣任御前翰林是如何揶揄另一个高级奴才高力士的闹剧，逗得花花万岁李隆基和他的小老婆杨玉环（本是他的儿媳）失态，笑得前仰后合，拍着你的肩膀夸赞真个是旷世以来罕见的大天才。当时，你是否醉意蒙眬，摇摇晃晃、晕晕乎乎一头扎在龙榻之上打响如雷震耳的鼾声。丑角之间相互逗哏，这一个提弄，那一个闹点小摩擦，会给主子解闷博得开心一笑的。

可当你的"济苍生""安社稷"的宏伟抱负遭受到奚落和嘲弄，你愤懑起来，纵酒狂歌，桀骜不驯地戏辱起万乘之主来了。你一步一步地清醒过来，看出不在笼子里跑圈圈、翻跟斗、匍匐爬行，主子打心眼里不痛快。终于，你痛苦地被迫恳求还山辞别帝都苦吟江湖去。这真乃自知之明的一次心灵的大解脱。

此后，你的吟诵走向一个崭新的鞭笞丑恶的更高境界。

我不想颂扬你在森严的封建礼法和错综复杂社会关系大网中而感到窒息所采取狂放不羁的神态，也不敢妄加评论你的那些挣扎于血腥的现实与追求臻美理想的大苦闷之中发出使世人振聋发聩并为你的傲岸性格而倾折的吟唱。

你的存在，不是我这个后生小辈所能诋毁减去辉煌一分，美誉一番能增添光华一毫的。你有你自己创造的价值。不是《李白与杜甫》加重了几克砝码。

但，我还是要说，非常遗憾被呼叫谪仙人的你，怎会有那么多浓酽酽追逐功名利禄的庸俗。不像我等芸芸众生得一官半职而蝇营窃喜可以鸡犬升天捞一把了。我辈是尘缘未了，孽根犹存，才会有弹冠相庆泼酒如水的俗情。而你，风尘书剑，啸傲"天子呼来不上船"摧眉折腰使你不得开心颜。在我的想象中，你应该是洒脱个一尘不染才是。

是生活磨砺了我的浅陋，也是前辈先贤开导了我的愚弩，纠正了我误把古往今来的圣杰视为不食人间烟火的神明了。其实，从娘胎里落地的血肉之躯，哪个没有七情六欲？没有高尚与低俗，没有半截人的操守半截兽的本能呢？这样，对你一生很多时光浸泡于朱门酒肉的氤氲中，很少有社会底层的凄苦与辛酸，时有难耐的孤独与寂寞与山与水叙叙一怀愁绪，也是能够理解了。

恕我冒昧，你毕竟是吃五谷杂粮的尘世中人，始终是身在江湖心在庙堂，到了晚年还懵懵懂懂地跻身王室争夺皇权的刀光剑影之中，你可以写出惊天地泣鬼神的华章，却不谙政治风云的莫测多变，世宦之途岂是一个书生天真与稚气奔驰的大舞台？也正因如此，祸兮福兮，才获得赦免流放夜郎的命运。

从白帝城飞舟归来，你才真正有了大彻大悟，于是也有了你捞月亮的故事——我也够呆气了，捧着一壶兰陵美酒在岸边等待，等了一千多年，想一睹你毕生迷醉呼叫白玉盘的皎皎明月。

选自《独步夕阳》

生死注

马牧边

在护理我久病垂危的女神的白色病榻旁，不由得自己跟自己对话讨论起生与死的课题。

有的人降生下来如同众星捧月般被推上人间舞台充任主角；有的人则是管你情愿不情愿就得去当配角、丑角；也有的人生下来默默无闻一生就被派用没有一句台词的跑龙套角色，在戏台上转悠一圈，观众还没看清眉眼没博得过一声喝彩就消失得无影无踪了。

这是舞在高处的各式各样的角色，还有更多更多挖土挑砖筑台不能化装扮演角色的角色。还有，说起来谁也没记住他们一生中直着脖子滴血流汗、采金挖银、织布种粮，是群卑贱者，被誉为创造历史的"主人"，怪不，动辄还得挨"仆人"的拳打脚踢抽上几鞭子。这算什么角色呢？

尘世大舞台人人都是角色，乔装巧扮，搽脂抹粉，本皮本色，有的搞过易容术，戴上舞会假面具。不论是哪一种，高贵的卑微的，既不贵又不贱的，平平凡凡、普普通通、庸庸碌碌的芸芸众生，都有卸装离开大舞台的时刻，赖着不走是不行的，谁也休想自己的胴体不与草木同朽。君不见古罗马恺撒、俄罗斯彼得、法国拿破仑、我堂堂神州始皇帝嬴政，及刘彻、李世民、忽必烈、努尔哈赤家族的子子孙孙，哪个还听得见"万岁！万岁！万万岁！"的山呼声？说不定有些人在山呼中诅咒着"短命、短命、短命"呢。大凡喜欢山呼万岁者，必是些权力狂。谁都明白尽管一生走了八万风云路，却不能扬帆击水二百年。不信有生就有死是科学规律，硬想长生不死，甭说万岁，百岁也活不过去。只因机关算尽太劳心了，当然要损寿的。

生生死死，死死生生，这是世界万物任何人也无法变更的新陈代谢的法则。旧人老去，新人又渐渐变旧，又会出生新人替换老化了的新人，这个旋转前进的轨迹无穷无尽，拉直了是条线，线围成圈是个圆。将一个人的一生说是走了一条溜直的、起伏不平的、疙疙瘩瘩的、网成死结的线，何尝不可以说是在自己的哭声中叫开世界的拱门，又在亲朋的哭声中走上奈何桥，奔波一辈子，竟跑了一个扁圆、椭圆、七棱八翘、一环套一环的圆，也未必错到哪里去。线也罢，圆也罢，毕竟是一种比喻。我的困惑是每个人从母腹中发育成熟降临人世，出生的方式大体相似（剖宫产例外），而所受到的礼遇差别是天与地的殊异。那些钟鼎之食的宅第、小康庭院、茅草土屋，各自对璋瓦之喜真可谓大不一样了。可能出身深似海的侯门儿女与面向黄土背朝天庄户人家的娃儿，都还站在人生之旅的起跑线上，就已圈定了"上智下愚"的档次。诸如历朝历代皇帝们那把雕龙椅子只准自己的嫡子长孙去坐，皇帝被打倒了，改了朝换了代，而权柄的传递、血缘、帮派、裙带以及人身依附照样在暗沟里流淌。

时光无情，那些食精脍、着绫罗、住广厦、乘车辇的人们（当代是坐高级豪华的洋轿子），在他们一命归阴之后，其中有些人反倒为平头百姓称快。唾骂、鄙弃而卑贱的小人物一旦谢世，竟会出现万人空巷，为他焚香送行的场面。他生前做过一些小事往往被津津乐道，并添枝加叶地被传播得很远很远。过了很久，那方子民还不能平息对他的惋惜、怀念，这确是个很有情趣的生活现象。

看似人人的人生之旅是条线，直线、曲线、弯弯扭扭的线、没头没尾的线。又看似走的是圆，扁圆、鸭蛋圆、一头大一头小的橄榄圆。线与圆内含的生死死生，却有卑琐与高尚、耻辱与昂贵、灰暗与辉煌。

世上有多少座庙宇、祠堂、公园、广场和街头的塑像，有的如日月煊赫，有的似山岳巍峨，这能是谁随心所欲捏吧捏吧的吗？时间会最终做出公正裁决的。假若我没记错的话，在蜀都盐市口曾有座骑马扬鞭的铜像，看上去真威风凛凛，不可一世，当年轻的共和国诞生不久，那座像被砸碎送到冶炼厂去了。

历史是无情的，一个如蚁的凡人，死了死了，一死百了。但，曾闹过时代地震的非凡人物，对他们的生死死生，莫说一时弄不清、辨不出是什么样的线与圆，几十年也难以理出头绪。当代人写的是胜者王侯败者贼的历史，怕有很多水分吧。三百年后能否盖棺论定也不好说，会不会翻案之后再翻案。

选自《独步夕阳》

马贵明　桓仁满族自治县人。中国作家协会会员，现为桓仁县作家协会主席、本溪市作家协会副主席、东北小小说基地副主任，现供职于桓仁县人力资源和社会保障局。20世纪80年代开始创作，先后在多家刊物发表作品100多万字，有多篇作品被选入各种选刊。

最爱那首歌

马贵明

"唱支山歌给党听，我把党来比母亲……"这两天，我反复听着这本带子。每当我听着这首歌曲时，总能想起你的名字——李秋实。这源于你的同学、你的朋友讲述的你的经历：你是一个孤儿，在党的怀抱里得以成长。你五音不全，不会唱歌，但从小学到中学你最爱听的就是《唱支山歌给党听》这首歌曲。

李秋实，这个我陌生而又熟悉的名字。

说陌生，因为在你生前我们几乎没有打过交道。说熟悉，是从几届县人代会讨论中的你的发言；是从1999年12月29日下午你逝世那一刻至今的每一天里。你的名字、你的音容笑貌一点一点印在我的脑海里。报纸上印满了你的名字，电视里闪耀着你的形象。从30日下午直至你被送到西山公墓的鲜花丛中，我用五个半胶卷记录了你走后人们对你深深的、真挚的感情。从中，我也经受了一次生命与灵魂的洗礼。

"唱支山歌给党听……"你最爱听这首歌曲是因为你得到了党的最大关怀爱护；是因为你希望用自己的一生来回报人民、回报社会，回报那深深的党恩。后来，你的同事说，有一次客人想请你唱首歌，你诙谐地说：我只会唱一首印肚（度）歌曲，印在我的肚子里。其实，这首歌哪是印在你的肚子里，分明是印在你的心里，印在你的生命里，印在你五十二载的人生岁月里……

"为人民服务"本来是一句很凝重的话语，只是历经多年被那些表里不一的人当成挡箭牌，以致成为一种表象，很难找到真正的归宿和含义。李秋实，是你把它说得掷地有声；是你把它当作一种人生的坐标；是你丰满了它应有的含义；是你把它矗在前方高高的位置上，不断仰望。

你逝世的消息迅速传遍江河南北。领导来了，同学来了，你领导的部下来了，你救助过的患者也来了。这不重要，重要的是你不相识或不相识你的百姓从十里外、百里外赶来见你最后一面，赶来为你送行。

追悼会上，偌大的院子里挤满了人，街道两侧人头攒动。一位八十岁的老人因为不能参加你的追悼会，他在家里朝着你静卧的方向深深地鞠了一躬。这是一个伟大灵魂的感召力、一个民族最朴素情感的向心力，是人们崇尚美好的巨大内在力。

在你这颗伟大而朴素的灵魂面前，令我、令许多人汗颜。我们是不是曾经患得患失、斤斤计较？为几平方米住房、为了某种待遇、为了一点小小失落……以至这些日子，我在思考，作为一名党的干部应该如何调整人生的坐标，如何更好地为党和人民做点有益的事。

你走了，走得很匆忙，匆忙得把最后的两个字"奉献"都说得很轻很轻，但这两个字却响彻你最后主持会议的会场、响彻满乡大地。

你走后的几天里，桓仁降了一场又一场大雪，几十年罕见。北国大地一片洁白。这是天意还是偶合，你，李秋实，不正像这洁白的雪花吗？扑向大地、融入大地、滋润着大地……

"唱支山歌给党听……"

选自《本溪美文百篇》

于凌波　1955年10月生于辽宁本溪。当过知青，做过记者，在本溪电台、电视台工作了30多年。曾任本溪广电局副局长、本溪市文联主席。在《本溪日报》"洞天"周刊开办专栏。近几年，先后在《美篇》发表文章380多篇。

酒为情喝

于凌波

亲朋相聚、情侣约会、生意洽谈、节日庆典、婚丧嫁娶、旅游休闲、工作接待，甚至一日三餐，几乎都离不开酒来助兴。很难想象，这世界如果没有了酒将会怎样！

我始终不认为我善饮酒。论遗传，从我爷爷那辈数过来，我的直系血亲中没有一人能够喝酒或根本不喝酒；说锻炼，我的兄弟几人大小也算场面上的人物，酒局不少，没少锻炼，但也没一人练出个名堂。

记得那年下乡插队在一社员家喝喜酒，我只喝了一个碗底——不到半两吧，就面红耳赤，头晕目眩，心跳过速，败下阵来。好心的房东二姐端来一小碗醋，说能解酒。我急忙喝下，结果不一会儿，吐了一地。不过，酒真的解了。从那以后，我暗下决心，坚决不喝酒。

回城后当了一名记者，整天东奔西走，应酬不少，我始终坚持"原则"：滴酒不沾。十几年过来，倒也相安无事。不能喝酒，成了我在酒场上的代名。他人皆醉我独醒。看着别人在那里推杯换盏、猜拳行令、豪言壮语、跌跌撞撞，常常自问：酒，又苦又辣，真那么好喝吗？

有一年，到北京与著名作家苏叔阳商谈将他的小说《旋转餐厅》改编成电视剧。会谈气氛友好而热烈，当然也离不开酒来助兴。酒过三巡，菜过五味，洽谈成功。离开酒店，华灯初上。穿过宽阔的马路时，苏叔阳拉着我的手，指着来来往往、川流不息的车辆说："你们拍出的电视剧，就要像酒后看这街道、车辆一样，有些忽忽悠悠的感觉就对了！"我不解。那天，我照常没有喝酒，忽忽悠悠的感觉是什么样呢？这一问题困扰了我多年，直到后来的一次洽谈，我才渐渐解开了谜团。

那年2月，沈阳的一位客商来谈广告，唇枪舌剑，谈判艰难。快到中午时，客商让步，同意我提出的条件，每月付广告费 1 万元，到年底总计 10 万元。握手，签字，成交：我请客商午餐喝酒，我喝饮料，客商不允，硬给我倒了半杯白酒——有 2 两多。我坚持婉拒，客商无奈采用激将法，说道："你只要把这杯酒喝了，那 10 万元明天就给你送来！"我大悦："君子一言，驷马难追！说话算话！"举起杯，一饮而尽。结果，不一会儿，我就趴在桌上不能动了。

事后，同事们说我太实在，酒场上的话也能信吗？我说，人要讲诚信，我喝酒也是要看看他到底有没有信誉。如果上当了，以后注意就是了。大家都没想到，第二天，客商真的将 10 万元支票送来了！

从此，我能喝酒的事就传开了。迎来送往、朋友聚会，大家纷纷为我倒酒，我就颇费口舌地解释，喝酒是为了那 10 万元，如何如何。同事、朋友们却责怪道："难道我们哥们儿情义，不值 10 万哪！"

我顿觉惊悟：金钱有价，情义无价。喝酒，重要的是为了情义！

以前不喝酒时，看着酒桌上的人很是好玩，只见他们红头涨脸、手舞足蹈、话语连篇，像观看一场滑稽戏；如今，自己喝起酒来，迷迷瞪瞪，亢奋不已。

再见那些不喝酒的静静地坐在那里，竟觉得他们那么孤单，那么另类，那么不合群！不喝酒，感情真的上不来呀！

人为财死，鸟为食亡，性为欲惑，酒为情喝！

此后，每逢酒局，我只好放下"滴酒不沾"的架子，与朋友、同事、合作伙伴们把酒畅饮，渐渐地竟也有了些酒量。也许是酒精的作用，醉眼蒙眬中，只觉得脸红心跳，思维也活跃起来，话语也多了起来？酒后回家，看着那些过去从不愿看的黏黏糊糊的电视连续剧，竟也有了些感觉：有的演员说完上句，我就接着说下句，结果很多时候竟出奇地相似。夫人在一旁不无调侃地说："看你酒气熏天样，以后也可以编电视剧了！"蓦地，我好像明白当年苏叔阳说的话了，这些电视剧大概都是酒后编出来的吧？

酒，真是个好东西。只要感情真，肯定一口闷；只要感情有，什么都是酒；只要感情在，喝酒不吃菜；只要感情铁，哪怕喝吐血！平常矜持装相的国人，一到酒桌上，就脱去虚假的外衣，露出真实的灵魂，情感一泄无余。推杯换盏中，忽忽悠悠中，感情增进了，矛盾化解了，事情办成了，皆大欢喜了！

酒，真不是好东西。喝酒误事，喝酒闹事；喝酒失态，喝酒失德；喝酒丢物，喝酒丢人；喝酒伤人，喝酒伤心；喝酒丧志，喝酒丧命！因喝酒而引发的事端，可谓无奇不有。有一则短信："喝酒千杯不醉的好办法，喝酒前先吃个王八。这样你在外面喝，王八在胃里喝，酒就会全喝到土八肚里了。这样，喝酒的是你，醉的是王八。"唉，人是好人，酒是王八犊子！

其实，酒，就是酒。酒，历经数千年，遍及中外，久禁不止，久喝不衰，无所谓好与坏。重要的是在于自己的把握。

酒为名喝，定会虚头巴脑，沽名钓誉，相互吹捧，满足虚名。酒场如商场。

酒为利喝，定会尔虞我诈，旁敲侧击，明枪暗箭，相互提防。酒场如战场。

酒为权喝，定会阿谀奉承，扭曲人格，唯唯诺诺，心情紧缩。酒场如考场。

酒为愁喝，定会忧苦满肠，暗自神伤，借酒消愁，愁上加愁。酒场如刑场。

酒为情喝，定会眉开眼笑，热情高亢，舒心放松，淋漓酣畅。酒场如情场。

"人生得意须尽欢，莫使金樽空对月。"酒，还是要喝的。要用心去喝，为情而喝……

选自《辽东文学》

于晓杰　女，1962年5月19日出生。辽宁省作家协会会员、辽宁省散文学会会员、辽宁省儿童作家学会会员、本溪市作家协会会员。出版两本散文集《爱之舟》和《爱在红尘》。

浪漫瞬间

于晓杰

生活之舟载着我和丈夫航行了22华里，远离了爱情的始发地，被平淡无奇的雾水淹没了曾经有过的激情和甜蜜，哪怕回头也看不到那抹铭心刻骨的斑斓……

一个主内一个主外，偶尔一路同行，我只有一路小跑地跟着丈夫的份，气喘吁吁根本无法谈情说爱。两个人同居一个屋檐下，睡着的时候多，两句话不投机，就要吵个不休。想在电话中找感觉，超过一分钟就嫌浪费电话费。多复杂的事多费时的话都得带上加速度，紧赶慢赶才能说全，简单的柴米油盐足以把两人搞烦搞恼，上有老下有小更是给生活增压添负。

有一天看见弟弟弟妹两人拍的结婚纪念照，像被星火点燃，烧起我渴望浪漫的情愫。于是，向丈夫露出久违的媚容，撒了一次娇，耍了一回女人味，足足让丈夫乐开了花，趁机挽着丈夫的臂弯潇洒从容地走进龙摄影。那天，丈夫穿着白色西服，难耐他心，几次想逃离，我一身婚纱，一边接受化妆师的涂脂抹粉，一边向坐立不安的丈夫飘去安抚，终于能站在水银灯下，摄影师急得直嚷："离那么远干吗？靠近点，再靠，再靠，新郎右手搂着新娘的腰，左手托新娘的左臂，你俩等什么呢，等我演小品呀？笑啊！"我俩笑出声的一瞬间被拍下了。"再笑，把小虎牙露出来。"摄影师说我呢！丈夫拍一半就走了，摄影师不理解，我心想，不错了，两小时留在自己身边比一分钟长多了。说来奇怪，对于丈夫的离去丝毫没有影响我的情绪，用摄影师的话说："我发现你丈夫走了以后，你照得更自然更投入了。"因为我已经找回远离的爱情，大半天我的小虎牙一直露着，合不拢嘴。真比结婚那天还风光还知足哪！

22周年结婚纪念日这天，40英寸两人半身照，让丈夫直夸我："这哪是我媳妇呀，这不是电影演员王馥荔吗？我怎么想不起来王馥荔身边是哪位男影星啦！哈哈……"被丈夫捧得云里雾里，被摄影师找回年轻 20 岁的自己，美得就像花蕊被蜂采着，尽情陶醉，整个房间都充满喜悦，好似天空下起了幸福雨，淋了我满身……

原载《本溪晚报》

方未艾　1906年生人，2003年病逝于辽宁省本溪市，享年97岁。教授、作家。1925年入伍吉林东北军，1931年毕业于东北讲武堂。"九一八事变"后参加抗日。与抗联英雄杨靖宇、赵尚志、赵一曼都曾有过交往。在哈尔滨《国际协报》任编辑时最早推出了萧军、萧红以及杨朔的作品。曾任甘肃省文联副主席，兰州大学、山东大学外文系教授、系主任。著有《历史珍忆》。

萧红处女作《春曲》的发表

方未艾

1932年春，我和萧军在哈尔滨寄居在道里三道街明月小饭馆时，靠给报社投稿谋生。经《国际协报》编辑陈稚虞介绍，我在道外十四道街东三省商报社担任了副刊《原野》编辑。萧军由《国际协报》副刊编辑裴馨园请去，帮助他在报社编辑副刊《国际公园》，住在他的家里。六月间在来稿中收到一篇新诗，诗题"春曲"，作者笔名悄吟。附有短笺，署名张廼莹。《春曲》是首短诗，两节八句：

> 这边树叶绿了，
> 那边清溪唱着，
> 姑娘啊！
> 春天到了。
>
> 去年在北平，
> 正是吃着青杏的时候，
> 今年我的命运，
> 比青杏还酸！

短笺写的大意是：编辑先生，我是被困在旅馆的一个流亡学生，写了一首新诗，希望在你编的《原野》上能够发表出来，在这大好春光里，可以让人们听到我的心声。

　　稿纸、信纸用的都是八行信纸。文字是用紫色铅笔写的。纸张陈旧，字迹工整。

　　我看了看信封上寄的地址，只写"寄自旅馆"四字。那时哈尔滨旅馆很多，不知是寄自哪个旅馆。在报社做副刊编辑，发表稿件是由编辑自己在来稿中选择决定发表，不用同谁讨论，经谁审批。编辑也不问作者真实姓名、个人成分、政治面貌、社会地位、工作机关。因此，我看了这首《春曲》是作者从心灵深处，对春天赞美得有声有色，也抒发了自己处境和精神的痛苦，情景都很真实动人，就准备给予发表，放入待发的稿件之中。对于作者是何人和寄自何处，也就未引起注意。

　　过了几天的一个上午，我去道外国际协报社去看萧军（当时笔名是三郎）。三郎和老裴都在那里正看一封信。老裴看见我就说："你也看看这封信，是什么意思。"我接过来一看，笔迹见过，是封求援的信。

　　信上说，她是北京女子师范大学附中的女学生，"九一八事变"后家乡沦陷，回到哈尔滨，因为欠下旅店费无力偿还，竟被作为人质，失去了自由。从前，是反对包办婚姻离开家乡的，现在得不到亲友的同情和帮助。信末署名和我收到的那封短笺上的署名一样，都是张廼莹。萧军递给我那个信封上寄信的地址，写的是道外十六道街东兴顺旅社二楼十八号。原来张廼莹是住在这个旅社，离东三省商报社只有两道街远。

　　国际协报社是一个山东人叫张复生私人办的。在哈尔滨未沦陷前，报纸曾以"日本能如此亡我东北么？"为题，发表过数篇社论。日本帝国主义侵略者占领哈尔滨后，就查封了这个报社，日本的宪兵队还将新闻版的主任王研石逮捕。

　　一次，有人用女人的名义，约他到新世界饭店会面，他高高兴兴地去了。结果，被几个不相识的青年人一顿羞辱。从此，再有以女人名义给他写信，他总以为又是有人在设圈套捉弄他。这时他心有余悸地问我："这真是一个女学生被困在旅店里吗？如果真的，我们倒可以给她一些帮助。"

　　我说："前些日子，我也收到她写的信，还有一篇诗稿，只是没有写明地址，无从了解真情。如果这人当真在十六道街的东兴顺旅馆，离商报很近，不妨去看一看。"

　　萧军仔细地看了看信上的笔迹，肯定地说："我看就是一个女人写的，也许她真的被困在那里，即使是坏人设的圈套，我们也不妨去看一看。"

　　我是最知道萧军的，从1925年相识以来，我俩就常在一起。他见义勇为，好抱不平，又多年练习武术，曾多次和武术界的名手比试过都占上风。即使独自遇到三五个坏人，也不是他的对手。

我赞成地说："三郎，你我就去探探虚实吧，就是虎穴对你也无妨，你就去探一探吧！"萧军同意了，老斐写了一封信，还借给了几本书，萧军就在这天下午，到东兴顺旅馆探"虎穴"去了。

第二天上午，萧军到东三省商报社来看我。他说，去东兴顺旅馆见到了张廼莹，确实是一名女学生，人很年轻，看她画的图画，写的新诗，都很有才华，应该给予同情和帮助。

他邀我同去认识认识。因为东兴顺旅馆和东三省商报社只隔一道街，相距很近，我们就一同去了。经过萧军介绍，彼此开始认识。以后，有时我和萧军同去看望，有时我一人去看望，经过长谈彼此了解了，有了感情，遂成朋友。

在哈尔滨发大水时，她离开了东兴顺旅馆找到萧军，住在裴馨园家里。在八月间，我知道她和萧军已经相爱结成伴侣。为了祝贺他们，我在我编的《原野》副刊上，把他们写的诗、文出了一期专号。这时，她写的《春曲》前四句首次发表。因为诗的后四句，说她的"命运比青杏还酸"，这时已经不酸了就没有发表。他们相识以后写的一些散文和日记，我已经记不清楚了，只有萧军写的三首旧诗，我还记得：

浪儿无国亦无家，只是江头暂寄槎。
结得鸳鸯眠便好，何关梦里路天涯？

浪抛红豆结相思，结得相思恨已迟，
一样秋花经苦雨，朝来犹傍并头枝。

凉月西风漠漠天，寸心如雾复如烟！
夜阑露点栏杆湿，亦是双双悄依肩。

我记得萧红在东兴顺旅馆时，还写过两首旧诗，在这期庆贺专号我没有给她发表。这两首旧诗是：

近寄友人

高楼举目望，咫尺天涯隔。
百唤无一应，谁知离恨多！

对镜书怀

困居客舍久，百感动心间。

两鬓生白发，难明长夜天。

时过境迁，已经是几十年的往事了，至今只是很少有人知道。

原载哈尔滨《文学论丛》

方　朔　本溪日报社高级编辑。2007 年退休后，在家整理父亲方未艾生前遗留下的手稿和与友人的信件，10 余年间在国内刊物发表了几十篇作品。大多是鲜为人知的第一手史料，多为其父与杨靖宇、赵尚志、赵一曼、萧红、萧军的回忆录和书信往来。

萧军、方未艾鸿雁传诗

方　朔

1955 年，我的父亲在山东大学任教，1962 年秋天又被精简下放，来到我母亲的老家辽宁省的桓仁县桓仁镇。

当时，家中 7 口人，无固定生活收入。时年 50 岁的母亲在家中夜以继日地织毛衣，挣点手工费，劳累成疾，手指关节都脱臼了，痛不可忍。大哥失学在家，只好在镇上做临时工，一天的工钱只有一元八角六分。家中每月生活就是靠母亲和哥哥挣得这些钱，还要供我和姐姐、两个弟弟上中学、小学，实在是困不聊生。

父亲闲在家里，常到离家不远的浑江去钓鱼。若钓着几斤鱼，就让我们几个孩子拿到街上去卖掉，换回点买粮钱。

一日傍晚，父亲在江边待钓无获，写了一首诗：

> 家中无米等鱼钱，鱼不上钩亦枉然。
>
> 眼看日夕风又起，不由老泪洒江干。

日后，他将这诗随信抄给了老友萧军。

当时，萧军在北京市戏曲研究所供职，处境也不好。虽然他 30 年代在上海发表了《八月的乡村》长篇小说，鲁迅先生作序称其"是一部很好的书"，被誉为"抗战文学的一面旗帜"，在 40 年代的延安毛泽东给他的信中，称他是"极坦白豪爽的人"，但时过境迁，这位"有民族气节的革命作家"，在 1948 年哈尔滨办《文化报》，被戴上"反苏反党反人民"的帽子，写的作品出版了几本，出版社就都不给出了。每月工资仅有百元许，在北京养 9 口之家，日子可想而知。

我父亲去信过了半个多月，萧军在回信中说："我将家中的一幅古画拿到市场卖了，寄来 30 元钱。"随信抄了 2 页介绍用电话机电鱼的文字资料，还自画了一张将电话机导线投入水中电鱼的示意图。他建议："买台旧电话机到江边电鱼，或许比钓的鱼多些……"

我父亲按老友的话去做了，果然电的鱼多了，卖的钱也多了。

萧军家里的生活虽然非常拮据，之后他每月坚持给我父亲寄 10 元或 15 元，接济我家的生活，怕我父亲好面子拒收，就说这是送给父亲的"烟茶钱"。

1964 年农历七月二十三，是我父亲的 58 岁生日。那天他是在江边度过的，思前想后，悲愤难抑，给萧军写了两首诗：

> 万里江山一叶舟，吴钩看罢看鱼钩。
> 赤心曾誓天边日，白发今惊塞上秋。
> 云鹤苍鹰情有异，越龙点鲤势非俦。
> 世人欲杀君怜我，久处烟波早忘忧。
>
> 道未成真反为魔，内疚常比外忧多。
> 上天已断青云路，入地难寻安乐窝。
> 儿女满堂悲寂寞，诗书盈几懒吟哦。
> 人生失却操戈日，徒望烽烟唤奈何。

萧军在回信中安慰了我父亲，寄来一张病愈后的单人照片，说："我不赞同你的态度，太消沉了，应少些自责，多些振奋。"于是他给改了三个字：

> 道未成真常遇魔，内疚实比外忧多。
> 上天似断青云路，入地难寻安乐窝。

父亲收到信后，看了许久，对我说："你刘叔的处境并不比我好，但总是有那么一股不服输的劲头，几十年了还像当年一样，真不容易啊！"

有一天夜里，父亲梦见萧军，醒后写了四句诗：

> 盼音久不至，人在梦中来。
> 醒后思千缕，寒屋仍自哀。

萧军在回信中说："不知你的心情这样，我每日忙于许多事情，今后我尽可能地给你写信，一时忘了回信，你也别介意是了……你的诗很写实，如果改动两个字，可能会活泼些。"

他改成：

盼音久不至，人在梦中来。
醒罢思千缕，寒屋徒自哀。

1976 年萧军给我父亲寄来一本《椒园闲咏》诗稿，是抒发他在农郊的生活和心情之作。内有一首七律：

老来初解爱田园，往事悠悠一雾烟。
啼笑何由余冷眼，恩仇行在久无嫌。
椒杨半亩杂花草，星月漫天不须钱。
矮屋两间双白发，青竹坐对足开颜。

父亲读后依韵奉和一首《寄萧军弟》：

渴望人间有乐园，何曾自惜化灰烟。
挥戈提笔劳甘愿，刺虎缚龙苦未嫌。
在位险遭文字狱，闲居幸有离休钱。
如今垂暮焕发日，和首新诗助笑颜。

注：萧军 1988 年在北京病逝，享年 81 岁。我父亲 2003 年在本溪病逝，享年 97 岁。父亲生前 76 岁时，曾写下 5 万余字的回忆录《我和萧军六十年》，1982 年发表在《东北文学研究史料》第 2 辑上，真实地记叙了两人 1925 年在吉林入伍结为兄弟，一生所历经的往事，成为我国研究萧军的一份珍贵的第一手史料。

原载《相知》

初识周海婴

方　朔

1986 年的中秋节，辽宁省锦县"作家萧军资料室"落成典礼。在来自全国各地众多的宾客中，我意外地见到鲁迅先生的儿子周海婴。

他，瘦高个，戴副金边眼镜，穿身浅色的夹克服。很多人热情地同他合影，他总是微笑，非常客气地满足素不相识人的要求，却不愿多说话。

那年，周海婴看上去很年轻，不像年过 56 岁的人。我是从许多回忆鲁迅先生的文章中和看到一些照片知晓周海婴的。这次面对面相见，感到很亲近很亲切。

锦县的中秋风光很美，"萧军资料室"的落成，使锦县更引人注目，我们的话题便是从萧军开始的。

"我很赞佩萧军，"他说，"萧军现在已是具有国际影响的著名作家了，他没有忘记这块出生地。身居北京，把自己作为一粒种子，撒在故乡，以期开出更多更美的文学之花，这是一般人难以所为的。"

"您和母亲不是也很早就把鲁迅先生的全部手稿、书信、照片和其他遗物，都献给国家了吗？媒体上说，你把一家出版社告上法庭，是关于鲁迅先生著作再版的稿酬问题，结果怎样了？"

他没有直接回答，只是说："按国际惯例，作者版权保护期是 50 年，而我现在和所有人一样，继承的是他的精神、思想和人格……"他的态度显得很沉静。

鲁迅先生逝世于 1936 年 10 月 19 日。我诚恳地请周海婴谈谈，作为儿子是如何继承和发扬鲁迅精神的。

"在我 7 岁时，我的父亲就去世了。我是鲁迅的儿子，我也是鲁迅的读者。我从母亲和许多亲友的回忆及谈话中，比其他人能更多更真切地理解，是人而不是神的父亲。

"很多人把鲁迅的精神，形象地概括为'横眉冷对千夫指，俯首甘为孺子牛'。我认为，前一句是他的战斗性一面，后一句体现了他富有人性的一面。前些年，我把'两地书'按信的原文发表，就是为了求真，还历史的原貌。

"我的父亲生前，把自己比作牛，吃的是草，挤出的是乳、是血。他把自己的一切奉献给国家、民族和人民，'我以我血荐轩辕'。我个人是把父亲在国家和民族危难当头，如何立身做人，放在首位。其次，是其他的方面……"

这天下午，文联召开座谈会，作家、诗人、评论家、官员、记者近200人参加。周海婴走进室内后，在一个靠边的座位坐下。他见到我，微笑地点点头，我走过去，坐在他的身旁。

会议主持人过来，诚恳地请周海婴到前排就座。他摆着手，说：座谈会，随便坐好了，我听得到。再三请让，他也不肯去。

趁座谈会还未开始，我和周海婴又接着谈了起来。

当时，有人在报纸上公开贬低鲁迅先生，很多人都为此感到气愤。"您当时为什么不出面公开给予回击呢？"我有些不解地问周海婴。

"这事很复杂。先抛开其他的事不谈，写文章的那几个人，他们根本不了解鲁迅，其中有个还是青年学生。这个学生过后，也表示了后悔。"

他接着说："时代不同了，有些观点要改变。但我认为，鲁迅的精神、思想、人格和文学成就，决不会因几个人所言就失去光辉。有的人，不过是想借此出出名而已。我对这类人和事，向来只有一个态度，就是连眼珠也不转过去。"说完，他坚定地扬起头。这时，在我头脑里，立刻浮现出他父亲的形象来。

主持会议的人又过来，请周海婴到前台讲话，几台摄像机和十几台照相机一起对准他。

周海婴用一口清晰的北京话说："今天在座的有很多老同志，我是不该早发言的，现在只好'恭敬不如从命'了。当年，萧军写出我国第一部反映东北抗日斗争的长篇小说《八月的乡村》，是我的父亲写序并帮助出版的。父亲逝世时，萧军是送葬队伍的总指挥……今天，萧军资料室建成，我是代父母来庆贺的……"他将上午对萧军评价的话讲了出来，接着又讲了目前国内主要是上海、北京、广州、绍兴的鲁迅纪念馆和博物馆的情况。他很认真地说：

"我发现了一个问题，现在去参观的人少了，这是因为陈列的东西不能满足人们的需要。应该像萧军资料室这样，将一个作家的所有实物，特别是手稿都公开，毫不隐瞒。文化交流是没有国界的，应该为中外学者的研究工作提供客观的物件。这样才能有助于写出好的剧本、小说和论文……"

他发言结束，掌声还未住，又回到原来的座位坐下。

我对周海婴说："如果鲁迅先生还活着，那该是多好！"

"如果活到今天，这不可能。不过，只要人们永远在传播他的思想，发扬他的精神，爱读他的著作，这就表明他还活着。"

时间在我们会心的交谈中流过。

第二天一大早，周海婴同萧军的几个子女，去下碾盘沟村参观萧军的故居。汽车开动了，我站在晨曦中向他们招手，周海婴他们在车窗内也不停地向我招手……

岁月如梭，记忆如筛，往事如昨。

选自《本溪美文百篇》

王重旭　辽宁省凤城市人，1954年生。1982年毕业于辽宁大学中文系，中国作家协会会员，高级记者，曾任本溪市作家协会主席，省散文学会副会长。其作品多次入选全国年度杂文、随笔、文史选本。在《当代》《草原》《芒种》等发表中篇小说多部。

新爱莲说

王重旭

自古以来，莲便被人赞叹。早在汉乐府中便有"江南可采莲，莲叶何田田"的诗句，很是诱人。佛教中的如来端坐莲花宝座，更使莲神圣起来。到了宋代，周敦颐的一篇《爱莲说》使得莲成为花中君子，让世人不能不肃然起敬起来。

但是，世间并非只有莲赢得人们的赞美，比如梅花不争、牡丹富贵、桃李不言、红杏出墙等等，在诗人的笔下都成为一道绝妙的风景。然而，赞美花的诗读得多了，便发觉，人们在赞美某种花的时候，总是千方百计把自己要赞美的花说得锦上添花，好得不能再好了，仿佛是这世界上的唯一。所以，不比较尚可，一比较就免不了迷惑起来，这世间，究竟哪种花最美？这天底下，究竟哪个人说得最真？

其实，诗人说得都不错，只是我们太执迷了。花的本身并无美与不美之分，也无高低贵贱之别。只是人们面对此情此景，托物言志，抒发一下内心的情感罢了。所以，古人也好，今人也罢，大凡对莲的赞美，或对别的什么花的赞美，都不过是借花的特性，来抒发一下自己对社会对人生的看法而已。如宋人周敦颐的《爱莲说》，无非就是借赞美莲的出淤泥而不染，来宣告自己的人生态度，又因"莲""廉"相通，便以莲来赞美君子高洁清廉的人生。

不过我又想，莲出淤泥而不染固然十分可贵，但是莲为什么偏要生在淤泥之中呢？仔细想来，倒也没有什么奇怪。大凡世间万物，都是相辅相成的。拿莲来说，有了淤泥才会有莲，没有了淤泥便不会有莲，更不会有莲的美丽。社会也是如此，因为社会有了贪污腐败的污泥，所以才有了清正廉洁的"莲花"，如果我们这个社会没有任何的一点污泥浊水，腐败不存在了，廉也就不复存在了。正因有了污泥浊水，廉才显得格外的珍贵。

　　莲的美丽是因为出淤泥而不染，但我还是真的希望，只要池水清澈，宁可世上无莲。

原载《本溪日报》

新小石潭记

王重旭

本桓路洋湖沟段路边崖下数米，有两巨石，如天外飞来，中有小溪流过。石上绿松斜挂，如盆景。

途经数次，不知就里。今与友过此，友尤爱美景。于是舍车取道，攀石扶持，至溪边。

溪水蜿蜒，日光逐流。石下成一潭，方圆不过数十米，潭水清可鉴人。潭底全为卵石，大小相差无几，似人工铺就。石色藏青、暗红、老绿、灰白，秋水摩挲，晶莹玉润。岸边亦卵石，杂有细沙，人坐其上，温热可人。

潭有鱼，长两寸许。三五结伴，闲静无忧，无所事事。其色与水相近，须细看。因有人来，奔走相告。人见鱼乐，鱼见人亦乐。

对岸杂草枯黄，白杨叶落，秋声凄婉，四野空旷。

友叹曰："此乃柳宗元笔下之小石潭也。"

同游者四，皆挚友。壬午年秋。

原载《本溪日报》

王　红　女，1956年生。辽宁大学中文系毕业，当过记者。长期在市文联工作。任创作评论部主任，《辽东文学》杂志社执行主编，本溪市作家协会副主席兼秘书长。著作有中篇小说《佳期如梦》、长篇小说《东园桃树西园柳》等。

嫁作农人妇

王　红

我当知青下乡的小东沟，1968年没有青年点。知青进村后，就站在大队院子里，由大队指定的觉悟高的贫下中农领回家。当时先被领走的，都是女的，都以为女的吃饭少，省粮食。后来才知道，那些领女的走的人家都是有要娶亲的男人。再后来，就有几个女知青嫁给当地人了。

我1974年下乡时，有几个女的来看热闹，怀里抱一个，手上牵一个，邋里邋遢，说：俺们也是知青。我很奇怪，但凡知青有嫁给农人的，都要被反复宣传，就是扎根农村。她们却不像赚得了什么政治资本。而小东沟的风水很奇特，男孩子长得都好，女孩一般。所以我看几位知青姐姐也并不委屈。那些青年，应该就是读书少了点，背着斧子砍木头去，前面走着，虽衣衫不整，却因面目清秀、身材颀长，也飒飒的。只有一个，有点鸡胸脯，似乎是哮喘病。他能娶到知青，是因为有个能耐的妈。当时他妈一眼就相中了女知青里最俏的立芳，第一个上前拉住领回去。据立芳讲，本来是跟这家的女孩睡一个炕的。睡着睡着，就换人了……后来肚子大了，寻死觅活的，男人在后面跟着，娘家也来作。也苦了那家人，连着几年杀年猪，头蹄下水都不留，都孝敬了立芳娘家。那婆婆经常坐在地上大哭一顿，哭够了就又给立芳看孩子干活去了。

英子嫁得也够惨烈。夜里出事了，马上疯一样往外跑。是往城里跑。雨季正涨着水，不要命地往河里蹚，男人上去拦她便一起冲倒了，亏着男人死死抱住她。后来也是因为有了娃，舍不得，就和那男人过起来了。她初中一年下乡，那时没计划生育，我下乡时她都仨娃了。"女牛女牛，三年五个头。我是五年三个头。"她痴痴笑着，完全农妇模样，一点不矫情。

后来因为有女知青被村霸欺凌的事，又因为小东沟有几个女知青在当地无声响地结婚，县里和公社派来调查组，找了这几个已婚女知青谈话，怎么说的不知道，反正谁也没被追究，就过去了。男人想娶老婆，婆婆想儿媳，人之常情。

青年点和英子家隔着河。中间的桥是岸边的一棵大柳树，被放倒横在河上。树身被锛成平面，树身还活着，根在这边，树冠还在对岸生长。因为小东沟偏远，知青都不来。我在那里时，只有四个知青。一个张姐做饭，我在大队，两个男知青在生产队干活。打一天鱼晒九天的网。因为不讨厌，并且有趣，村民们不仅包容，还很喜欢。他们不太干活，却是把我们两个女生照顾得很好。记得冬天他们在山上捡些干木头掀下山崖，落到冰河上，那么大的东西从高空落下，那响声很吓人。然后顺着冰河把木头拖到青年点。这时候就看见英子男人穿着乌拉从山上下来，套了狍子，顺着毛在雪地上拖着，向我们喊："过来吃肉！"我们的男生就欢天喜地飞过去，接过狍子拖到英子家，帮着架火，剔骨，炖肉，汆丸子。我们也心花怒放跟着吃好几天。男生们因为好吃就不懒做，总是撺掇英子男人一起弄吃的。春天采山菜，英子男人领着，下山时候一个带车装着十来袋子大叶芹，青年点就有菜吃。英子男人会抓鱼。男生们就屁颠屁颠挖水渠，然后英子男人下鱼篓。下一天的雨，夜里篓子里的鱼就满了。雨夜里听得蛙鸣，英子男人点着明子带着男生照蛤蟆。先把青年点的大缸装满，再把英子家的大缸装满。吃的时候用大笊篱到缸里舀。总在英子家蹭吃蹭喝，欠人的。张姐说，把那袋子苞米糠拿过去喂猪吧。男生们说，要送四个人一起送。后来不管是谁，回家时带点儿苹果蛋糕什么的，都四个人送，很郑重。一个人的礼物，四个人的体面人情，很划算！那时候都吃不饱饭，英子婆婆看不下去我们占她儿子便宜。张姐去要大酱，英子婆婆堵着门不走开。英子从里面冲出来，借题发挥，扯着大嗓门就吼起来。她婆婆心有余悸，永远不敢惹这知青儿媳。给我们挣了面子。

其实我们很没面子。

从此不去大吃二喝。都是英子趿拉着鞋站在桥上，扯着大嗓门叫："过来吃梨！"我们才过桥。山梨放在她家刺楸板柜里，用香蒿捂着。手伸进去捏，哪个软乎拿哪个。夏天出了猪拱蘑，英子男人用大箩筐镇在河里。英子端一碗大酱放在桥上，我们都坐在桥上，脚在河里，捞着猪拱蘑蘸酱吃。

那桥真好。记得我们那个男生总站在桥上拉小提琴，我也总是站在桥上，对水梳妆。他拉琴，让我们跟着琴声拿着他的《外国民歌选》唱《山楂树》《纺织姑娘》，河水流淌的声音比歌声琴声还大。河边围了一些村民，说唱得真好。我知道不太好，三个唱歌的两个跑调。但我知道他们是真诚地称赞。这样美的山野，月亮和河，植物和水的气味，唱得不好，也好。

后来我们到公社开会，管知青的干部都在会上说："有的青年点唱黄色歌曲，什么我的心上人坐在我身旁，偷偷……哎呀，说不出口。"我知道是说我们青年点，多亏小东沟偏远，那些人才不来折腾我们。比起那些几百人几十人的青年点，总是开会，被人管束，我们有自由，小东沟是我们的天堂。

后来都离开那里了，嫁作农人妇的也离开了。立芳去了林场当炊事员，英子男人顶替了英子，在化肥厂当装卸工，我总是想英子男人和三五人站在大车上装卸的模样，不如他在小东沟的山里自由而鲜活。英子窝在楼房里，没有桥，也没有河水，大嗓门也无用武之地了。

我也经常想起那条河，想起小东沟的生活。那时理想和爱情似有似无，更多时候是在玩。记得踩到一块大石头，就在想在我之前没人踩过。摸过一棵树，也觉得我是第一个碰过它的人。胆子小，却一定要自己去河的发源地看看。凌晨我走过一片白杨林，我认为这么清冷，所有野兽都不会出来。雾气向我弥漫过来，并没有什么，我却害怕得不行，实在不敢向前走了。我确定是龙或者大蛇正张着大口对着我的脸。溯洄几次，每次胆子都没变大，都被吓了回来。

青春真是好东西。因为好，所以很多事会记着，会到梦里。四十多年，不知那桥下流过多少水。河边的白杨林落下了多少叶子，还有没有十八岁的女孩在上面走。

原载《辽东文学》

在乡下贴春联

王 红

不记得从哪一年起，我开始重视过年贴春联。那时候是买，要字面的意思好。我知道"富贵""荣华"好，却望而生畏，从不敢买来贴自己家门上，认为和自己生活不搭边。别的也喜欢，都写得好，可是我家只一个大门，只能贴一副对子，就首选有平安意思的。儿子留学那年，我顿生豪情，贴的是："宝地年年兴家业，福门代代出英才"，横批是"吉祥如意"。一看就不是一副，我拼起来的，我还是得要吉祥如意，就张冠李戴了。每天下班回家就念一遍，就觉得天地护佑。

近几年在乡下过年，乡下门多，连园子栅栏门也要贴，我便将多年想要的对子都选来了。我们文联书法家每年都给农民写春联，我便取巧，上网选好了，请人写。园子大门和去年的一样："春满乾坤百花吐艳，福临小院四季常安"，横批是"抬头见喜"，又是张冠李戴。去年的挺好，就保留了。房门是："春安夏泰人长寿，秋福冬祥家进财"，横批是"吉星高照"。"门迎晓日财源广，户纳春风吉庆多"，横批是"玉兔献瑞"。房间的门也贴，是请市楹联学会主席谢毅特意为我家写的。他在上海，我打电话，把我家植树成林，更要子孙成才讲给他，他说想想。第二天他发来信息："林木蔚云霞长留春色，诗文培弟子永续书香。"我好欢喜，加上去年孙承给作的横批："栽福植禄"。我请我们文联副主席王建国给写，他给我家就写了五六副，还另写了送人，说是我作的联，别人见了我就夸我的对子作得好，我说哪里是我的，谢毅的。

山上有一口小井，供我们三家吃水，我常感激，要给这井写副对子，问常写对子的书法家，都说没什么对子，就是"井泉大吉"四个字。我觉得不够郑重，也请谢毅作了一副："福泽四时春永驻，甘泉一井瑞常盈。"王建国写的时候把"井泉大吉"改成"泉井大吉"，说先有泉后有井，我说真对。我年根底回乡下，打开水龙头没水了，管子里呼隆呼隆响。年前几家用水过量，水供不上了，正着急。我拿了春联和供品和邻居到井上，大红的春联用白白的雪块压上，放起鞭来，说些请山神龙王保佑的话，然后打开井盖，看见井水满了。我们激动，对着井感谢。

我的邻居不停地说怎么这么神，怎么这么神！我母亲说就是嘛，人有意神先知。

腊月二十九贴对子，家家贴得通红，民间的喜庆和安稳就有了，就过年了。我看栅栏门上贴着"春满乾坤"，这些好对子都是老祖宗留下来的，只有在野外的人才知道"春满乾坤"，春节是天地一年的开始，其实更是大自然的节日。古人高明，选择了和天地一起过节。

原载《辽东文学》

王雨亭　女，笔名两亭。1964 年生于辽宁省本溪市。满族，辽宁大学中文系毕业。曾在本溪日报社、市委政研室等部门工作。现任市文广局局长。曾有作品收入王剑冰所编《女性的坦白》一书。

读书与读人

王雨亭

我曾被人好奇地问及："你正在读什么书？"

我说："我正在读人。"

她和当初只知读书的我一样，疑疑惑惑地睁大了眼睛。

其实道理很简单：你不读也不行了，她（他）翻给你看。

这一读才知晓，读书可以给自己找点哲学养料，而读人却可以给自己平添几分生存智慧。只读书愚，只读人滑，只有书与人同读，在读书中有所得，在读人中有所悟，并在作文做事中有所提高，才能使人升华。

在一饭店吃饭，一位食客嘲笑老板：你当初才念到小学四年级就不念了，现在竟能开这么大个饭店？老板平和地说：你上学也不等于就读书，我不上学也不等于就不读书。他一手递听饮料给食客，另一手正捏着一本名人传记。

可以说成功者没有不读书的，但不可以说读书就能成功。书分会读不会读，会读的，一本书就足以教你立世；不会读的，越读越愚。要获取真正的生存智慧，除读书外更需读人，读人又读书，读书再读人，读书读人相辅而行。

因为读书人的智慧常常大而无当，必须以读人来填充一些实际的生活智慧。

比如，读书可以让你能说出一些道理，并直言不讳，也因此，读书人常感叹自己的真诚受到玩弄。但读人可以让你知道什么场合该说什么话，即使说些道理，也以不让人头痛为度。

读书使人固执，读人使人善于妥协。只有书与人同读，才能使你既善于妥协，也善于在妥协中巧妙地坚持，在不固执己见中隐含着一种主见。

这就是智慧。智慧不是知识，不是博学更不是学历，再博学的人只能对已知的东西有所了解，而智慧是对无限的认识能力。智慧的获取，读书是基础，读人是升华。

　　读书使人理性，读人使人敢闯。个人的理性和胆量，恰如你人生航行中的舵与帆。没有理性，你将失去目标，没有勇气，你便走不太远。这读书与读人，这理性与胆量，须有恰到好处的比例。全是理性毫无胆量便现迂腐，全是胆量毫无理性便是流氓，读书读人读到恰到好处，就能把握人生一个"度"。

　　翻开中国历史，孔孟为圣不为王，秦皇汉武、唐宗宋祖为王不为圣。前者建言建德皆因读书多于读人，后者建功立业皆因读人盖过读书。

　　人生不可以没有"读"这个细节和动作。读了不能不悟，读与悟就是为了把别人的得失吸收到我们的人生经验中来，成为滋养我们人生经验的养料。

　　没事儿的时候，随便翻翻身边的哪一个人，每个人都是一本书。

　　也许你翻了多少本书都弄不懂一个行业，而偶尔翻了一个人就读懂了八九。

　　有比喻说朋友是好书，父母是教科书，爱人是工具书，同事是参考书，过眼熟人是报刊，儿子则是读不尽的连环画……

　　你就读吧，兴许读着读着你就会发现，自己早已成为别人书中的一个人物。

选自《本溪美文百篇》

王岫亭　女，笔名牧晚亭，满族，生于20世纪70年代初期。现在本溪市人大社会建设委工作。辽宁省作家协会会员、辽宁省散文家协会会员、中华辞赋家联合会会员、中国诗赋学会会员、本溪市作家协会常务理事。有多篇散文、辞赋、杂文、小说、报告文学发表并获奖，著有长篇报告文学《本溪农脉》。

致敬我的村庄

王岫亭

清晨，拉开窗帘，满目青山，晨雾缭绕，一座高架桥在远处的山坳中横跃。南方的朋友问，你的村庄里有什么？目之所及，我摁下了几个字：袅袅炊烟和诗情画意。

这就是我所在的村庄——碱厂。从8岁离开碱厂，到48岁重回故土，我是积极响应党中央大力推进脱贫攻坚，实现乡村振兴的号召，像一粒种子，随着"乡村第一书记"这个新时代的新角色飞撒到了本溪满族自治县碱厂村，开启了我的深入农村的体验之旅。

碱厂，这个曾经的军事重地、商贸重镇、辽东历史文化发源地，因为战争、交通、改革等原因，在繁华和衰颓中三起三落，声名和经济渐隐，但故事和流传却颇丰，在本溪历史上有"先有碱厂，后有本溪"之说。当年，我的祖外公挑着担子，领着4个儿子从山东逃难到碱厂落地生根，就是奔着当时的碱厂是太子河上的三个水运码头之一，当时繁荣至极。

20世纪八九十年代，碱厂村整条街都是明清风格的老式民居，可惜随着小城镇建设步伐的加快，老式民宅留存无几。好在我所在的碱厂村部里还保留一座百年豪宅，当年叫"赵家大院"。青砖飞檐，木雕窗棂的房子虽然看上去显得很是陈旧，但我真切地从这栋豪华气派的建筑风格里，感受到了老村远去的喧嚣和繁盛。碱厂村流传至今的还有"逢十赶集"的习俗，十里八村的乡民每月都有三天，聚集到"碱厂百年古集"的牌匾下，晾晒出天然原始的农副产品，也晾晒出淳朴厚重的乡情民风。

这个老村的印记和故事如此细微，犹如暗夜中的萤火，都被村庄悄无声息地悬挂在庭院里的屋檐下。

村庄里，有振聋发聩的乡贤达人，有向往富裕生活的晚生后辈，也有黯然神伤的贫困群体。这些人，这些故事，他们入不了史志，也留下不了深刻的印记，但就是这样的一村庄人，在历经小村的繁华和颓败之后，依然能够顽强地一代代地起承转合，秉承和坚守着一种生生不息的信念，使得村庄在改革开放、乡村振兴的序曲中，早已脱离了传统的农耕模式，进入机械化的大农业时代，土地流转、生态农业、新型农民……完全有了另外一种模样。

村庄，逐渐丰腴、润泽、美丽了起来。

我很庆幸，在钢筋水泥、流光溢彩的都市另一端，可以有碱厂老村这一扇窗，从那里，我可以捕捉到玉米的黄、稻谷的香，捕捉到一个真实的农村，一个灵动、鲜活、向上生长的风景；也可以透过老村的变化，感受时代的兴衰与人生的沉浮；更有机会理解这个时代、这个国家以及深藏其中的土生土长的力量。而我随时都可以像收割庄稼一样，在老村的变化发展中，捡拾故事的细节和情节，一草一木、一牛一马，成为我与农村须臾不会断开的生命脐带，成为我丰富深沉的人生底色，成为我满怀激情投身村庄建设的动力。

所以，当村庄用它的厚朴、博大与生生不息最终度化了我们的时候，就让我们以致敬的姿态，祝福我们的村庄，祝福我们的祖国吧！

原载《本溪日报》

王晓阳　1957 年生，本溪电视大学中文系毕业。1988 年调入本溪日报社，任编辑。自 20 世纪 80 年代开始在《本溪日报》发表文艺评论、散文、诗歌。后转入美学领域，再进入历史、哲学、儒释道。出版《美是一种人生境界》等美学专著。

节约情感

王晓阳

写下这个题目，心里觉得好笑，因为曾有人戏称我为"情种"，让一个"情种"来写节约情感，这不是很滑稽？

转念一想，我倒有别人没有的优势，你想，情种若下定决心节约情感，必然正反两方面的经验集于一身，说服力一定强大得要命。

只是这决心实在很难下定！

把情感像婚礼上撒向新人的彩色纸屑一样四处抛撒，每一片纸屑随风飘舞落地的过程中，都会有各不相同的运行轨迹和归宿，所有这些轨迹和归宿会给抛撒情感的人带来丰富多彩的感受。对于一个要通过情感途径感悟人生、了解社会的人来说，还有什么比这些丰富多彩的感受更有价值呢？

要获得这些感受是须付出代价的，而且要有一份不计得失的超脱，也就是把所有的感受都一视同仁，等值地加以体验。正如抛纸屑，抛得越高越远，纸屑的遭遇越不相同：有落在鲜花丛中的，有落在烂泥塘里的；有被人精心保存的，也有被人遗弃践踏的。

所有的遭遇、所有的感觉，被不计得失地融汇成甜酸苦辣的百味羹，一股脑地吞下去，再细细地反刍。心一会儿被撕裂、一会儿被抚平，一会儿寒冷如冬、一会儿温暖如春；同时要做到撕裂时不龇牙咧嘴，抚平时不趾高气扬；置寒冬不佝肩塌背，处春风不得意忘形。

能做到这一切，不是因为皮太厚，而是因为心太软。这种软，不是见谁都泪汪汪的女儿心，而是海纳百川的宽柔。相遇知音，能在共鸣中听懂对方每根琴弦的每一次颤动；遭到拒绝，能在碰撞中感悟对方人格内涵中的独特构造。

　　抛撒情感的过程，往往从渴望肌肤之亲开始。这时，两性相吸往往比两情相悦更快更直接。但同一个起点，往往走出截然不同的人生道路，关键在于究竟以感悟人生为主还是以享受人生为主。

　　以享受为主的人，会在这一过程中迷失自我，落入不断寻求与抛弃的循环，情感会在这一过程中逐渐麻木而昏睡，最后连肌肤之亲也变得虚无了。而以感悟人生为主的人则不同，因为感悟是要用心的，用了心就难免会动情，而一旦动情，就会渐渐地发现情感的珍贵。所以，这条人生道路，往往以肌肤之亲为始，以珍惜情感为终。

　　最后的区别在于，前者越活越无聊，越活越浮躁；后者则越活充实，越活越安详。

　　目前的商品社会价值观念，已不容人太着迷于情感。

　　商场人生如林场行猎，要的是冷酷加冷静，你很难带着爱心去行猎。所以，对于一个入世者来说，节约情感也是人生准则之一。

　　像生命一样，每个人的情感都是有限的，供我们抛撒的纸屑每人只有一袋。当我们手中握着最后一把纸屑时，不会轻易地将它们抛出去。我们会爬上更高的地方，等一个天高云淡的日子，怀着最虔诚的心情抛出纸屑。也许我们会一直握着它们，一直在对更高的层次、更理想的境界的追求中珍惜着它们；也许我们会后悔，当初怎么没想到节约一点呢？

原载《本溪晚报》

王迪生　1950 年生，字一蒲、鹤樵，号真吾，中华诗词学会会员，省诗词学会会员，曾任本溪市诗词学会副会长兼秘书长。1968 年参加工作，当过工人、部队战士、机关干部。多年从事书法、诗词、散文等创作。出版评论、散文、杂文、易理及诗词、歌赋、楹联集《真吾随笔》《真吾吟韵》两卷。

蒋子龙先生的本溪缘

王迪生

在建党 100 周年的前夕，《光明日报》发表了中国作家协会吴义勤博士撰写的文章《百年中国文学的红色基因》。在这篇文章中，作者列举了一百年来具有红色基因和传承的一百位作家和作品，其中就有改革开放初期，曾轰动一时的蒋子龙和他的小说《乔厂长上任记》。

看到这篇文章，我很替子龙兄高兴，因为我们是很要好的朋友，而且，蒋子龙先生和本溪也很有缘分。

蒋子龙先生曾任中国作协第五、六、七届副主席，天津市作协主席和文联副主席。1979 年发表《乔厂长上任记》，揭示了改革开放初期的种种矛盾，剖析了不同人物的复杂灵魂，塑造了一位具有开拓精神的改革者的形象。小说发表后，可谓一时间洛阳纸贵。

对蒋子龙先生，我一直崇拜有加，神仰已久，只叹巨微相去甚远，唯隔空遥望而已。没想到，缘分轻而易举便来了。

有人曾提议要我写写印象中的蒋子龙。我想，与其说是印象中的蒋子龙，倒不如是直叙心目中的蒋子龙、情感中的蒋子龙、楷模中的蒋子龙。

心目中的蒋子龙高崇、伟岸、厚重、睿智、干练；情感中的蒋子龙风趣、正直、友善、亲和、大气；楷模中的蒋子龙博学、广纳、率真、懋勉、师表。不愧为人类灵魂的工程师，给民族乃至人类奉献丰厚的精神食粮。

1989 年初冬，蒋子龙先生应本钢之邀，第一次来到本溪，承蒙我本溪市作家赵雁力荐，我很荣幸地拜见了蒋子龙先生。原以为这位享誉中国蜚声海外的文学大家，不知会有多么威仪和霸气，哪承想先生是那么平易近人，那么真挚可爱！

记得那时我们下榻在沈阳省军区大院的金都大酒店。我的一位非常要好的小兄弟刘永彬盛情地接待了我们一行。午宴是在本溪籍的一位小伙叫冯凯开设的饭店，店名是"华夏民俗村"。席间子龙先生率先打破沉寂的僵局。毕竟是初识，不敢造次。倒是先生反客为主时不时说些接地气的话，话语中幽默不失真知，诙谐不失灼见，让人倍感先生之亲切！

这次来本溪，蒋子龙先生参观了本钢的生产车间，还特意到本钢文学社，和那里的文学爱好者们座谈。第二天，蒋子龙先生还在本钢宾馆举办了文学讲座，虽然那天下着大雪，但会场还是一下子来了很多人。

自此，我便开始了与蒋子龙先生的不解之缘。

与先生第二次见面是1997年秋。先生受鞍山著名作家文畅先生之邀来溪中转。在本溪的两天里由赵雁为主接待。我与我的两位老弟——徐恺和何经伦陪同，我们同为文友、诗友、酒友兼及书法，趣味相投胜似亲人。第三日赵雁约我陪同先生启程赴鞍山。在那里得到了文畅等人的热情款待。

1998年秋，应蒋子龙先生之邀，我与经伦赴天津再次拜见了先生。先生非常热情地请我们享受了百年老字号"狗不理包子"，并带我们参观了劝业场、杨柳青年画基地。这次拜会，使我彻底打消了与大作家交往的拘谨和不适，顿扫"高处不胜寒"的疑虑。至此，我与先生一直保持书信往来。直至我们都有了手机才改变了通联方式。先生一直称呼我为"迪生兄"，亲切之感自不必说。要知道，先生是年长我八岁的长者。

此后多年未曾与先生谋面，多因先生事务性的工作多了，且兼任国家作协副主席、天津市作协主席。夫人为照顾在珠海工作生活的儿孙们长住在那里，先生也只能奔波于京津珠三地，着实应接不暇。但我们的联系从未间断。直至2013年秋，我与先生相约，再度赴天津拜见了先生。这次临津门只为三件事。一是给先生带去我出版的两本书，其中一本《真吾随笔》是由先生作的序。还有一些我写的条幅。二是取回先生结集出版的《蒋子龙文集》共十四卷精装本。这十四卷书是先生大半生用苦汗积累的结晶，沉甸甸的，如获至宝。三是与先生预约来年来溪一聚，必须风雨不误。先生欣然接受了我的恳请。

2014年9月初先生如期而至。那天去沈阳北站接先生之时，一直下着不大不小的雨。我与恺子、显兴二位老弟开车提前赶到车站，先生临下动车之际雨也适意地停了。这次请先生来溪是我入主安排一切行程。之前制定了以小时为单位的周密部署，几天的活动也着实让先生累得不可开交，除睡觉外几乎很少让先生憩息，以至让先生给我冠以"霸道""无冕王"的称号。

　　这次行程我首先安排先生向东部山区进发，一路皆由赵雁、徐恺、曲显兴、赵丹、我的胞兄王秀义及我的老伴崔力元陪同。第一站就是本溪县的老边沟。我对那里轻车熟路，风景宜人自然是行程的首选。老边沟林茂水丰，凉爽舒适。清溪蜿蜒于纵深幽谷，林荫遮蔽间、木板栈道或石板甬径，负氧弥漫整个原始山林。先生叹道："没想到本溪还有这等好去处！这在京津驱车走多远也难见到。"

　　在老边沟的玉龙湾度假村受到主人赵风春先生的热情款待，吃的是地产乡风野味。这桌丰盛的午餐大多是先生从未尝过的食品，如小河鱼、苏子叶饽饽，还有鲜苞米、牛舌饼等尽皆有机食品。让先生充分体验到大城市与山村的尺有所短寸有所长的别样风味。午餐后未及休息即驱车赶往本溪市的最东部——桓仁满族自治县城。县文广局副局长、县美协主席康鸿伟及画家于进平早已迎候在"隆兴国际大酒店"门前。办好入住手续后我们又马不停蹄地来到建筑风格特异的县文化馆。先生及康鸿伟、于进平加我共同挥毫写字作画。地方有几位相关的朋友也闻讯赶来向先生索字。为减轻先生的劳累，我也代为充数写了一些条幅赠送友人。当晚我们得到了鸿伟等人的盛情款待。自然也是地产的特色食品。

　　晚宴后我们在浑江边散步，算作稍事小憩。

　　晚风习习，月光如水。我向先生提议说桓仁的烧烤很独特，不妨品尝一下如何，先生初始不同意，在我再三怂恿之下，先生只好勉为其难。那时的我对酒好胜，时有不醉不归之举，更何况是一任佳时妙境师友相聚之时，岂能辜负了这良辰美景？于是我们到了一处烧烤店，大快朵颐，乘兴而归。

　　第二天鸿伟老弟安排我们去登五女山。考虑先生这两天劳累且年高，让先生坐拉竿上山，却被先生婉拒。哪承想年长我八岁的先生精神矍铄，一气健步登上山顶。而我却气喘吁吁，停歇几次才勉强爬至。看来体能与年龄无关，与先生比，我自叹弗如。想必这与先生经年坚持每天游泳锻炼不无关系。

　　在山顶上先生俯瞰迤逦的青山碧水，动情地用"震撼"两个字高度概括这番景貌！鸿伟老弟安排的导游小姐隋媛媛拿出当地负氧离子数据表给先生看，竟然是北京的近十七倍，难怪先生如此赞叹有嘉。"这里的风景确实美，关键这么美的风景就在身边，近在咫尺。"

　　我告诉先生："这些年本溪市历届政府对环保在人力、物力、财力上不断加大投入，使本溪全境由卫星看不到的城市一跃成为全国最宜居的城市。现在森林覆盖率占百分之八十左右，且水系丰沛，水库众多，有山就有树，有水就有库。"听罢，先生赞叹不已。

　　9月5日上午，我奉大家之邀，恭请先生在我的工作室为大家写字。先生除了在桓仁为友人写的条幅外，又一气写了近三十幅墨宝，最大限度地满足了大家的渴求。

午宴是在郊区牛心台的"瀛泽庄园"进行的。那里环境幽雅僻静，因店名是我起的，自然很熟悉。席间何经伦老弟率先用陕西方言唱了一段京剧，接着张丽梅唱了一曲《贵妃醉酒》，徐恺老弟又情深意切地献上一首《再见了大别山》，歌声让众人热情高涨。

受气氛感染，先生自报家门，倾情唱起了那首旋律优美的《小河淌水》。随即先生站起来一一地向大家敬酒，着实让大家万分感慨！这是一次难忘的饯别！一次激奋的分手！最后卢玉龙老弟即席吟诵的一首七言律诗作为这次饯别的尾声：

> 喜逢大雅自津来，幸睹经天纬地才。
> 昨日惊雷犹在耳，此时衣锦尚虚怀。
> 等身著作同星耀，拔俗性情与世乖。
> 一路风尘不辞苦，更将桃李满园栽。

是啊，"等身著作"用于先生创作生涯与成果是何等贴切、恰如其分、实至名归！"等身著作"足以昭示先生的博学与厚历；"等身著作"无言自明先生付出的辛苦与汗水；"等身著作"直接彰显先生的奉献与大爱！姑且不谈先生的作品累次获国家大奖，单就先生的著作被翻译成欧亚十多个国家语言文字就堪证明先生的魅力与辉煌。还有 2018 年 12 月 18 日党中央、国务院授予蒋子龙先生"改革先锋"称号、奖章并获评"改革文学"作家的代表，也无疑展现了先生的成就被国家首肯，也毋庸置疑地标定了先生的大德与仁心！

愿先生永远健康安顺与长寿！期待先生更多的珍文问世，以飨益天下。

原载《印象本溪》

王君彦　1945 年生于辽宁省本溪满族自治县。1966 年本溪师范毕业后，先后任市委宣传部干事、本溪日报社记者、本溪电台党委副书记、本溪电台总编、本溪电视台台长、市广播电视学会会长、高级记者。出版散文集《乡路故意长》。

辽东雪韵

王君彦

辽东本溪，一片神奇的土地，巍巍的古刹、奔流的江河、幽深的溶洞、燃烧的枫林……无一不显示着它的富有与博大。

然而，不论是怎样的青山绿水，不论是怎样的枫叶如火，都不如冬雪让人惊心动魄。

当寒风收尽了所有的成熟，群山开始向秋色告别，那些从大地升华的精灵，禁不住故乡的召唤，企盼着回到母亲的怀抱。

乌云翻滚，雪花开始集合，把沉沦的太阳挡在后边。

山野空旷，林谷幽暗，时而掠过冬鸟的惊叫声，报告着一个雪夜的来临。

雪花飘落了，那是一个失落的自我，随风飘落，像白色的纸鹤，舒展着臂膀，寻找着无从的落点。

大地敞开博大的胸怀，热情地拥抱从九天归来的游子，它让白雪掩盖裸露的万物，把自己塑造成一个冰清玉洁的世界。

寒风不甘寂寞，一路呐喊冲向雪花组成的队伍，它想遏止落雪的步伐，却更加激起雪花的冲动，蜂拥着向大地冲去。

雪，越来越大，风，越来越急，雪花在狂风的撕扯下，变成细细的粉末，像流星一样地划向地面。

狂风裹挟着雪末，扫荡着山野，敲打着门窗，撞击着树木，拍打着荒原，一切都在扭曲，一切都在颤抖，一切都已黯然失色。

天穹放飞了所有的雪花，终于沉默了，云渐渐地飘散开去，月亮从山的那边走出，邀星星一道去亲吻那银色的世界。

原野已变成广漠的海，寒风掠过，掀起白色的波纹，几株孤树在冷风中招摇，偶尔有雪团滑落，发出沙沙的响声。

夜色，把景致关向遥远；清风，翻阅着大山的每一个皱褶，疏疏密密的林木，被寒风抽干了所有的风韵，只剩下铮铮的风骨，迎接着寒夜的到来。

银色的月光把古树的影子投向深山河谷，万籁俱寂，幽暗苍凉，只有几只林鸟低声吟唱着忧伤的怨歌。

晨风轻轻地揭开雾霭的纱幔，沉寂的山谷正在醒来，一脉红光从东方升起，把山峦染成橘色，渐渐地，那橘色不断扩延，直至整个山谷都亮了起来。

阳光普照的时候，那是一个洁净的宇宙，一切都被洗礼，一切都更鲜活，农舍铺上了一层白毯，山村升腾着缕缕炊烟，房前屋后的树像盛开的梨花，云霞片片。

回归大地的雪花焕发出前所未有的活力，个个都是透明的晶体，勇敢地迎接着太阳的挑战，以显示自己更加生动。

远山在大雪的覆压下，失去了往日的峥嵘，像睡美人一样把自己的裸体沐浴在阳光之下，尽情地展示着天鹅曲线，茂密的林木都成了冰树银花，它们簇拥着，嬉闹着，欢呼自己穿上了冬日的盛装。

小河接过了枫叶的风采，把夏日的欢声笑语庄重成银川冰瀑，以另一种全新的方式，依旧在深山峡谷中前行。

一股清泉流向悬崖，在跌落的瞬间被冷风抱住，于是，被镂刻成巨大的冰柱，在崭新的时空中与日月争辉。

小溪在冰层下流动，时而细语，时而叮咚，时而顽皮地探出头来，望一望银装素裹的山界，溪水在冰面上漫延，像蔚蓝的彩带向山外缓缓飘动。

村外的池塘犹如羞涩的少女，半遮半掩地露出笑脸，洁白的面纱上飘落一层银色的花瓣，河边的垂柳雾化成一串串银珠，伴着流淌的小河，延伸到很远很远。

雪，是纯情的公主，忠心守望着寒冬，而拒绝春天的拥抱，当春风走近的时候，她就悄然地离去。

雪，从大地走来，又向大地走去。她来得是那样轰轰烈烈，走得却是那样寂静无声。

雪，在阳光下涅槃；雪，在阳光下再生，当寒风再一次降临的时候，辽东的大山又将演绎出一番豪情壮举。

选自《乡路故意长》

王积彬　1947 年生于沈阳市，现就职于本溪钢铁公司。曾任本溪市作家协会副秘书长。有《辣椒的性格》《赞咏红柳》《青青原上草》《楮墨情叶》等多部作品集出版。

读书纵横谈

王积彬

做人自"立我"始。为认识自我，塑造自我，须从"非我"的他人那里得到借鉴；为反思自我，重新审视自己，须从自己的影子——别人那里，寻到改进的参照点。倘若跳不出"自我设限"的封闭圈，没有突破就难有提高，也难有进步与发展。

充满喜怒哀乐的人生感悟，存留在书本中；一代代人社会生活的阅历，被记载在典籍里；对自然、社会、思维认识的结晶——人类的智慧果，是长在知识之树上的。承载知识的书籍会像阳光、氧气和水一样，给生命之树以惠泽。

人生就是不断学习的过程，学习是生存的同义词。牛顿不是说过，因自己是站在巨人的肩上，才看得远些吗？倘若读书得当，事半可功倍。古今中外，学有所成者，特别是有显著成就者，都有独到的学习方法，可资借鉴。

魏明伦有读书三性法。读书力求三性：韧性、记性、悟性。有韧性没记性，读了白读；有记性没悟性，书是死书。可让满盘皆活的悟性，就是为求所以然，充分发挥大脑的思维、思考与思索的作用，这至关重要，而光有悟性，没有记性存储，是皮包公司。看重悟性，缺少韧性来建大仓，便是短途小贩。而三性具备，协调相用，不愁成不了知识富翁。

邵燕祥有学不封顶法。知识在信息网络化的今天，更新的速度规模和势头咄咄逼人。"吃老本"和"炒冷饭"，必会在"此路不通"面前现出无奈的窘态。可以提高工作效率，可以转化为生产力，可化为改革和创新能力的知识，是一种精神收入。因眼光短、眼界窄而沾沾自喜，及早封顶，就很难避免知识老化和思想僵化。

韩少功有岁末扔书法。会读书的人，一定会扔书。由"开卷有益"导向凡书皆读，必定误人不浅。通过实践检验，可给人以精神不可或缺的支撑，是可读的好书；传达信息可使人博闻，增加认识世界、感受人生的材料，为可翻之书；能供谋生之用的工具书或参考资料，是谓可备之书。这三种书是一定要读的。为清心治学，虚怀求知，在有限的时间内，要择优而读，将浪费精力污人眼目的文化糟粕，清除出书架。该读的好书、新书都读不过来，哪有闲情、闲心、闲暇犹疑他顾？

丛维熙有读人读己法。读人能丰富自己，读自己是一种自诚自励的行为。人是一部大百科全书，到了成熟季节，每个人都是一部辞典、一部历史。读人与被人读，都是一种幸福，无论是同向还是逆向都是灵犀的碰撞与融合，都具有和读书一样的乐趣。读书比读人更有雅趣在，而读人比读书更有沧桑味。

读书是为了塑我做人，从"立我"出发阅览可读之书，就能以我的眼光、我的品位、我的要求，取来适合我所需的，能促进自身发展和提高的营养品，而不会把书读死，而不会把自己的大脑简单地变为他人精神的跑马场。

选自《本溪美文百篇》

王绍田　男，笔名绍田，1939年生。一生从事教育事业，曾做过语文老师、中学校长，后在教委退休。一生酷爱文学，发表过散文、评论，曾在《本溪日报》开办"港台诗歌赏析"专栏。

泪眼盈盈盼燕归

王绍田

我目睹了一对燕子将巢筑在我家壁灯的木台上，我被它们精彩的劳作深深地打动了。一幢精美的燕巢正是一件富有个性、充满激情的艺术品。其上不仅印刻着自我唇痕，同时也浸润着自身的津液，弥漫着体温和气息。几天以后，我发现巢里又多了四五只雏燕。

它们从巢沿上探出小脑袋瓜，毛茸茸的一团。鹅黄色嘴巴满脸稚气。我明白了老燕为什么匆匆忙忙地筑巢。原本是为了这一帮小生灵，可怜天下父母心。当老燕衔着食归来时，雏燕一片欢腾雀跃，喂食是嘴对嘴喂给孩子的，那是一种美好的吻合姿态。旋即离去，重新返回风里雨里奔波寻觅。蓬勃的生命亮点，在碧空的衬托下更加凝重。燕子休息时，和我们一同享受现代文明。看电视，听音乐，有时燕子也随着旋律扇动着翅膀。我思忖，莫非对音律也有体验？

一天晚上，我忽然想起曾购过一张彩券，开奖日子已到，于是认真找起来，将看过的书也拎起抖几下，最终仍是没有找到。我们夫妇很少争吵，今天鬼使神差地吵起来。明明知晓那张彩票其实就是一张废纸，购买当时也完全出自游戏心理。这张劳什子将战火燃起来。

战争一旦打起来，原因就隐退。只是想在争强斗胜上做文章了。气急败坏的我把好端端一盆花摔碎了。深夜中一声闷响，惊恐万状的燕子纷纷逃出巢穴，呼天喊地地叫了一阵。我俩立刻都懊悔了。

天亮打开窗户，燕子照例像每天一样飞出户外，可是黄昏时也未见回来。天已漆黑了，窗户依然开着，燕子却没有回来。

每天此时屋里都充盈着叽叽喳喳的连珠妙语。突然地消失了，空荡荡的小屋令人十分寂寞。

第二天我把平时喜欢听的萨克斯名曲《回家》在庭院里放开了，悠扬而温馨的旋律，从家出发，沿着曲曲折折的山路，转悠到云里、转悠到老林子里、转悠到水库周边的村落里。我一颗浮躁的心也随着乐曲的旋律沉稳了许多，芜杂的心态得到了宁静的梳理。此时此刻，我觉得只有听着、播着《回家》的曲子心里才感到熨帖。那曲子蕴藏着一种亲情的呼唤力量、牵引力量、缠绵力量。曲子放到第三天的黄昏，一群燕子终于飞回了。我激动得泪眼盈盈，妻子走过来，温存地对我说，我们永远也不吵了。

原载《本溪晚报》

王　嬿　曾用名王燕，女。1951年出生于辽宁沈阳市，现居辽宁本溪市，1968年上山下乡，1975年回城，任职于本溪市科学技术协会，本溪市科学馆美术师，辽宁省美术家协会会员。

鸽　巢

王　嬿

丈夫要画画儿，画鸽子，要用这画儿参加全国大展，于是，买回一对鸽子做模特儿。

刚刚打开盛着它们的筐，"扑棱棱"，其中一只凌空而起，在我家14平方米的空中翱翔，我们唯有仰首敬视，直到它选中挂在墙上的精致石膏画框落脚为止；另一只则用绅士步慢慢踱到茶几下面不动了。丫头老实小子淘，空中的"小机灵"想必是雄鸽，地上的"呆大个"就是雌鸽了。丈夫叮叮当当钉了一个笼子，又颇费一番心力将它们请进去："生活吧，愿上帝赐福给你们。"

不久，我们发现这对小夫妻的蜜月并不美满，"小机灵"竟霸道到不准"呆大个"吃食的地步。它一刻不停地捉弄它，用翅膀扇它，用嘴啄它，直到把它逼到墙角，没有丝毫友好的迹象，更别提做爱了。请人来看，才知道原来的判断错了，"小机灵"是只小雌鸽，而"呆大个"是只老雄鸽，老夫少妻，感情不和。听朋友的，把笼子分成两格，让它们分居好歹相安无事，日子对付过下去了。

"呆大个"很老实，老实到把它放在地上，它就一动不动地站着，束起一翅吊上，它就乖乖撒开另一翅，像飞似的，也一动不动，真是个好模特儿。"小机灵"断然做不到，但它的神态很不错，亮晶晶的小眼睛，或昵视或飞瞟，加之脖颈儿俏俏地一转，着实叫人爱怜。"呆大个"的形体，"小机灵"的神态，两相依依，彼此妩媚，从画面上已然看不出谁是谁。不想生活上甚不如意，事业上却配合得如此默契。

一个月很快过去，画儿要完成了。

一天，我把它们放出来晒太阳，"小机灵"不知什么时候啄掉粘在翅膀上的胶布，突然从我面前呼啦啦掠过，义无反顾地冲向蓝天，从此再没回来。正如诗人所谓：奔向自由，奔向未来了。剩下"呆大个"整天咕咕咕叫个不停，我说再买只雌鸽给它续弦吧。丈夫到花鸟市场转了一圈，买回一对：说是一只7元钱，一对10元钱，显见着买一对便宜啊！哎嘿，我的乔太守，在爱情和金钱面前，你倒是把艺术家的良心拿出来一点哟。这回热闹了，眼见人家夫妻恩恩爱爱，"呆大个"难免有非分之想；而后来的这对儿仗着家口齐整，反客为主，不几日下来，"呆大个"眼睛被啄出血，羽毛纷纷飞飞。我赶紧把它请出，屈尊放在底层。底层不是住处，是接鸽粪的地方，又臭又潮。丈夫忙着画儿的收尾，顾不上这头，将就吧。

"呆大个"乔迁的第三天早上，小女儿突然指着鸽笼大叫，我们跑去看，只见"呆大个"头颈向后，一伸一伸地仿佛非要够到尾巴才罢休。它是怎么了，染上瘟病？受到惊吓？抑或与"小机灵"的离异，精神受刺激？我们不知如何是好，唯一能做的是把它放进一只干净漂亮的玩具盒子。它不理会新住所的豪华，照旧把脖颈儿往后一伸一伸的。

夜里，它死了。

丈夫的画儿也完成了，展出在北京，取名"鸽巢"。

原载《本溪日报》

王 葳 女，1968 年生。曾在《本溪法制报》工作，现任《本溪日报》"洞天"编辑部主任。有多篇散文诗歌发表。除文字匠外，还是一个手工匠，喜欢自己动手制作珠宝，在脑力和体力的融合中找到了自己。

走进大雨还是也偷把伞

王 葳

女友哭诉，丈夫的情人找上门来，说丈夫和她已经好了三年，她希望他们能有个好的结局。女友一直是个心高气傲的人，从不曾想过有朝一日自己的丈夫会做出如此背叛自己的事情来。

心痛加情殇，让女友逃离了那个曾经温暖的家。

为了报复，她开始和喜欢她的男人约会，与一向对她呵护备至的那个男人有了不寻常的关系。她曾对我愤愤地说："有什么了不起的，他能在外面找人，我就不会了？他以为他是谁啊，他又以为我是谁啊？"我曾劝她这样做有一天她会后悔，可她却斩钉截铁地说：绝不会！

可没过多长时间，女友开始后悔起来。因为她觉得其实婚外情实在很没意思。心里惦念着家里的孩子，而自己面对的又是一份不能放在阳光下的爱，猥猥琐琐的，让她觉得很丑陋，很伤自尊。

一天，她去一家酒店吃饭。去的时候，外面下雨了，她带了一把伞进去，走到门口的时候，她把伞放在了门口的伞架上。可等到她吃完饭出来的时候，她发现自己的伞不见了。外面的雨越下越大，她站在那里怎样也找不到自己的那把伞。看来自己的伞是被别人拿走了。

面对门口那一把把不是自己的伞，她想是不是也该拿一把别人的伞离开呢？谁让有人偷了自己的那把伞。

可转念一想，不行啊，那这样自己不也成偷了。她没再犹豫，推门钻进了大雨中。

在雨中，她忽然明白了一个道理，这样的场景多像自己的婚姻啊！自己的丈夫被人偷，自己又去偷别人的丈夫。结果除了被损伤的自尊外，根本就没有报复后的快乐可言。

　　其实，这样处理婚姻中的出轨问题，在伤害别人的同时，也践踏了自己的心灵芳草地。与其在情急之下"偷"一把别人的伞，还不如冒雨冲出去，即使被大雨淋湿，但是仍能保有自己那块芳草地的绿意。淋淋雨又有何妨？幸福的婚姻固然幸福，但是不幸的婚姻有很多种原因，要学会从不幸中看到问题，在这段不幸的婚姻中找到一条通往幸福的道路，让自己活得明白。

原载《本溪日报·洞天》

茶与酒皆人生

王　葳

年少时，喜酒。喜酒里的豪气，喜酒里的率真，喜酒里的随心所欲。三两好友，推心置腹，豪放举杯，皆为乐趣。酒过三巡，面红耳赤，那会儿会说些平时不能说的话，所谓酒后吐真言。那会儿会敲着碟子碗儿地唱平时不敢唱的歌，所谓酒壮英雄胆。一直觉得，酒是深入骨髓里的东西，有瘾。

茶则不同。茶被称为君子，君子便须有德行。爱上茶已是中年以后的事儿了。忽然喜欢上茶的宁静和恬淡。一个安静的午后或者一个淡然的晚上，以山泉之水泡上一壶喜爱之茶，享受水的纯粹和茶的清香以及苦尽甘来的感受，然后就沉默在沉默里，仿佛春天被花朵藏满籽实，看见与看不见都在那里。

不论茶与酒，其实喝的都是人生！虽然看似相去甚远，其实又能差多远呢。酒不过是火做出来的水，自身带着火的浓焰和热烈，喝下去沸腾一段生活的同时，沸腾了别人也沸腾了自己。酒高了，便可在梦幻般的世界里纵横四海，上天揽月下海捉鳖，尽自己想象之能事，瞬间便高大了自己、英雄了自己，也满足了自己、宣泄了自己。觥筹之后，夜阑灯尽，醉卧人生，何尝不是一种境界。而茶则是木做出来的水，带着土的厚重和包容还有木的温暖，喝下去温热一段人生的同时，淡然了自己也清凉了别人。茶深了，便有岁月的故事浮沉杯底，有红尘的喧嚣飘落水中。在那杯清澈里，你会看见月光，你会拥抱空旷。风吹去了一片叶子的野心，连同你的虚荣和灰尘。一片叶子载不动忧伤，却能荡涤时光。这又何尝不是一种境界呢！

茶与酒，不同的感觉，却因人生而有了同一种归属，那便是在水中储存一生的欢乐和不幸，然后在水中唱响属于自己的光阴之歌。

酒要喝老的，越老越好。老酒不仅醉人，而且耐人寻味。跟老友喝老酒，那便如晚秋中的童年，火红地青春着，生命似乎在那一刻得到了最年轻的升华，苍老的血液奔涌出青春的颜色来。所以，更多的时候是酒不醉人人自醉。茶要喝新的，每一泡都是新的。新的感觉、新的口味、新的深沉。把自己绑在一片叶子上，随水浮沉，在岁月的缝隙间养活自己的德行，听风生看水起。

多么有趣的同与不同啊！

原载《本溪日报·洞天》

王　淳　女，曾在空军部队修理战机，到地方后在本溪建设银行工作，曾写过多篇作品。

愿天下大雨，都淋我一人身上

王　淳

苍天无眼，黑云无心，暴雨连着暴雨，洪峰高过洪峰。

白天读新闻，晚上看新闻，洪灾连着我的心。当我在电视上亲眼看见儿子所在的海军陆战队，从飞机上下来排好队伍奔向抗洪第一线时，我的心猛一下子被揪了起来，几秒钟内心竟不跳了……

一瞬间我在心里呼喊了起来："我的好儿子，妈在看你哪，一定要坚持住，战胜洪水，保住大堤，平平安安地早些回来。"

此时此刻，我恨不得让天下大雨都一齐浇在我一个人头上，让我替儿子分担一些危险，让那些正在洪水中浸泡的战士少一些劳累，让天下所有在抗洪前线的儿子的母亲得到一些安慰。

母爱如山！

我儿出生在军人世家，陆海空三代军人的阳刚之气滋润着他成长。爷爷老红军、奶奶是陆军、爸妈是空军。当年打济南的时候奶奶腿上还留下一个枪眼，从那深色的疤痕中，我领悟出在生死关头战场上走出来的意志，将是未来世界竞争的灵魂。

儿子高中毕业，我就送他去当兵。我板着面孔告诉他，你今年18岁，上大学还有机会，而当兵错过了就没了。儿子听话地点点头。就这样，在火车站上那一批胸佩红花的海军陆战队新兵队伍的第一个排头里，我和儿子挥泪告别。

一晃半年多，打电话问儿子，他总是说很好。倒是我从他二姨嘴里知道儿子训练得很苦、很苦，每天单手俯卧撑1000下，接二姨电话时胳膊都抬不起来；海练的时候每天蛙泳5000米，全副武装，手榴弹、刀枪匕首挂满身，外带两块砖；野外生存，坐海训练，立体登陆，10个手指头上的"斗"都磨没了。

我那咬紧牙关、精心培育的儿子呀，知道了什么是汗如雨下，知道了什么是男人刚强的骨架。

我的领导也是当兵的，当兵的最懂母亲的心，批准我休假看儿子。

当我和妹妹等一行5人一下子出现在儿子面前时，我已认不出儿子了。思念和分离，让我们百感交集，6个人紧紧地抱在一起，那时我不由得想起一位名人的话：可怜天下母亲心，我母心胜天下人。

广东的清晨，太阳一出来就烤人。当我们还在空调的习风里熟睡的时候，儿子已悄悄地起来，叠好被子，打扫完庭院的卫生，在用心练拳了。儿子长大了，儿子变得深沉了，铁蛋一样又黑又硬，举手投足一副严肃标准的军人做派，生猛的样子，再也找不出小时候"妈妈下雨了把月亮浇湿了怎么办？"的稚气，再也看不出他白面书生除了看书、洗脸，手再也不沾水的过去。

当我们在游艇上吃西瓜时，儿子先拿起一块庄重地丢进海里，说先祭祭海。儿子爱上了大海，崇拜海，对大海有一种深深的敬畏，儿子和战友每次下海都要履行这样一种仪式。

当我一走进儿子和战友的营房，望着那一张张布满着期待的面孔，听着那亲切的乡音，突然觉得我不仅是我儿子的母亲，我还是20多个本溪儿子的母亲。我每讲一句话，他们都报以热烈的掌声，那是他们在欢迎他们家乡的母亲、亲爱的妈妈。顿时我把20多个母亲的关爱、20多个母亲的企盼凝聚在我的祝愿中。

"八一"那天，海军陆战队举行升旗仪式，我们一行5人被邀请站在部队旁边参加升旗。雪白的军服、蓝色的飘带、整齐的队列、威严的气势，我看见成为中流砥柱的儿子像个英雄一样庄严地敬礼，壮哉！儿子，壮载！海军陆战队的将士们。

当"八一"军旗飘扬起来的时候，我深感祖国的强大，她拥有世界上素质极高的精锐部队，她的军魂感天动地，在这湛蓝无边天做岸的胸膛里，有这祖国的南大门飞翔着新一代的海军。

风还在刮，雨还在下，水还在涨……

儿子们用血肉之躯筑成一座长城。

为天下所有的母亲，为了伟大祖国挡住那滔滔洪水，这是他们的使命，这是他们的责任，这是他们在成长的道路上做的第一件大人的事情。

好孩子们，我们本溪所有的母亲等待着你们的好消息。

陆战队的战士们，为了祖国，为了母亲，扛得起，赢得起……

好好去，好好回来！……

我愿天下大雨，都淋我一人身上……

原载《本溪日报·洞天》

王琴荣　女，笔名"紫荆"，1969年9月出生于辽宁省本溪县连山镇中河村。现就职于南芬区教育局。系中华诗词学会、本溪市作家协会会员，任本溪诗词学会常务理事、南芬区文联副秘书长，五品诗社秘书长。著有散文、诗词集《紫陌琴音》。

一瓣心香

王琴荣

今日收拾办公桌，在抽屉的底部找到一个薄薄的纸包，打开后发现是一张画着图画的纸。细看，想起来这是六年前实验小学二年级的一名学生为我画的速写。

在记忆的背囊中，我也曾以感恩的心铭记着一点一滴的美好，捡拾着甜蜜的快乐。见到这收藏于六年前的速写，我的记忆之门又一次快乐地打开。

那年学校之间进行质量监测，为公平公正，便在机关抽调视导员到学校监考。我抽测的是实验小学二年级的一个班。

试卷发完后，我便把包放在讲台一侧，坐在讲台后面微笑着看着孩子们答卷。学生们很守纪律，不曾有任何一个孩子有异样。交卷的铃声响起时，学生们排队交卷。当最后一张卷纸放在讲台上时，我的手中多了一张纸，一张从数学本子上撕下来的纸，上面用铅笔画着一幅画。交给我这张纸的是一个扎着马尾辫子脸蛋儿圆圆的小姑娘，对我一笑，便跑出了考场。

画面上定格的是我坐在讲台后面监考的场景。黑板及讲台是背景，虽然画法只是小学生的简笔画，画技也很稚嫩，但却把我画成了古典美人——瓜子脸，大眼睛，嘴角上翘，长发垂在右胸前。把我那件对襟的蜡染唐装画得很是传神，而且那复古的小包也被画在了里面。

再看那张放在最上面的试卷，卷面整洁，字迹工整，没有漏答或修改的地方。真难为这个小家伙了，她是用怎样的自信，在答完试卷、认真检查后，又是用怎样无聊抑或快乐的心情，躲过了我的眼睛，用她敏锐的观察力和飞快的速度把我监考时那一瞬间的神情勾绘于笔端。

我如获至宝般把此画拿在手中，在实验小学的老师面前好生炫耀了一番，那神情如中了大奖。我兴奋地嚷着这是我的一笔财富，要装裱起来才行，那一天，我发自心底地结结实实地自豪了一回，从中找回了从教者的快乐！

这快乐是多么容易得到满足啊！

回到单位后，我没有时间装裱它，为防止丢失，我用一张报纸把它包好，珍藏在办公室的抽屉里。

不经意间一放就是六年。六年，改变的不仅是画面，还有老去的容颜和许许多多说不清的心态。

六年后再看此画，美丽的快乐还在，只是画中的包包早已不知去向，那蜡染的服装也因时光侵蚀而褪色，早已被我束之高阁了。

有些对不住这位手捧风景的小画家。我记忆中的二年级的小姑娘，你好吗？

忍不住电话询问了当时所在学校的教导主任，尽管她已经调离了那个岗位，但她也依然记得那幅画，也记得我当时快乐的身影。她说，那届孩子已经升入八年级，那个小姑娘已长成亭亭玉立的美少女了。

愿小姑娘心中的美好随着她的成长而充实灿烂，愿她的想象力伴着快乐愈加丰满，更愿学习与生活的磨砺不要打磨掉那份纯真的色彩。

我已经为被学生认可的职业，画上了一双欣赏的眼睛，用毕生的智慧穿透一页一页灿若星空的故事，静听那单纯如山间流水般的纯净之音。

可爱的小姑娘，不曾联系，常在心中。

原载《本溪日报》

王亚茹　女，曾用名王雅茹，现笔名青娅娅。20世纪70年代生人。大连新闻传媒集团《大连日报》高级编辑。18岁起开始散文写作，作品《感悟人生》曾经被收录在由湖南文艺出版社编辑出版的《女性的坦白》一书。

误入红尘

王亚茹

　　妈说，我出生的时候愣是不哭，是助产士在后背拍了一掌之后，才极不情愿地哭了几声，却也没病没灾地活了20多年。以后再提起这事时，便会大彻大悟地拍拍脑袋，可见当时就知从此将误入红尘，便以沉默对抗上帝的安排。

　　上帝造就了亚当，亚当的一条肋骨造就了夏娃，于是这红尘世界便美丽，便忙乱，便不可思议。

　　注定女人一辈子要和"家"有所联系，想想便有些不平。小的时候，妈妈的教育离不开烧水做饭洗衣服；大了，一些朋友同事的嘴边又总是挂着"温柔些，不然嫁不出去了！"好像身为女人就该如此嫁个人而已。

　　生命轮回，永不停息，红尘世界需要爱。可想爱的不能爱，爱你的你又不爱，生活中总有那么多让人啼笑皆非的事。轰轰烈烈的爱，轰轰烈烈的恨，有时却是一纸婚书把两个人安排在一起，于是就会有柴米油盐、小打小闹、日复一日、年复一年、日子苍老、第三者插足。

　　尽管无数重复，爱却永不衰老。

　　如果不入这红尘，我将把"家"的概念在女人的字典中消除。我要自由自在地做一个女强人的梦，用纤细的手把岁月描摹。我不要做饭，不要每日挎着菜篮子在自由市场里挤一身臭汗，更不要为将来面对婆婆时的从容而刻苦学习基本功。

　　如果不入这红尘，我将爱我所爱，无怨无悔。爱，不再有那么多的形式和模式，也不会有那么多的约束和制约。爱是最圣洁而又最重要的！我不会欺骗自己的感情，也不会为了认同的爱牺牲自己。

　　如果不入这红尘，我将潇洒地为自己活着。想哭就哭，想笑就笑。能够按着自己的个性去发展实在是一件很伟大很了不起的事。我将不再为了美丽而去美丽

（精神的美一生受用），不再为了天真而去天真（虚伪的天真是一条蛇）。

如果不入这红尘……

可生活毕竟是生活。

我的朋友、我的母亲、我的爱人都生活在这地球上，每个人或真或假却都在认认真真地过着每一天。滚滚红尘，哪一天不是平凡而又俗气的！人，一半是天使，一半是魔鬼。不可能纯粹地清高与纯洁，日子也就难免不落俗套。不愿面对的必须笑着去接受，不该相恋的却相拥在一起，孰是孰非，没有准确答案，人生几十年，也许正因为如此才变得丰富而有意味！正因为有了这风风雨雨的一切，人生才是真实的人生。

我知道，我既然来到这世上，就该面对这一切，去苦去乐，把握实在的生活。

红尘也许并不那么可爱，可走不进红尘才更可怕。

看来，下辈子我还得堕入红尘中来。

选自《本溪散文选》

冯大中　1949 年出生于辽宁省，号伏虎草堂主人。曾任中国工笔画学会会长、中国美术家协会中国画艺委会副主任、中国画学会副会长、辽宁省美协副主席。国家一级画家，中国作家协会会员。2016 年，由万卷出版公司出版《冯大中诗抄》；2020 年，万卷出版公司出版《冯大中诗抄续集》。

忆恩师笑如先生

冯大中

我绘画的启蒙授业老师是李笑如先生，尽管我始终没有按照旧传统给老师行过大礼、磕过头，但是在我的心里，笑如老师是崇高的山峰，我一生都很感谢他、敬重他。

我和老师年纪相差近四十岁。老师的学生很多，各种职业的都有，有的学生年纪和老师相仿，和他们相比，我只是一个小学生。在老师面前，我显得笨多了。每当老师给学兄讲画或示范时，我就沾光在旁边看。老师见我不多言多语，但很专注，理解很快，表现出很好的悟性，所以常在背后夸奖我是块画画的料，是可塑之材，将来能成大器。老师还鼓励我们说："有状元学生，没有状元老师。老师若当了状元了，就不能教你们了。"

老师对我的知遇之恩始于 20 世纪 60 年代初。初一下半年开学后的第一堂美术课，我作为美术课代表，首先去办公室迎接新老师。

未见美术老师之前，班主任介绍说：新来的美术老师李笑如，是市里最权威最有名气的画家，他能来教大家美术课，是同学们的幸运，大家要认真地向李老师学习，将来也争取当一名画家。

我怀着激动而紧张的心情，来到体音美办公室，敲门进去。靠南窗边的大办公桌前，端坐着一位挂着文明拐杖的长者，约莫五十岁，穿着中式对襟纽襻黑色棉袄，方圆脸庞，戴着一副金边眼镜，梳着波浪式的背头，慈眉善目，十分精神。

我十分恭敬地向老师行了礼，自我介绍是某班的科代表，来迎接老师上课。说罢，我将老师授课所用范画等教具，拿到教室摆放妥当。当我把老师裱好的两幅画挂到教室的黑板前时，同学们齐声惊叹："哇！"其中一幅画是老虎，有两米多长，一米多宽；还有一幅是松树，与老虎画一样大，我站在画前看得出神，忘记回到座位上。

李老师说："冯大中赶紧回座位上。"我这才醒悟，跑回座位坐好。

望着老师的作品凝神观看，我心里激动不已。这画画得太好了，太生动了，我痴迷了！我的思绪随之飘向很远很远，心想：从今儿起，放学后，就赶紧做作业，背功课，然后就学画，再也不浪费时间闲玩了！

我参加了老师的课余美术班，从头一点点认真学起，体会老师所讲的绘画知识、笔墨纸砚的性能特点。在老师的具体指点下，开始由简到繁地临摹前人的作品。

从初中一年级到初三，美术班同学坚持课堂及课余美术班的学习，学习中国山水花卉人物画技法，打下了初级美术基础。此间，李老师从未给同学们讲解示范如何画虎。老师画虎最出名，我和几个同学凭着浓厚的兴趣，私下里也试着学习画虎。

那时候我画的虎像老鼠那么大，外部轮廓形象还临得马马虎虎，可是不懂虎的动态结构，更不知如何丝毛染色，有点像斑斓刺猬或豪猪。因颜色用得厚，待画干了以后，哈哈，虎身上竟可以用手抠下一块颜料……

转眼就到了初三下半年，课余美术班也因临近中考而停止。我报考了沈阳鲁美附中。那是我青年时代第一次憧憬着未来。我心里盘算着：附中三年毕业，考入美院继续深造，为实现画家梦奋斗！

报考后，我全身心地复习各门功课，同时还准备美术专业基础考试。就在这时，教导处主任把我叫到办公室，认真地对我说："冯大中同学，看了你的报考志愿和政审情况，你的家庭成分太高，不符合录取条件，很可能考不上，你要做好思想准备。"

这话如雷轰顶，我不知道是怎么走出教导处大门的，面对未来的去向，我昏昏然、茫茫然……

语文老师对我说：家庭成分问题，是你今后升学不可逾越的障碍。毛主席号召有理想的知识青年上山下乡，到农村去，到祖国最需要的地方去。家庭成分自己不能选择，革命的道路是可以选择的。有志的青年要向董加耕、邢燕子这些革命青年学习，到祖国最需要的地方锤炼一颗革命的红心。当你取得了社会主义新型农民的资格，你就彻底地改变了自身的家庭成分。以一个革命青年的身份再去考大学，人民的大学就会优先录取你的。

语文老师的话，使我茅塞顿开！是啊，这条路是我将来上大学、考美院的最佳选择了。

当班主任问我如何填写志愿时，我毫不犹豫地回答："我报名下乡！"我打定主意，下乡劳动的同时安心画画学艺，将来还要参加高考。

爹、妈同意了我下乡。可告别爹、妈和兄弟时，我看见妈妈掉泪了……

在学校欢送毕业生大会上，那些考上美院附中、各类中专和高中的同学，脸上流露出自豪得意的笑容。握手的那一刹那，我觉得自己是那样卑微，那样可怜……可又一刹那间，我心里陡然升起一股冲天的豪气："虽然下乡，我照样能学画，也照样能实现我的理想！"我想，从今后就拜笑如先生为师，专攻中国画，画山水、画老虎、画松竹梅兰，把老师的本事都学过来！

1965年8月8日，我们40名男女学生志愿来到本溪的"西伯利亚"——草河掌。我们是这座城市知青志愿下乡的先驱者。

来到农村一个多月，就赶上下乡后的第一个秋收。生产队到处是一派繁忙的景象，村子四面绵延的山岭渐渐由绿转嫩黄、橘黄、朱红、紫红。可谓五光十色、姹紫嫣红。在这希望的田野上，社员们举着红旗，唱着语录歌，激越的歌声回响在平畴沃野，沟沟岔岔，可我的心却别有所属……

一直忙碌到春节前夕，盼来了知青放假回家。夜幕下，我回到了阔别五个多月的山城。天上飞舞着雪花，飘飘洒洒，落地无声。我肩扛着两个月的口粮，徒步走了两里多路，直接来到李笑如老师的家。

敲开老师的家门，浑身上下落满雪花，摘下棉帽子，头上还冒着热气。老师和师母很吃惊，忙问道："冯大中，这么晚了，你怎么来啦？"我赶紧回答："我刚从青年点放假回来，想先到老师这儿看看，顺便给老师拿点新磨的苞米碴子。"

翌日晨，老师见我很虔诚地想学画，便从书柜里找出三幅画，其中两幅是三年前第一次给学生上课时的范画，另一幅是没有见过的"双虎"图。再次看到老师画作，那种第一感觉的冲击力量，依然十分强劲，真有老友重逢般的激动。我两眼紧盯住画作，细心地琢磨老师的笔墨韵味，陶醉于画的意境里。老师详细地示范讲解丝毛的步骤，如何渲染色彩，如何斑纹破墨，我备受教益。

一上午很快地过去，临别时，老师将那大幅虎作借我拿回家临摹，并叮嘱我一个月后将临的画拿给他看。现在回想起来，老师对我是多么信任。

一个月后，我拿着临好的画来到老师家。老师正在午睡。我悄悄地在炕沿边坐下等着老师。

"大梦谁先觉，平生我自知"，约有半个小时老师醒来，搓着脸吟诵此句。见我坐在旁边，问道："什么时候来的？"

我答："刚来一会儿。"

老师问："画临得怎样了？"我答："自从老师家回去，第二天就开始打稿画了，现有一个多月了。"

老师边看画边问："这张宣纸花多少钱买的呀？"我回答："这两张纸共花一块五角钱。"老师嘿嘿一笑："你这幅画还不值这张纸钱啊！"

听了老师这样的评语，我的脸火辣辣的，一句话都没有说出来。拿画回家，继续揣摩，又投入临画状态。

我极用心地临了一个月的山水画。待我将画拿给老师时，老师很高兴地表扬我："你进步很快，按你现在的绘画水平，在单位干个美术工作足够用了。"

得到老师的夸奖，我很兴奋。我突然醒悟，老师说我的画不值一张纸钱，那是在激励我呀！

老师又专门用半天时间，给我示范讲解如何画梅兰竹菊，并且告诉我："师傅领进门，修行在个人。你若想画得好，就得下苦功夫。"我暗自下决心，一定要照老师的要求，不骄傲，不满足，朝着远大目标努力。

1966 年早春，大山背坡的残雪还没有化尽，向阳山崖上的映山红已绽放出粉粉的笑靥。我和青年点里几位欲报考学校的同学都向队里请了假，在家复习功课，准备再次参加高考。

5 月初，突然接到通知，今年全国所有的院校都不招生，学生们都要参加"文化大革命"。我的高考梦又破灭了。

这一年冬，青年点知青陆续回家过年。我依然到老师家探望。

师母见我来很高兴，但脸上流露的笑有些不自然，眼神和语气显得有些忧郁和哀伤。师母告诉我说："你老师在学校关着呢，好些天没有回来了，前些日子由红卫兵押着回家一次，说是拿换洗衣服，再拿些药品，他的高血压病在里面又犯了，很重很重。上面讲要文斗不许武斗，学生们就用纳鞋底子的大锥子往身上扎，在外面看不出有挨打的痕迹，可里面出的血将衬衣都粘住了，他回家换都脱不下来了。家里的东西，书画稿都抄走了，什么都没有了。"我看见师母眼睛里闪着泪花……

我听得心痛，问师母："现在让看老师吗？"师母说："不让看。"

无奈，我只能劝慰下师母，又回到广阔的天地，接受贫下中农的再教育……

1967 年夏，外调人员到青年点向我了解情况，问笑如老师如何向我们灌输资产阶级成名成家的腐朽思想。

我回答："李老师从来也没有给我们讲将来如何成名，除了教我们画山皴法，画花勾法，画人物描法，再就是总和我们讲：文艺要为工农兵服务，为无产阶级政治服务。"外调人员听后，觉得没有什么反动之处，只好悻悻地走了。

这年隆冬，我回到家里，第二天依然去看望老师。这时老师恢复了人身自由，但没有办公室，让他住在楼梯转弯处下面，用纤维板隔成的小屋里。我站在小屋门口往里看，屋子里是一面高一面低的斜角墙，也就两三平方米，有一把小木凳、一个撮子、一把竹扫帚、一把小笤帚、一把镐头放在墙角处，一个小桌上有只水杯，一把竹篾外壳的暖水瓶，这是老师斗室内的所有东西了。屋子里没有暖气，没有窗户，只有一个25瓦的灯泡亮着。老师不再教书画画育人，负责打扫厕所，打扫那横在东面山坡上30米长的旱厕，其劳动的强度和脏臭可想而知，是患有高血压的老师能承受的吗？可就在这里，笑如老师一边呵气吹手，一边动笔画着小画。老师的意志是何等坚强，内心的理想是何等高远！多少年过去，这个画面依然萦绕于我心，激励着我奋力绘画。

上课的铃声响了，学生们蜂拥似的在楼梯上奔走着、跑着跳着，脚步声震得下面的人难以忍受。老师看到我突然站在他面前，高兴得顾不得放下手里拿着的撮子和笤帚，站着和我说话。可是我却空着两只手，什么也没给老师带来。在那个严寒的隆冬，我们师生二人各自呵着手，连一杯热水都没有。

悠悠岁月，一晃几十年过去了。每想到此，我都仰天长叹，叹无尽之悔：那时候，我怎么那么傻？傻得连瓶酒都没有给老师买！可那时我有什么办法呢？我每天挣10个工分，赶上好年头每天挣6角钱，年终才能拿到手。我真的是太穷了，穷得是那样无力，那样失礼！

1968年深秋，笑如老师回到久别的家里。可老师一家被撵到城边的贫民区，一间不足13平方米的旧平房，砖石结构，四壁透风，房瓦上长着蒿草。两家共用一个厨房，各放一口水缸，烧火做饭用煤和木柴。我第一次来到老师新家，下了公交车走错了好几里路。凭靠着在农村学会的木匠手艺，我专门给老师打了两个马杌子。看到我，老师非常高兴，师母炒了两个菜，我陪老师喝了几盅酒。"浊酒一杯感慨多，师徒劝饮泪婆娑。风云岁月遭磨难，相聚悲欢叹奈何？"

从1965年冬到1970年春，在草河掌知青点生活的五年里，队里每年冬都放假，知青会回家待一阵子。我每次都趁此机会多请些假向老师学画。

转眼就到了70年代，我回了城，成了家。我先在一铜矿当木工，又调到政工组搞宣传，后来调回市内，在局机关工会工作。这时候，我看老师就方便多了，骑上车就可以跑到老师那儿。

一天，一个美术同人让我带他去看望笑如老师，我痛快地应允了。那是个深秋天，家家都忙乎储备过冬的白菜、煤和黄土。我们正赶上，也就帮忙一起干了些活儿。

没想到，"批林批孔"运动中，在全市文艺界批回潮的大会上，一领导在台上厉声批判："我们市里也有这样的人隐藏在阴暗的角落里，与人民负隅顽抗。有个小青年，白天给老师推黄土，晚上老师教他画老虎。这种资产阶级成名成家的腐朽思想，和我们无产阶级的思想是格格不入的！二十来岁就画老虎，画到什么时候为止啊？我们要警惕啊！"

当时，我正坐在会场门口的一个角落里。听到这厉声的批判，不正是指我吗？我心里恨恨地想：以后一定要防小人，防这种阴险的两面派！

有人问我："冯大中，你二十来岁就画虎，画到什么时候为止啊？"我笑答："哈哈，画到死，画到成功也不止，生命不息，画虎不止嘛。"

"文革"结束时，笑如老师已是 66 岁的人了。他的人生虽历经苦难，仍然初心不改，形象气质不改，仍然还梳着波浪式的发型。老师和学生们又有了开心的笑声。老师的生命和艺术生命又焕发出蓬勃的朝气。

1980 年 5 月，浩荡的春风吹拂着苏醒的大地。本溪市召开全市文代会，我和李笑如老师都被选为代表。刚入会场时，我陪着老师在会场前排坐着。大会即将开始，会务组的同志将笑如老师请到了主席台上第一排，并且紧挨着市委书记就座。我在下面看得很清楚，老师当时很激动，凝神静气，心意专注，整整一个上午很少活动，也没有吸烟。上午会议结束，午饭后，我想陪老师回家休息一下，等了一个中午，也不见老师，向会务组一打听，才知道上午会议结束后老师突发脑昏迷被送进医院，经检查诊断为脑出血，很严重，有生命危险。

在医院里，老师时清醒时昏迷，熬了一个多月，还是撒手人寰，驾鹤西去。

出殡的那天早晨，我们几位学生和老师的外孙来到太平间。中心医院的太平间，就像一幢锅炉房，门口还堆放着很多煤渣炉灰。平房的山墙中间有两扇大木板门，上面横着像冲锋枪似的黑钢筋长锁。找了半天，才看见一个长着横肉的中年男子，方脸上还粘着煤灰。他开门见山地问：开门抬人，带钱了吗？我手快，一下子就在上衣兜里掏出两元钱，把钱递到他手里，他才掏出钥匙把门锁打开。

我平生第一次走进太平间，看到两排是水泥砌的单人床大小的平台上，存放着七八具罩着白布单的尸体，我的头皮都酥酥发麻。找到老师的遗体，抬着他小心地放进棺内。我抬着棺的左前头，另一师兄抬在左后，老师的长外孙抬在棺右前头，另一学生抬右后，大家簇拥着将棺抬进灵车，向火葬场缓缓地行进……

现在回想那个时代的民风习俗太简单了，逝者在太平间停两天，第三天大清早就是出殡的日子。无人日夜守灵，也无低垂哀乐。

当老师被推进焚炉的那一刻，我痛彻心扉，再看山顶上那高耸的烟筒里冒出缕缕青烟，我顿时彻悟了：这就是人生的归宿呀！无论多么伟大，多么富有，多么显赫，多么尊荣，多么美丽，多么贫穷，多么卑微……最后都由此道飘向蓝天……

送走了老师，我们又回到老师家去安慰师母。我们都喝了酒，我大哭一场。

一周后，学校为老师举行了追悼会。平时老师最宠信的学生当中，有收入较高的老学生，竟然用几张图画纸粘在一起写几个字或画几笔以应付了事，我内心很不是滋味。

不久，七十多岁的师母搬到市内女儿家。我和师母约定：每年初一晚上，我和我妻一起过来给师母拜年。我第一次出国办画展回来，特意给师母买了副纯金耳环，师母高兴地戴上，高兴地说：这是大中给我买的，要不我这辈子是戴不上了。

每年初一晚上给师母拜年时，我就将老师的那份工资，随着社会物价的变化、工资的增长，一并给师母奉上，我觉得这是我表达对老师授业之恩的一种方式，是学生应尽的义务……我一直这样坚持了15年，直至师母过世。

师母过世一周年，清明节清晨，我们夫妻和老师的外孙，还有老师的学生们，浩浩荡荡地护着师母的骨灰盒，抬着黑色大理石墓碑，以及水桶、砖块、水泥和沙子，登上了青松岭墓地。在老师的墓前找好方位，我亲自当瓦匠，设计碑座形状，砌砖抹灰。

当我开第一锹挖老师的墓土时，我的心开始跳得厉害，无尽的思念由心底奔涌而出，泪水潸然而下。老师的音容笑貌、挥笔作画、举杯痛饮的情景，一幕一幕地浮现眼前……

快到老师的棺盒时，改用尖木棍一点点细心地拨着土。平时我对坟墓还是很忧忌的，不敢碰坟堆上的一草一土。而对老师的墓，我一点没有怕的感觉，这大概就是亲情所在吧，师生有着父子般浓浓的深情。我只是担心惊扰老师酣睡15年的大梦！

立碑的过程很顺利，碑座起三层，一层层收起台阶，水泥抹好，碑立牢正。砖石水泥等材料不多不少正正好好。大家摆上供品祭酒依次磕头，认真地诵读我所撰文书写的墓志铭：

恩师笑如先生原名李春山，与师母张丽一生为伴，相濡以沫，患难与共，先后走完人生之旅。今合寝青山，同卧大地。

笑如先生一生耕耘丹青园地。正是桃李芬芳下自成蹊，辽海享誉。先生处世坦荡正派，和蔼友善，心胸豁达，为世人众口所颂许。

叹先生一生坎坷，命运多舛，凄风苦雨，所幸者先生能傲骨弥坚，直待雾散霾尽，天朗气舒。

诚憾先生年至古稀，欣逢盛世。尚待老骥伏枥，豪情勃发，壮心不已！然天不遂愿，突患沉疴，病躯难起，饮恨滔滔，驾鹤西去！

悲乎！先生仙逝久矣。而今思之令人不胜怀念！而今祭之令人不尽叹息！

时值丙子清明吉日，特立此碑，以纪念弘扬先生之艺术和风骨，将与天地共存立！

墓碑立好，我在老师墓前伫立很久。

往事如烟，我与老师初识到今日为老师立碑，几十年往事一幕幕随风飘来……自从 1978 年春陪老师外出写生，可以说师生情满青山。我陪着老师攀山越岭搜尽奇峰打草稿，泼墨挥毫绘丹青。老师走后，我的绘画艺术得到艺术界认可——1984 年，工笔画作《苏醒》获得第六届全国美展银奖；1987 年，中国美术馆举办了我的个人画展；1988 年，《早春》获得首届全国工笔画大展金奖……每每获得荣誉，我总想到老师，觉得还要努力，以告慰老师在天之灵，以报老师授业之恩。

云浮日隐，斗转星移。岁月苍茫，白驹过隙。自 1996 年为老师立碑至今，又是二十多年过去，弹指一挥。在我出版的诗集中，有我为纪念笑如先生写的诗词，兹录在此：

水调歌头·念师尊

乙巳岁寒月，负米夜敲门。虔诚忐忑恭谨，立雪拜师尊。半日松梅竹影，十载峰峦云岫，最恋画山君。寄志啸沧海，纵意步昆仑。

狂风起，天欲堕，苦忧焚。命途多舛，忽逢横扫泪盈心。喜望阴霾荡尽，痛悼先生鹤去，遗憾逝逢春。回望丹青路，漂母饭韩恩。

我时常慨叹，人生一世，度德量才，我是命运的宠儿，时代的幸运儿，若早生 20 年或晚生 20 年，都不是今天的我。人生之路，偶然际遇，会改变一个人的人生轨迹；假如我没有遇到笑如先生，没有他对我的启蒙授业，没有他对我绘画兴趣的强烈影响，我是否能在绘画的天地里驰骋攀登？

师恩难忘，虽未正式拜师，但我认定，他是我永远的老师……

2017 年 4 月 14 日

附一：

《忆恩师笑如先生》是 2018 年第二届汪曾祺散文奖"我的老师"主题征文中的获奖作品。此次征文是在成功举办首届汪曾祺散文奖"我的老师"主题征文的基础上举办的。

评委们从海内外参赛的包括港澳台以及十多个国家和地区的两万多件应征稿件中，最终确定了第二届汪曾祺散文奖"中国散文奖"获奖作品 10 篇，冯大中荣获一等奖，同时获奖的还有余秋雨、阎纲、孙郁等。

附二：

第二届汪曾祺散文奖"我的老师"主题征文获奖答谢词

冯大中

因了这次征文，才又认真回忆起我青少年痴迷绘画以及悉心求教钻研的岁月，梳理那些发光发亮的光阴和故事，仿佛进入时空隧道，那些逝去的美好时光原来都还在：人在，物在，感动在，万物之美都在……

正如我曾填的《清平乐》所写的情怀，依然伴随我如今每日的生活——

> 艰辛岁月，铸我功名切。
> 冷眼南窗观世界，灯火谁家不灭？
>
> 春花秋月冬宵，惜阴怎敢逍遥。
> 感叹红尘万丈，唯痴画室悄悄。

我想，文学的意义就是照亮我们的内心、我们的追求吧。文章就是那一小束光，采撷它，就如采撷光明，使我们满手满心都晶莹剔透……

选自《散文·海外版》

快哉·童年

冯大中

童年，是生命悠悠长歌的序曲，序曲里跳动着天真的节拍、浪漫的音符；童年是生命雄壮活剧的序幕，序幕里充满着美的梦幻、梦的彩翼。

追天寻地是孩童的天性。

在人生的旅途上，年龄愈大心灵愈沉重，世界愈狭小；岁数越小，心灵越轻松，天地越宽大。

童年属于蓝天碧野，山川与溪流，艳阳与明月。

我们都是大山的孩子，山的摇篮哺育了我们的野性和勇敢。碧水清泉是我们甘冽的琼浆；青山莽林，是我们惬意的乐园。我们光着脚丫亲吻大地，我们裸着胴体拥抱自然。我们尽情地挥洒着过剩的精力，在阳光下抱扑追逐，在风雨中摔打嬉闹。

我们在山崖间腾骧攀缘。未来生活的苦雨凄风离我们仿佛还很遥远。我们童年的双眸中，没有张皇不定的狐疑，没有怅然若失的灰暗；我们儿时的心灵里，没有蒙上悲伤的阴影，更没有染上仇恨的浊色……

童年的时光是美好的。儿时不识愁滋味，少壮方知行路难。童年的情感是纯真的。儿时伙伴，相交不须分贵贱，相知一言倾寸心。当岁月给我们带来成熟时，请不要索回这稚子的天趣，雏儿的纯情。

童年，你是生命美丽的起点；童心，你是人间妙曼的诗篇。

美哉，童心！

快哉，童年！

我怀念童年，眷恋童年，赞美童年……

选自《高山景行——冯大中甲子艺辑》

冯金彦　1962 年生，中国作家协会会员。曾任《本溪日报》总编。先后在《人民日报》《人民文学》《散文》等发表散文作品 100 多篇。散文获奖 100 多次。出版诗集《敲门声》《泥土之上》，散文集《一只鸟的战栗》。

生命的雕刻

冯金彦

山坡上的野花凋落在地上，依旧会长出来。可是生命不能。一个 18 岁的孩子，他的生命掉在了地上之后，风捡不起来，我们也捡不起来。

而写在墓碑上的名字，风吹不吹，依旧是红色的。

在打光了最后一颗子弹之后，他被围在稻田里。北方泥泞的稻田是他生命的一个草地，他没有能够走出去，刚刚跑了几步，就被胡子抓住了。

在我们家乡，习惯把土匪称为胡子。

据说，这股胡子是村里一个叫李大肚子的把兄弟，知道李大肚子被镇压后，来寻仇的。他们不愿意看到在小村里点燃的新生活火光，要把它吹灭。

他们要把他的生命吹灭。

他被绑在村头的一棵梨树上，刺刀面对着他。

他们把刺刀当作一把钥匙，要打开他的信仰之门，让他交出那些名字，战友的名字，村干部的名字。

可是，一个 18 岁的孩子，一个 18 岁的军人，在死亡面前，在刺刀面前，把战友的名字咬碎了，把村里乡亲们的名字咬碎了。

于是，那些埋伏在草丛中的名字，春风一吹依旧飞。

于是，那些散落在街巷的星星之火，秋风一吹依旧燎原。

但是，他却倒下去了。

他的鲜血滴落在地上，他的鲜血滴落在石头上，他的鲜血滴落在花朵上，他的鲜血滴落在日历上。

而地上的红花，把他的每一滴鲜血都捡起来在头上顶着。而为了表达对他的怀念，那棵梨树，每年都用洁白的梨花给他笑一次。

疼痛，无论如何都太重了，一个 18 岁的生命扛不动。于是，刀刺来的时候，他本能地用双手去阻挡着，他的手指被刺断了，掉在了地上。

父亲那个时候还小，目睹了这一切。记得父亲在我小时候给我讲这个故事时，十分肯定地说，刺了 18 刀。

他的手指掉在了地上，一根，两根……18 刀之后，他的十根手指是折断的翅膀，不再和他一起飞翔。

十指连心，十根手指不仅连着他的心，而且连着战友们的心、乡亲们的心。

部队赶来的时候，胡子还没有走远。于是，部队就一路追赶了过去，在离村子不远的一个小山沟，把胡子全部消灭了。那个胡子被消灭的山沟，村里人叫它死胡子沟，叫了 80 多年，至今依旧这样叫。

不是医院的手术室，也没有白衣的身影。在朴素的农家院，善良的房东大娘，一个坐在他身边的老人，低下头去，用不止一次为他缝补过衣服的手，用为他缝补过袜的针与线，一针一针，细细地为他把十根手指缝上。

这个固执的老人，不听任何人的劝阻，就那么坐在阳光下，坐在他的身旁，一针一针，慢慢地把手指缝在他的手上，缝在她的心上。

慈母手中线，何止是游子的身上衣，也是游子的生命。

在他远去的这个午后，一个母亲用她的爱、一个村庄的爱、一个世界的爱与崇敬，让一个生命完整。

在那个夜晚，村边的小河一夜未眠，岸上的石头哭了一夜。

乡亲们也是。

村里的人记得这个从远方来的孩子，记得他走进每一座茅草房的背影，记得他南方的口音。尽管阳光谁也不能垄断，但是生活在贫苦之中的父老乡亲，常常与痛苦相伴。当这个年轻的生命和一支同样年轻的队伍，把地主与恶霸们垄断的阳光还给了村里人的时候，父老乡亲们把他们和新生活一起精心呵护着。

在我的童年和少年，他是离我最近的英雄、最亲的英雄。我想知道更多他的故事。工作之后，我去过相关部门，也查过资料，但是，找不到更多的关于他的描述。只是知道，有许多像他一样年轻的生命睡在了故乡的山水之中，许多人甚至连名字也没有留下。

寂寞的山坡上，风吹过，所有的小树在风中轻轻地抖动，像是低语，像是吟唱。我想起陆游的诗，王师北定中原日，家祭无忘告乃翁。当幸福的山花开满故乡的土地，我们也想把这个消息告诉他，告诉这个沉睡在山坡上的孩子。

终有一天，我也要到泥土中去。那时，尽管他比我年轻，无论他认不认识我，我都要拍着他的肩膀，叫他一声兄弟。

房东老人把他葬在了自己家的坟地里。别人怎么劝，老人都执意如此。老人说，他还是一个孩子，一个人睡在山坡上太冷清了。每逢年节，老人给他烧纸、点蜡烛，像对待家里逝去的亲人一样。

据说烈士陵园几次要把他迁走，乡里的干部也来做工作，老人不同意。老人的家人也习惯了把他当作亲人。

于是，孩子们叫他叔叔。

于是，孩子们叫他爷爷。

与我同去采访的一位女作家听说了他的故事之后，特意到他的墓地祭拜。临走时，她把脖子上的红纱巾解下来，系在墓碑上，远远看去像一团火。

在他离去了70多年之后，在他的墓地，小草拱破70年的岁月长出来，似乎在告诉人们，有许多东西不但野火烧不尽，岁月也烧不尽。

山坡上的鸟儿不读这些，亦读不懂这些，依旧在枝头上呢呢喃喃，相知相爱延续生命，在曾溅落弹壳的山坡上，平平仄仄一个和平的主题。在它们的目光里，这里只是一个家。

阳光依旧，风依旧，河的流水声依旧，只是多了一群飞翔的鸟儿，冰冷的墓碑仿佛一下子有了灵魂，有了生命。

历史久远了。但是，一个生命却依旧年轻，一个故事却依旧年轻，依旧在故乡的田野上被春雨擦亮。

而当我的生命年轮画满了55个之后，我才真正读懂了故乡，读懂了故乡和乡亲们为什么这样精心地把一个名字捧在手上、心上。

他们把脚下的土地看得和生命一样。因而，每一个呵护过他们脚下土地的名字，都被他们刻在故乡的每一个生命里，写在每一寸土地上。

一个故事、一个年轻生命的传奇，经历了几代人的传递，至今依旧温暖、依旧明亮。作为一个传递者，我也找不出故事当年原原本本的样子，不知道哪个细节、哪句话是年轻烈士当年留下的，哪句话是后来人为烈士点燃的一个火把。

但是一个英雄的名字、一段英雄的故事，依旧在岁月中走来走去，在故乡的山坡上走来走去，在我的心中走来走去，踩得我满眼热泪。

原载《人民日报》

包公祠，历史的一滴眼泪

冯金彦

斑驳的包公祠，斜挂在蜿蜒的护城河上，几座斑驳的建筑仿佛是落在护城河枝头的几只鸟儿，在讲述一个人的故事，讲述一个时代的故事，尽管一千多年了，游人依旧在倾听。

在包公祠里漫步，我总有一种感觉，一千年的包公祠只是包公一个人的荣耀，却是一个民族的耻辱。因为我们知道，在这个世界上，无论什么名义的纪念碑，其实都是一枚针，用一个个逝去的名字做线，缝补一个历史的伤口、一个民族的伤口。

如果没有战争，如果没有伤口，遗落在地上的这些建筑，我们或者叫遗址，或者叫故居，都是文化留下的脚印。

对包公亦是，对包公祠亦是。

如果包公不把精力用在惩治贪官污吏上，而把所有的时间、才华和精力都用在研究学问上，他或许是一个孔子、孟子一样的智慧老人，或许是一个聪睿的科学家。

可叹的是，他的一生都用来擦洗贪官们的污点，他成了清扫人类欲望垃圾的清扫工。世界用一堆庸才的错误，毫不费力地消灭了一个天才，消灭了一个能够推动世界前进的力量。

杀死一个生命，真的有许多办法。

让一只老虎吃草，让一只羊吃肉，都会让它们饿死，可无论如何，给羊吃肉都不算虐待。

包公亦是。

他仿佛是一个永远向风车宣战的堂吉诃德。他挥舞着自己的理想，尽管他知道风车的旋转，根子不在车，而在风，然而当他无法对付风的时候，他也只能对风车宣战，以证明自己的价值。

即便是这样的包公也是被演绎的。

他被传说是被嫂子养大的，只有这样，当他铡自己的侄子时，才有一种英雄的悲凉。事实上，他29岁那年就中了进士甲科，被任命为大理评事、建昌县知县。然而，恋家的包拯奏请皇帝把他改任为和州监税，父母还不愿意离开老家，包拯索性把官给辞了，安心在家陪父母，二老离世后，他守孝3年，守孝结束，他不愿离开父母的灵地，又在家里待了两年。

传说包公祠里的廉泉，普通老百姓喝了会解渴；清官喝下去，清冽可口，甘醇香甜；但是如果贪官喝下去，必定苦涩难咽，像有芒刺封喉。

我们喜欢的包公，就是这样被人们的传说雕塑而成的。他宛如草原上的一个敖包，每一个从他身边走过的人，都把自己对清官的理解和希望的石块堆在他的身边，于是他成为一个地理的标志、一种指引。

梦想能够成就一个民族。

但传说只是一盏纸灯笼，我们能够拎着它走多远？

于是，我们看到，一千年之后，贪腐依旧未绝。

可见欲望这种植物，是生命力极强的，风一吹就生，雨一滴就长。

原本是一个需要制度犁铧破开的田垄，却叫包公一个人，靠自己的人格，靠自己的勤奋，一镐头一镐头地刨下去，能有什么尽头。

这注定了就是一个悲剧，可包公却只有认真地演了下去，不只用自己的生，还要用自己的死。于是，冰冷的包公雕像仅仅是一个象征，对于一个丰收的田野来说，即便是一个稻草人日夜站在那里，又怎么能吓走那些疯狂的山雀。

一个个朝代过去了，一千年过去了。

一千年来，包公祠一次次地被历史掀开，被岁月掀开，人们想从中找到什么，可人们又能从中找到什么。从来就不会有医治百病的千古良方，何况即便是一服良药，放了千年，也应该失效了。

一个个朝代过去了，一千年过去了。

一千年后，如果我们还依旧祈盼一个所谓的清官，如果我们还不能用制度筑起两道雄伟的理性的长堤，那么欲望的洪水依旧会爬上来。

就让包公祠在宁静的时光里灿烂吧，让包公祠仅仅是一个名人的故址，是一个文化的遗痕。让我们从这里走过时，不是从一种沉重中走过去，而是从一个风景走过。

这些道理，包公祠不懂，也不想懂。

静静地守望在这里的包公祠，仿佛只是一滴历史的眼泪，充满了惋惜，充满了眷恋。

原载《人民日报》

冯　璇　女，满族。1972 年生人，中国作家协会会员，中国少数民族作家学会会员，辽宁省作家协会理事，辽宁省理论家协会理事，一级作家。发表中短篇小说百余万字。其中短篇小说《举过头顶》入选《金石榴·2019 年少数民族优秀作品选》。出版长篇小说《索伦杆下的女人》，散文集《清灵女子》《荷边弄水》等。

致你的成人礼

冯　璇

我原想在你的 18 岁生日那天让你看到这些文字，而那时你正赶场般地遍地考试。所以就放下了。此刻我们正等待着你的录取通知书。在决定人生方向的时候，我觉得此刻写下这番话更有意义。

你在 10 岁的时候曾问过我：长大了一定要漂亮！不漂亮可怎么办？看着你明亮的大眼睛，我说漂亮不漂亮不重要，而活得漂亮才更重要。妈妈今天告诉你，一个女人的黄金年龄只有 20 岁到 40 岁。40 岁之后，天仙也落入了凡尘，没有漂亮和不漂亮之分，更多的是品行与修养。

当有一天你的身高和身材有了最佳比例，五官生得如山口百惠又如巩俐，且无论在哪儿都有一定的回头率和关注率的时候，我觉得无论是作为母亲还是作为你身边最近的朋友，我要按住你的虚荣和浮躁。美丽不是唯一，而具备独特的个性和一定的学识才会让一个女人更美。如果仅仅以容貌自居，甚至不可一世，是多么浅薄和无知。无论到任何时刻都要记住：浅薄和无知是女人最大的败笔。要想活得有滋有味、不清汤寡水，唯一秘诀是养成读书的好习惯。出了校门，你学到的知识如果不加以应用，就会以飞快的速度退化、遗忘。而读书恰恰保存住了你的知识、你的思想、你的格局。同时还让你比同龄人多了一种眼光和见识。妈妈用经验告诉你：要想一生一世快乐无穷，每日开卷耕读。

那年你听信了舞蹈老师的话，坚持要学舞蹈并很坚决的时候，我横加阻拦。妈妈今天告诉你为什么。

一个女子站在舞台上久了，离地面就越来越远了。不管你将来有没有成就，你都不会再平实地站在生活里。一个女人，站得多高多远，也要经历经、孕、产、哺，妈妈不希望你为了这个唯一，而丢掉你一个女人应有的过程。要知道这期间的辛苦和幸福是成正比的。妈妈因为有你，才更懂人生，才更懂我的妈妈。所以我希望你站在地面上，离我最近，离生活最近。认得家人，认得朋友，认得回家的路。我们可以把舞蹈当成业余，而不要当成终身的事业。

当你在外上学，你转头回宿舍的时候，妈妈只告诉你六个字：干净、懂礼、善良。漫长的集体生活，八个人的房间无处转身的时候，你干净、利落、整洁的床铺成为宿舍里的典范。当打扫卫生的人知道你的名字并知道你来自哪里，他们目光里的感激和关爱表明你和众多的"90后"不一样。人在世上，无论到哪里在任何时候要学会低头做事，低调行事。要知道傲慢和目空一切会给你以后的人生带来意想不到的不良的后果。而这些看似不起眼的小事，更能看出一个人的家教和修养，也是累成你日后的口碑和人品。

在这世上只有父母和亲人会无偿地为你付出。除此之外任何人没有这个义务。当我叫你大债主、剥削阶层的时候，都是矫情的甚至是自豪的。因为我们甘心情愿。

当有男生为你跑前忙后的时候，记住人家没有这个义务，更不要公主似的左右喝令，同时要学会拒绝。还有，收到男生的信件和邀约的时候，不喜欢对方你一定要学会婉言谢绝，并且不要散布这个信息。要懂得尊敬别人的隐私，当你成家立业仍有此种现象，更应做到如此。要知道异性间的适度欣赏未尝不是一种自信和一种美好。

当你有一天爱上一个人，一定要欣赏他的才学和修养，而不是他的财产和地位。因为一个人的才学和修养会吸引我们一辈子，而财产和地位不过昙花一现过眼云烟。如果遭遇失恋，不要过分感伤，要么是你没做好，要么是那个人没有眼光。记着，这只是人生中的一种经历，不必为此太伤怀。因为爱情不是一个人生命的全部。

有两种人一定不要忘记，一个是你的恩人，一个是不喜欢你的人。恩人是要感恩的，哪怕关键时候对方说过的一句话，一个有力的眼神，日后一定要加倍回报。人在世上，无论你在哪儿，做什么，更多地要与人打交道。济公活佛曾说过这样一句话"穴在人心不在山"。所谓的社会江湖也不过是在人群里。首先要具备与人和谐共处的能力，二是要时时心如月朗。不喜欢你的人更要感激。找到对方不喜欢你的因由，揽镜自照，找出自己身上的瑕疵。这比宠你夸你更重要。认识这一点，你的生活就少了烦恼和郁闷，明朗和开怀随即而来。

你姥姥当年曾用老家最土的语言告诉过我：走近好人，远离小人。小人就是小偷，周围自始至终笼罩着一股阴森之气，会在无形中偷走一个人的健康与运气。一定要记住自己一定要做个好人。好人的好不仅仅体现在善良正直，有时还是一种体恤和悲悯。物以类聚人以群分，好人做好了，久之你的身边就会出现相近相惜的人，这些都是天底下最宝贵的资产，会形成你最宝贵的人脉资源。到了一定的年龄你会恍悟：原来自己始终都在这个圈子里。

一定要有个良好的爱好，并为之去付出去努力，这不仅成全了我们的业余生活，还抵抗着人生的更多的孤独和寂寞。在你的同学高考结束弃书一旁没日没夜疯玩的时候，你还能安静地在家里画画，并到处拜师学艺，这令我非常欣慰。一个人一定要不负天，不负命，无论做任何事，首先要保持住一定的耐力和毅力，粒米成仓，滴水藏海，只要坚持，就有收获。记着不要把时间浪费在无聊的事情上，要想活得充实丰满就要加倍地珍惜时间。其实一个人一生做不了几件事，体力和智力的下滑期常常在不经意间转瞬出现。只要每一天我们没虚度就是赚了。你将来无论做什么，我希望你有真本事在手，有份属于自己的硬件而不至于手无寸铁、茫然四顾。

等待的时间格外漫长，妈妈对你的选择没有更多的干预，因为你已经到了为自己负起责任的年龄。妈妈只想告诉你，上什么样的大学不重要，用全部的努力完成这个过程才重要。妈妈希望你用自己的双手开创属于自己的人生，然后过普通人的生活。在人群里不晃眼、不扎眼，拥有一个普通女人平实而又平常的快乐和幸福。

原载《鹿鸣》

娘的王国

冯　璇

　　铝合金的那种窗，把她和冬日隔开。阳光很好的时候，有些微风，把雪和一些枯叶吹到她眼前。这不影响她，她会忠诚地、准时地站在窗口，眺望，眺望。路上任何一个身影，她都会想象成为我们。这令她激动不已，她常常会快步走出来，边跑边喊着我们的小名。那样子一点也不像七旬的人。尴尬之后，她会自圆其说：老了，眼花了。一次两次，她总是不厌其烦地惊喜，失落；失落，再惊喜。或许那是她漫长冬日里必要的内容。然后她会转过头，摆弄着属于乡村的一些细节，比如顶针，比如自己做的棉手套，比如仓房里要用来舀水的葫芦。当然，她还会看那些精心冻成的年货，肉啊，菜啊，牛舌饼、黏火烧什么的。她的翻腾抚摸是再一次与它们达成共同的契约：一起守候着母亲的味道、家的味道或年的味道。

　　这一点，她与它们分外忠诚。

　　这扇窗，帮她慢慢地数过一个又一个日子。还把一部分天空、一部分远山引进了她的眼帘。到了夜晚，又把一部分月光、一部分银河领进她的房间。所以母亲不喜欢窗帘，她怕挡了她的梦境。

　　母亲说，她年轻的时候就喜欢站在窗前，久久地凝神看。我知道母亲在盼一个人、一封信。他们是大学同学，后来那个人参了军。在讲究出身和阶级的年代，不管母亲怎样标榜自己是汉族，她外族血统的五官依然成为他们相恋的最大障碍。他们当年的几封信是母亲生命里最美的签。多年来我一直想探究，因为我想象匮乏，我别有用心地想制造我的小说情节。母亲会和别人说，但绝不会让我知道个中细节。就像她可以和其他女人去浴池而拒绝与我前往一样。

　　我尊重她。不仅是那些故事，还有一些习性扎根在她的骨肉里，不可说服，不可更改的习惯。

　　漫长的冬天，她就这样。每日每日的凝望是她的必修课。如果不是冬天，还有一些琐碎的内容。喜鹊、麻雀，还有那些蝴蝶，因为她的守候它们会聚集在这里，吃她的饭，扒拉她的米。走时还会留下一泡屎，她不厌烦，用她的话说，有活物来，是吉兆。等菜下籽，等花藤爬满了篱笆，她的日子就有新的内容了。她终日奔忙，一副不可开交的样子，并且告诉我们说这是她的事业。所以她有理由拒绝儿子领她去海边，拒绝女儿带她去南方。夜以继日，废寝忘食在她的田里。她还笑话我们辜负了大好时光。她时常替我们惋惜，把钱扔出去，装一大堆疲惫回来，还巴巴地炫耀。她指着她的成就，几天工夫，玉米大气慷慨，火红的披挂，像舞台上的穆桂英。土豆红薯，早在土里铆足了劲，就是想给你一个惊喜。还有茄子一拃高了，柿子要打杈了。她一门地数落，沾沾自喜，不可一世的样子简直就是个爱谁谁的统帅。

我看得出，土里能给她全部，让她的生命的每一季都充满了水分、营养和情感，因此她的每一天都生长着快乐和奇迹。她继续阐明她的观点：你看到了所谓的美景又怎样？美景看到你了？挤挤插插在人堆里除了不同的嘴脸，还有一堆废气、一堆垃圾。你收获了什么？她哲人般数落。我听了，把诧异的目光投向她：这是那个在窗口无助的小小妇人？

你觉得你在城里给她买了房，多大多大，你觉得让她享福享受之类的，她根本就不屑。她的双脚扎在土地里太深了，一辈子了，拔不出来的。离开土地，就会得病，到哪儿，都会凄惶。听不见鸡猫鸭叫，心就不踏实。所以她说她不想去女儿或儿子那里，她说她不想做一个辨不明东西南北的客人，不愿意过那种坐立不安六神无主的日子。

原来，这里的条条垄垄，才是她的做不完的作业、她未读完的大学。她在这个天地里找到她生命的有力支撑。俯身流汗为的是得到秋天的肯定，哪怕这个年岁了，也不能负天、负时，她要交出自己得意的作品。如果她看到谁家的土地荒着，心便会疼，然后会骂上半天的，用了极狠的词：完蛋的货，家要倒架了……

在她的字典里，土地可以负人，人不可负土地。这是她一辈子认死的理。

所以春天，她分外支棱，像返青的小苗，绝没有半点衰老和颓废。

她还有另外一项事业呢！那就是摆弄那些针头线脑，她喜欢在阳光里和它们面对面。不用花绷，不用草图，随心随性。院子里的花花草草是她最好的写生图。所以她的艺术灵感遍地。还有那些零碎的布头，都是她的好材料，活灵活现地完成在她的掌上。记得我结婚时，母亲绣了一幅门帘，一汪泉水里游动着两条鱼，我嫌它土，转过年就给女儿做了小床单。现在才知道，她准备不了显赫的嫁妆，就在那些细腻的针脚里倾注了她的全部祝福。那汪泉一定是护佑我冬暖夏凉。那鱼呢,除了让我的家富足有余之外,还有一番寓意:就是让我走到哪儿都不会口渴,不会让我寂寞。我这个败家的,那时哪里懂呢?今天它早已破旧如文物,依然可见那泉那鱼,那水仿佛依然流动着,那是流动在季节之外,也保存在了季节之外。

如今,她对这项工程依然乐此不疲,沉浸在那些针头线脑里,甚至拆了织,织了拆,不厌其烦。都是因为时间遗忘了她,亲人遗忘了她,她只有在自己的针脚里,盲目而茫然。那些积淀着时光和她心意的坐垫、椅靠,满怀激情地送到别人手里,我想别人不会正眼瞅它一眼,在离开她的视线之后,主人会厌恶地打扫掉它。它们的命运和她一样,继续遭遇冷落。可我不能说,说了余下的时间她用什么来充满呢?她哪儿来的热情和期许呢?有时这些东西竟然在狗的身上,在狗的房间里。它从她的脚边和眼神里嗅到了主人的心思,狗相当地得意了。知道自己的分量。它们除了对主人分外感激感恩外,还会更忠于她,更爱她。所以他们才是相濡以沫的,相互看好的。

这一点,我们都不如狗。

那年春天,她在园子里忙着,她突然感到胸闷,握着锄头的手渐渐软了,随后整个人慢慢地倒下了。是狗,狗发现了主人不爽,然后它拼命地狂叫起来。它的叫引来了邻人。那一次有惊无险,我们在一阵阵冒冷汗之后,知道她为什么离不开它,知道她为什么出门的时候会加倍地想它。它是她不离不弃的小跟班,它是她的又一个儿女,超越种族和语言。

所以她的狗叫玄玄(我的小名),她的那只可爱的大公鸡叫飒飒(我弟弟的小名)。当她放开嗓子满院子呼唤的时候,我们和那些鸡狗同时把目光投向她。而她,此刻,相当的得意。拍打着衣袖,狡黠一笑:有什么,它们就似当年的你们,我叫顺口了。

我听到这里,心头有种说不出的疼。

我多想陪伴在她身边,好好地待上几天。可是,我是个被"绑架的人"。我的日程五年来从来没自己做主过。有时,我恨我们姐弟几个,所谓的"出息"就是远嫁或远行吗?把她一个人丢在那个王国?让她一个人整片整片地长年地守着寂寥?我甚至想象得出,她小心翼翼地凑到人家眼前,其实并不招人待见。一个又老又弱的老太太,谁稀罕呢?躲还来不及呢?何况那些人那么忙,要低头打麻将,要开车挑起尘,要大呼小叫地奔……一个儿女不在身边的老人,是落单的、敏感的、自卑的。

随后她会给自己一个安慰!

出来溜达溜达。那声儿一定是小小的、弱弱的。近似于自言自语。其实,她多么想找人聊聊天。哪怕说些鸡鸭鹅狗的事。可是，没有可能。那些年轻人的日子和她是不一样的。人家不屑养那些活物。用她的话说，死翘翘的。也难怪，自己都养不活自己，怎么可能养其他喘气的生灵呢？

她没有对话的人。

在外的我们，总是像煞有介事地、急速把情感集中到某个节日，匆忙地表达我们的孝心。其实，没用。她不需要那些大包小包的、仓促的问候，她不需要那些时尚的衣裤，她需要的是饭桌上的热气腾涌，一个个头挨着头地抢，然后再一次一次招呼她拿这个，取那个，她在厨房和饭桌之间来回穿梭。我承认，当年我是忽略她的。我那时满脑子想着相良光夫和大岛幸子的爱情；惦记着商店里航鹰的小说集；还有怎么样躲过姥姥的目光大胆地用左手使筷子……怎么会关注她上不上桌？怎么会在乎那个把手袖在围裙里的她及她的眼神……

菜蔬不剩、盆碗干净或许是对她最大的奖赏。

因为这让她有理由和动力乐此不疲地忙碌着下一顿。而现在呢？她和她的锅碗瓢盆都沉默着，像一身好武艺的将军没了战场。有时，我想，她甚至需要一群猫崽子，一群狗崽子，时而把一个家搅得大呼小叫，如臣子一般簇拥着她，或驻留在她脚边，温柔地蹭她，一如从前。

这个冬天，她在儿子家。她抚摸着那些福字、挂钱，还有她喜欢的门神什么的。她比画着东挂一下，西贴一张。也不管人家厌不厌烦。然后自我欣赏。我知道，这些最古老的中国元素，受到了她的保护，其实它们也在庇护着主人，相互友善，相互凝望，彼此有情有义。其实这些都在掩饰着母亲的焦急，她想回家，想早一点站在那块土地上，她才能挺直腰杆，理直气壮。还有，她想快一点知道关于雷声的、春风的、柳芽的情况。她等着做她的国王呢，因为她有统率的天地；她要作画呢，因为她已酝酿好了七彩。所以她等不得，她怕在钢筋水泥的楼层里遗漏了某种可贵的信息而后悔不迭。

余下的日子，她还在一个人的世界里。春种秋收，晴耕雨歇。两袖塞满哲学和收获，还有那种天赐的宁静与沉实。在这片皇天后土之上，有多少这样的母亲？其实她们才是真正的哲人，在自然里紧紧守候着我们的故土、我们的家园，用实际行动和每滴汗水告诉我们天下最朴素的道理。因而在这鼎沸的尘世中，她们的一举一动格外拽扯着游子的目光，让在外的每一个人对着家园的方向永远充满了敬畏和凝望。

原载《散文百家》

卢盛飞 1940年生于营口市，满族。曾任本溪日报社科教部主任。中国少数民族作家学会会员。著有散文集《教海采风》《蓝天写意》等。

黄岭柳，童年的歌谣

卢盛飞

这岭不高不陡。岭下，是错落的农舍。岭后，是高屯小学。岭上有一株老柳树，这老柳盘根错节，每年春天一到，它最早发出新枝新叶，荫荫得像把大伞，把小黄岭都染绿了。自从我光屁股来到这个世界后，我们这些赶牛放牧的娃娃总喜欢在牛儿悠闲啃草的时候，手拉手搂着老柳嬉戏个痛快。不知道是我们胳臂一年年长长了，还是柳树一年年长粗了，搂呀搂总也搂不住那粗粗的树腰。于是，我们每到春天，就挨个儿在树底下比个头儿，用小石条刻下记号，看哪年能上学，好翻过小黄岭背书包进山下小学念书。

有一天，甸屯一位刘奶奶从岭后买盐上了山冈，我们刻树记个儿比高的事让她发觉了，吓坏了，躲不及，只好低头挨屁股。老奶奶没声语，坐在树旁一块长石上："都给我坐下，你们爱听故事吗？"我们几个转惊为喜，嗬，一向严厉得什么似的刘奶奶今天怎的了？要给我们讲故事。"啪啪啪"，我们鼓起巴掌来。

"好，我就给你们讲这个老柳树下的故事，"刘奶奶伸手抚摸着粗糙的树干，"很早以前，咱们这个屯子，没一个识文断字的人，想写个什么都得过岭求先生。那年春天，山里响起了枪声，岭后上来一队穿军装的人，那里有个戴红袖章的女兵。他们扛枪背包走得太累了，就坐在这棵柳树下歇息。突然，从身后树丛里打来一梭子子弹，那个年轻的女战士背上中弹了，倒在血泊中。等到把打冷枪的土匪生擒住，可怜她已经停止了呼吸。孩子们，你们知道她是来咱屯干什么的吗？她是来帮咱建学堂教书的先生呀。唉！可惜没等到下岭就……后来，屯里把这位好姑娘就埋在那高处的山冈上，让她年年看着咱甸屯的孩子背书包从她身边走过去。"

我们几个都扑闪着大眼睛，瞅瞅老奶奶爬满皱纹的脸，又瞅瞅那粗壮高大的古柳繁枝，最后把眼睛一起投给山冈茂密的树林丛，似乎明白了许多事，懂了许多理，一时间长高了许多许多。怪不得，黄岭老柳的童谣一直在我梦中萦绕，几回回，多少年了，还这么清晰、动情……

　　然而，怎可理喻呢，过了好多年的一天，我接到一封故乡人的家书，说他们虽建了供山里孩子们读书求学的小学校，却有不少糊涂父母把孩子拽出学堂，背包提担拎秤杆，过山下岭到那边赚钱去了。看到这里，我目瞪口呆了，想想那位当年饮弹倒下穿黄军装的姑娘该做何感触呢？面对忆念遥想中的黄岭青山，我的童谣里期盼碧露和柔风，期盼 40 年沉积下来的文化在子孙心灵上结出更多的快乐。

原载《本溪日报》

卢　伟　生于1963年。长期在平山区文化馆工作，有多篇诗歌、散文、评论、小说发表。

做个好人

卢　伟

生活中，我们遇到一些好人，并从他们那儿接受了难以言明的恩泽——这不是通常的帮忙或者帮助，而是一种无形但深刻的关怀和给予。由此，他们的身影清晰地立在那儿，成为我们人生的路标，但在或近或远的今天，我们品味着他们留下的温馨，常常是满怀感激，却最终发出一声长叹。

我们无法感激什么！

一点点有限的谢意，根本无法表达这种感激，像果实对于阳光，对于泥土。

他们的恩惠出自真诚，对生活，对生命，对信仰，我们只不过是他们真诚的受惠者，如蚌孕育了珍珠。

感激，他们没想过，也不需要。

回顾过去的生活历程，谁不会想起几张熟悉而亲切的面孔呢？

记得在我学习写作的初期，曾有一位编辑给予我热心的帮助和鼓励，使我得以认识自己并迈出了稚拙的第一步。但是，他英年早逝，而我却是在很久以后才听到这个消息。回想以往，匆匆几次见面，寥寥几个谢字，又能表达什么呢？而他画在我人生路上的起点线，却永远清晰地横在那儿，让我随时测量人生的意义。

我们甚至来不及或无从表示感激。

许多人曾默默地为我们做过好事，我们或知道，或不知道，但这无关紧要，重要的是他们改变了我们。也许，正是他们的存在，我们的追求没有夭折，我们的努力适时得以收获，也正是因了他们，我们才会有今天的感叹：否则，今天的我将不知会怎样。

也许，他们只是一朵云，洒下一些雨滴就飘走了。也许，他们只是一阵风，吹过一阵就消失了，但花朵因此而获得了开放的雨露，种子因此而找到了生根的土壤。

　　细细思量，我们会发现，人与人之间正是这样相互实现着自己。我们交出的，不一定是我们所得到的。但我们所得到的，是必须交出的，人的世界就是这样日益丰富起来。

　　于是，我们沐浴着那些好人们留下的阳光，在感慨和无奈之余，只能一遍又一遍地告诫着自己：努力做个好人吧！唯其如此，我们的生命才能在开放之后，最有希望地结出果实来。

原载《本溪日报》

白雪曼　女，1958年出生，祖籍辽阳市。曾任《本溪日报·洞天》星期刊主编。20世纪80年代初，发表了报告文学《中国的吃喝风》，是最早反映中国社会超常消费、公款消费的具有预警性的作品，在社会及文学界引起很大的反响。多篇散文在《美篇》发表，并广被转载。

把父亲种在地里

白雪曼

立夏那天，在故乡，我们把父亲种到地里。

从此，在那座叫"上瓦峪"的山谷，迷离月色中有了如雷的鼾声，风起叶动时听见爸在喊我们。

爸以两滴辞泪与我们做了诀别。不是他不舍，是他知道儿女们的不舍。爸知道我们会想他，他的儿女会用余生的所有岁月来想爸。

爸喊儿女的语调让儿女们迷恋。那语调温软而亲昵。他很少连名带姓地直呼儿女，而总是叫名字中的最后那个字儿，并在那字儿的后面缀上一感叹字儿，亲切而有点腻。他是这样喊我们的，"敏哪""光啊""羽呀"那后缀着的字儿总是拖着慈爱的尾音，甩得长长的，像伸过来的一双软乎乎的大手，抚搓着儿女的额头。

记得我第一次接触汉字"嗲"时，就被电了一下，我瞅着这个字愣怔了半天，回想着、品味着父亲的那多声呼唤，情深意稠，认定"嗲"是会意字，它是爸爸创造的。

我小时候叫敏，读中学后叫雪曼。

中学时的同学在多年后回忆说，小时到你家，听你爸一会儿喊你"敏娜"，一会儿喊你"雪曼"，把我们羡慕完了——你爸太稀罕你了，居然给你起了俩名呢，而且还都是外国名，而且还都那么好听。

同学把爸的尾音"哪"误为名字了。我们这代人，女孩子大多叫华、红、平、娟什么的，娜啊、曼啊听着就尊贵得不行。

当时听同学的歪解笑得够呛，现在想起这件事却泪流满面。

爸，我们把您种到地里，因为土地会生发、会滋养，收割了的还会萌生。我们期冀失去的会回来、过往的能再现。在您鼾声消停的那空当儿，再唤唤儿女们吧。我们想听，想得心都疼。

爸，我们把您种到了地里，您又有了四季。过往的四季有什么，将至的四季同样有什么。过往的，亲恩葱茏；将至的，思忆疯长。曾经的一颦一笑，尚在的一什一物，仍跟着我们过日子，仍随着我们走过四季！

我们还有下辈子呢，爸。您还会那样喊我们的，对吧？爸。

爸，缘许三生。别忘了！

我读初中时，就开始写文章在报纸上发表，放学后总是伏在家里的书桌上。爸心里欢喜嘴上打击，每次下班回家，进屋第一眼就是往我的房间里瞅，第一声招呼就是："我敏哪做什么呢？噢，又在编瞎话儿哪！"

爸在仕途上三落三起。赋闲在家时，就做了两个儿子的功课辅导员。结果大儿子考上了清华大学，小儿子考上了哈尔滨科技大学。大儿子天性好学且不用说，小儿子虽聪明却是玩心太盛。每逢家长会，大儿子的，爸妈争着去；小儿子的，爸妈争着不去。但是爸在妈那儿永远占不了上风。

老师见到爸就告状：操场上只要有俩人踢球，就有你儿子一个。该管管了！

管。爸管得风趣：羽呀，考大学恰似踢球，有俩人就得有我儿子一个。

小儿子认账，自己能顺利考上大学，老爸功不可没。

至于妈，她和爸每次拌嘴，最后一句必须是她的。爸让着妈，让了一辈子。

爸是本钢人。

因为爸，打小起，我们就对本钢的许多大事儿耳熟能详，如歪头山铁矿大会战、本钢5号高炉投产、冷轧厂建设。对本钢白楼、本钢专家招待所（也叫本钢壹千平）、北京西苑宾馆等地儿，每每路过或提及，都会涌出一股淡淡的怀旧情绪。

儿时，我和弟弟们经常在高炉出铁水的午夜，站在家里的阳台上，朝着二铁厂的方向，看铁水映红了夜空。

西苑宾馆，似乎是当时本钢在北京的临时办公处所。1972年，我14岁，到北京看病就随爸住在那儿一段时间。当时爸是设备处处长。那时是计划经济，全本钢所有的工矿企业的设备、配件，都靠国家按计划调拨，都得经过爸的手。爸的工作做得如何我说不清楚，但从周围的叔叔们的态度上看出，爸很重要，爸很能干。

有次爸到国家冶金部开会，那天刘文台伯伯（时任本钢总经理）少有地敞开了门办公，他代替爸看管我，防备我溜出去走失了！我住在隔壁，出入必须经过他的门前。刘伯伯处理完工作，喊我过去。我则窝在大沙发里，一个行政8级的高级干部和一个黄毛丫头，聊开了各地方言和北京芝麻饼。

有句话叫"三十年前看父敬子"，这话我们感受到了。爸给了儿女这份荣耀。小时到本钢白楼去玩，一问是白处长的丫头或宗振的小子，就很受优待，总会被人热情地喊进屋坐，或递瓶盐汽水。当时的本钢笔杆子应国根叔叔，送过我两本稿纸和一瓶英雄牌钢笔水。后来我当了记者后，有机会到本钢采访，也总有爸的老领导、老同事、老部下，让我代问老白好。

我发现，他们评价爸最多的是这样一个词儿：准成。

爸是新中国培养出的第一代技术人员。1954 年毕业于吉林工业机械学校。

爸保存着那个时期的照片，但太小，太模糊，看不清谁是谁，但能感受到来自那个时代的激情和爸的青春风华。照片上拉小提琴的疑似是爸。

爸曾是个文艺青年，他刚进本钢就赶上国庆五周年职工文艺联欢会，爸报名参加乐队，组织者问你能拉什么？爸问还有什么没人拉？答曰就剩小提琴啦！爸说那就小提琴吧！

这段往事是隋文叔叔讲给我的，其中有没有演绎成分我不知道，但我知道这事儿靠谱。提琴、吉他、二胡、扬琴……凡是带弦的爸都能拨拉出调儿，不精，用他自己的话说是半拉架儿。

爸的乐感很好。听过他用日语唱《北国之春》，用俄语唱《喀秋莎》。中音。

爸有张同学聚会时的旧照片，大概是五十岁时拍的。我们姐弟三人都是爸的校友，自然对那些相隔 30 多年的老学叔老学伯很感兴趣，就细细地在上面看每个人。我发现，上面有超半数的人我认识，因为他们都常出入我家。爸的同学圈含金量很高，有市委干部处处长、广电局局长、解放军飞行大队大队长、内科大夫、中学校长、报社编辑、建筑设计师、矿山机电工程师、国企老总，还有没毕业就成为地下党的老革命……各行各业，性情各异，资历不等，但他们遇事都爱到爸这里交集。爸是个小核心。

现在回想起来，爸身处不同的朋友圈、同事圈、兴趣圈，他都是中心，或者说，是他在支撑这些小群体。

爸从不冷落人，在乎每个人的感受。

在这方面，我有些像爸。

用爸的话说，我也是最"招人"的，身边总是一群一伙的。在学生时代，在刚参加工作最初几年，家里几乎每天都没断了人，神聊海侃，吟诗作对，弹琴唱歌，吃饭留宿。爸从来不烦，认真地和每个孩伢子打招呼、逗乐子。在我周围的人中，他是颜值比较高的爸爸，幽默诙谐，和蔼周到，且散发着权力男人特有的气场。总之，白叔让小男生小女生们真心地崇拜过。

我有个小学同学，兄弟姐妹七八个，只有父亲一人挣钱养家。我向爸描述了他家拮据的几个细节，爸很快就给同学母亲找了份临时工，托人安置了他刚复员的哥哥。其母亲后来有机会转为正式工人，为此念叨了很多年："咱家这铁饭碗是小敏她爸给的呀！"

爸退下来后，来了个华丽转身。

因爸会说俄语，于是就壮志满怀地进军俄罗斯。说是做生意，不如说是看别人做生意。在俄罗斯，爸的深眼窝、高鼻梁，常被人以为是混血俄罗斯老头儿。在俄罗斯，老年人可享受很多社会福利，所以爸省下了不少卢布。

像爸这种实诚人，让他做个实业管理个厂子的肯定行，至于搞边境贸易，也就是随个潮流、过过瘾儿，只有只赔不赚的份儿。

但爸嘱咐我，跟别人不要说他赔了，要说赚了点儿。

爸收养个小猫。

小猫是黑白花的奶牛猫。出生几个月就在爸住的小区流浪，爸每天都下楼喂它。

爸逗它，见到它就故意躲进小卖店，它就穿过一条马路跑到小卖店门口找。爸买到香肠让它看一眼，它就跟着爸其实是跟着香肠，颠儿颠儿地回到小区院里。

2009 年是个冷冬，它总试图混进小区门房避寒，结果被人踢瘸了。爸心疼，就抱它回了家。那时九个月大，我就给它取名九月。爸像喊儿女那样，喊它月儿月儿。

结果九月就被叫成月儿了。

爸走后，月儿很忧伤，一直趴在爸躺过的地方，守着尿渍，蔫蔫的。爸的卧房保持原样好多天，月儿就这样子好多天，直到我收起了爸的遗物。

爸患的是膀胱癌，到最后我们也没把这个诊断告诉他。但像爸那么聪明的一个人，心底一定是有约莫的。

最后这一年，爸爱提起以前的老朋友，爱回忆往事。他说他非常喜欢教堂里的音乐。他 13 岁那年，在教堂的窗外学会了唱圣歌。从小到大，我们常听爸唱歌。可这一天，他却唱出几句我们从没听过的歌词：人人都有一死，死后哪里去？上天堂啊，下地狱呀，自己拿主意……

在铁刹山，爸拜访祝真玄道长。道长为他摁压穴位，告诉他忍着点会很疼的。爸问："比死还疼吗？"

在爸的感觉里，死是很疼的。

在最后这半年，只要有可能，爸就张罗着出去走走，想去的地方，说去就得去，穿戴齐整地等着儿女的车来接他。

爸是想尽可能地，多感受一下这个世界。

有一天，他突然强烈要求去儿童乐园（位于本溪城区中心的公园）看看，说那儿是市中心，离什么都近，人多，能看见老朋友。我们去了，推着轮椅在公园里转悠了两个多小时，爸四处张望着努力地在寻找，但没看到一张他熟悉的面孔。芳华已远，故人凋零。那天爸很伤感。

爸一生走遍全国各地，最后一次远行是盘锦。大儿子调任盘锦市副市长不久，他就张罗着要去看看"光啊"工作的地方。2016年国庆节，爸在盘锦红海滩留下了他最后的身影。三个月后，他走了！

爸最后的时刻，做了件让我心碎的事。

爸不能进食了，就下了鼻饲管，可管子下了也滴不进营养液，只好又撤了，撤管子时却带出来一些发馊的饭粒。我给爸用棉棒清理口腔时吓了一跳，以为是爸的牙床掉出来了，细看却是爸牙周糊满了的饭渣菜末，板结成了牙龈状。护士终于说，这几天你们其实什么也没喂进去，食物全堆集在食道、鼻腔或在嘴里含着。

我心如刀割，爸，您这是何苦？！

因为见爸不能吃饭了，我就哭。爸说别哭，爸爸吃。从那刻起，只要我喂爸，爸就不再摇头拒食。我见爸喝下口粥，就高兴得直嚷嚷。爸越发努力地、夸张地张大口，像待哺的雏鸟。那几天，我问爸喝水不？爸说喝点儿！我问爸吃粥不？爸说吃点儿！我问爸来口果汁不？爸说来点儿！我问爸含片山楂糕不？爸说含点儿！

强大不是征服了什么，而是忍受了什么。

爸为了女儿不流泪，爸为了听到女儿高兴得嚷嚷，爸！爸！您忍受了什么？！

如果可以重来，我一定做个合格的女儿。

世间没有如果，但我们又不能不说如果。

这如果，是抱歉。

这如果，是不甘。

这如果，是难舍。

这如果，是穿越时空、来生必践的承诺。

原载《美篇》

最后十年：往回走

白雪曼

那个画牛的老头儿，做了件最牛的事。

李可染去往极乐已经 28 个年头了，却将他在世为人时最后十年里所画的牛犊子们，于某一日统统赶放到中国博物馆。

中国博物馆，顿为牛市！

初老的我，心已是一望无际的苍凉。2018 年的这个岁末冬日，在《李可染先生最后十年作品展》上，我被"最后十年"那几个字螫得心口有点疼。

先生，您的最后十年，活则风光无限，逝则殿堂存誉，我的呢？

此时此刻，我突然异常强烈地想看到自己的最后十年！

我凝视着先生，与他做了一场无声的时空之晤。

先生微笑着，说：凝于神！

我不知道我的最后十年，是从哪一年到哪一年。

我也不知道我的最后十年，是怎样的一种状态。

我更不知道我的最后十年，是在很遥远的地方等着我呢，还是已经和我携手并行了。

但是，

但是先生，你我的区别是——您不在了，我还在；您对您的最后十年浑然不觉，我对我的最后十年操盘握缰；您的最后十年由您的儿子李小可精彩回放，我的最后十年由我自己现场直播。

在每个人的人生转折关头，甚至是一段历史的重大改变，一定是有一个很重要的人在那关口候着你。而且，只能是一个人，而不是一群人。

那天，是先生叫住了我。

不管我还将拥有一个十年、两个十年，抑或半个十年，对于风雨无阻地走了一个甲子的我，再向前走似乎已无任何意义。无论我怎样加倍努力，都不会再走出英气袭人的模样，不会再走出名满山城的锦绣，不会再走出读人入骨的犀利，不会再走出临风御顶的雍容。只会遵从自然规律,如期开启上苍设定的模式——初老,见老,已老,很老,最后是"老了"!

我决定,往回走!

往回走,去捡拾那散落一路的凡尘往事,去触摸那千疮百孔的旧恨残情,去重新评估当年的孰对孰错,去恣意设定再来一回的何去何从!

然后,坐下来,静静地,想想。

如果重来,我会不会还是沿着这条路来!

如果重来,我会不会还是选择我!

我是职业编辑,但我从来没有像此刻这样更有感觉。雪曼的人生就是一篇来稿,我在审读它。我在修改它。

往回走的路,是从北京起步的。

在皇城根,2018将我递给了2019。

那几日,年终岁首,犬豕更替,心神两栖。我穿行在黄琉璃和红宫墙中,凝神于西砖胡同的鸽子和龙潭公园的猫,思绪渐行渐远。如果往回走二十年,我一定做个京漂儿,浸染在北京的历史、文化及它的苦难和荣光中。

我知道,潜意识里,我对自己不满意!

今后再也不说"怎样都好",也不再相信"怎样都是最好的安排"。

这是一剂拍花子药,我被拍迷瞪了,呆呵呵地被人拐走了,拐向了一条羊肠小道。这两句话儿貌似贴心地遣散了我的理想和斗志,让我失去方向感,没有了目标。

我喜欢北京,我热爱新闻,曾无数次有过到北京一搏的念头,但最终还是持着与北京的大记者们一样的、由国家新闻出版署签发的新闻记者证,偏安一隅,在一座三四线小城沾沾自喜了一辈子。

做记者还有比北京更好的舞台吗?没有。那怎么能说是最好的安排呢?!

才发现,最易被激活的前尘往事,居然是做错了的事和不堪回首的事。

难怪周恩来说过:如果要我写自传,我就写这一生的错。

此刻我懂了,真正挥之不去的,是存留在心底的这个错和那个错!

鼓掌,喝彩,本是附庸。时过,境迁,势颓,有风有光的却是无形之物,必然散去,不再缠绕。

只有错了的坚持下来,等待着。

所谓错事,不过是一件没有完成的事儿。

一辈子有谁没有做错过?又有哪一个灵魂没有被自己的过错折磨过?

现在时兴一种行为叫冥想或内观,我想大概和打坐是一个意思,只不过叫法有所不同。打坐传统，冥想西化，内观时尚，都是在随意想，往深了想，都是想一件事就把它想透。最好达到灵魂专注的地步。

想做错的事，是把那件错的事在心里反复揉搓。务实的，行为救赎，打补丁。务虚的，意念修补，将错的向对的方向推演。

往往，想通了一件事，就是疏通了一截道德梗堵。

往往，发自心底的一声"抱歉"，要比跪地一叩来得纯粹。

往往，世上最好的止痛药就在自身体内——精神！

往回走的路是一次精神之旅。

往回走的路是人格面的进化。

同样的寺庙，同样的打坐，有的成了高僧，有的一生都是和尚。精神之旅也会走出名次，人格进化也会有快有慢。

凝于神者，胜出。

往回走，还有更重要的发现。

发现在往事中，最清晰的，不是近距离的而是更遥远的，像窖藏的红酒。

发现在记忆里，最深藏的，不是惊天大事而是芝麻小事，像名著中的鲜活细节。

因为是旧的，它就有温度。

因为是自己用旧的，它就有温情。

不是吗？我们常会遇到迎面走来的那个路人在自己和自己微笑。

不是吗？我们常会鼻窝一酸或心头一热。这一定是想起旧事，一定是触摸到旧事中最柔软的地方。

旧事都是支离破碎的，可以捡起来回炉，捏制一枚下辈子的自己。下辈子的自己就算是草编的、泥塑的，也一定要是个作品，而且这作品一定不要是地摊货，而是殿堂级的。

旧事都是横七竖八的，可以把它们码成横平竖直、高低有序。整理旧事旧感，取舍旧品旧德。大智大美的，留下，植入种族基因，优秀后人。

万一这最后十年是麻将桌上的一次诈胡，我还在，没"老了"，还得再往前走。那就走呗！心灵干净了，老天自会给你一手好牌！

人的一生总得腾出几年的时间，用来自省和修正。而且最好不是最后十年。

如果重温和修正能够推进我们人格面的进化和人性的突围，人类将踏入另一种文明。

原载《美篇》

白剑秋　1961年3月生于本溪牛心台。辽宁大学经济系毕业。曾在本溪市计委工作，后到深圳。

我所认识的舒群先生（节选）

白剑秋

一

认识舒群，实出偶然。机缘竟是由于荒唐！

20世纪70年代中，下放农村5年的舒群被落实政策，却又不准回城，遂被安排于本溪市郊一个城不城乡不乡的地方——本溪矿务局牛心台煤矿，在那里一住就是三年。

尽管，舒群那时际遇困顿，但毕竟是一个早就蜚声文坛的大作家和足迹遍布大半个中国的资深革命活动家，且差不多年长我两辈的尊长。而我不过是生长于偏僻矿山的一个毛孩子，二者间天壤之差，原无什么机缘相识相交的。只因彼时我与舒群二子李霄明同在牛心台煤矿子弟中学读初中，自然有了到他家玩进而认识舒群的机会。

我与舒群的第一次单独接触是在1976年粉碎"四人帮"以后，我在《人民日报》上看到一篇批判张春桥的文章，其中提到了舒群的名字。

再次去他家时，便对他讲了！

他眼中略带兴奋，急问我说他什么了？

我说：就是说张春桥在您和丁玲主编的《战地》杂志上发表了一篇文章，被批判了。

舒群没再说什么！

但对我却有很大震动，大名鼎鼎的张春桥，竟在舒群主编的杂志上发文章，可见眼前这个一身老农装束的"李大爷"（我按东北习惯对他的称呼），当年的确也不是一般人物！

我那时既无知且无畏。除了《毛主席选集》和语文课本，书没读几本，却自以为才华横溢。

某天，竟照猫画虎地填了两首词（大概是毛主席诗词学多了），记忆中好像是《满江红》《水调歌头》之类的词牌，写的什么早已忘记。尤为好玩的是，我那在矿医院做医生的母亲，竟然把它拿给了舒群。

更让我没料到的是，舒群竟让母亲带话给我，让我抽时间去他那里，要跟我聊聊。

我不知道他要跟我聊什么！心中暗想，"李大爷"说不定要大大地夸奖我的大作呢！

于是我找了个时间，来到了舒群家。

那是我第一次跟老人家单独谈话。

除了情绪激动之时，老人家说话总是慢条斯理的。

舒群首先说：你母亲把你写的诗拿给我看，嗯，你写得很好（抽象肯定），但我不懂诗，所以也没有办法给你说什么！（具体也没否定）

接着他又问了我一些学习情况。

再后来，舒群说：今天不行，改天你过来，我给你讲几篇文章。

于是我懵懵懂懂地离开了，既不知道舒群要给我讲什么文章，也不知为什么要给我讲文章。

也难怪，我那时就一小屁孩，傻子一样。（后来我才知道，是母亲跟舒群说我喜欢文学，希望他能给指导指导）

后来，舒群坐在他家的炕沿上给我讲了三篇古文，作者和篇名如下：

王勃：《滕王阁序》

李白：《春夜宴桃李园序》

李密：《陈情表》

除了古文本身的讲解之外，自然也少不了对作者的简单介绍和评价，尤其是对王勃。

1978年，舒群一家回到市内。

我则在同年7月参加了高考，并被辽宁大学经济系录取。

10月上旬赴沈报到前，我去本溪向老人家辞行。

那时他们虽已回城，原来的老房早已被占，只得暂住在政府第二招待所。

老人家知道我考上大学很为我高兴，听说我因未能读中文系感到有些失望时，又开导我，不要学中文，现在搞经济建设，学经济更有用武之地。

让我万万没想到的是，除了鼓励我好好学习外，老人家还给我带了封信。

信是写给他的老友石光（时任辽宁省社会科学院领导）和白静泉（石光夫人，

时任我即将就读的辽宁大学党委副书记），今天，信虽已不在（我去看石光时交给他了），但内容却仍记得清晰：

> 石光、静泉同志：
>
> 　　二白（我在家行二，故老人家一直呼我二白）是我喜欢的年轻人，日后如有所求，请予关照。
>
> 舒群

石、白夫妇都是舒群在延安相识的老战友，交往多年，情深意厚。而我不过是一个因荒唐的机缘与其偶然相识的晚辈。在我外出求学之际，老人家还不忘亲自给老友修书，相托关照，我怎能不心存感激？

1979 年 5 月底，舒群一家重返北京。

返京后，老人家更加忙碌。几次因公因私去北京，在团结湖、在虎坊桥，我都曾去看望老人家，每次他都是匆匆忙忙说几句话，就赶紧回到书房，继续着他的写作，继续着他与时间的赛跑。

十年间，老人家以多病之躯，投入小说创作，迎来了他第三个创作高峰。先后有包括《毛泽东故事》在内的 20 多篇小说在《人民日报》《人民文学》《当代》《新观察》《天津日报》等报刊发表，同时完成了几十年呕心沥血整理创作的学术专著《中国话本书目》，超越了前人在这一领域所达到的高度。

"老牛明知夕阳短，不用扬鞭自奋蹄"正是他晚年生活的真实写照。

晚年的舒群，曾经对我说过这样的话：写了一辈子小说，现在才算刚刚入门！

我想，这话既非出于他的自谦，更不是他的矫情，而是他对小说创作理念和创作技巧方面在理论认识上的飞跃。凡认真读过他作品的人，对他创作上的这种变化都会深有感触！

1989 年 8 月 2 日，在离开本溪 10 年后，舒群终于走到了生命的终点。

2011 年 1 月 26 日，一场大雪覆盖了东北大地。

这一天我独自一人，不远千里，来到哈尔滨市阿城区，这是舒群的故乡，也是"舒群纪念馆"所在地。

漫步在空无一人的纪念馆内，仔细观看馆藏的物品和文字，追思与他相识相交的点滴往事。心中难免生出万端感慨！

二

迁居北京后，舒群曾先后两次（我知道的）重返本溪，两次均住在本溪矿务局招待所。

我在两次探望老人家的时候，都曾经与之有过比较长时间的谈话！

第一次是 1980 年 3 月 30 日，因我有日记，谈话内容基本清晰。

第二次谈话因没有笔记，除了地点之外，时间和内容都有些模糊，但部分内容却记得很清楚。

我记得最清楚的是，就两次谈话的内容和情绪而言，确有天壤之别。

第一次谈话，涉及当时国内文学创作的诸多话题，也说到了他的《中国话本书目》创作过程中遇到的种种困难，还谈到了小说创作的技巧问题。

在回答"小说创作技巧大致包括些什么东西"这个问题时，他说：这个问题也不是太容易说清的！可以举两个例子：中国小说《红楼梦》中贾宝玉与林黛玉之间因听琴说到知音的话题，本是说琴，但后来却转到了说人相交相知，这一转就是技巧。梅里美的一篇小说，讲一对恋人，很穷，好不容易辛苦工作赚点钱，买了好多食物饮料或红酒之类，到郊外找了个地方席地而坐，可总是有苍蝇在他们周围飞来飞去，赶也赶不走，十分讨厌。两人很无奈。情急之下，小伙子把仅有的饮料和红酒用力摔到了墙上，一会苍蝇便蜂拥而去，一对恋人得以安静地享受甜蜜时光。这就是技巧。

说到这，老人家不无遗憾地看着我说：上次在文联会议上我做了一个讲话，可惜你没机会听。

在谈到当前小说创作的情况时，老人家说：刊物太多了，没有那么多好作品！现在有许多作品不算小说，艺术性很差。《人民日报》发了五篇短篇小说。王蒙的《说客盈门》很有修养，开头就很有水平，而且小说的思想内容也好。王蒙也很有水平，可惜这二十几年，如果不遭厄运，是可以写出好作品来的。

1986 年夏季，舒群最后一次回本溪。

这一次谈话，留给我的记忆是十分的感伤。

舒群谈到了病痛对自己的折磨，谈到自己难以为继的小说创作，谈到自己文集出版遇到的种种不快，说到了周扬、聂绀弩等老友的生老病死，尤其是说起与丁玲的分道扬镳，他的落寞与伤感溢于言表。

老人家回京的那天，我们到车站为他送行。

上车后，他蹲在车厢门口，依依不舍地与一干送行者继续着谈话，久久不肯入座。

老人家用极其忧伤的口吻说：丁玲走了，聂绀弩走了，周扬的身体垮了，我也快完了……

闻者无不动容！

　　直到列车发出隆隆的轰鸣，车厢的门关闭，老人家才慢慢走进车厢。入座后，仍然依依不舍地对车外的送行者频频招手，流露出对山城本溪的留恋。

　　是啊，"八·一五"日本投降后，舒群奉中央指示率领东北文艺工作团回到他阔别十年的东北，不久随东北局第一次踏上本溪这块土地。大概他自己也不会想到，他的一生竟有 20 多年的时光是在这里度过的。

　　这块土地曾给他带来过伤害和痛苦，但更多的还是包容。在这里，从上到下，有很多人曾经得到过他的帮助，也有很多人在他落难之时向他伸出过无私的援手，我知道他对山城的眷恋发于内心、出自肺腑。因此，在离别的时刻才会露出令人动容的伤感。

　　在出版《舒群文集》时，舒群在"自序"中说过这样的话：当今之世，大致如此，在生时，作品多以作家的命运为命运，而在死后若干年，作家却以作品的命运为命运，或各有各的命运，后人铁面，历史无私。

　　在生时，舒群的作品随他的命运浮沉。

　　而现在，他的作品被更多的人所关注。

　　将来呢？我不得而知！

　　我只知道，作为革命文学革命文化战线的一个老兵一个战士，舒群为他所热爱的党、为他所热爱的国家、为他所热爱的文学事业贡献了他的一生。

　　仅此，他就是一个值得尊敬的人！

原载《辽东文学》

鸥之死

白剑秋

2021 年 4 月 1 日，深圳湾与往日一样笼罩在薄云红日下，海面上泛着耀眼的光。

6 点多，一干鸟人便陆续架起了"长枪大炮"，静候着国家一级保护动物——黑脸琵鹭的降临。每个鸟人都想抓住候鸟北飞之前的最后时刻，记录一下深圳湾这一明星鸟最后的美丽瞬间。

老秋已在此守候了十几天。

7 时 14 分。

黑脸琵鹭仍在远处潮水线附近游弋觅食。突然，从老秋右前方的礁石中缓慢走出一只鸟来。包括老秋在内的所有目击者瞬间便被眼前的这只鸟惊呆了。

天哪，这是一只什么鸟啊？毛色杂乱，灰暗无光，步履蹒跚，一步三摇，体型硕大，老态龙钟，实在是惨不忍睹。

一干鸟人纷纷猜测：红嘴鸥？银鸥？还是什么别的鸥？一时间谁也无法准确判断。

只见它慢悠悠地由西向东行进着，显得有气无力，往日那种精灵般的感觉荡然无存。

可能实在是口渴难耐，行至一处浅滩，它艰难地低下头想喝一点水，结果却被一只无良的小白鹭在头上叨了一口。

老海鸥几乎用尽全身的气力才艰难地从水中跳起，逃离了小白鹭的凌辱。它抖了抖身上的海水，继续向东，朝着潮水线移动，一会儿就消失在了礁石后边。

老秋等人从取景框中收回一直注视着它的目光，唏嘘不已，开始了各种猜测、假想，并由这只令人窒息、老病缠身的老海鸥，引申出人的养老话题……

十几分钟之后，当老秋等人的视线再次被那只老海鸥抓住时，却目睹了一场完全出乎老秋等人预想的生死悲剧。

先前，老秋以为那只病体难支的老海鸥，不过是想到海边寻找一点果腹之物，也许只需片刻之工夫，它就可以恢复体力，活蹦乱跳地融入鸥群之中。

可此刻……那只终于走到了潮水线附近的老海鸥全身平卧在水中，几只鹬鸟惊恐地呆立在它的身边，死死地盯着它，现场一片庄严肃穆的气氛。

给老秋的感觉，这些鹬鸟，似乎想对这只在海水中挣扎的老海鸥施以援手，但却不知从何下手。

老海鸥微微地抬起头，挣扎着想要站起身，但翅膀无力地扇动了几下，终于还是力不从心，最后心有不甘地一头扎进了水里。

7时34分。老海鸥的生命戛然而止。

20分钟，只有短短20分钟。

生命无常，于斯可见。

目睹了老海鸥之死，鹬鸟们默默地站在一旁，不忍离去。

老海鸥的猝然倒毙看似偶然。但老海鸥对死亡难道真的没有一点预感吗？如果有预感，它为何还要费时20分钟做一次对老病缠身的它而言并不轻松甚至可谓格外艰难的跋涉呢？

人有叶落归根的思想，几千年不变，那是一种浓浓的思乡之情使然。

鸟呢？一定也有，一定也很浓。

那只孤独的老海鸥也许早已预感到自己的生命已然走到了尽头。但，它不能伏在岸边的岩石中无所作为地等候生命最后时刻的到来。

它的生命属于蔚蓝，它的生命属于大海。离开了大海，它还叫什么海鸥呢？

依海而生是它的过去，向海而死是它的未来。

然而，就算只有短短百十多米的距离，如今它也无力飞赴。无奈之下，它只能勉强支撑着病体用尽最后一丝气力，花二十倍的时间，从岸边的礁石中艰难地来到水边，面向大海，顷刻之间便葬身其中，终结了不为人知的一生。

老海鸥死了，死得孤独，死得悲壮，也死得坦然，死得不失尊严。

其实，全世界每年死亡的鸟数以亿计，（据估算，占鸟总数的1/3～2/3）但人类却极少能见到鸟类的尸体，更不要说目睹、记录鸟的死亡过程了。可以说，见识、记录过鸟在大自然中觅食、嬉戏、鸣叫、飞舞、盘旋等行为者成千上万，而亲眼看见了鸟的自然死亡者却凤毛麟角。

拍鸟三年多，老秋的镜头就从来没有直面过任何鸟的死亡过程。

这一现象，从鸟的死因角度分析并不难解。

归结起来，鸟的死因不外乎自然死亡和非自然死亡两大类。自然死亡包括饥饿、疾病等因素导致的死亡。非自然死亡则包括被人类及其天敌猎杀等造成的死亡。

鸟被猎杀，猎杀者自然不会轻易留下任何蛛丝马迹。而自然死亡的鸟大多远离人的视线，你拿再长焦的大炮也无济于事。

老秋做梦也没想过会在草长莺飞的四月第一天，在阳光下目睹了这样悲惨壮烈的一幕。这是一个让老秋痛彻心扉的过程。这一刻注定将刻在老秋的心底，永生不灭。

而那些守护在老海鸥身边久久不肯离去的，虽然弱小却充满了悲悯情怀的鹬鸟更让老秋等人为之动容。

愿老海鸥在另一个世界安详快乐不再孤单！

原载《天南地北的老秋》

邓宏宇,生于1946年6月12日,年轻时从事广播电台的播音工作,后来转为记者编辑,再后来从事电视编导工作。在本溪电视台摄影栏目《咔嚓瞬间》担任总策划、编导、撰稿、配音、主持等工作。

我的第一把小提琴

邓宏宇

我珍藏一把极普通的小提琴,这把琴论工艺、论音色都是不太上数的,然而,它如同初恋时的第一个情人一样,我对它有着割舍不断的情愫,它是我拥有的第一把小提琴,也就是这把小提琴帮我敲开了自幼神往的音乐殿堂之门。有谁能相信这把小提琴是一位生活在大山里的地地道道的老农民给我买的呢!我一生都缅怀这位老人,他,就是我的亲伯父。

20世纪60年代中期,史无前例的横扫运动,一夜之间西洋乐器从那高雅的玻璃柜台被流放到街头大甩卖的行列中。我当时正是一个中学生,在百货商店门前地摊上见到好多被甩卖的洋乐器,其中普及型的小提琴竟然卖10块钱,这可是千载难逢的机会,我渴望得到一把小提琴已经多少年了。高兴之后我又犯起愁来,上哪儿去搞到这10块钱呢?父亲被人看起来了,无论如何也不能在这关头向母亲提起买琴的事,况且家里也拿不出这笔钱来。然而那把小提琴却时时在我眼前晃动。冥思苦想中我想起了远在农村的伯父。我的伯父特别喜欢我,寒暑假我每次去农村他家,对我都像对待亲儿子一样。于是,我背着母亲给伯父寄了一封信,意思是求助买琴的款项。在焦急的期盼中终于等来了回音,伯父求别人代笔写了一封信,伯父在信中问到,那小提琴是吹的还是弹的,动静大不大、好不好听等等。两天后我收到了伯父寄来的10元钱的汇款单,这是我第一次收到汇款单。我兴奋之情难以言表,急匆匆跑到邮局,钱却取不出来,原因是我没有带户口簿,几乎是一路小跑回到家取来户口簿。当我又一次赶到邮局时,邮局已经停业下班了。那个夜晚是多么漫长啊!我根本没有睡踏实,那把小提琴像魔鬼的影子,时时在我眼前游荡……

第二天我是第一个来到邮局的,取到了钱赶忙跑到百货商店,从此我终于拥有了真正属于自己的小提琴了，这一刻我觉得我是世界上第一快乐的人。我怎么也不会忘记在少年宫学习小提琴时，每次活动结束后我都主动担当扫除任务，目的是可以获得多一点的练琴时间，因为，少年宫的琴是不许拿回家去的。我一口气跑回家，调好弦拉起来，我的激情如同开闸的水奔泻着，那一曲曲旋律从这把琴中流淌出来，我几乎拉了一整天，胳臂都拉酸了。那一夜，我把那把小提琴放到了枕头旁边，半夜起来上厕所还要拿在手中摆弄摆弄、端详端详。

打我有了那把琴，孤独好像被驱走了，父亲带来的压力似乎得到了缓解，每天我把自己关进小屋，让那把小提琴整天陪伴着我。有了琴我没有忘记我那慈善的伯父，我去了一封信告诉伯父琴买来了，并保证一定让他听到这把琴的美妙声音。

正是有了这把小提琴，我的琴技得到了提高，也正是有了这把小提琴，20世纪70年代初借着轰轰烈烈样板戏的热潮，我从一名知青变成了县样板戏团的乐队成员。记得调到团里时还费了一番周折，也许是团里实在缺拉提琴的，最后还是将我调进来了，而且让我担任首席小提琴手。团里的乐器都是新购置的，一把小提琴五六百元，在当时那已是很有档次的琴了，比我那把琴贵多少倍啊！我那把琴虽然无法与之相比，但我依然没有舍弃它，空闲时我还是要拉一拉它，似乎只有拉起它才能找到感觉，因为我知道，别看它是10块钱买来的，但这里包含着多少伯父对我的爱，如果我不下乡体验知青生活，我是不会理解这10块钱的价值的，当时在生产队干一天活能挣十几个工分，而当地的一个工分只有一二分钱，这10块钱得需要我的伯父用他那结满老茧的手干多少个工啊！我给伯父拉琴的许诺一直在我心头萦绕，可是排练特紧张根本无暇去看望他老人家。

一年之后的一个深秋，我们团正在一个远离县城的水库建设工地演出，我接到从县里转来的电报，说我的伯父病重，已住进了县医院，费了挺大事才请了一天假，而且我得在当天的那场演出结束后才许离团。等八场《红灯记》全部结束后已是半夜了，我要赶回县里已经没有车了，好不容易熬到天亮，我搭上了去往县城的长途大客车，那时年轻，不十分懂得"病重"的含义，我甚至还把伯父给我买的小提琴带上了。客车颠簸在乡间公路上，深秋的辽东山区景色是那么美，群山被装点得五彩斑斓。然而，我无心去欣赏这秋景，我要见我的伯父，我要拉琴给他听，我在往好里描绘着，伯父身体一向硬朗，不会有大事的。

当我满身汗水奔到县医院时，面对眼前的事实我潸然泪下。伯父躺在床上，两眼紧闭，插着氧气和输液管子。伯父根本没有消瘦，只脸色有些苍白，表情还是那么慈祥，就像睡着了一样。我伏到他耳边喊他，没有一点反应。叔伯姐姐告诉我，伯父是前天突然跌倒的，就再也没有起来，他患的是脑出血，医生已经让准备后事了。伯父还没有听到我的琴声，这琴是您给我买的啊！我从琴盒中取出小提琴，把琴凑近伯父的眼前，我呼唤着伯父，侄儿回来看您了，侄儿要拉琴给您听，伯父，您睁开眼睛看看侄儿吧！伯父仍然没有一点反应。我再也控制不住自己，放声痛哭起来。我万万没有想到，本应送给伯父的琴声却变成了哭声，人生有多少悔恨是拖拉造成的。伯父没听到我的琴声不一定遗憾，没有给伯父拉琴却给我留下了终身的遗憾。

　　事情过去多少年了，那把伯父给我买的小提琴我一直珍藏着。每当拉起它，伯父慈祥的面容和那双结满老茧的大手总能浮现在眼前……

选自"本溪人民广播电台文艺栏目"

田　华　女，1951 年生，本钢日报社文艺副刊编辑。本溪市作家协会会员，曾在《铁流文学》《辽东文学》等报刊发表过小说、散文、散文诗多篇。

乡愁如玉

田　华

"当身边的微风轻轻吹起，有个声音在对我呼唤：归来吧，归来哟，别在四处漂泊……"每每听到这情真意切的歌声，我都沉浸在一种难以名状的激动之中，而且，禁不住泪眼蒙眬。

为什么？这是为什么？我知道我不是那浪迹天涯的游子，更不曾去四处漂泊。我出生在山城，成长在山城；山城是我的摇篮，山城是我的故乡。然而，我不能否认，这歌声唤起的是痛苦的回忆，是历史也无法抹去的事实。20 年前，我曾经被迫远去，也曾经是一片归根的落叶。

当年，山城的年轻一代，别无选择地奔向千里之处的辽西，把人生最宝贵的年华献给了那片贫瘠的土地。在那里挑水种地压肿了双肩，捡棉花磨得手指流血；在那里住着夏漏雨、冬结冰的房子；在那里啃着满嘴沙子的地瓜面饼，吃着泡在稀粥里当菜的咸盐粒；在那里拉风箱烧火，点煤油灯补衣。生活就是那么艰苦，艰苦得令久居山城的妈妈无法相信；身体就是那么劳累，劳累得梦中也不得安宁。也许，青春的力量正在于它永远不会被艰难困苦所击倒，青年点里依然充满了蓬勃的欢声笑语。

但是，在那田瘦滩干、山秃人穷的地方，找不到一幅画，弄不到一本书。当精神生活陷入贫乏和寂寞之后，青春的岁月变成了空旷的荒漠，山城的文明培育的一代青年无法忍受这种可怕的折磨。有人吹奏失意的笛音；有人吟诵颓丧的诗句；有人跑到秃岭上长吁短叹；有人蹲在干涸的河边哭泣；而忧虑中的我却心存幻想，默默地期待着什么。

然而，这里毕竟不是故乡的沃土，现实很快使人清醒地走出梦境。20 岁的女社员玉琴姑娘长得如花似玉，性格温柔娴静，未婚夫又是一个军人，她是最让人羡慕的女人，她自己也认为是最幸福的女人了。可谁能想到，她竟是一个字也不识的文盲。不过,在当地人的眼里,这并不算稀奇事。村里的女青年和玉琴一样,都不识字、不读书。玉琴的小妹妹只有 14 岁,她宁肯在家纺线也不去上学。我问她:"是你父母不让你去,还是你自己不爱上学呢?"她把小脸一扬,大声对我说:"上学有啥用?将来不就是做媳妇嘛!"她毫无少女的羞涩,自然而又心安理得地道出了她的未来。我愣怔了片刻,转而感到悲哀和窒息,为了这可怜巴巴的人生和无法拓展的追求。

啊,山城,当我离开了你,才懂得了你的宝贵;当我这样多地失去,才懂得了你那样多地给予……啊,山城,女儿渴望回到太子河畔,回到平顶山下,永远不再离开,永远不再思念。

选自《本溪散文选》

　　老　乔　原名乔玉钢。1959年生,毕业于辽宁大学,曾任本溪电视台文艺编导,进修于辽宁文学院青年作家班,后成为辽宁文学院高级作家班创作员。曾作为辽宁10名代表之一参加全国第四次青年作家代表大会。在国家级刊物发表小说、散文多篇。

果　实

老　乔

　　去了皮，去了核，去了疤瘌，去了虫眼儿，再去了工夫，去了心血，一颗果实还剩下啥了呢？如果管理不好再让东西给挤了，伤热再烂了，赶上有老鼠有淘气的猪狗再给生吞活剥一通，这颗果实还有什么幸福可言？看来果实的命运常常和悲剧连在一起，而且这出戏你找不到编剧更找不到导演。这是一出大自然自己的戏，没人能改编它，也没人能改变它。

　　枣儿大概是最惨的果实，还不等成熟就让人用长长的竿子给打下来。核桃也是这样。比起来苹果和梨好一些，葡萄就更好。不过葡萄常常被人弄得粉身碎骨成了酒之后连自己的一点儿影子也见不到。最惨的要数地瓜土豆。本来就暗无天日地被埋没在地下，而且不知收获者的犁和镐哪下下得不正它便要被拦腰斩断，白生生的肌体各奔东西。

　　应该说最有灵性的果实是向日葵。它们有一种跟随太阳的能力。无论黑夜多么漫长，它总是能在黎明之前将自己的脸朝向太阳升起的地方。它们那种专注的眺望足以使太阳为之感动。而它们那种以太阳的模式开放的实际行动，更令太阳以全身全心去照耀它忠实的观众。直到有一天镰刀砍下那一颗颗由于成熟再也无法寻觅太阳的头颅堆满场院以显示丰收……

　　果实，多少土地为你养精蓄锐，多少春天为你落花流水，多少花朵为你红颜薄命，多少枝头为你鞠躬尽瘁。

　　果实，多少人在为你呕心沥血，多少英雄为你肝脑涂地，多少时代为你积重难返，多少历史为你腥风血雨。

果实，在任何情况下你都沉默寡言，因为你无法用人类的词汇来表达你的酸甜苦辣，更不会用人类的心计来夸耀自己的丰硕。

果实，你是太阳、土地、水和种子共同的诺言。果实，一切都从你开始，又到你结束。本文也是。

选自《本溪散文选》

虫　儿　1954 年生，本名刘德学，辽宁省作家协会会员，中国诗人微刊执行总编。出版长篇报告文学《铁山人一直姓铁》和报告文学集《临近冰点的风》、诗歌集《痛苦的菩提树》、长篇小说《独步天堂》《睁着一只眼睛死去》等。

老了也要安排精彩岁月

虫　儿

2011 年 4 月 11 日，我到广州去采访已经退休的本溪市话剧演员米学敏。报告文学《米学敏和话剧呼吸了半个世纪》在次年被收录在《本溪市文化形象大使风采录》一书中。

采访间隙，我和米学敏以及她的丈夫阴磊的闲聊中，谈起了我就要退休的话题。我告诉他们夫妻俩：准备写一部长篇小说出版来纪念自己退休之日。

长篇小说《睁着一只眼睛死去》最后在白山出版社出版，我也在 2014 年 12 月 31 日退休的那天看到了正书。可是不知道为什么，手里拿着厚厚的一本书，我的心情并不快乐。总是觉得自己的手里似乎是多了一根物理的拐杖，而这根物理的拐杖又似乎是为了敲夕阳准备的。

也算巧合，2017 年年底，话龙阁网络小说作家群通知我说，《睁着一只眼睛死去》长篇小说在他们网站已经连载完毕，还获得了一个二等奖，并叫我写一篇获奖感言。

我在获奖感言中说，怎样才能写出更好的文学作品，这个问题我也一直在想，真的就仿佛长在我身上的胎记，从来就没有抹去。

我想用一副对联的上联说明这个问题。

有一副对联的上联是这样说的："桑养蚕，蚕结茧，茧抽丝，丝成锦绣。"且不论这副对联的顶针结构用得如此巧妙，我觉得这副对联对我们文学创作倒是很有启迪。至少能说明几个问题，一个是文学作者的创作源头在哪里；一个是能说明文学作者创作文学作品应该遵循的态度；还有你只要有了生活，并对生活的检验是对的，你就真的能够"丝成锦绣"；最后，这副对联还说明了咱们文学创作的整个过程，以及整个过程相互依赖、相互依存的关系。

"桑养蚕"，"桑"就是生活，就是社会，就是世界，甚至可以说是江湖，而文学作者就是这生活、社会、世界，甚至是江湖里的一只蚕。"养"字，一语道破了文学作者全部的依托资源，更是我们须臾也离不开的源头活水。而"养"字，还有养育、培育的语境，是在说我们还有回报生活、感恩生活的意蕴。

"蚕结茧"，如果说"桑养蚕"是说我们文学作者离不开生活，那么"蚕结茧"则是在说，我们文学作者这只蚕被"桑"养大之后第一个阶段，你所持有的态度会叫我们"结茧"。"茧"是什么，"茧"就是检验你对生活的态度，你对世界的看法，你对生活的审视，你对江湖的抵抗等等。还有你的"结茧"更是你对下一步生活的准备，当然，更是你对世界用文学方式表达出的一种结晶。

"茧抽丝"，"蚕结茧"是准备阶段，准备的就是"抽丝"。一切的一切，蚕深刻地理解了生活，同时也经受住了生活的考验，更是在感恩生活，并对生活做了一次脱胎换骨的观照。

"丝成锦绣"，桑养活了蚕，蚕作为回报，先是结茧，之后抽丝，抽丝后依旧不停歇，最后还要"丝成锦绣"。这时的蚕才算完成了生命的整个过程。

2017年12月31日，就在我写完获奖感言后，我又看到了《本溪日报》和两大诗歌微刊发表了我的几组诗歌。岁月可以安排我们老，但老了我也可以安排精彩的岁月。

原载《本溪日报·洞天》

刘若思　1938年生，1960年毕业于辽宁师范大学。曾任市委组织部副部长、《本溪日报》总编辑、市政协常务副主席。出版过《若思散文特写选》。

西炮台情思

刘若思

春日，迎着一股咸味的海风登上了营口市西炮台。站在残垣断壁的遗址上，昔日森严壁垒的城池依稀可辨。极目远方的大海，眼前一片苍茫。水天旷远，鸥鸟翻飞；潮汐奔涌，波光激滟，如一位睿智的哲人在永无休止地讲述着这里的沧海桑田。近处一片十分开阔的海滩连着脚下一望无际的芦苇荡，轻风过处，芦苇沙沙作响，如千军万马藏匿其中。若夏日登临，芦苇泛绿，与远处大海连成一片，你会分不清哪儿是海，哪儿是芦苇荡；你会情不自禁地为古代兵家的战略眼光叹为观止。

西炮台遗址位于辽河入海口，是第一次鸦片战争后清王朝修筑的重要海防工程之一。至今已有100多年的历史。遗址是由护台壕、围墙、炮台组成，整个炮台形制呈"凸"字形，占地面积约6万平方米。护台壕随围墙折凸面转绕一周，长1070米。外围墙随辽河弯转呈扇面形，两角各设炮楼一个，现存高4米。墙上设有马道，周长800余米。围墙、炮台皆用白灰、黄土、沙子和糯米汤夯筑而成坚固如现代的混凝土建筑，年代久远而不风化。据史料记载：围墙内建兵营200余间，置铁炮多门，可纵射辽河下游河面。中日甲午战争时，清军海防练军管带乔干臣，率全军将士发炮猛击，奋勇阻击日本侵略者，最后迫使日本侵略军不得不绕道偷渡辽河，由陆地入侵。占领营口之后，穷凶极恶的侵略者用成吨炸药炸毁了围墙、炮台、营房、军械库，但它却没有炸毁一个民族抵御外来侵略的顽强斗争精神。

1987年，这儿成了刘晓庆主演的《大清炮队》的外景地，那炮队与侵略者同归于尽的壮烈至今仍然撞击人们的心灵。虽然历史没有记载这些死者的英名，也没有人为他们树碑立传，然而，他们用血书写的中华民族悲壮历史的一页，却与日月同辉！

岁月悠悠，100多年过去了，时间的风雨虽然已经剥蚀了西炮台遗址和炮台上古老的铁炮，但却无法剥蚀一个民族屈辱的记忆。自鸦片战争以来的中国历史，哪一页不沾满泪和硝烟，哪一页不是用鲜血和烈火写成。帝国主义的炮舰政策轰开了古老的国门，蓝眼珠、黄头发的强盗们肆无忌惮地践踏和掠夺这片丰腴的土地。圆明园的大火何止烧毁了一个价值连城的皇家园林，也烧毁了一个民族灿烂夺目的文化。八国联军进北京的枪声何止惊醒了古都北京的沉梦，也射穿了坐在大清帝国龙椅上的神圣和尊严！于是黄金和白银——那民脂民膏像水一样流进西方列强们的金库，灌浇着五颜六色的尖顶别墅和姹紫嫣红的庭院花园，灌浇着他们色彩缤纷的梦幻和日益膨胀的侵略野心。然而，黄土地哺育的臣民却一天也没有停止过斗争和反抗：林则徐义正词严虎门销烟，关天培挥舞大刀为民雪耻；邓世昌的战舰威震祖国辽阔的海疆……站在西炮台的遗址上，我仿佛又看到了芦苇荡举起的长矛，听到隆隆的炮声和将士们海潮般的呐喊！

几年来，西炮台文管所先后接待了英国、德国、法国、日本等国的游客，不知这些后来者登斯台时有何感想？

该结束的都结束了——一个民族苦难的历史。当历史和现实对接的瞬间，我又看到那满城摇曳着生机的嫩绿和鹅黄，春天，毕竟如期而至了。改革的春风给这个滨海城市带来了速度和效率，带来了复苏和希望。宽阔笔直的海滨大道车来车往，错落别致的楼群鳞次栉比；中外合资企业如雨后春笋，一幢幢厂房正破土动工。这一切将永远属于用生命捍卫这块土地的人民！

不知怎的，走下西炮台，心里却沉沉的。我们伟大的祖国早已自立于世界民族之林，也没有谁再敢用"炮舰政策"来欺侮我们，但是作为国人是否应该从这里思考点什么？

让我们每个人心中都留下一座西炮台吧，永远警醒和奋进！

原载《本溪日报》

刘益令　1946年生于辽宁省大连市，1968年知青插队到桓仁县，从事教育、乡镇、财贸、文化、宣传等工作。1987年调本溪市文联任《溪水》杂志副主编，曾任本溪市文联副秘书长。后调到大连市文联工作，中篇小说《乡长》入选《小说月报》，出版《刘益令散文百篇》。

短街窄巷

刘益令

盆景般玲珑剔透的小镇，被辽东的山一抱水一绕，越发情意绵绵惹人爱怜。就在镇西那条若有似无的短街窄巷里，我一走就是十年。十年，脚步将短街踩短，身影将窄巷贴满，而留恋和思念则作茧自缚至今难以挣脱。

到底是什么使我抛不开放不下呢？细想又说不真切了，直到一次次梦的提示。

在我上下班往返窄巷时总有一个端庄俊秀的女人伴我相对同行，我凭着当过八年教师的经验，第一眼就断定她是教员：闻不到她身上脂粉的香气，却发现她衣襟上粉笔的痕迹，那脚步急促得像听见了上课的铃声，略显憔悴的脸庞掩不住为人师表的气质。

也怪，短街不过百步，我俩却天天早碰面晚擦肩。初不介意久则神交，然而几年过去，也无非在点头中加进几分微笑而已。

因工作关系我知道她是某学校的教导主任，同样原因，她也不会不知道我是县里分管教育的副部长。

小镇的早晚幽静甜美，短街窄巷里每天如邀如约的见面使这气氛与心境极为和谐，我便有了刻意的珍惜，以至于偶尔不见若有所失了。

时常地，我被事务缠身贪黑回家，不无烦恼中碰巧也会见她急匆匆扑面而来，我便欣慰：至少，小镇灯影下还有她与我同在操劳。

教育界欠账多我是知道的，在众多上访者口中我逐渐了解到她的情况：丈夫常年在外，婆婆有病卧床，三辈五口一间房。在调资、提干、分房、评职称上她的那个学校竞争激烈难见公允，连来告别人状的人也认为她吃了亏。

我于是心存一种等待，等待在某一次碰面中她向我倾诉难处和委屈。我自信我的话在县内还有点影响，两可之间的事也不是没办过。就算一时不成吧，也会使她得到点安慰。这种希望她有求于我的心理，我至今也无法解释清楚。

但是直到离开小镇我们也没有搭言。似乎她有过几次欲言又止的时候，那也许是我的几次错觉；似乎我也有过几次可以照顾她的机会，但又始终没有认真。在多少个朝朝暮暮淡泊如水的过往见面中，要说一点感触没有好像亏心；若说有，却又无从谈起了。我们单纯如这短街，含蓄也如这短街，谁也不愿意打破默契亵渎感情。

在我搬离小镇的那天早晨，车已整装待发，我特意去走一趟那条像手上掌纹一样熟悉的窄巷，偏偏这一次没有碰见她。在晨雾般微微薄薄的惆怅中我忽然感到了一种解脱。原来，短街、窄巷、朝霞、夕阳、清风、树影，即使它们对我都没有情意，天长日久、日久天长地积累，叠压在心头时也是沉重的啊！何况还有那个事业相通心也相通，我对她欠意尚存的女教师呢？

但这解脱只是使我轻松一时，随后便化着梦、化着凝思、化着两个人由远而近、由近而远的沙沙脚步来时时地困扰着我了。

选自《刘益令散文百篇》

刘晶晶　男，生于 1952 年。曾任本溪市作协秘书长。著名作家舒群的秘书，著有长篇小说《慰安夫》。

慈母发艺

刘晶晶

我的老母亲是 1932 年生人，属猴的，今年虚岁 89 岁。她耳不聋，眼不花，不但生活能自理，还能缝缝补补，洗洗涮涮，打太极拳，买菜做饭。街坊邻居都说：这老太太真是有气质的长寿老人，出去散步买菜，头发梳得整整齐齐，衣服穿得板板正正，戴着金丝边眼镜，文静、高雅，华贵得像英国女皇。

新中国成立前，我妈妈很年轻时，就和挎着手枪、扎着武装带的我爸爸结婚了，爸爸大我妈妈八岁，那时候他天天出生入死，常年挣扎在死亡线上，他好多战友都是年纪轻轻地就牺牲了，能活着找个媳妇结婚就不错了，但是能找到我妈这样漂亮贤惠的媳妇，那就更是烧高香了。因为我妈妈家里穷，要饭又要不着，嫁给一个在战场上冲锋陷阵炮火中熏烤出来的黑大汉，三天两头能吃上一顿饱饭就行啊！哪承想，新中国成立后成了高干的夫人！但是穷人家的孩子，生活上还是勤俭，这是从小养成的习惯，改不了。

我记得我小的时候，妈妈就买了一个锃光瓦亮的剃头推子，为了能拿住抓稳，右手大拇指处有一个小托，食指中指处夹着一个卡手。用它不单给我爸爸理发，还给我和我弟弟剃头。开始时，剪头的手艺不精，猫挠狗啃似的不敢见人，爸爸还好，戴个前进帽也就遮挡过去了。手动推子，妈妈的手劲不够，经常夹住我俩的头发，我就大声地叫唤抗议，我弟弟哭喊着抱头不让她剃。闹够了，都累出了一身大汗，我和我弟弟一人剃个马蛋头，后脑勺坑坑洼洼，上面头发楂不齐，不好意思去上学，我妈妈哄我们说：没有事儿，这不挺好嘛！剃头三天后就长好了。你们俩小时候过百日剃头，那在我怀里哭得，我是真心疼啊，说了你们也记不住，来，我给你们俩洗洗头去。

从此，我们家三位男士，就再也没去过理发馆理发。我爸爸是位领导，长得脸黑威武，头发像钢丝怒放，如果梳成背头或者分头，根本不能让头发服服帖帖，只能像李逵或者张飞那样怒发冲冠，有损领导的形象，所以我妈妈给他设计了一个板寸头。爸爸因为用脑过度，人过中年就白了头发，白白的板寸头配上严肃的黑脸，显得更加稳重、威厉、有尊严。我和弟弟就不同了，上小学初中剃个学生头，显得顽皮可爱，再长大一点就护头了，爱美之心，人皆有之，为了引起异性的注意，也刻意地在头发上分印儿往后梳理了。

因为我后来当了演员，演出要刻意留帅气的头型，特别是我演芭蕾舞剧《红色娘子军》里的男主角洪常青，他以华侨身份寻找娘子军连，有钱的华侨都是西服革履大背头。我就有心要去高级的理发店去理发，妈妈强拉硬拽给我摁在椅子上，说，不就是大背头吗？把头发留长一点，底下少剪一点不就得了吗？要的是造型，不是剪短，我明白！我跟妈妈说，在县里演出，因为头发长，我到街上的理发店去理发，镇里就一个理发店，有一个罗锅的女理发师，知道我是演洪常青的演员，就有点紧张，因为我天天练功太累了，就睡着了，她左剪一剪不齐，右看看不齐，最后头发是剪齐了，可是给我剃了一个毛头小伙。我是自来卷，大波浪，羡慕的大姑娘小媳妇都来气。你说说给我理成这样，我怎么上台演出？我妈妈抢着说，你别跟我说了，看我的手艺吧，如果我剪不好，你下一次还去高级理发店。我拗不过她，只好任她摆布了。晚上演出前化完装，把头发打上发蜡，大家都说我头型好漂亮，这时我才从心里认可了我妈妈的发艺。

选自《刘晶晶散文集》

刘兴雨　1955年生于辽宁省本溪市。中国作家协会会员、高级编辑。《追问历史》一书多次再版并荣登各地畅销图书排行榜。中国杂文百部推出《刘兴雨集》。编辑了《中国杂文百部》中的《鲁迅集》和《胡适集》。连续20年进入全国随笔、杂文年选。作品经常被国内重要文摘报刊转载。

春风中的凭吊

刘兴雨

我喜欢的乐曲常常带有一点忧伤，它犹如一双无形的手推开人的记忆之窗，让人体会人世的沧桑与悲凉。

12岁的儿子看我沉浸在凯丽金的萨克斯曲《春风》中，颇为不解，问我为何总是听它。我说，你不懂，等你长大了，也就懂了。

如果他有了人生的阅历，也许会在乐曲中想象出一片秋野，一位年近半百的知青，重返故地，夕阳中只见到他背影的轮廓，默默地凭吊自己的青春，凭吊当年的热血和无奈的期待，一丝苦涩伴随无尽的回忆浮上心头。

如果他有记忆，也许会想象出一位身经百战的将军，凭吊当年的战场，那血肉的厮杀、漫天的烽火还会在眼前幻出。也许他会想起倒在身边的战友，仿佛还活在身边，可眨眨眼睛，又什么都不见了，只剩下孑然一身。

乐曲中，我仿佛看见一对曾经相恋而又分手的恋人，两人默默相对又默默无语。他们忆起了在一起的美好时光，可对不可捉摸的命运又无可奈何。他们无法抗争，却又恋恋不舍。只能听任情感的煎熬，令人生起无限的哀伤。

春风中，一个目睹父母离异的孩子，跟着父亲，挥手向母亲告别。他还没意识到这一离别会给自己留下怎样的创伤，只能从父母沉重的面孔上感受一点严肃与非同寻常。懵懂无知的状态，愈发增强了离别的悲剧意味。

春风呵，春风，春风中有无尽的秋意，无尽的忧伤，这忧伤像浓重的乌云笼罩人的心灵。

听这样的曲子，你有再大的火气也不便发作，怕破坏了那美好的情调。在这样的乐曲中与你吵架的绝不是你的伴侣，能和你一起欣赏这乐曲的，在境界上一定有相等之处。听懂了这个曲子，也就懂得了人生的大半。

　　我甚至想，在我离开人世的时候，就用它来为我送行。

原载《本溪日报》

岳飞死因探微

刘兴雨

古往今来，国人真正敬仰的民族英雄，似乎只有岳飞。这一方面由于他壮怀激烈，精忠报国；一方面也由于他壮志未酬，却屈死在风波亭上。

青山有幸埋忠骨

白铁无辜铸佞臣

这两句传颂千古的诗句，表现了国人对岳飞的敬仰，也定了秦桧害死岳飞的铁案。

时光过了近千年，人们对岳飞之死的元凶不断提出质疑。人们不再把观念停留在忠奸之争上。最有代表性的人物是台湾著名学者南怀瑾。他提出历史上说秦桧杀了岳飞，哪里是秦桧杀的，宋高宗本来就讨厌岳飞，秦桧只是迎合高宗的意思，代高宗承罪而已。

南怀瑾提出的最有力的证据有两个：一个是岳飞提出的口号惹恼了宋高宗；另外是岳飞请高宗立太子让高宗不满。

岳飞曾提出有名的口号："直捣黄龙，迎回二圣。"黄龙是金军老窝，捣了也罢，而那"二圣"一个是皇帝老爸徽宗，一个是皇帝哥哥钦宗，这二位哪一个回来了，也没有现任皇帝的份了，现任皇帝怎能不恼火？这两个人宋高宗躲还躲不及，你岳飞还要把他们迎回来，不是成心和现任皇帝为难吗？

口号这东西似乎颇为国人所钟爱，它简洁明了，便于凝聚人心，同心协力。如早些年的"打倒蒋介石、解放全中国"，如近些年的"以经济建设为中心"等等，无不简洁有力，颇具奇效。可口号这东西也不能乱提，弄不好就会涣散人心，模糊目标，甚至会丢掉身家性命。

岳飞惹恼宋高宗的第二件事是请立太子。1137 年，岳飞听说金人想在汴京立钦宗之子，就上疏高宗请立太子以安定人心。本出于一片忠心，却被误认为有异志。高宗想，你岳飞在外面只管好好打你的仗就行了，立不立太子是你该管的吗？你催着立太子，是不是看我不行了，要投靠新主子。这时候，岳飞就是有一百张口，也辩解不清。岳飞也是，那废立之事是你一个将军该管的吗？

难怪岳飞死后有悼诗曰："自古忠臣帝主疑，全忠全义不全尸。"除了以上两条，再加上南宋一味偏安，一心议和，金兀术又有"必杀岳飞而后可和"之言，岳飞必死无疑矣。

在中国有一个不成文的规矩，凡是迫害忠良的事，那罪大都记在一两个奸臣头上。其实奸臣固然可恶，可没有皇帝默许和怂恿，哪个奸臣能成气候？南宋时，有个编修叫胡铨，反对议和并请杀秦桧。秦桧当时正掌重权，也没敢把他怎样。岳飞当时是部级干部，比胡的位置高多了，如果高宗不允许，秦桧敢谋害他吗？可见，害岳飞者，元凶是宋高宗，秦桧不过是个高级帮凶而已。

统治者常常由不愿听意见发展到建议也不愿听。臣子们看皇帝不愿听，自然也就不愿说，挺大个人谁愿讨那二皮脸？不发表意见也一样高官得做、骏马得骑，谁还愿没事找事呢？再加上说真话常常倒霉，也就没多少人敢讲真话。久而久之，人们也就不说话了。乃至有人总结当官的诀窍，竟然是"多磕头，少说话"而已。如此心态，怎能不万马齐喑？怎能不良知泯灭？

可人们的内心终还有自己的是非，于是就造就了许多口是心非的人物。口是心非人物的滋生固然与这些人物本身有关，可统治者终究难辞其咎。恰恰是统治者自己造就了这些人物。

这样的人多了，民族精神将受到斫丧、扭曲，一个精神扭曲的民族，还能立于世界民族之林吗？

我曾经到过岳坟，看着那端坐的岳飞塑像，一股浩然之气从心底升腾。可一想到被扭曲的民族精神与人格，就不禁喟然叹息。当再有强寇来掳时，还有人发出"还我河山"的怒吼吗？

选自《2004 中国随笔精选》

刘国利　女，1963 年生于辽宁省本溪市，曾任《本溪日报》文艺部编辑、主任，有多篇散文、诗歌发表，著有散文集《风铃小语》。

乡村女子

刘国利

二十年前，如果不是阴差阳错随父亲的命运改变而改变，我就不是今天的我，东北平原的黑土地一定会把我塑造成一位典型的地地道道的乡村女子。

也许是与乡村女子有着这层缘的缘故，二十多年过去了，我的目光一直没有离开过她们，甚至仍然有一滴血凝固而成她们特有的朴实的思想，也就是现代人所说的传统美。

多少年来我一直想从一个精彩的角度去理解这种传统美，但我不能。

有时我在悲哀自己的时候也悲哀这种美。

这种美总是令我想起空荡、麻木、没有情感色彩的乡村女子的眼神。

她们就是以这种美呆注着山外。

这种美令她们葬送了一生又一生。

因此，她们相信命。

她们的命也就拴在了自己男人的身上。

因此，对于她们有夫荣妇贵之说，却从来没有妇贵夫荣之道。

她们心中有丈夫、有孩子，甚至有一个偷偷爱着的人，但她们就是没有自己。走在乡道上的那个抱着小孩的女人告诉我她 18 岁。但是从她脸上叠起的层层的皱纹中，我却无论如何也不能把这个年龄与花朵联系在一起。

还有那个外出打工的小姑娘，诽谤、谣言跟随着的名字，在人群中传来传去，她能昂着头出去，却不能挺着胸回来。在城里生活久了的人都愿意回归自然，但就像那些出国回来又走了的游子一样，他们的回归也只是昙花一现。因为，生活在原始的村落里，你不改变它，它就改变你。当你发现自己变得世俗、贪婪的时候，你会比死更害怕命运。

人死愿意升天堂，却没有谁愿意入地狱。

天堂空灵、飘逸，无边无际，有一种神奇色彩；地狱不同，地狱首先令人想到黑暗。在黑暗中生活，尽管自由、自在、自我，你还是愿意有光明存在，哪怕是虚伪一点地活着。

乡村女子觉醒的时候，不是从自己身上也不是从男人身上，而是从本性的女人身上。因此，我们常常看到，最和女人过意不去的还是女人。这种过意不去就两种：一种是过去，婆婆奴役、虐待媳妇，媳妇做了婆婆，再奴役新媳妇；一种是现在，媳妇虐待婆婆，媳妇做了婆婆，再被新媳妇虐待。

每当我从电视上看到一位女子被男人虐待得痛不欲生，还说我不想离开他为了孩子的时候，或看到一位外国女子和丈夫发生冲突，愤然摔门离他而去的时候，我都在心中企盼社会快点进步，人类快点还给女人本来的面目。

原载《本溪日报》

巷　迹

刘国利

走向一种物质很容易，走向一种精神却很难。

——题记

如今，巷越来越少了，少得只剩下民居史上的一段文字。许多童稚未脱的孩子，已经体会不到了巷给他们带来的欢乐，高楼分离他们与外面的世界，窄小的居室缩短了他们的童年。

巷被许多人留在了记忆里，如一本经典小集，任由从巷口走出来的人们翻阅着。

我是扶着巷边的墙壁长大的。巷壁边沿的积水还时常地浸湿我伸出梦中的脚。那时，鞋子隔三岔五便被我拎着回家，母亲一边把我按坐在木墩上，一边把鞋子摆放在窗台晾干。

阳光就像是巷的客人，它总是在正午的时候坐在巷的石板路上，一会儿，便不见了踪影，踩着它留下的温热，我常常将头探进一扇敞开的大门里去寻找它。一个又一个院落，绿色的藤蔓都被主人高悬地架在了空中。地上摆着小桌、小凳、小盆、小铲……在阳光下叶子像睡着了一样，将影子掉在地上。我是不敢走进去的，就这样，一次又一次地，从巷的这头走到巷的那头再走回来。

从人家的墙上，探头出来的夹竹桃，成了我游戏的伙伴，我常踮着脚去够那些颇具诱惑的花，有时，只扯下来四五瓣，观赏一阵儿，便丢它在水里，看它漂远。

巷里的事情，都能从这头走到那头，傍晚时分，便走到巷中央，人们说说笑笑地谈着唠着，直到看不清楚对方的脸才肯散去。而久久不肯散去的就是我们这些孩子，有说不完的话，有玩不够的游戏。巷，就像一只空洞的袖子，把所有的往事都装了进去。

而今，走在盘旋的楼梯上，我时常地走着走着，便把它想象成了不是走向深入而是走向高处的巷，不过，我所见到的门都是森严紧闭的。一旦我走进屋，无论外面发生了什么事情，我都不会好奇地把头从门里探出门外。坐在蜗居里，我感到有时人真的有点像蜗牛，无论有没有危险，都需要一个壳子把自己罩起来。

一次，将这一感受说与从巷一同走出来的好友，我说这可能是一种成熟，她说这可能是一种冷漠。

谁愿意冷漠地活着呢？在生活中，我已经发现一些人喜爱市井风情图片的原因，他们心中一定有着一个和我一样的愿望，那就是：我们的城市的窗口也应该长满探头观景的花；我们的民居也应该有草坪、秋千、低矮的白色栅栏；在典雅的小楼前，有互相追逐玩耍的孩子，有孩子们养的小宠物，有孩子们骑的山地车，还有巷里家家都有的绿色的藤蔓。

选自《本溪美文百篇》

刘晓波　女，1968 年生于本溪市，中国作家协会会员，先后在本溪日报社、市文联工作，后到市人大。出版诗集《隔岸女子》、散文随笔集《雪域女子》《随花飞到天尽头》。

天外梨花

刘晓波

始终相信，梨花是世外之物，偶落凡尘。所以，梨花以谢落，重返天外。于是，你明白梨花为何能以绝尘之姿，轻盈绽放，又淡定归去。

梨花以素雅衣饰为自己装扮，挽着风的手臂，款款走入人间，悄无声息，却震撼人心。似乎，它本就行走在心灵闪现的疆域，仙姿清影，独步无尘。梨花心思素淡，所以，梨花以纯白寓意内心的追求，但梨花并不刻意，也不伪饰，所以，梨花洁白得贞静，洁白得休闲，是源于梨花目光清丽冰冷之故，还是世外访客之由？梨花看上去总是羞怯怯的、陌生生的。梨花一定聪慧如冰雪吧，所以，它以沉默安然的语言与突然降临于斯的这个世界对话。梨花喜舞，所以，梨花以摇曳身姿表达它飘然俊逸的思想。梨花内心清新而简约，所以，它只与风为伴，在清静花间品茶细语。

清风弄影，花枝起舞，似有音乐的翅膀在花枝间闪动，你才知道有一种热烈这样纯情，有一种美艳这样素淡。怎会不想化作梨花，让一世的生活清灵如许，洁净如许。

梨花匆匆，仅一日之隔，便全部绽放。晚风中的梨花，淡然而庄重，轻灵的气息汩汩滔滔，滚滚袭来，满世界洁白一片，在幽蓝、浅褐色中变幻着迷人的韵致。怒放的梨花铺天盖地地闯入你的心灵，一团团一簇簇，清疏的枝干从每一个美好的侧面向上伸展着，朵朵花蕊晶莹闪耀，清风拂来，轻甩水袖，挥就精妙美文。梨花压枝，风中颤动，似欢声笑语，一场青春少年行就此启程，还有比这更昂扬更重大的事吗？

花枝在风中摇曳，你只能屏住呼吸，侧耳倾听花热烈的语言。你不懂，但心领神会，动心地沉醉在它面前，你穿梭于每一株梨树前，都会驻足良久。然而，怎肯让专注的心就此停留。只有围着它左看右看、远看近看，恨不能坐在花下，与它交谈，再把每一个细节记在眼底心中。花总是会心地向你致意，抖动着它清纯而青春的气息。

花枝在风中摇曳，既遥远又温馨，心灵的世界与它瞬间融会贯通，花间数日，该是地上千年了吧。

所以，每日清晨、傍晚，风起之时，雨漫之际，都会来探望它，静静地与它神会一阵儿，让梨花的贞淑娴静，熏染于心。然后，重返人间。

于梨花前，你的内心如此安宁，不会动荡心智在凡尘庞杂中，内心的明净如梨花，甚至，让生活的习惯和审美都为梨花所改变，喜欢洁白的颜色，喜欢纯净的事物，希望梨花的洁白润泽一切事物；感悟人生，幸福与否都不是最重要的了……

晨风在山野里很悠闲，更在林密的花间荡来飘去，如自由的生命在淡淡的忧伤与喜悦间踱步。

花就这样清香四溢着，又被风传扬，一日一个模样，从含羞打着骨朵的，静静开启心灵的，到坦荡着热烈情怀的，花的语言与神情竟然都如此一尘不染。

是生命，便惧怕寂寞，可是恪守漫漫时日，你便能发现总会有别样的神情与品格在极遥远的地方安居着。所以，梨花只在某一刻绽放，并在某一刻凋零。从此，遁形踪迹，永远躲在自己的领地，不再入世；来年花开，哪里再有故交？尘世一遭，这样的一次盛开与谢落，也是极庄严的吧。

花以无言绽放，表达着丰富的内心，无论是安静的，还是热烈的；无论是独放的，还是群居的；也无论在空山，还是在幽谷，花的姿容都镌刻在你心中，花用形象铺设思想，你会发现，花的才情非常超脱，你了解也好，无视也罢，花都无动于衷，它只与同等高度的心灵对弈。

梨花的素洁雅致，想必源于宁静的颜色，轻柔的姿态和文静的性情，更有它欣然绽放的节制吧。梨花在风中婆娑，风在花枝间细语，风随花飞。梨花自开放便在风中起舞，让人错觉梨花是风的花朵，为风而存在。难说谁为谁生，谁为谁容。梨花以风为邻，所以，梨花怎会是人间凡物？

一夜的风急雨骤，不知花落多少，寻访花踪竟然那么令人惊奇，不但花容无损，却更添花娇。就奇怪风怎是吹送花落的？倒是梨花如期开放，惜时而归，风也留不住梨花的去意已决，风惜别，只是再送花落一程罢了。

梨花离开枝头，也美好大度地为大地着上飘逸的晚妆。看着满天满地的花瓣洁白如初，生命竟无愁容，相反，一样安泰可掬，从容得正似它追求的目的一般，令人更加心生敬意。

于是，总是在花朵绽放与谢落之时，悉心深入花的内心，体察它馨香的根源。其实，美丽姿容并不是花的愿望。但是，相由心生，梨花的美丽便自内心向外绽放出来。站在花前，你便心思肃静，气息微然。

花落淡定，不知美的极致可是心的安宁之所？那么，花落处，到底是重返家园，还是冢中化蝶？也许，花开不是目的，就像花落不是归宿一样。人应如花，素洁心思，惜时，从时……

原载《本溪日报》

随花飞到天尽头
——解读金陵十二钗之林黛玉

刘晓波

　　爱春，因为春暖，花开，如生命在喜悦中绽放；恼春，因为春残，花落，如生命忽至又忽去。

　　世事苍茫并不可怕，可怕的是，生命不能如花，今年逝去明年发，生命随风而逝便永无生还时日。

　　这就是人类永远无法规避的大命运和大悲剧。越感知体验深刻，便越痛苦悲凉。如此，有人葬花，你就会看到一颗敏感多情的心是怎样俊逸玲珑和凄苦无助。

　　在《红楼梦》中，林黛玉是非常特别的才女，她诗化的心灵，使她活得极为纯粹，极为虚无，像一缕魂魄香飘在时空之外，你可以展开无尽美好的想象，但却无法用准确的言辞来捕获她的形容，附着她的形容，尽述她的多愁善感和她的举世无双。她的存在，似乎只在精神意识的灵动中，只在风花雪月的气息上，只在内心最深最柔的疆域里。她的生命，如花朵在风中战栗，美丽而柔弱，细敏而小心，然而，命运一样像风刀霜剑自她深深的敏感和惧怕中逼迫而来。

　　她在芒种节赋《葬花吟》，在初春写《桃花行》，在深秋填《秋窗风雨夕》，在闺中续《五美吟》，在元宵夜联句，在旧绢帕上题诗……她所有的时间都在无人得见的心间跋涉，追问生命本质的意义，一切物华风月，日常起居都能唤起她的思考，并在她独特的心中化为这些优美凄婉的诗章。她的生命只在诗篇里表达，她不喜欢热闹，不喜欢平庸，不喜欢整日昏昏。这使她一年三百六十日，时时面对自己的心灵，清苦的思考成为她每时每刻的闺中修行。

　　真正的思考是痛苦的，真正的才华是孤独的。见花落泪，见月伤情。那不是浅薄者的惺惺作态，那是敏感善知的心看到了常人无法看到的生命真相和状态。林黛玉的才华不是彰显实用主义生存的智慧和经验，以求在封建社会里获得高人一等的地位和体面，她的才华完全归结于艺术灵思，完全归结对生命本质与形态的思考。所以，她的才华飘逸而轻灵，凄婉而深情，——刻写闺中才女艺术化的心境、幻想和生活。这使她自是与别人有不同的心肠。

其实，林黛玉的悲剧不是爱情的旁落，她的死也不是为爱情而葬送。林黛玉真正的悲剧在于，具有特别象征意义的爱情也不能涵容她对生命全部意义的要求，而最终自然落得虚化的结果。哪怕他们一个是阆苑仙葩，一个是美玉无瑕。

倘若理解林黛玉是为爱情悲凄，那实在是人们的浅显，果真如此林黛玉何至于当宝玉情急要说出表白之话时，终封其口，而只一句"你的话，我早知道了"便转身离去。真正的知己何须用奢华的语言点破？他们的爱情也不是狭窄得只有凄凄切切的情愫和盟誓。

他们的爱情，已不是普通意义上相知相守的愿望，而是心灵真正相惜相顾的映照，那是深切的精神交融。所以，他们的爱情真正的意义，在于爱情这一具象事物代表了她生命追求的全部抽象含义。对于一个是水中月，一个是镜中花的人物，奇缘不是指爱情的相遇与发生，而是指生命意志的相互融合和彼此回应。心事虚化，那是证明最终生命仍是一个个孤独的个体，无法因两颗心相知，便可幸免生命对人的步步侵蚀，即使奇缘如他们又怎样呢，生命最终是一趟孤独之旅，这是尘世最深切的痛苦和无力回避的悲凉。情感越丰富，这种复加就越沉重。

林黛玉的多愁善感，不是因为寂寞，而是源于孤独。孤独是思想者的影子。她虽寄人篱下，但毕竟身处优越环境，贵族生活给予她更充分的精神生活，使她的理想色彩更为彻底，她的孤独感因而就更加如影随形。宝玉自然成为她精神领域的主宰，既有了这个知己，她便心安。

我不认为她现实生活悲苦，也不认为她现实环境不幸，一个贵族小姐哪有那么多生活磨难，在繁华至极的大观园，你不可能寂寞。动辄家宴、夜宴、生日宴；贵妃省亲，姊妹欢聚；又有诗社轮流做东，还有连日的戏台，她们实在繁忙热闹，哪有寂寞的空隙。富贵风流不过如此，奢华靡费不过如此。而林黛玉内心深深的悲切，不是现实的困境，而是理想的虚化。精神诗化、理想诗化，从而，对现实便有更高的要求。然而，现实的冰冷无情，使她内心波涛汹涌。这才是这位绝世才女凄凄惨惨，如花生命及早飘逝的真正根源。

潇湘馆原被宝玉叫作有凤来仪，无论是潇湘妃子，还是凤凰来仪都是这样一位"世外仙姝寂寞林"的别称。潇湘馆的幽深清雅，正是主人的幽深清雅。但是，终掩不住人性最本质最脆弱的恐惧，就像这潇湘馆的环境——凤尾森森，龙吟细细，情思寥寥。

只有宝玉了解，时时来此。所以，即便是偶然，也能够听到绿纱窗内黛玉的心声——"每日家情思睡昏昏"。其实，黛玉何尝不懂淑女当有的心思，但是，生命总是这样情思无寄匆匆逝去，她如何不倍感惋惜。平静时日唤起生命随风而逝惋惜之情，待有波澜，便自是要生出"花落人亡两不知……天尽头，何处有香丘"的苍凉追问。

其实，林黛玉还是幸福而幸运的，她有真正的知己宝玉，深悉她的内心追求。精神的孤独与悲凉因有人听述，便是人生幸事。

尘世所有的生命都如花随风起舞，从生至死，也必将一日随风而逝。但生命有时就是这样神奇，就像曹雪芹创作的《红楼梦》，每一个人物都是作品中的，事实上是没有生命的，但是，她们美好的生命就在我们的一呼一吸中，可以千年不朽，万世万代。也许，生命的存在与消亡还有另外一种模式……

选自《随花飞到天尽头》

刘　纬　1960年生。字达生，号丹枫书屋主人。曾做过技术员、工程师，酷爱书法。现为辽宁省本溪县作协主席。先后在《散文》《飞天》等国内外几十家报刊发表文学作品。入选《中国微型小说选集》《中国微型小说鉴赏词典》《中国新文学大系》等几十种选本。

书法视野中的散文

刘　纬

多少年来，我就像一只不肯停歇的蜻蜓，在不断地找寻适合自己的表达方式，旧体诗、新诗、小说，终于，我停在了散文枝头。散文于我来说，就像一件透气性良好的棉质内衣，穿在身上，舒适而又体贴，对于人到中年、贪图舒适的我，是再合适不过了。于是，我左手书法，右手散文，打发着闲暇的时光。慢慢地，我发现，这两种完全不同的艺术形式，却有着许多共通的东西，以书法之法写散文将是一件很有趣味的事。

艺术是对人生的表达。散文侧重于表意，书法则侧重于达情。扬雄说："言，心声也；书，心画也。"书法通过运笔的疾厉、徐缓、飞动、顿挫，通过"凛之以风神，温之以妍润，鼓之以枯劲，和之以闲雅"，然后"达其性情，形其哀乐"。我们从《祭侄稿》中，看到了痛彻心扉；从《兰亭序》中看到了喜悦后的怅然。传说，清代书家傅山，从自己的作品中，看出自己将不久于人世，由此看来，书法还能传递出生命的信息。

书法线条的内涵，终是要以书家个人的学识、修养以及个性为基础的。恰恰是这些书外的东西，决定了作品的品位格调。陆放翁说，功夫在诗外，书法也概莫能外。思想是一切文学艺术作品的灵魂。思想是线，没有线，珍珠永远不会成为艺术品。思想的深刻与否，直接关乎作品的生命力。苏轼说："作字之法，识浅、见狭、学不足，三者终不能尽其妙。"而这些，也是作文炼意的基本功。但是，自古以来，很多事物已被我们的前人写尽了，怎么办？那就要寻找前人的"疏忽"细微之处，将其发掘出来。明代吴从先在《小窗自纪》中说："随人唾余焕精光，自可卓越超当世。"并作注说："举世尽云：不愿拾人唾余，落人齿牙。夫独抒性灵，诚为英异。恐天地不独留不泄之秘，待我阐发，但随其唾余齿牙，焕发其精光，自可卓越一世矣。"能留意捕捉到前人思想的一点余绪，就可以卓越一世了。立意，决定了你是一个建筑大师，还是个乡村的泥瓦匠，同样的砖瓦，有的人能建造起摩天大厦，次之只能盖个民房，差的人只能垒个鸡窝。

散文的语言有其独特性，诗情画意，含蓄隽永，充满弹性。比如写书法，要充分利用毛笔的弹性，使用恰到好处的力道，通过提、按、顿、挫、疾、徐、藏头护尾，使书法的线条充满一种张力，立体的、灵动的，而不是僵死地、扁平地贴在纸上的。好的语言，如同勾兑得当的墨汁，写到宣纸上，润染发散，给人以无穷的趣味、无限的想象空间，不好的语言，如同墨汁没有兑水，死、硬、枯、燥。汪曾祺先生的作品，有个特点，那就是无话则长，有话则短。情感当然越浓越真挚越好，但是，表达情感时，语言却要适当地兑些水，就如墨汁，太浓是不好表达的，要根据题材的需要，控制好浓度。

书法讲求"计白当黑""黑白相映"。"实"和"黑"绘形，"虚"和"白"传神。落墨处是功力，无墨处才见精神和才情。"虚"是象外之象，味外之味。华琳说："白本笔墨所不及，能令为画中之白，并非纸素之白，乃为有情。否则，画无生趣矣！"书法家笪重光说："虚实相生，无画处皆成妙境。"散文写作也要以实带虚，虚实相生，话不能说尽，只露冰山一角可也。文学作品是作者与读者共同完成的，"知其白，守其黑"，如若说尽，则索然无味矣！

关于行文的节奏，我想，最好像高山流水那样时而湍急时而悠缓，任其自然，信手拈来，行云流水，当行则行，当止则止，放得开，收得拢，言尽则已。这也正是书法的特点，每蘸一次墨，墨色由润至枯、由浓到淡，这样，在完成一幅作品时，需要多次蘸墨，节奏自在其中矣！行笔时，随着情感的变化，时而迅急如飞如高山流水，时而一波三折如曲折的山间小路，每个字恰如一枚枚大小不一的贝壳，随着顾盼呼应，贯情而成为一个整体，成为一件极好的艺术品。

做人要明规章，知进退，作文却要时刻去破除规范，无法即法。如果墨守成规，批量生产，那就不是艺术了，艺术作品的可贵之处，就在于它是不可复制的，只能独一，不可有二。

原载《沈阳日报》

刘占英　1963年生于河南。曾在部队服役，退役后长期在本溪农业发展银行工作。其杂文、随笔创作以幽默著称。

话说失恋

刘占英

恋爱中人是很幸福的，清风白月，红花绿柳，看啥啥好看，连别人扔过来的西瓜皮都觉得亲切，飘飘然神仙一般。突然失恋，好像从云端中一跟头摔到地上，一般人受不了。

坐在水尽处，想到山穷时，优柔得啥也不说，只是眼泪淌得哗哗的，枕头都能漂起来；暴烈得越想越想不开，万念俱灰，不是自杀就是杀人。哭一哭，失眠，几天不吃饭都可以，"我为春梦空陶醉，醒来梦已碎，只能回味"。你尽可以回味，自杀却不可取。假如你爱的人死了，你寻他而去，即便不伟大，也叫人佩服。如果不爱你了，你还是平静下来的好，用不着跟自己过不去。死给他看，看了也白看，因为他不爱你了。

失恋的人是需要点儿风度的，一旦失恋，就骂别人啥也不是，你想想，啥也不是都不跟你谈，你是个啥？可能他真的啥也不是，今天你才发现，失去他岂不更好。当然，所谓风度并不是故作潇洒，心里难受脸上非得带着微笑，而是在痛苦中不失自己的人格。

"我用我的心血浇灌我的爱情之花，花枯了，我的血白流了。"其实血并不白流，熊熊的爱情之火似乎把你的一切都烧光了，不过借着这火光，你能看明白不少事。也许你还称不上爱神，只不过是爱情王国里的一个小鬼，长大就好了。

恩格斯、诺贝尔、歌德、贝多芬、居里夫人等杰出人物都曾失过恋，当然不是说失恋会使人伟大，进而劝人都勇猛失恋。只是想说，失恋并不丢人，也没啥不好意思的。良月风光无限好，哥儿们怀抱一生休，从此便要横眉冷对秋波，俯首甘为和尚。

我想，大可不必。

我有一小弟，本来爱说爱笑，寒假回家，默默无语，一反往常。开了学竟不想再上，我再三追问，他说："小兰跟我黄了。"我说这很正常。

"她过去说我是她的太阳。"

"可能这些日子天阴。"

"也不能阴这么久。"

"那就是又有一个比你还亮的太阳，你觉得自己了不得，你大哥我怎样，俨然葱花一般，可你嫂子并不拿我炝锅，时常被她骂得狗血喷头，恨地无门，况你乎？"

"大哥，我明白了，我和你一样，啥也不是。"

"真懂了？"

"真懂了。"

"回去上学吧。"

小弟大学毕业读了两年博士回来，偕夫人来看我，长得漂亮不说，学问也和她本人一样出众。

小弟是否庆幸过去的失恋，我没问，他也没说，失恋没啥好说的。

原载《本溪日报》

刘　涛　1974年生于四川省，大学毕业后到本溪市。教书育人之余，读书、写字。十多年来，有散文、随笔等数百篇、数十万字见诸省市报刊。

考场内外

刘　涛

目送着我的学生步入考场，心里有一种如释重负的感觉。三年来，老师含辛茹苦，孩子们何尝不是披星戴月啊。终于熬到了今天，身为人师，所有的绵绵付出此刻都化作悠悠的期冀。我深知，现在他们踏入的依然是同一扇门，而出来时却可能奔赴迥然不同的别样天地了。我已经无能为力，只好祈愿孩子们各自能众望所归，能心想事成。

丁零零……答卷的命令遽然响起，那么急促，仿佛檐角飞泻的雨柱，毫不容情地敲打在考场外默默翘首的师长们的心头。试题难吗？是否有漏讲的知识点？三轮的复习，条分缕析，分类汇总，是不是确实为他们备好了决胜的敲门砖？素有的忐忑变得浓郁，可是，角逐的时间到了，除了祝福，其他任何想法都已经爱莫能助。

好在天公作美。入夏以来的持续干旱高温，在昨夜喜雨的洗涤中一扫而光，看来，孩子们还是幸运的。是的，他们很幸运，在父母眼中，生来便是掌中宝、心头肉，又生活在一个国泰民安的和平年代，可谓衣食无忧，这与我们恰逢少年时的境遇，已不可同日而语了。但同时，这样的优待，又宛如一个笼子，密密地将他们罩住，以致令他们很不幸了。来自社会的、家长的压力，风生水起般无休无情地压向尚且稚嫩的双肩，没有选择，无法逃避。与我们当时的物资匮乏、精神富有相比，他们正好调个过儿，想起来，实在有种恍如隔世的错觉。

当然，在这样一个竞争白热化的年代，谁能活得潇洒自如呢？逼着学生惜时如金，我却时时觉得度日如年。自从当了老师，师生之间就像一根绳上的蚂蚱，再难独善其身。扪心自问，自己还算一个称职的老师，早出晚归，教书育人，工作也干出了一些成绩，领导大体认可，家长基本满意。只是，每每在夜深人静之时醒来，内心总是充斥着一种不可名状的焦灼，一种无法说服自我的无奈。最初走上工作岗位时，心里是有善人善任的规划的，然而 10 多年后的今天，虽然善良的心性还在，由于年复一年的疲于奔命，生活的诗意早已荡然无存，生命的亮点也就乏善可陈。前不久，一位学生的作文在全校引起了轰动，因为在他笔下，家长与老师都成了摧残他们的刽子手。大家可能习以为常而麻木了，也就一笑了之，可是这个孩子的文字却真的如同利剑，再一次刺得我隐隐作痛。我是知道的，诗意化的生活更多的只能是一种理想，可是违心地度过每一天，比如强迫我的学生学习，继而眼睁睁地看着他们通过销蚀健康、快乐来换取成绩，比如无情地剪裁掉学生的偏爱，然后用既定的要求来把他们度量成统一的规格，比如……却完全揆违和背离了我的初衷，人之苦，莫过于为不愿为之事，按理，我的终极幸福应该是他们能取得理想的成绩，但是我的快乐偏偏是建立在了他们的痛苦之上，由是，又怎能怪他们的"尖刻"呢。在此过程中，谁也不可能轻松。可是，为何我盼望收获丰硕的果实，就必须以燃烧他人和自己的快乐作为代价呢？

我的痛苦，大抵是源自我具有追求诗意的人格，而目前的"教书匠"的特性又注定了目标的不可求吗？学生的痛苦，是因为社会借家长、老师之手，过早转嫁给他们的生活的压力吗？是，好像又都不是。于是，我和我的学生们，都只有被迫以忍耐来承载生活的炼狱，我在忍耐中传道、授业、解惑，他们在忍耐中求知、做人、成长。而且，时至今日，这种忍耐对于我们彼此都只是一个阶段而远非结束，我还要忠实地去"折磨"下一届，而他们违心地忍耐的时段或许才刚刚开始。

好在，我们都是怀揣着希望的人，所以，就算生活有些不近情理，但我还会因为责任和梦想而实实在在地播撒一些种子，他们还会为了前方的路而充当"苦行僧"，在忍耐中走向未来，走向成熟。这，就是生活，我们可以埋怨，却不能当逃兵。

于是，我默默地祈祷，希望他们不要紧张，发挥正常，能答好每一道题，能够在经年的寒窗苦读后，斩获一朵心仪的命运之花。

时间在流逝，我心多期待。

原载《本溪日报》

孙　承　1953 年生。现为中国作家协会会员、辽宁省楹联家协会副主席、本溪市谜语楹联学会会长、高级编辑。曾任《本溪文艺》《溪水》《辽东文学》《本溪晚报》编辑、副主编、主编、总编。1993 年由安徽文艺出版社出版诗集《我读中国》。

选择音乐，就是选择永恒

孙　承

"选择音乐，就是选择永恒"，这标题是我一首诗中的句子；这诗句，是我专为一位音乐家写的；这首诗，是我诗集的压卷之作《绝响》。

其实，对音乐我一窍不通，在卡拉 OK 盛行的今天，很多人都练成了歌星，而我，对歌厅仍畏之如虎，有时逃不脱对着麦克风吼两嗓子，听到我"吼声"的人立刻被我的五音不全吓得逃脱了。

那我这地地道道的乐盲缘何能为一位音乐家立传？

这源于一种敬重和热爱，源于一种触动和流淌。

那是 1990 年 5 月，突然收音机里传来播报：新华社消息，著名作曲家施光南正创作大型歌剧《屈原》时，突发大面积脑溢血，倒在钢琴上，终年 49 岁。

施光南，不就是写出《在希望的田野上》《祝酒歌》《吐鲁番的葡萄熟了》《打起手鼓唱起歌》等脍炙人口的歌曲的著名作曲家吗？那优美动听的旋律、舒展流畅的节奏、新颖独特的曲式经彭丽媛、李光羲、关牧村、殷秀梅、罗天婵等著名歌唱家的演绎而使人荡气回肠、热血澎湃。

他正是创作的黄金时期，怎么突然撒手人寰？他正是出好作品的年龄，怎么告别了音乐？

我心痛！我泪奔！我决心创作一首诗，献给这位我最崇敬最喜爱的音乐家！

于是，我开始寻找施光南的有关资料，开始阅读中外音乐家的传记，开始补习音乐方面的知识。几易其稿，终于完成了平生写得最长、足足四个乐章、近 400 行的一首长诗《绝响》。这首诗先后发表在《辽东文学》《本溪日报》上，分别收入《辽宁诗歌大典》和我的诗集《我读中国》里。

诗歌写完，了却心愿，没想它还会有其他经历。不想，在25年后，我竟有缘把这首《绝响》亲手交到施光南女儿的手中。那是2015年4月下旬，我和妻子去美国旅游住在表妹家。表妹知道我写过怀念施光南的诗，就说："大哥，你想不想见见施光南的女儿？她可是我的好朋友！""能见到施光南的女儿？就在这儿？""当然了！她还要请你们吃饭呢！"表妹对我调皮地一笑。原来，表妹袁晶和施光南的女儿施洪蕾是北京外国语大学同系校友，施洪蕾是九五届，高表妹一届。因为形象、气质、才能，施洪蕾还没有毕业，正赶上世界妇女大会在北京召开，便和北京电视台的当红主持人李静一起主持了大会的闭幕仪式，当时红遍北京，红透世界。毕业不久，施洪蕾就结婚了，来到美国，在纽约侨办的中文电视台做主播。后来她又去了纽约的罗彻斯特大学西蒙商学院读了MBA。表妹和施洪蕾很有缘分，她俩先同在北外就读，后又相继在西蒙商学院求学。虽然她们都住在新泽西，但互相之间甚少交集，直到表妹家搬家，换工作到普林斯顿附近，才在同学口中知道了施洪蕾也住在附近，于是她们就联系上了。因为是同一个系的校友，她们见面特别亲，加上她先生也姓袁，叫袁立，又多了一份亲近。在没找到房子前，袁立把他父母在美国闲置的房子借给表妹家住了三个月。施洪蕾有两个孩子，一丫一小，表妹有两个女儿，施洪蕾就经常把女儿穿小的衣服、鞋子，新的旧的一箱一箱地送来，我的二外甥女媛媛就是穿那个小姐姐的衣服长大的。既然有这样一层关系，当然得见了。正好，我行囊里有一本旧作《我读中国》，便和表妹、妻子一起来到Plainsboro（普兰斯堡）的一家意大利餐馆。施洪蕾早早等在那里，她身材修长，面容姣好，气质高雅，坐在你面前一直面带微笑，话语轻柔而文静。有人说，她继承了父亲聪颖、踏实、厚道、大度的秉性，所以在美国一直做得风生水起。

她告诉我，她祖籍浙江金华，父亲1940年生于重庆南山。就因为这，爷爷奶奶为他取名光南，含有"光照南山"之意。其实，施光南这个名字，在哪儿都是闪亮的——音乐学院、天津歌舞剧院、中央乐团，他走到哪里，光就照到哪里！至今，她仍记得她16岁时爸爸发病时的情景。那是1990年4月18日，她刚放学回家，爸爸便兴奋地告诉她，下午给她找了好些传统民歌的谱子。爸爸一直从民歌中汲取创作的灵感，对各地风格的民歌也一向有很深的研究。然而，就在父亲弹琴教她试唱时，抬起的右手突然停在空中，说不出话了……说到这儿，她哽咽了……那天，我们谈了很多谈了很久，既谈她的父亲，也谈她的家乡，还谈她的孩子及她在美国的生活、工作……分别时，我把自己的那本小书送给她留念。她很高兴地收下了。她站在车门旁挥手，和风吹起她风衣的画面我至今还记得。

转眼，整整过去两年。4月16日，表妹突然给我发来一段视频：4月15日晚7时，"金东骄子·时代歌者"施光南音乐主题晚会唱响国家大剧院，瞿弦和、关牧村、殷秀梅、佟铁鑫、戴玉强等大家耳熟能详的歌唱家悉数登场，演唱施光南的经典曲目以纪念这位伟大的音乐家魂归故里。著名词作家、文化部原副部长、中国文联原副主席陈晓光、著名作曲家、中国文联原副主席、中国音协原党组书记徐沛东，施光南的夫人洪如丁，施光南的女儿施洪蕾等也莅临现场。施光南的外孙、施洪蕾的儿子 AndrewYuen（袁毅）在晚会上表演了大提琴独奏《多情的土地》。原来，当天上午，施光南的骨灰从北京八宝山革命公墓回到了故乡——浙江金华源东乡东叶村，安放在新建的施光南陵园里。为迎接一生创作了1000多首脍炙人口的音乐作品的"人民音乐家"、金华优秀的儿子，当地举办了一系列的纪念活动。施洪蕾是特意从美国赶回来参加这次活动的。上周，表妹和她已经在北京见了一面。

也许是命运安排，抑或是心有灵犀，3月29日，《本溪日报·溪周刊》用一个整版回顾我的创作，编辑让我选自己满意的作品，我毫不犹豫地选了《绝响》中的两个乐章：《清贫》和《生命》，因为我知道：世界上 / 音乐是最清贫的 / 长长的世纪中 / 只有一个星期 / 归它所有 /1234567/ 这瘦瘦的声音的栅栏 / 便是它全部的生命；因为我知道：人世间 / 最短暂的是生命 / 昨日还喷芳吐艳 / 转瞬便成落英 / 历史 / 是走不完的隧道 / 它只是路基上的 / 一只道钉 // 选择音乐 / 就是选择永恒！

原载《本溪日报·洞天》

又是枫叶流丹时

孙 承

　　第一次认识红枫，是20年前的一个深秋，当时，我正在一家杂志社当诗歌编辑。一天，在来稿中看到这样一首诗："春天来了。你用淡绿色的油彩给刚刚苏醒的大山，涂抹着蓬勃的生机……我曾虔诚地把一片枫叶夹进手册，还悄悄地祝福：愿生命永远这样碧绿！可是，秋风一过，我却愕然了——偌大个森林，最先变色的就是你！"当时，并没考虑它是否对枫叶有失公允，只觉得立意新奇，语言顺畅，便把这首题为"枫"的诗编发在我们的刊物上。

　　枫叶经秋幻红，枫叶遇霜流丹，这些，早在书本上就了解了。毛泽东"万山红遍，层林尽染"的描述，杜牧"停车坐爱枫林晚，霜叶红于二月花"的形容，都曾熟记于心，但真正的枫叶却从没见识过，准确地说从未留意过。早年，只听说北京的香山红叶、南京的栖霞红叶都是著名的胜景，还听说长沙岳麓山的爱晚亭原名叫红叶亭，也曾叫爱枫亭。然而，或由于路途遥迢，或由于季节错过，一直无缘得见。

　　有一年枫叶流丹的季节，舅舅出差由天津来到我们东北，在游览了本溪水洞和关门山后对我们说："你们本溪真是太美了，山美、水美、树美，我走了那么多地方，还没看到这么美的枫树呢！"听走南闯北的舅舅这么一说，才知家乡的红叶丝毫不比别处差，有的还更胜一筹呢！这真应了那样一句话："睫在眼前长不见。"

　　枫树属槭树科，落叶乔木，叶子互生，边缘有锯齿，分三裂，有时也有五裂，状如鸡爪或鸭掌，亦称为枫香树。枫树身价之高，在《说文解字》可见："枫，木厚叶弱枝善摇，汉宫殿多植之。霜后叶丹可爱，故称帝座曰枫宸，又称丹宸，即丹枫也。"

　　红枫妩媚高贵，而红叶题诗的故事更是奇巧动人。唐僖宗时，深宫内院，御妃婢女幽闭不出，宫女韩翠萍题诗红叶以寄情思："流水何太急，深宫尽日闲。殷勤谢红叶，好去到人间。"顺御沟流出的红叶被学士于祐得到，他对诗中倾诉的宫怨甚表同情，便也借红叶题诗，投入御沟，又恰巧被韩翠萍捡到了。后来皇帝放宫女三千，出宫遣嫁，韩翠萍嫁给于祐。成婚之日，他俩在洞房中又用红叶题了一首诗："一联佳句随流水，十载幽思满素怀。今日却成鸾凤友，方知红叶是良媒。"

而这如此名贵、如此多情的枫树就生长在我家乡的山间崖顶。枫树在春夏和其他的树没什么不同，远远望去，掩映在松柏楸榆之间，与万木一起流青泛绿，共同涂抹青翠的阳春和苍郁的盛夏。而秋风渐至，气候转凉，它便渐渐地显现出自己的个性与风采。原来，树叶里除了含有叶绿素外，还含有黄色的叶黄素和能显为红色的花青素，枫叶所含的就是花青素。春夏之时，气候暖和，叶绿素大量生成，所以树叶呈绿色，进入秋季，气温不断下降，叶绿素不断减少，于是，含有叶黄素的叶子变黄了，含有花青素的叶子变红了，加之花青素有气温越低越容易生成的特点，因此，每每到深秋它才"最先变色"，才"西山红叶好，霜重色愈浓"，才"枫桥秋水绿无涯，枫叶满树红于花"。

今年"十一"前夕，又是枫叶流丹时，我又一次走进大山，去领略那碎红撼枝，去感受那娇艳如锦。

在红叶如织的关门山，在如火如荼的大冰沟，碧绿还在一棵棵树上飘浮，而橙黄红色已使枫树灿若云霞了，远远望去。犹如一簇簇金灿灿红艳艳的山花，烂漫在绿叶丛中。我在大山里徜徉。我在枫林里漫步，那太多灿若丹霞的叶子让我有了太多的联想——

碧水边，红枫随风顾盼，如妙龄少女在镜前梳妆，流水冲不走她的亮丽；

古藤下，枫叶炽烈如火，像一团烈焰，烤热岁月老人饱经沧桑的胸膛；

瀑布声声，婀娜红枫恰挥动着长袖在歌声中起舞；

苔石点点，寂寞的时光更反衬出红枫天性的活泼；

晴朗清晨，朝阳升起，不知是阳光映红了枫叶还是枫叶染红了阳光；

潇潇秋雨，雨滴滚落，不知那是透明的水滴还是红色的珠玉。

"黄红紫绿岩峦上，远近高低松竹间；山色未应秋后老，灵枫方为驻童颜。"宋代诗人赵成德的这首诗把枫叶夏绿秋黄入冬红紫的各种色彩都描绘出来了。

是红枫，让季节年轻；是红枫，让山色生动。

家乡的枫叶如此迷人，倘将它紧锁深闺，那可是辜负了大自然的馈赠了。在人们寄情山水，远足出游的今天，家乡人也把它作为旅游产业进行开发，吸引国内外的游人到这游览观光，至今已经以这枫叶为媒，举办了几届枫叶节了。有一次，一些明星大腕莅临本溪献歌献艺，其中大部分节目我都淡忘了，唯有本溪歌手刘溪、麦穗演唱的那首《红透的山城》没有忘："枫叶红了，满山遍野，送给我们浪漫季节；枫叶红了，像火样烈，点燃心中浓浓情结。枫树灿烂，红透山野，天人合一，醉人的境界！"

是的，祖国的名山大川不乏佳地美景，有的地方峻石奇崛，有的地方碧波万顷，有的地方草原广阔，有的地方瀚海无边……而这吐火流丹、辉煌耀眼、生机勃勃、奔放热烈的红枫为何与那些地方无缘，偏偏选择了我的家乡呢？有人说，是本溪的山好，季节四时分明；是本溪的水好，土地长年湿润。我说，是本溪的人好，红枫才有了这样的性格、这样的热情！

自然界的奇花异卉色彩纷呈、五颜六色，而枫树咋就偏偏选择了霞一样的色彩、火一样的光泽呢？我的乡亲更愿相信这样的传说，当年那些先辈，战斗在这深山密林。是英烈们殷红的鲜血，洒落在崇山峻岭，染红了这片片枫叶。生长在本溪的抗联英雄邓铁梅就是在 1934 年深秋的 9 月 28 日牺牲的。据说，那年的枫叶比哪年都红！或许由于此，那树才如朝阳一样鲜红，如鲜血一样凝重吧！或许由于此，我们的国旗、我们的五星，才选择了和红枫一样的颜色！

又是枫叶流丹时，抬头望满山红枫，铺天盖地像一块红毯；挺立峰巅像一面旗帜；凌空高悬像一团烈火；直指长天像一片朝霞。片片红枫昭示我们，人的一生，是拼搏的一生，是奋斗的一生——笑傲严冬的霜刀雪剑，不惧盛夏的暴雨冰雹，才能展示一身的鲜红；不惜流淌全部的热情，甘愿献出全部的血色，才能显现自身的灿烂！

选自《本溪美文百篇》

曲永超　　1966 年生，笔名蛐蛐、曲歌等，现任本溪市公安局政治部副主任。大型文艺晚会、故事会策划、导演及撰稿人。有多篇报告文学、散文、诗歌、歌词等发表。

暮色的手杖

曲永超

阳光穿过天窗，透过白茫茫的水雾，一闪一闪地在祖父的肩上跳着，光束、水雾越来越辽远朦胧，祖父隐在水池中的躯体却越来越小，仿佛所有的时空都逃遁了，只留下水声、白发和暮色中的手杖。

祖父望着我。

就那么望着我，一动不动地坐在阳光下的水雾里，看着我跳跃的生命。那光雾已经照耀我走过秋去春来，一直走进我此刻的心绪里。风轻轻地吹过来，却不知风从哪里来，就像只知道祖父在一天天苍老，却不知 80 岁高龄的祖父除却衣装，是那般瘦弱。

小时候，祖父常常带我去洗澡，因惧怕水烫不敢下水池，祖父就常常掬一捧又一捧水倾泻在我的头上、身上，让我渐渐适应水温。那种惬意和欢畅，至今令我相信那是秋天的感觉，暖暖的、痒痒的。长大以后，一丝不挂站在藕式喷头下，任凭一束束水线泼洒自己生命树的时候，就想起祖父的那双手。那喷洒的水柱，仿佛是那双手拨响阳光的竖琴，琴声从我硕健年轻的身上传来，兴奋、骚动如雨后的春笋……

祖父望着我。

望着 80 岁高龄后第一次带自己洗澡的孙子，眼里似乎总有一种感伤，是在怀想吗？为我的青春硕健，为自己的苍老萎枯。祖父一生受过许多苦，年轻的时候就别离家乡山东，一人带着算盘，背着行囊闯东北，用那拨动算盘珠的手，拨动着自己的生计。几度风雨，祖父从公益堂茶社的小伙计到小店员，从小店员到小会计，从小会计到第一把会计，终于让小小的、黑黑的算盘珠明亮了自己年轻的辉煌，那年他才 28 岁。而今拄着那根手杖的手却如裸露树根遒劲盘旋，干枯无光。望着祖父，我知道目光之距仅方方几尺的水域，却遥隔着多少世事的钩沉沧桑，又要经历多少风雨恩怨。历史就是这般无情：你把根留住，根却一天天催你老化、腐朽，直到化作一片落叶，你仍要飘到树下，落叶归根，化作腐泥。今天青春硕健的我不是昨日的你！今天苍老枯萎的你不是明日的我！

我不忍心也不敢多望一眼那感伤的心事，我相信最坚强的人也会流泪。我轻轻划过水雾，将祖父平放在浴床上，用最轻的心绪温暖他的感伤。水从我的掌心滴成串，一闪一闪地抖着光泽，滴成一串串光明。"小时候，棚顶的水珠一滴下来，你就欢快地叫着，说那是星星。"沉默许久，祖父开口的第一句话，竟也在回忆往昔。祖父，孩儿至今也笃信每一粒水珠都是你汗滴变成的星星，你的星星裹着我多少不眠的夜？祖父闭上眼睛，静静地享受着。我将浴巾盖在他的身上，浴巾绘出他的身体轮廓，就像一段冬日的山谷，清瘦着。就那样清瘦着我的思绪。

夕阳下，祖父拄着那根亮着岁月之光的木手杖，扶着我走出了浴池，迎着风和如血的夕阳。行走着的是昨天的祖父和明日的我？

祖父，暮色里，我是你的一根最骄傲的手杖。

选自《本溪日报》

纪　蕊　1973 年生，辽宁桓仁人。中国少数民族作家学会会员、辽宁省作家协会会员。在省、市、县报刊发表小说、诗歌、散文作品百余篇首。

追梦的农民父亲

纪　蕊

作为新中国第一代进城创业的农民，父亲是幸运的：城中有房，乡间有田，老有所医，手中有积蓄。劳作了一生的父亲，已逾古稀之年，半身麻木，健康状况大不如前。他不确定岁月是从什么时候潜入了生命，偷走他的青春和壮年，却清楚地记得他的每一次挫折和抉择。

一个人沉思的状态，很美！父亲静坐在新楼房的沙发里，目光一遍遍抚摸家中的物件，似乎每件家什，每个角落都附带灵性，让父亲枯干的记忆次第鲜活……

父亲说，他在江边长大，五间泥草房同时住着三代人，六太爷一家六口人住东头，爷爷家五口人、二爷家两口人住西头，其拥挤程度可见一斑。进县城读中学的那段时间，父亲一直寄宿在县城姑奶家，爷爷则背着家里舍不得吃的山珍野味去送“口粮”。城里人不靠天吃饭，不用汗珠子落地摔八瓣地劳作，竟然就能吃上大米白面，按月领工资花，而且舒舒服服住着暖气楼，着实让父亲艳羡。亲戚远来香，家里常年多个半大小伙子吃住，时间长了难免心生怨怼，白眼冷言也是有的。父亲暗自发誓，一定刻苦读书，做城里人，哪怕在城里做个工人也好。可是天不遂愿，因假期过河摔断了腿以及爷爷的历史遗留问题，成绩优秀的父亲不得不中断学业，回农村务农。父亲的城市梦，就这样搁置在了浑江岸畔。

当然，生活又为父亲打开了另一窗扇。1965 年冬，上天把漂亮能干的母亲送到父亲身旁。局促的空间里，一席幔帘硬生生隔开两个世界，北炕上羞涩的母亲，与南炕上爷爷奶奶还有两个叔叔的尴尬和摩擦，经常把父亲逼到江滩上抽烟。尽管江边山色空蒙，天光潋滟，然而对于面朝黄土背朝天的父亲来说，远不如一间房、一囤粮来得现实。

好在境况有了转机。1966 年，因桓仁水利工程的需要，爷爷和他的乡亲们变身水库移民，必须全部离开故土。农民就是一颗颗蒲公英的种子，朴实顽强不骄矜，而爷爷这株蒲公英则带着一家老小，从江边飘呀飘地来到三道梨树沟落地生根。

梨树沟很窄，两山夹一沟，沟底一条小溪两边住着十来户人家。生产队把队部的羊圈拆了，社员们帮着爷爷用黄土坯盖了三间泥房，进门左右两个锅灶和大石磨，东西分两间，父母亲总算有了单独的屋子。我和两个哥哥一个弟弟都出生在这里，装满了我对童年的所有印记。我常常忆起那间屋子，那里的雨季。

推开糊着毛头纸的后窗，伸手就能够着山坡上的树枝，青蛙、蚂蚱、蛐蛐儿，自然少不了蚊蝇，频繁造访。每到雨天，后墙根就会渗水，灶坑里积满了再漫上来，地面湿滑泥泞，走不稳就摔一身泥浆。爷爷在屋地中间挖一条小水沟，从门槛下凿个洞，将水引出。奶奶有时在小水沟洗菜，哥哥们也趁机叠纸船玩，于是那条贯穿屋子的小水流里，经常带着几根菜叶或者小纸船，汇入门前的小河，带着湿漉漉的憧憬，向山外奔去……

树大总要分枝。农村实行土地包产到户后，我们都有了自己的土地。父母亲也从爷爷奶奶家搬出来，总算有了自己的房子。新房原是下乡知识青年驻地，一排十来间石头房子被五户人家买下来，用板皮按房子大小切割出狭长的院落，隔墙不隔音，鸡犬人声细微可闻。

石头房子真冷啊，如今想起来仍觉寒气彻骨。腊月的早晨，水缸里结了一层厚冰，而隆冬的一天，也是在母亲"砰砰"砍冰块儿的声音中开启的。父亲搓着冻僵的脸颊，穿衣出去劈柴，我们则缩在被窝里，一排四个小脑袋，齐刷刷望着结了厚厚霜花的窗玻璃纳闷：这屋子为什么会这么冷呢？饭菜端上桌子，没等吃完就凉透了；火炕烧得滚烫，可我们却都冻坏了手脚；到了晚上，墙壁的白霜在昏黄的灯光映照下，发出凛凛白光，更加寒气逼人；趴在热炕上，手脚上的冻疮又疼又痒，抓心挠肝。那时候，父亲常常鼓励兼安抚我们：好好干，盖个砖瓦房就暖和了。可我那时最大的梦想是有间自己的小屋，而不是与父母亲和小弟睡在一个炕上。

我和父亲的愿望同时实现时，已是1991年了。十年间，石头房子换成砖瓦房。一家人一边种庄稼，一边利用农闲尝试各种小生意：扎扫帚、漏粉条、养家畜、植树苗……生活的顺意让母亲不时地哼唱，我们在母亲的歌声里疯长。不只我家的日子好了起来，那些新房和架在屋顶的电视天线如雨后春笋，遍布小镇。而父亲的城市梦，也在悄悄地萌芽。

哥哥们结婚成家，我也有了间漂亮的小屋。1992年春节，受商业大潮洗礼的父亲忽然宣布——进城！这个决定在当时无疑是冒险的，不可思议的。作为一个农民，野间有田，居家有屋，仓里有米，还图个什么呢？再说了，农民离开土地，就如同鱼儿离开了水，能活？但他的理由似乎又毋庸置疑：儿女们在乡下没条件好好念书，不能让后辈们得不到良好的教育，咱们祖上可是出过大学士的。

听说要变卖房产，母亲和亲属们是坚决反对的。失去居所就意味着再无返乡的可能，也就失去了根基。而父亲默默地把亲朋的苦口良言全部掖进背包，他说：人在哪里，根就在哪里，横竖都在大中国，祖上闯关东不也是摸着石头过河吗？

于是，1993春，父亲成了第一批进城的农民。

城市是高傲的，排他的，"农民进城，腰系麻绳，喝瓶汽水，不知退瓶"。类似这样的顺口溜，追着孩童街头巷尾地窜，几度戳穿耳膜和自尊，成了进城农民子弟永久的痛。

父亲充耳不闻，固执地在桓仁县城边租下一间木工厂。我们几个儿女租住在厂子外面的民房里。为了节省租金和更夫的钱，父母把家安放在只有十几平方米的门房里。小屋子逼仄潮湿，那年的雨水特别大，雨水倒灌，屋里能漂起来的都漂起来了，母亲睁开眼，看见几只漂着的拖鞋在头上示威，气得落下泪来。父亲冲着雨雾迷蒙的城中一指：要不了几年，我们也能住上暖气楼房。那时县城内的楼房并不多见，父亲不过痴人说梦罢了，没人当真。

梦想高高在上，主宰着追梦人的一切顺逆和悲喜，而且运气还会时不时地迷走，打乱你前行的脚步，还美其名曰——磨砺。父亲的创业路何止艰难，更兼瞬息万变、波诡云谲，这岂是老实巴交的农民所能应对的呢？由于父亲缺乏经验，轻信人言，第一次投资就遭遇了溃败。大批量购买的木材加工后，订购人踪影皆无。无人收购的板材像座小山堆满工厂，可着实愁坏了一家人。

常言道：三十不学艺，四十不读书。憨直的父亲生生吞下这个苦果，五十多岁了硬逼着自己学木匠。父亲是与新中国共同成长的一代人，深知"临渊羡鱼，不如退而结网"才是出路。在那间转不开身的小屋里，父亲从一个别扭的小板凳开始，踏踏实实干了近二十年的木工活。

一代老去的进城农民工，凭借勤劳的双手和不灭的信念，安然步入晚年。寻梦的路漫长而曲折，创业初期的老乡们，回乡的回乡，离世的离世，如父亲这般得偿所愿的不过凤毛麟角。如今，孙子孙女全都成了高才生，分布各大城市，这是父亲向祖国和自己上交的最满意的答卷。

选自《盛世礼赞》

任占萍 女，曾用名任萍，1967年生。曾任本钢一铁厂最后一任广播员。创作散文、随笔和报告文学近百万字。出版文集《那神奇的风》。2020年完成一部报告文学《起飞——北京大兴国际机场服务保障纪实》。

没有父亲的孩子

任占萍

父亲喜欢养花。他常常说："喜欢养花就是喜欢闺女！"花盆从窗台摆到了外面，装煤粉的仓房上也摆满了花盆，大都是芨芨草和串红等草本花，随着时令开放。而月季和君子兰这类娇贵的品种常常是有叶无花，但父亲仍然一丝不苟地浇水和施肥，不时去观赏。

给花儿浇水是他极其重视的一个事，他认定了"喜欢花儿就是喜欢闺女"这个"哲理"。尽管他的闺女并不漂亮，但他从心里疼爱自己在40岁时迟到的唯一的千金。别人家重男轻女，我家却"重女轻男"，衣食和零花钱都以我为主。花儿在父亲的爱惜中自在生长着，可那些花儿怎知父亲深沉的心思啊！有一天，父亲在睡午觉，大哥养的兔子把已经长得很壮的对红花的叶子和花茎啃食得只剩下光秃秃的根部。他站在花盆前盯着那个花根好长时间，很凄然地对我说："闺女，爸真心疼啊！"

父亲寡言少语，从不与人争执，是公认的大老实人。他没有文化，一辈子没摸过书和笔，对文化人敬重却敬而远之，因为与自己不是一类人。家里偶尔来两回有些文化的，即使是亲戚，父亲也极少插话，只默默地坐在一旁。我上中学时发表第一篇作品时得到两元钱稿费，给父亲买了一对雕花玻璃的大酒盅。他喝酒时陶醉地一口口抿着，仿佛这个杯中盛装的是茅台玉液，是极品琼浆。他常指着这对酒盅向到我家来闲坐的邻居夸耀："这是我闺女用稿费给我买的。"见我喜欢看书，他后悔着多年以前一位工友去世前把《水浒传》《三国演义》和一盒象棋送给他。因为不识字，他把书送给了识字的，只留下象棋。

我是在父亲的脊背上长大的。我们家住的地方很高，每回走路要爬坡的时候，父亲便习惯地蹲下身子，等我伏在他宽厚的背上便背着我一步步上坡，步步登高地向家里走去。我长大了，经常挎着他的胳膊去家附近的小公园消遣，那种温暖当时不自知，像呼吸一样不在意也不走心，多年以后每次回想都如在眼前。我接父亲班参加的工作，被分配到环境最脏、噪声最大、岗位最累的炼铁车间，我回家一头扑倒在炕上哭了半天。父亲无奈地叹着气说："谁让你爸没有能耐啊！"退休前，父亲的背渐渐有些驼了，过早地显出有些老态。我叔说是父亲年轻时出大力累的，无论是否与这有关，我一直觉得是背我累的。

人们是无法预知吉凶祸福的，我也从不相信算命卜卦那一套。在我18岁那年的春天，枝头已经吐绿，迎春花漫山遍野地开放，父亲却患绝症离开了。临终前两天，我在家里被煤气熏了，我妈小声告诉大哥的。已进入弥留之际的父亲突然睁开眼睛，急切地问我妈闺女咋回事？我妈说没有事没有事，今天就好了。他才又安心地昏睡。我妈伤心地说："你这么早就没了爸。"18岁的我必须痛苦地面临和接受：没有父亲！

没有父亲！

父亲走后，我顿觉孤独。从此再不能任性地撒娇，在父爱的目光里展示我浅薄的骄傲。也失去了再为父亲烫壶热酒的自豪。再也看不到那个端着一杯清茶，坐在门口等女儿回来的老父了。从此，我的人生近乎漂泊。

时常思念父亲，这思念每每袭来，心里便很疼很疼。走在大街上，看到有左臂戴黑纱的孩子，心想这世上又多了一个没有父亲的孩子。走在人群中，有时发现背影相像的老人，我驻足回望好久。父亲从来不吃鱼和海鲜，不知为什么，我也从来不吃这些。也许是我们父女间的默契吧。单位领导经常数落他的女儿："闺女今年都19啦，啥也不会干。扣子都得她妈给缝。"那眉宇间、笑意里，都是父亲对女儿的欢喜。如果我父亲还活着，他也会这样喜滋滋地提起我的。

没有父亲！

父亲知道自己病入膏肓后，对我说："闺女，不要想我！不要哭！"

原载《本溪日报·洞天》

任雪艳　女，笔名雪燕，1972年生。辽宁省作家协会会员，辽宁省散文学会会员。现供职于本溪满族自治县政协。作品散见于《辽宁散文》《辽东文学》《本溪日报》，收录于《本溪文学作品选》《衍水流韵》《燕野之风》等。

以花的方式开放

任雪艳

春寒料峭，花事迟迟。

打了两个月花苞的蝴蝶兰依然在窗台上不动声色，把开放分解成漫长的坚持。

没有开放的人生注定苍白。对于花朵而言，开放是生命的意义所在。无论名贵，还是平凡；无论身处繁华都市，抑或寂静山谷，都不妨碍它们以自己的姿态绽放。可以素颜朝天，清新淡雅，如兰菊遗世独立；可以浓妆艳抹，冠压群芳，如牡丹芍药国色天香；可以婀娜多姿，笑意盎然，如杜鹃漫山红遍。或含苞，或半掩，或怒放，每一种姿态都是属于自己的选择。

于是，喜欢一朵花的生活方式：自然开放，可以被欣赏，却不必去应和。这是作家池莉的理想生活状态，而我则终于为自己的人生观找到了一个小资的共鸣。

花有信，到春和景明时，铺一段好色；花无语，任风清月淡，兀自展新容。在花的世界里，流连的蜂蝶只是喧嚣的装点，欣赏的目光只是过往的驻足。

因为开放是一种态度，与美丽无关。正如人生，开放是一种品质，与成败无关。

花期苦短，开放简单而漫长。顺其自然与顺理成章是两个截然不同的概念，土壤、阳光、水分，每个意想不到的关联，都可能阻碍并夭折开放，只有所有的因素都恰到好处，方能水到渠成。

相传，武则天于严冬时节到御花园赏花，一时兴起，要求百花逆时而放："花须连夜发，莫待晓风吹。"百花慑威斗艳，唯牡丹无动于衷。女皇龙颜大怒，命人放火焚烧，并将牡丹贬到洛阳。未曾想烧焦的花木竟然重生并绽放出灿烂的花朵，令众花仙心悦诚服地尊牡丹为冠，成就了今日闻名天下的洛阳"牡丹红"。

花心柔弱，花骨铿锵。每一朵花都以不同的方式来诠释对开放的理解。在万紫千红、花团锦簇之中，昙花，更是以一种卓尔不群的选择惊世一现。清风徐徐，寂寂夜半，昙花轻展身姿，一身素白，于无声中将美丽酣畅释放。而仅仅数小时之后，便悄然收冠，完美谢幕，把所有的浮华与光芒凝固成追忆。这开放，必是用尽了全部的心力，才如此的令人震撼与感伤！寂寞，成就了一朵花的传奇。

花为自己红，不为他人媚。正如君子有所为有所不为。也正因为此，才有众多名人雅士对花情有独钟。陶渊明采菊东篱悠然南山，周敦颐爱莲出淤泥而不染，王羲之共兰曲水流殇吟风弄月，林和靖伴梅深山侠隐自得风流。每种开放都有不同的意义。在禅的世界里，佛祖释迦牟尼手持金色优昙婆罗花于灵山安详示众，众弟子茫然不解其意，唯迦叶尊者一笑顿悟，以心印心。在这样的开放里，天高云淡，禅意无言。多一分嫌浓，少一分则淡。

恋恋红尘，大道至简，且把心花开成一朵莲，拈取馨香一瓣，不负华年。

原载《本溪日报》

米永强　1954年出生，毕业于鲁迅美术学院，本溪市群众艺术馆国家一级研究馆员、中国美协会员、辽宁省美协理事、本溪市美协顾问。作品入选国际青年美展，第九届亚洲国际美术交流展，全国第七、八届美展，第九届军展，首届中国人物画展等。

千秋棋局
——画烂柯棋局图

米永强

　　传说古时浙江少年王志入少室山砍樵，路遇二人对弈；贪观棋局而忘樵事，又食其所与松子，遂不觉饥。至局终兴阑，对弈者乘鹤而去，方知遇仙。回视斧柄竟已烂尽，愕然之余急下山返家，却见故里面目全非。父母作古已久，亲族衍传不知辈数，中有皓首者言，祖上有入山采樵未归者，名王志也。这是一则颇有魅力的民间故事。少年王志观仙人对弈，又食其松子，进入了仙境，不知不觉在一局棋时间里悠然度过了世上数百年光阴。而在这段时光里，世上照旧上演着生生死死、兴衰存亡、悲欢离合的人间剧，不知重复了多少次。其中蕴含的深刻哲理耐人寻味。学仙修道者言，这证明了仙境的存在，"洞中方一日，世上已千年"。科学幻想者言，这是时空隧道现象，古人早有发现。而对一介普通凡人来说，这个故事乃对时光飞逝如白驹过隙，生命弥足珍贵的提示和警醒。

　　其实珍惜生命、不虚度年华，充分实现自我价值乃人之本性。因此，有出家苦行，修仙学佛，以图与天同寿者。有寒窗苦读，出仕入将，以图光宗耀祖者。有运筹商贾，富甲天下，以图荣华富贵者。亦有于某项事业发明创造，开宗立派，功高绩伟，名扬天下者，等等。凡此种种固然是成功的标志、生命的辉煌，值得钦佩与敬仰。然而若是看看一些人为取得成功而使用的方法手段，不免会瞠目结舌，就如清平世界忽然打开了潘多拉的魔盒，在对辉煌的高尚追求中竟会掺杂如此之多的邪恶行为。有修身积德、笃行善事之士，也有妖言惑众、邪门歪道之徒。有爱民如子，青史留名，也有巧取豪夺，窃国大盗。有君子爱财，取之有道，也有杀人越货，为富不仁。乃至于黑白难分，江湖险恶，世间百态难以尽数。故老子言:"大道废,有仁义。智慧出,有大伪。六亲不和有孝慈,国家昏乱有忠臣。"从古至今,人类社会就是这样光明与黑暗同在,良知与丑恶并行。

但人类真善美的理想从来没有丢失,且愈久弥坚;假恶丑之行从未立足长久,且终遭唾弃。虽然有抓不完的小偷,"天下无贼"仍是人们不懈努力的目标。正如一位作家所说:"我看到一个无智的世界,但智慧在混沌中存在,我看到一个无趣的世界,但有趣在混沌中存在。"司马迁遭受宫刑,忍辱负重著《史记》,蒲松龄仕途多厄作《聊斋》,曹雪芹穷困潦倒写出了《红楼梦》。他们都为后人留下了巨大福泽与财富,为人类文明建立了丰功伟业。虽然在有生之年并未享受到功名利禄,荣华富贵,但他们才是真正地、最大限度地实现了自己的生命价值。

《易经》说:"天行健,君子以自强不息。"孔子曰:"逝者如斯夫,不舍昼夜。"人怎样才是珍惜生命的价值,怎样去创造生命的辉煌?何去何从,何取何舍?在每个人面前,都有一枰永远下不完的千秋棋局。

原载《本溪日报》

吕天波　1958年生于庄河，曾在市委政研室工作，在全国报刊发表杂文随笔百余篇，出版杂文随笔集《思情话意》。

槐花恋

吕天波

在花的家族里，槐花没有什么耀眼的位置，她不像牡丹冠有"花中之王"的美称，也没有荷花"出淤泥而不染"的赞誉，更没有别的花儿生来一副令人陶醉的脸庞，但她的谦逊大度、朴实无华、一身洁白和从不与同类争宠的品格，却又是令人深深敬佩的。

你看，当春的脚步走近，那些绿色的宠儿们早已春心萌发，急切地等待着春光的沐浴，桃花、杏花、梨花，还有那些叫不出名的奇花异草，都互不相让地伸着脖儿，露着脸儿，红里透白，黄里透红，紫里透粉，争芳斗艳地展示着自己的姿色，此时我们的槐花，还是那样深藏不露，并没展现一丝的花意。当春色浓重了，就连那些新生的小草儿头顶都扎上了花髻，我们的槐花才默默地给人间吐以淡淡的绿，送来甜甜的吻，接着便是会心的笑。山坡上、河沿边、路两侧，她们笑得是那样地开心，那样地无拘无束，尽情地把人间打扮得洁白如雪。

更可贵的是槐花并不一枝独秀地表现自己，而是那种团结一心的群体意识。她们紧密地结合在一起，将那串串花束汇成花的海洋，以集体的智慧和力量，送给人们无尽的清香。如果离开了集体，我们见到的槐花只是偶尔的星星点点，那么槐花还会成为世界上一道迷人的景色吗？在这迷人的景色中，恋人们走来了，无论他们依偎在哪个绿荫深处，怎样地躲避游人的视线，在这儿他们都会索性收起那羞怯的小伞，让槐花的清香润泽全身，深情地品尝着这里的甜蜜，憧憬着幸福的未来。嗡嗡的小蜜蜂们也不辞辛苦地远远赶来，忙碌着采集这边清香的花粉，还有那翩翩起舞的彩蝶，她们那斑斓的花衣在这些洁白的槐花面前，显得更加美丽动人。

最使我对槐花产生感情和留恋的还是我童年的槐花。记得小时候，到了六月，常跟大人们到河沿那片槐树林采摘初开似雪的槐花，采摘槐花需要极特殊的工具，事前我们把粗粗的铁丝弯成个大钩子，再用细细的铁丝将那大钩子紧紧地固定在长长的木杆或竹竿的一端上，这是比较理想的采摘工具，有时也用上铲地的锄头，我们带着篮子出发了，有时人多得像去赶集。

大人们说槐花的萼浅红色的较甜，那时我也不懂什么叫花萼，只是搞下来品尝一口便是了。极高的树我是够不着的，要攀上去更是不易，那上边的刺会对你不客气。采摘的方式是粗野的，但我们不管这些，只知道待篮子满了回家去，把槐花放在高粱秆做的盖帘子上，再撒上一层薄薄的玉米面，放在锅里蒸一下，便成了好吃的食品。虽然不是什么美味佳肴，可那时吃起来真比今天的山珍海味还要可口。也许从那时起，我就对槐花产生了感情，不仅是敬仰槐花的洁白一生，更敬仰她们那种为人们捐躯的自我牺牲精神，并且每年到了这个月份我就早早地盼望槐树开花。

冬去春来，花开花落，槐花在我的心头一直没有凋谢。如今30年过去了，望着那漫山遍野的槐花，忆起家乡那片古老的槐树林，天真顽皮的娃娃们，还能像我当年那样，无情地采摘那富有感情的槐花吗？

原载《本溪日报》

林溪岩　1933年生于本溪市，是本溪日报社最早的编辑之一，20世纪50年代即在省级刊物发表作品，后受到不公正待遇。20世纪70年代末重回报社，任文艺部主任，写了大量散文、杂文及文艺评论。培养了大批文艺青年。

秋水依依

林溪岩

在我生命的激流中，有幸成为一名报纸文艺副刊的编辑。人们说编辑工作是"为他人作嫁衣裳"。我看说对了一半，另一半是"为有源头活水来"。编辑工作是靠作者作品滋润绽放光华的。人们说，编辑"慧眼识珠"，过誉了。倒是一语"望穿秋水"，道出了编辑期盼佳作飞来的焦虑和喜悦。

秋水——喻指人的眼睛，艺术化的美称。它形象贴切，蕴含着清澈、明丽、纯洁、灵动而又多情的深意。

眼睛是人的心灵窗口。我钟情这扇窗口，自自然然流出友爱和善，闪动真诚与爱抚的眼波。让阳光照亮这扇清明的窗口吧。

1950年初冬我就到《本溪工人报》（《本溪日报》前身）。初做新闻记者，我不懂什么是新闻要素的五个W，懵懂茫然，精明风趣的高宏宇（记者组负责人）当面逗弄我说"你是个黄嘴丫没褪的毛头小子"。可他的目光分明投来丝丝怜爱抚平了我羞怯、惶然的心态。是他和女记者杨雅春带领我下工矿见习采访，手把手教我写稿，嘱咐我多读书、多动笔。我听话，每天苦读到深夜。当时编采人员十多人，都是二十多岁的年轻人，我才18岁。我们热爱共产党，热爱新中国，不怕苦不怕累，意气风发。年轻人啊，都有火热的心。

踏过坎坎坷坷的21年，我重新回到本溪日报社。不久又到文艺部做责任编辑。匆匆十载，先后同十多位编辑、记者共事。我性情孤僻，疏于交际，和同事们相处，从初识逐渐到相知相近。在日常编务中，他们尊重、信任我，我也尊重信任他们。他们年轻、自尊，从来没有说在口头上。我是从他们平和的目光和专注的眼神中感觉到的。

记得那年在农村，听到一位老人感叹地说："这人哪，眼睛会说话！"我心头一震，这句话多么奇妙，多么机智。人们在日常交往中，在说话要明白、要敞开的背后，不免有些话不便说，不能说，顾忌说，羞于说……有着无奈的内心之隐。于是，在有意无意之间，在或明或暗中，一双传神传情的眼睛，便丝丝片片地给传出来——"眼睛说话了"，无声胜有声。只能心领神会，灵犀一点通。

如果说当年文艺部主编的副刊《望溪》文学版及《周末》综艺版，受到作者青睐、读者喜好的话，那是同事们齐心合力，用辛劳和智慧培植的。分管文艺部的副总编曾宪三，殷殷地指导鼓励，豁达宽容的情怀，使同事们心情舒畅。诸位编辑同事都是青年才俊，思想开放，求新求美，默默奉献，把副刊办成风和日丽的百花园。像诚侃、兴雨、雪曼诸位，他们的诗文创作成就早已蜚声本溪文坛。他们富有磁力，唱和多位年轻文友，切磋提携，引来篇篇佳作，使副刊生机勃勃。他们拜访市里著名的老诗人、老作家，请教约稿，提高了副刊的品位。他们从来稿中发现新人新作，欣喜得双眼放光，尽快编就发稿，为副刊添彩增色。有的初学写作者，拿到刊出自己新作的样报，激动得眼含泪花，感谢他们精心地修改润色。作为一名编辑，培植了作者作品，同时也培植了自己，丰满提高了自己的学识和写作功力，值得珍爱珍惜。说到我自己，不过是坑坑洼洼的铺路泥土。我自省，在那繁忙的编务中，我一定做过错事、蠢事，给同志们加重了负担。当时他们都平静地承受，宽容我，善待我，我愧悔，感谢他们真挚的情谊。

我退休闲居已经20多年了，往昔的诸位同事难得一见。时光的淘洗，他们的身影在我的记忆里渐渐淡薄虚幻了，只有他们那平和温热的目光，专注信任的眼神，依然刻印在我的眼帘上。

我住笔，仰望蓝天白云，春光漾漾，秋水依依。

原载《本溪日报》

子规啼血凝珠玉

林溪岩

那清冽的亲吻着白云、清风、疏星、晓月的太子河水，用一双温柔的手把他托走了，唯有他的爱、他的恨、他的才智、他的挚情，刻印在水波上，刻印在他不愿离去却终于离去的亲人和朋友的心上。

生活给了他七分苦难三分厚爱，他却捧出一颗滚烫的心，倾注一腔痴情。

他愿自己是一只啼血的子规，虽踽踽而行却孜孜追寻。他剖白自己的心："但更须啼唤自己的精诚，哪怕是血！"

血不是水，血是热的。悲哀不属于他。他啼唤春天，那明媚绚烂爱与美的春天。

他忧患、他焦躁、他执拗，招来理解与不理解，什么偏激什么怯懦，然而，谁都不能不赞美他正直的人格、坦诚的胸怀、精博的学识。

他默默地承受着、追求着、笔耕着。紧锁的眉宇微笑的嘴唇，伴一盏灯一支笔，写下他心灵的历程。他回答、他呼唤、他向往，"强者的深切的忧患策励着自己的积极入世，勇敢进取，按美的规律塑造世界"。

他太重感情，爱人、助人、谅解人。是一个好诗人好编辑，是一个好丈夫、好父亲、好朋友。他普通他平凡，但他的名字应该大写——倪诚侃。

诚侃生前的挚友刘兴雨、姜宝才同志，收集了他见诸省内外报刊的部分作品，辑成这本小书，珍存人间，怀念故人，告慰他的在天之灵。

子规啼血，血凝珠玉，蕴含诗人的情愫、哲人的睿智。应该给他时间，写出更多成熟的美文，可惜过早折断了翅膀，流水无情，饮恨山林。

岁岁年年，当冬去春来，绿满青山，情溢碧水，松翠鸟鸣……那该是你呀，子规——诚侃，一声声犹啼衷情。

1988 年 11 月 3 日夜，写于诚侃罹难四月忌日

原载《本溪日报》

毕秀丽 女，1974年生。语文老师，辽宁散文学会会员，本溪作家协会会员。出版过《怎样培养孩子》一书，散文、诗歌作品散见于《辽宁青年》《本溪日报》《华夏诗潮》《中诗微刊》等。

砸

毕秀丽

虽然已进入六月，傍晚的空气中却依然透着丝丝凉意。我站在本溪高中（石桥子校区）校门对面的甬道上，下意识地抱着双臂，以减少短袖纱衫覆盖不住的胳膊面积。看看手机的时间，19:40。母亲锻炼去了，还没回来。

低头又看了一会儿朋友圈，感觉到眼睛有些酸涩，脖子也有点僵硬，不得不抬起头，转转脖子，目光落到了高中的门口。

门口正走出一家三口。一个高二的男生，背着书包，被夹在一男一女的中间，朝我的方向走来。"这个时间被接出来的孩子，肯定是病了。"我想。男生个子比父亲要高一头，戴着眼镜，从我面前经过时，一脸的沮丧。父亲母亲也都是一脸的严肃。哎，上了高中，学习压力大，孩子们的身体也在面临着挑战。真的不敢生病啊，一病就落课，一落课成绩就下降，看着名次在大榜上忽上忽下，就像坐过山车。这个时候，家长都把孩子当老佛爷供着，生怕有个闪失。儿子去年高考，我是刚刚从如履薄冰、如坐针毡的日子里解放出来的。

这样想着，一家三口已经快步入小区的甬道了。道两旁有两个石礅。儿子和母亲已经越过了石礅，父亲却在石礅前停了下来，弯腰捡起地上的一块石头，左手把一个什么东西放在石礅上，举起右手，使劲地砸下去。"啪"地一声，虽说声音不太大，但足以惊到了男生和母亲，当然也惊到了我。男生和母亲同时回头，脸上有惊讶浮过，但转瞬间就又恢复了之前的表情。也只是一瞬，男孩和母亲转过头去，继续前行。那位父亲的动作没有停止，每一次高高举起的右手，都似凝聚了全身的力量，落下时如一记记重锤。从我的角度，看不到他的表情，但我能想象，那必定是一张愤怒到极点的脸。

"啪——""啪——"每响一声，我的心就收紧一下。砸了至少七八下之后，他才直起身来，好像深深地呼了一口气，然后将石头狠狠地扔进旁边的草丛，左手拾起被砸扁的东西，向母子俩的方向走去。那对母子已经进了楼洞。

"是手机！"我的大脑第一时间就确定了这个答案。刚刚目睹这一切的还有在小区门口卖草莓的一个小贩。他也一直目不转睛地盯着那位父亲。我借买草莓的机会，问那位小贩，砸的是手机吗？"是！肯定是玩手机被学校停自习了。"商贩的语气中流露着自信。想必是这样的事儿见多了。他一边称着草莓，一边又带着惋惜地说道："这孩子也真是气人，到这儿来读书多不容易，租房子一年两万多，父母天天来回跑，不好好学习还玩手机，都是惯的……"

听了他的话，我端详了一下这位小贩：大概四五十岁，头发毛毛糙糙的，褐色的脸庞，尽是风吹日晒的痕迹。一身藏蓝色的运动服，洗得已经发白了，看上去应该是捡儿子的。我接过他递过来的草莓，他习惯性地说了句："慢走啊，欢迎再来！"而且也好像是习惯性地让每一丝皱纹里都写满了笑容。

那笑容里我分明看到的是生活的艰辛。他应该有一个初中或高中的儿子，也许是女儿，也许是一儿一女。他每天栉风沐雨，都是为了孩子吧！想想刚才的那对夫妻，为了孩子上高中，在学校旁租房子，倾其全家人的财力、人力，而孩子竟然因玩手机被停自习，父母的愤怒、伤心、失望可想而知。

天边的最后一丝光亮被黑暗吞噬，路灯发出惨淡的光。我继续徘徊在甬道上，脑海中浮现出那一家三口回家的画面：父亲歇斯底里地怒吼，母亲在一边啜泣，儿子则面无表情地站着，或者坐在写字台前接受审判。学校不允许带手机，这个孩子敢把手机带到学校，我想他已经完全能够预判被发现的后果。是迷恋游戏？还是想释放压力？抑或想暂时挣脱这些以爱的名义所编织的枷锁？

朦胧的路灯下，一个身影越来越清晰。是我的母亲，因为走得急，略显肥胖的身体左右摇晃着。"不是说晚点来吗？一天没个准点儿。"母亲嗔怪着。我们向出租屋走去。身后，那石头与手机的撞击声依然在空气中回荡。

原载《本溪日报》

何振伍　1963年生，高级教师。写过很多随感录"魔鬼词典"，长期供职于市教师进修学院。

随感录

何振伍

总是把种子认作希望，土地才有了说不出来的劳累。

男人心粗，女人心细，是最常见的欺人欺世之语。若有爱，再心粗的人也会想到你，若无爱，再心细的人也想不着你。

文化向金钱献媚，养下的只能是垃圾。

在一个肮脏的世界，洁身自好将成为一种痛苦。

如果你不想出卖你的灵魂，就没有人能主宰你的自由。

无欲不一定坚强，但天下上当者皆因欲的膨胀那倒是真的。

献媚之人就是拿出自己的人格让人奸污。

时间固然可以淡化人的痛苦，可也淡化了人的激情。

爱情常被文学夸张，就似性与金钱常被生活夸张一样。

无论怎样，人一旦接受了自己的命运，就会变得消沉。

男人的尊严常在口的松紧上，女人的尊严常在腰带的松紧上。

廉政实为官者本分，并非业绩，如此公仆方不为虚言。

伸张正义正说明罪恶已是横行了，法律的迟到救活的常是人，而非人心。

原载《本溪日报》

吴松璋　1938 年生于广东省，本钢退休干部。曾获全国冶金铁流文学奖，多年关注本溪作家作品，发表很多评论文章，如《本溪小说的创作走向》《石头的魅力》《王红小说印象》等。

给我一双慧眼

吴松璋

新摄制的动画片《西游记》在中央电视台播出，因为采用高科技的合成手段，画面更为奇幻、生动、曲折，表现了丰富大胆的艺术想象力，创造出一个令人赏心悦目的神奇绚丽的世界。

《西游记》成书至今，大概是 400 年。版本情况比较复杂，现存的明万历二十年世德堂本为今所见的最早的完整刻本。《西游记》在中国文学史上产生巨大影响，和《红楼梦》《三国演义》《水浒传》并列为中国古典小说四大名著。鲁迅在《中国小说史略》中评说《西游记》指出，"讽刺揶揄则取当时世态，加以铺张描写"，"述变幻恍惚之事，亦每杂解颐之言，使神魔皆有人情，精魅亦通世故"。对《西游记》的社会意义和思想特色做了准确的概括。

我们喜欢《西游记》，普遍是因书中有个孙悟空。从第 1 回到第 7 回，孙悟空横空出世，大闹天宫，实在不凡；从第 13 回至第 100 回，孙悟空保护唐僧到西天取经，一路过关斩"恶"，历经九九八十一难，终于取得真经，成了"正果"。孙悟空的勇敢、机智、活泼、顽皮、开朗、乐观，不受封建秩序的束缚，不把貌似强大的妖魔放在眼里，不畏一切艰险的积极进取的斗争精神，与百姓情怀相通，为群众喜见乐闻。所以，有关孙悟空的舞台戏或电视剧，小孩爱看，大人也爱看。像《大闹天宫》《芭蕉扇》《三打白骨精》，几乎可以说百看不厌。

为什么？因为孙悟空那对"火眼金睛"好厉害。无论对手怎样诡计多端，狡黠险恶，假象迷惑，都逃不过那透视一切的光芒，几个回合较量，最终原形毕露，被打得落花流水，让人感到痛快。给人智、给人力、给人美的享受。看着孙悟空，引起这样的联想，在实际生活中，往往畸形靠着优美，丑怪藏在真善的背后，美与恶并存，光明与黑暗相共，多么希望有一双"火眼金睛"来帮自己辨别啊。

　　然而，小说毕竟是小说。《西游记》这样设置情节，是为了增添故事的曲折和悬念，显示人物的性格，深化主题，更加引人入胜。如此妙笔生花，反映出小说家吴承恩别具一格，把人物的神奇性与现实性浑然无间地融合在一起的创造才能，是小说卓越之处。如果不是艺术性的塑造，而是纯粹的真人真事，也许会出现另外的结局。

　　与《西游记》产生的年代较近的 18 世纪，在德国有位医学教授名叫贝林格尔，他喜欢搜集化石，但对化石的科学知识没有真正掌握，竟相信"化石是上帝凭造型力创造出来的"。于是，有些人为了欺骗他、捉弄他，雇用几个青少年在石灰岩的碎块上雕刻太阳、月亮、星辰、鸟兽等图形和古代希伯来的文字，埋藏在附近的采石场，然后又唆使孩子们去向贝林格尔报告。贝林格尔把这当作新的发现，组织发掘，收集了 2000 多块标本，经过"研究"，又"精选"一批，最后还出版一部叫作《维尔茨堡化石石版图集》专著。但不久发觉被骗，只好出钱将已经卖出的图集收回，害得几乎破产，终于在穷愁和悲愤中默默死去。

　　贝林格尔好悲哀，他缺少一双慧眼。要是有孙悟空帮忙，这桩"小事"哪会落得如此惨状。但是，孙悟空与贝林格尔是无法接轨的，一个是小说虚构的角色，一个是生活中实在的人。如果不是贝林格尔在"玩石"上走火入魔，难辨真假，那一刻在石头上的纹痕，本来一眼就可以戳穿不是"天意"而是骗局。

　　时代在前进，人们更需要懂得科学知识。大至政治、经济，小到个人衣、食、住、行，何处没有科学知识的应用。科学会使人从混沌走向理智，从愚昧走向文明。有科学理论的武装，就等于给你一双慧眼，幸福时刻为你锦上添花，遇到不幸给你一些保护，一些慰藉。

选自《本溪美文百篇》

李一萍 1940 年生，曾任本溪市文联秘书长，本溪市文学学会会长。在全国各大报刊发表影视评论数百篇。出版文学评论集《落英集》。

在乡情更怯

李一萍

我有两个故乡。我不知道，真的不知道对哪个更亲？对哪个更近？在本溪我生活了 26 个春夏秋冬，虽近"知天命"之年，却无"浮云游子意"，今生今世可能与本溪结下了不解之缘，那沙包岭就是我生命的归宿。让我对它怎能不亲，怎能不近，何况它给予我的又是很多很多的呢。

我是一个记性不好忘性好的人，天生是不能搞创作的，因为一位大师说过"创作便是记忆"。尽管如此，忘性如我的人也会记住那"人生的第一次"的。在本溪，我第一次登堂讲课，为人师表；第一次领取工资，自食其力，自我消费；第一次在《本溪日报》副刊发稿，才使"主体意识"复归，意识到我并不是上帝的低能儿；第一次吻了异性的芳唇；第一次为人之父，备尝甘甜酸辛……是啊！世界上什么事情不是得失参半，福祸相依呢？——这理儿也是本溪的人际沧桑、时政风云教给我的。我出家门入校门，一介书生，呆气十足，只知人生旅途布满鲜花，不知鲜花下面有陷阱；只知微笑是情动于衷，不知微笑后隐奸猾；只知商店出售皆佳品，哪知道红纸裹着的东西也发霉……总之，本溪把人间两面展露给我看。设若辽北昌图是生我养我之乡，那么本溪山城就是我启智排愚之地了。

忆往思今，感慨如潮。且不说那"人生的第一次"的尝试和感受是难以一一赘述备细，单是那第一篇稿呱然问世就够我玩味的了。似乎觉得我现在的人生旅次，如愿以偿等诸多好运，莫不都同那小小豆腐块带肉连筋。1961 年 7 月，我毕业于辽宁工农师专。初到本溪，收入眼帘的是一幅荒破贫困的画图。也难怪，那是山城遭到特大洪水袭击的第二年。虽然志愿分配到本溪，我也不禁"火走一经"，眼眵陡增，患了眼疾。等待分配的那几天，我是什么也不想看了，也看不清什么了。唯有那高高耸立于花园山顶的烈士纪念碑是朝夕必望的。那是烈士的姿影，我想登山亲偎，但因没有最后竣工不能接近，却更令我神往和颖悟。我想烈士献身流血的大地一定是神圣的，烈士不会因为山光岭秃而厌弃祖国的疆土。我的眼睛很快亮了。纪念碑的触发，我写了《礼赞，烈士的英魂》一稿，得到《本溪日报》副刊编辑的斧正、指导。正是在这些良师益友的扶植下，使我步入本溪文坛，今生今世或沉或浮，我都不会忘记他们的。

我现在是本溪市文学艺术界联合会的驻会会员，这个"人生座次"有些人是不屑一顾的。老伴就时常嘟囔我是"穷秀才"。可她哪里知道这是我在家门校门常做的梦呢？我的圈内的文友们是不嫌这个位置穷的。前些日子，一位亭亭玉立的姑娘，在文联那间低矮得令人压抑的资料室里就曾大发慨叹："这真是天堂啊！让我来扫地都行！"世间有些人真奇妙，自古而今"十文九丐"，却仍喜文从文，棒打不散，丐而不舍，死而不舍。在本溪，我青少年时期的憧憬基本变为现实，是不能不归功于烈士纪念碑赋予人们的灵气的。

近年来，年龄未老，心态却老：回忆多于憧憬，反省多于苛求。每当更阑人静，夜不能寐，我就常想，本溪给予我的可谓甚多，而我所应尽的义务却微不足道。驻会文联也有八九年光景了，我写了些什么呢？又做了些什么呢？偶尔也有人喊我作家时，我就脸红，甚至神经质，怀疑那人在挖苦我。我心怯了。人生一世，每个人生前总要给自己筑碑的，可是我回首过来的路，白光光一片真干净，碑在何处？碑文怎写？而我生命的历程却又是下坡，未免又胆怯了。

知怯近于勇吗？

选自《山魂水魄》

李亚光，1943年生于明山区。毕业于本溪师专，先在桓仁文化馆，后到《本溪日报》工作。曾在《人民日报》《辽宁日报》《鸭绿江》发表大量诗歌散文作品，出版过散文集《山情小集》。

远　山

李亚光

在屋前便是连绵不断的山。山挨山、山挤山。在那淡蓝色的远山的山尖，有个巨大的豁口，连着山里山外的路。站在豁口便能看见山城高炉里流出的铁水和高大烟囱里吐出的浓烟。

山里很穷。但山里人都希望自己的孩子好好读书，从这豁口走出去，好去闯山外面的世界。那年哥哥13岁，便以优异的成绩考进市内一所古老的中学。

上学日期临近了，妈妈却犯愁了。行李和开学的费用仍没有着落，便东挪西借，给哥哥做了一床仅能容纳一人的窄窄的褥子和一床薄薄的被子，哥哥就这样用瘦削的双肩扛着行李上路了。从妈妈的目光里走了，从童年的故事里走了，沿着那曲曲弯弯的小路走向远山……

山里的日子日渐艰难了。父亲常年有病，妈妈每天一刻不肯停歇地劳作，还是难于支撑这个8口人的家庭。哥哥住校仅半年，就被迫开始走读了。

家里所在的小村离市内哥哥就读的学校三十多里，一天来回就是六十里，而且全是山路，要爬三架大岭，路上几乎没有人家。妈妈知道哥哥考上中学不容易，全村百户人家，仅考上6个人啊，因此实在不忍心让哥哥辍学。

早春二月，严寒还没有从山里消失，哥哥开学了。每天早晨4点多钟妈妈就要起来给哥哥做饭，又要给哥哥装饭盒。哥哥5点钟就要上路，那时天还没大亮。妈妈站在大门口的柳树下，望啊，望啊，一直望到哥哥瘦小单薄的身影走进马家沟岭，消失在薄雾朦朦的蓝色的远山……

晚上哥哥放学回来，已是繁星满天了，连累带饿，有时哥哥来不及脱去衣服便倒在炕上睡着了。妈妈为哥哥脱去鞋子，一下子惊呆了：哥哥双脚全是血泡。可他却从来不对妈妈说。妈妈拿过针，小心翼翼地挑开血泡，眼泪吧嗒吧嗒地落在哥哥的脚上。第二天，哥哥仍一声不吭，一瘸一拐地爬那来回60里的山路。

艰难的生活磨炼了哥哥的意志，他十分珍惜那有限的时间，他的学习成绩册每页都印有四个红色大字："成绩优异！"

从这以后，妈妈再也不忍心让哥哥走读了，宁肯砸锅卖铁也要让哥哥住校，然而，生活依然艰难。每月7元的伙食费，也要二三次才能交齐。

一次，我给哥哥送伙食费，挎着腰子筐，里边装着哥哥爱吃的柞叶饼，第一次踏上哥哥走读的路。走进那蓝色的远山，路是那样长。幽深的大山里不时一声野鸟的振翅都会给我吓出一身冷汗，昔日在我心中的神秘感顿时消逝了，待我走到哥哥所在学校附近的一所小学校门口，已是中午时分。由于我衣着土气，忽然一群学生把我围起来，这个抢我筐中的柞叶饼，那个又来扯我的衣裳，等我走进哥哥的校园里，筐里已经空了。

这时，天下起小雨，教室里传出的悠扬的钢琴声让我感到城市的陌生。好久，哥哥才下课，他从教室里跑出来，我把攥在手心里已被汗水湿透的3元钱交给他。哥哥看我露肉的肩膀，拉着我的手呜呜地哭了起来。哥哥，就这样，走出远山？

远山，那蓝色的远山，你是一本耐读的书。我读了几十年，读着路，读着人生，当我从你深深的皱褶里走出去的时候，我发现：我已不是孩子了！

选自《山情小集》

小城柳丝长

李亚光

"柳丝长，春雨细，花外漏声迢递……"

小城三月，一夜无声细雨。清晨起，街巷里古老的黑瓦小屋旁，老柳树垂下长长的柳丝，风儿里柔柔地摆曳着浅浅的让人爱怜的新绿，生动了那漫长的没有颜色的日子。

风是淡淡的，雨是淡淡的，她那消瘦的背影是淡淡的。轻轻的脚步如"花外漏声迢递……"

——如那逝去的日子，也是淡淡的……

她走了，和春天一起踏上山重水复的归途。

她走过小城那座弯弯的石砌拱桥，那儿就是车站了。一路上我们谁也没有说话，语言真的成了多余的东西。我无法猜测她此时的心情，就在她回眸的瞬间，我好像看见那眼里有泪。我很快地避开了，我怕那涌出的幽怨会打湿我的乡愁……

我知道她不属于我。但她却同我刚刚走出校门来到这偏僻小城那三年需要真情的日子连在一起，即使这些日子在她的心里依然是淡淡的，但我却一刻不曾忘记，因为她是走进我人生最初日子里的第一个女性。那些日子里因为有了她，才有了温馨的色彩，才有了让人刻骨铭心的记忆，而且日久弥新。

长长的柳丝啊，摇曳着我的思绪……

绵绵的秋雨，敲打着校园里梧桐树的叶子，敲打着那沉沉的秋夜。我和她第一次对坐窗下，听那小城夜雨。红叶满山我与她漫步寒山，采撷崖畔野菊，采撷她那让我动情的身世。雪花飘飘，我们悄悄走出校园，踩着子夜的空寂……只是在昨夜，在青蛙聒噪的荷塘边，她才向我做了最后的倾诉："我要走了！""还会回来吗？""我想会的……"斑驳的月影从柳丝间透过来，在她那件蛋青色撒满梨花的裙子上涂上一层清辉。她伸出冰冷的手和我握别，我如握着一个令人伤感的故事。

　　我说不清我的情感，因为在感情上我不会向任何人乞求恩赐。但她那轻轻的脚步却踩痛了我的心。也许她会很快地从另一个男人那里得到一个女人所需要的一切，并把她曾给予我的一切全部给了那个男人。而我却永远不会从另外一个女人那里得到可以替代她的那份纯情，因为情感是一种经历。

　　我忽然想起卢梭《忏悔录》中的话：“只有她一个女人能使我抵挡住其他的女人，使我禁得起诱惑。我虽然不想占有她，却很高兴她能使我免去占有其他女人的欲望，因为我把一切能使我和她疏远的事情都看作一种不幸。”我不知这是为什么。

　　感情大概是人世间一切痛苦的根源，但如果没有感情，人世间又会变得暗淡，变得毫无光彩。

　　我恨我感情的执着，我不会轻易地喜欢，更不会轻易地抛却。假如没有这份执着，就会省去好多痛苦。我很羡慕这样一些男女，他们虽然也曾有过耳鬓厮磨，但当他们分手时，却像随手丢掉一颗虫蛀的苹果一样轻而易举。可我不能，我会像丢了一颗心。

　　车终于开动了。烟雨中的柳丝啊是那样脉脉含情，是想扯住那些记忆吗。小城的春天，我却感到这是春天里的秋天，一个没有收获的秋天。我想象不出她此时的心境，也许还记起，也许已经忘记。这一切并不重要，因为情感选择的本身就需要忘记！

　　“柳丝长，春雨细……”小城之春美得让人心疼。长长的柳丝总是让人想到人生那难忘的季节。我记起一位哲人的话：“人生有两大悲剧，一是没有得到你心爱的东西，另一是得到了你心爱的东西。”得到的还可能失去，那失去的还能得到吗？

选自《山情小集》

李兴濂　1945 年生，辽宁本溪县人，中国少数民族作家学会会员，辽宁省作家协会会员。已出版诗集、散文集、随笔集、杂文集 20 余部，主编作品集 5 部，在国内外发表作品 400 余万字，200 余篇作品入选各类书刊。

奶奶的歌谣

李兴濂

提起家乡的歌谣，就想起奶奶。在家乡，山山岭岭，沟沟岔岔，甚至一棵古树、一块岩石、一畦田地、一座老宅、一眼老井，都有一段神奇的故事、一首美丽的歌谣。奶奶可称得上十里八村歌谣俚语的能手，奶奶那些土色土香的古老的歌谣，使我儿时枯寂的生活，有了几丝色彩和欢乐。奶奶出口成章，脱口而出。比如，见我蹦蹦跳跳，就说"老不张狂，少要稳当"；见我懒惰，不知帮大人干活，就说"只有冻死的苍蝇，没有饿死的蜜蜂"；见我办错事，就说"不食黄连不知苦，不经摔倒不认路"。她甚至是村里的义务气象预报员，每天早上，奶奶站在院子里仰头望天，见天有"扫帚云"，就说："天上扫帚云，地下雨淋淋。今儿个有雨。"她常去摸晾在窗下的烟叶串子，说"要知明天阴不阴，先去摸摸老烟筋"，奶奶的预测还很准的。春天来了，奶奶常催促大人们下地干活，嘴里嘟囔着"春天懒一懒，秋天捧空碗。春天种一颗，秋天煮一锅"。秋天到了，奶奶也张罗下地。父亲拦着她。奶奶说："秋忙秋忙，绣女下床。我怎能闲着。"奶奶闲不住，在家编炕席，说"炕上没炕席，当家的没脸皮"。奶奶脱口而出的这些话，其实是谚语，是她人生的经验总结。真正给我耳濡目染、启迪智慧的是奶奶的歌谣。

生我那年是腊月初一，妈妈说，天奇冷，外面下着大雪，全家人既高兴又担心，怕我不好养活。三天后，奶奶为我抻脑袋儿，画眼皮，拍心坎，一边吟诵：

> 一抻脑袋掭一掭，尖尖头顶青云钻，
>
> 二画眼皮运不浅，火眼金睛识冠冕，
>
> 三拍心坎让人喜，满装天文和地理，
>
> 四抻胳膊五抻腿，手脚麻利气死鬼，
>
> 五抖双耳来迎风，万事如意吉祥生，

最后拍拍小屁股，长大坐殿别含糊。

这是奶奶的祝福，期望我长大知书达理，吉祥如意，平步青云，做官要认认真真。可怜天下父母心，谁不望子成龙啊！长大了，我坐了"殿"，暇时坐在办公室里，常常想起"长大坐殿别含糊"那首歌谣。

我临睡时总爱哭，奶奶守在旁边，拍着我轻声哼着：

> 拍呀拍，小宝宝睡大觉，
> 不要哭，不要闹，
> 马猴子住在南大道，
> 南大道上有个黑屋儿，
> 他在那里听人哭，小孩哭来他就找，
> 剁馅馅儿，包饺饺儿。

拍着拍着，我就睡了。那天，我在悠车里睡得正香，被邻院的狗叫声惊醒，大哭起来。奶奶用她那温热的手抚摸我的周身，缓缓唱道：

> 猫也惊，狗也惊，奶奶的孙儿心不惊，
> 摸摸耳毛吓一会儿，摸摸身儿魂上身儿。

我一天天长大了，奶奶也一天天老了，头发更白了，腰更弯了。我在院子里玩耍，奶奶拄着木杖教我童谣，最先教我的是那首《小白羊》：

> 小白羊，胡须长，穿皮袄，高鼻梁，
> 咩咩叫，心善良，跪着吃奶报答娘，
> 长大成人不孝母，这人不如小白羊。

她念一遍，我重复一遍。学会了，奶奶问我："长大了，是当小白羊，还是当大灰狼？""当小白羊！"奶奶把我搂在怀，笑成一脸菊花。奶奶希望我长大像小白羊一样善良，像小白羊一样知孝报母恩。现在，每当在报上见那些不孝之子的报道，我就想起小白羊的歌谣。奶奶还教我一首怪怪的歌谣：

> 大年初一立了秋，一穗高粱打八石，
> 一棵谷子打八斗，一捆高粱秆做了九十九根大车轴，
> 盖了九十九座大高楼，十冬腊月发大水，
> 冲来一地高粱头。

奶奶哼着哼着，那没了牙瘪了的嘴"扑哧"一声笑了，是那样开心！那时，

我以为奶奶真的在说胡话呢。长大了才知道，那歌谣是几代代庄稼人的期盼呀！他们盼望快点立秋，期待丰收，粮食满仓，拴马车，住高楼，过上好日子。

那年夏天，两个多月没下一滴雨，天大旱，禾苗枯槁。村里几个老人合计到仙人洞求雨，因为奶奶会唱《求雨谣》，与他们去了。

> 天皇皇，地皇皇，海里有个黑龙王，
>
> 行云降雨神通大，旱涝丰歉任你掌，
>
> 赶快降恩洒干霖，给你还愿多烧香。

小民百姓，抗拒不了老天，活得太难。碰上大旱，人没办法，不求神仙求谁？这是一种无奈、一种希求。那次求雨，没有求到。那一年，颗粒无收，奶奶也在那一年离开人世。

可以说，我对诗歌的爱好，源于奶奶歌谣的启蒙和熏陶。尽管儿时还不懂得歌谣里倾诉的苦乐和悲欢，也常常被歌谣的优美故事和韵律所感染所打动，常常在睡梦里还喃喃念叨。而今年过半百，两鬓染白，那颗童心早被数十载风雨剥蚀殆尽。但奶奶的歌谣，常忆常新，永远让我感动，让我温馨如初。

选自《2004 中国散文排行榜》

农家饭

李兴濂

我是吃农家饭长大的，尽管现在餐桌上丰盛，每顿都有几盘像样的菜肴，但我仍忘不了过去农家饭的苦涩和香甜……

农家粗食淡饭，糙米糙面、麸皮秕糠、萝卜白菜、小葱大酱，吃得不好，能填饱肚子就很满足了。

在我童年里，很少吃上一顿干饭。"闲时吃稀，忙时吃干"，庄稼人省吃俭用，一顿饭半瓢米还得从瓢里抓出一把米，从牙缝里挤出粮食，留着农忙干累活时吃。农家哪有闲时，所谓农闲也就是除了春种、夏锄、秋收，平时也不得闲，铡草倒粪打柴冬藏就算作农闲了。这时就喝稀粥了，与其说是喝粥，不如说是喝汤，清米汤。三婶家孩子多，每当吃饭哥四个如饿狼扑食，粥喝光了，又抢着锅铲儿铲锅底上的锅巴。三叔喝得呼呼噜噜，咕咕咚咚，一袋烟工夫几泡尿出去，肚里又咕咕作响。庄稼人谈论最多的是吃，以致一见面就问：吃了没有？好吃赖吃吃饱了就行。他们也向往大鱼大肉、细米白面，凑在一起谈论皇上老子吃什么，有的说，天天吃大米白面、猪肉粉条；有的说，皇上吃的是八盅碗席。常常为皇上吃什么争论不休，最后谁也说不清，各自被女人吆喝回家喝面糊糊去了。

妈妈是做饭的巧手。村里的小媳妇们常请妈妈教她们做苏叶饺、勃勒叶饼、牛舌饼、小根菜盒、山芹菜团子、黏火勺子……当然这些农家饭都是在农忙时才做的，平时是吃不到的。妈妈做的农家饭样样都是艺术品：苏叶饺、勃勒叶饼像绿荷包，翡翠透明；牛舌饼、小根菜盒子、玉米面大饼子像牛舌、像金塔，澄黄喷香。每到农忙时，妈妈带着我到田头给父亲送饭。庄稼活费力气，父亲能吃也能干，一顿饭能喝两三碗稀粥，吃五六个干粮。其实父亲还能吃几个馍，他知道妈妈做的馍全拿来了，也就不吃了，留给我们吃。那时候，家家都没有油，整年见不到一点油星，锅上生锈，饭带有锈味。妈妈就用一块猪肉皮擦锅。邻里以为我家有油哩，常惊羡地说："你家的锅有油水，锅真亮。"妈妈从橱柜里拿出那块早已干瘪发黑的猪肉皮说："哪有油啊，不就用这个擦的吗？"后来全村都学会了用猪肉皮擦锅。

农家饭最难吃的是谷面窝头。为了省粮，谷子连皮磨成细粉做成窝头，表面上黄黄的，嚼起来嘴里沙沙的，咽下蹭喉咙，仰下颏抻长脖子才能送进肚里。邻院的张二爷也许太饿了，咽得急，一口气没上来，噎死了。妈妈很少做谷面窝头，春天一到，就上山采来山芹菜，掺几把玉米面，做菜团吃。菜团虽苦涩，总比喝稀粥扛饿。牛娃妈也做山菜团，可她不认识山芹菜，采些走马芹，走马芹是毒草，多亏妈妈发现，险些酿成大祸。整个春天吃山菜团度饥，吃不耐烦了，就抱怨菜团。常常在这时奶奶就重复给我讲那个菜团团的故事：从前，有个读书人上京赶考，一路劳累，饿倒在村旁大树下。好心的老婆婆发现了把他扶起，送给他一个菜团。读书人吃了，好香好甜。千谢万谢，带着感激上路了。这个读书人到了京城，考上了状元，吃尽了山珍海味。一日忽然想起吃菜团了。京城里名师高厨都找遍了，也做不出他在山村时老婆婆送的那菜团好吃。于是命令差人到村里寻那个老婆婆。老婆婆带着菜团去了京城，读书人吃了又苦又涩，大骂老婆婆。老婆婆说："老爷，不是菜团变了，是你的胃口变了……"我听着听着，枕着奶奶的腿睡着了。

苦涩中也有香甜。比如家里来了客人，再难也要弄上几个菜，焖上小米干饭，炒几个鸡蛋，煮几个鸭蛋切成四瓣，再加上酱缸咸菜、小葱拌豆腐，凑成四个菜。等客人吃完，剩下的孩子们在厨房里饱食一顿美餐。再就是过年节了。端午节分得两个鸡蛋，揣在怀里，一会儿掏出来闻闻，直到几天后发臭才舍得吃掉。过年时，家里没有钱买鱼，就用一斗玉米换几斤白面，妈妈用面做成鱼样，用木梳齿印成鱼鳞，用红高粱粒点上鱼眼，一条鲜活的大鲤鱼就成了。那是庄稼人盼望的年年有余呀！

公社大食堂那阵子，说妈妈做饭手艺好，就让妈妈到大食堂做饭。可是巧妇难做无米之炊，一大锅水只下两瓢玉米面，盛在碗里就能照见人脸儿。接下来就是大饥荒，饭越来越稀，终于难以为继。

近些年来，农民不再挨饿，"要吃米，找万里"，"吃上白面饼，感谢邓小平"，一日三餐都有干粮，过去几代庄稼人幻想皇上老子顿顿吃的大米白面也进入普通百姓家了。如今城里人，大鱼大肉吃腻了，常想起吃农家饭，大碴子、小豆腐、苏叶饺、勃勒叶饼、黏豆包、玉米面大饼子都成了稀罕物。妈妈又有了用武之地，可是妈妈年岁大了，不然她开个农家饭馆一定很红火。城里人吃农家饭只不过是换换胃口而已，不是庄稼人世世代代吃的含有土味、酸味、苦味、涩味的农家饭。在餐桌上，我常把童年的经历讲给年轻人，他们只瞪大眼睛当天方夜谭笑话听，他们吃白面细米、时令鲜菜、鸡鸭鱼肉长大，不可能理解祖辈父辈当年的苦难，这属正常，因为他们不属于那个年代，苦难不属于他们，他们开始了新的生活。但对于我及我那辈子人，永远忘不了那苦涩而香甜的农家饭，忘不了世世代代吃农家饭的庄稼人！

农家饭，每每忆及，挥之不去啊，百感交集！

选自《中华散文》

李景树　1948 年生于辽宁省桓仁县，曾任市政府副秘书长，办公厅主任，市民政局党委书记、局长。省作协会员。著有杂文集《行余文集》《边缘话》。

乐天喜老

李景树

人生易老。老年是人生之秋。金秋乃收获之季。一年好景君须记，最是橙黄橘绿时。

836 年的一天，白居易白乐天晨起览镜自照，忽见镜中人满头白发，须鬓尽苍，不禁自语道："行年六十四，安得不衰羸？"毕竟年过花甲了，生命衰弱之迹乃属正常，因而心境很是自慰平和。但亲朋好友却是一片感叹，怜惜才华横溢的诗人已走向暮年。为此，白老先生微笑命酒，与亲友围坐一堂，边饮边从容地讲起自己对"生"与"老"、"夭"与"衰"的独到认识："生若不足恋，老亦何足悲！生若苟可恋，老即生多时。不老即须夭，不夭即须衰。晚衰胜早夭，此理决不疑。"乐生必致老衰，恶老衰只有早夭，而早夭又非人之所愿。道理讲得透彻精辟，颇得辩证之机——老衰乃生命之丰收、之充实、之饱满、之成功，叶零枝弯果实硕，"当喜不当叹，更倾酒一卮"。何等豁达、洒脱，真令尚未老衰者心生羡慕。这就是尚在官任上的白居易 64 岁时写下的《览镜喜老》诗，诗中喜老之情与 200 余年后写《秋声赋》的欧阳修先生"物既老而悲伤"形同两极。

乐天喜老，不贪恋官位名禄。《唐令》规定"诸职事官七十听致仕"，即 70 岁退休养老。但唐代具体操作比较灵活，有的因身体状况可提前致仕，有的 80 余岁仍在任上。白居易 28 岁登进士第，31 岁授官，先后在中央和地方任职，宦海风雨几十年，为官清廉，政绩颇具。58 岁时，他以病自请分司东都（洛阳）任无甚实权的闲职，至 70 岁"以刑部尚书致仕"，一天不多待——"名为公器无多取，利是身灾合少求""渐老只谋欢，虽贫不要官"。白老不仅自己身体力行致仕制度，还写诗讽喻规劝那些"可怜八九十，齿坠双眸昏"却仍占据权位不离的官僚。他在《合致仕》诗中剖析揭露"朝露贪名利，夕阳忧子孙。挂冠顾翠绥，悬车惜车轮。金章腰不胜，伛偻入君门"。顾名顾利、顾前顾后，老到了连官服都撑不起来，还弯腰驼背出入朝门，煞是可怜、可悲、可叹。既得利益要千方百计保住，至死不愿放掉，历史上的官本位是惊人的浸透到骨髓。比白居易早几十年的那个武则天，穷极一切手段，在 67 岁高龄时登基圆了女皇梦，龙椅一坐 15 年，到了 82 岁时还没有退的意思，若不是一场政变，她准会把龙椅坐到棺材里去。盘古开天地武则天堪称"老有所为"第一人，只是"为"过头了，也免不了身前身后种种血腥残酷和凄凉。草木在人间，去来有时节。枯叶恋高枝，自觉无颜色。武则天临终遗嘱：去帝号，称"则天大圣皇后"，归葬乾陵，竖碑不须立传——话不好说，不便说，只能立个无字碑。

那些在官场上喊不够"万岁、万万岁"的恋栈之辈，身殁则名湮，没有人去理会他们。那圣神皇帝武则天，也只能供后人百般"戏说"。而白居易却铸下了比白堤还要长的 3000 多篇诗章，一笔精神财富滋润千秋万代。秋声无深浅，深浅在人心，人心是明镜。

乐天喜老，甘于淡泊，顺其自然，随遇而安，老有所乐。"纵贫长有酒，虽老未抛诗""百事尽除去，尚余酒与诗"。一个酒一个诗，两方物事伴随白老一生，而做官无非拿点俸禄做点事，终极爱好是酒诗。有了这一大嗜好一大专长，完全可以把官视为身外之物，达人知止足，水流心不竞。白老晚年生活贫苦，唯一的儿子又夭折了，但他有乐于身，无怨于心。"新诗日日成，不是爱声名；旧句时时改，无妨悦性情。""兴来吟一篇，兴罢酒一卮，不独适情性，兼用扶衰羸。"别人看来一定寂寞，但白老自觉甚为逍遥，"烦虑渐消虚白长，一年心胜一年心"。在致仕四年后的一个春日，白老在洛阳自家举办了次别开生面的宴会，邀请六位古稀以上的高寿老人参加（七人五百八十四），时称"七老盛会""尚龄诗会"。七翁相聚，赏景、叙旧、饮酒、赋诗、狂歌、醉舞，白发老翁如童稚过年一样，欢娱勃兴。那时候没有离退休干部活动场所及活动经费，74 岁的白老牵头张罗起这样的盛会，足见其"号作乐天应不错，忧愁时少乐时多"的开朗达观之性。

乐天老，亦有养生之道。他在《老戒》诗中提出老有四戒：老多忧活计，病更恋班行。矍铄夸身健，周遮说话长。即一戒俗念牵，二戒恋权禄，三戒老逞能，四戒老絮叨。这四条均属老年易犯而又难以自知自制之病，如现在仍常见的老有所忧、老有所累、老有所烦、老有所怨、老不服气、老不平衡、老看不惯，等等，往往离不开这"四病"。就说"不服老"这一条，"志在千里""壮心不已"固然可嘉，但又岂能违背自然规律去强做力所不能、老不可为之事？"廉颇老矣，尚能饭否？"这样的察、这样的激、这样的逗，皆不当用。老有所为，必是有所不为方有所为，量力而为，扬长而为，拾遗而为，顺势而为，由兴而为，适情而为，如白居易晚年仍吟诗不辍，情趣高远，有乐有为，岂不达哉！谁知将相王侯外，另有优游快活人？

选自《本溪美文百篇》

李凤荣　女，1951 年生，1976 年辽宁大学毕业。曾任本溪广播电视局副局长、《本溪日报》总编，出版作品集《每一次感动》。

世上还有爸爸好

李凤荣

"世上只有妈妈好……"稚嫩却充满真情的童声，影片里唱，磁带里唱，大街小巷都在唱，唱得人心酸酸的、热热的，好感动，好感动。

却不料，一位听唱儿的爸爸有了不同的感觉："这歌儿，偏激，难道爸爸就不好吗？"他擦身而过，只让我来得及回答出一句："当然！母爱是世界上最伟大的。"还有没来得及出口的"连珠炮"："你们？你们有孕育时的蝴蝶斑？有过难忍的阵痛？有过无数个日日夜夜的喂养哺育吗？"

回到家里，我与女儿讲起了一个妈妈和一个爸爸的这些争论。女儿刚刚 13 岁，还不大到领悟人生的年龄，却开始为爸爸鸣了不平："妈妈，您好，爸爸也好。""小小年纪就知道搞平衡。"我怪她。"不，爸爸本来就好嘛！"

月光照在床上，静静的、柔柔的。女儿的执拗还真让我想了许多。那一次，女儿拿回了作文大赛获奖证书，我急急地在她那藏不住笑的脸上亲了一口；做爸爸的却只闷声不响地把证书放在案头看了半天。那一晚，女儿正为一道难题犯愁，我仍然不依不饶地数落她天凉不想添衣，晚饭又只吃了一小碗儿。做爸爸的悄悄地扯扯我的衣襟，然后走到女儿桌前，画图举例地帮她分析起题意。那一天，他值班归来，进门就喊："葵葵，我刚收到新华社的电稿，你们班的赵雪颖在全国艺术体操比赛中拿了名次！"女儿的同学进门，围着小猫咪笑成一团。我皱着眉冲她的房间喊了一嗓子："妈妈在写稿子呢！"小同学们不好意思地伸了伸舌头，女儿则一脸的尴尬。做爸爸的却常常成为他们中的一员，听他们讲老师今天讲了个什么有趣的故事，谁今天在课间操恶作剧，跟他们一起乐、一起笑，让我好生嫉妒："干脆，你搬把椅子到六·三班得了！"人家说，多年父子成兄弟，我们这一对父女呀，像同学，也像朋友。

喜悦，不在脸上；关心，不在嘴上；亲，不用唇；爱，不去抚摸，是那种深沉的、醇厚的，有如陈年老酒，让人回味绵长的爱。

做爸爸的，虽然没有母性特有的孕育哺乳之苦，却也有分娩室外焦虑的期待；虽然少有婆婆妈妈的琐碎、细腻，却也有晴天的草帽、雨天的伞，儿女晚归路上的手电光，儿女出错后的不安、不眠。每一个有责任感的爸爸，心里放着外面的世界，也一定盛着儿女的欢乐、忧伤。

于是，我对女儿说：你的那篇《我的爸爸》的作文里，不光该有爸爸为事业的奋斗，有爸爸严厉的批评，还应有区别于母爱的父爱的体味。

我还想说：朱小琳，你不该只忆起《妈妈的吻》；张强，你也不应只看到《烛光里的妈妈》，你们也该同样寄语深深、热泪满腮地唱支《世上还有爸爸好》。因为，爸爸的爱也会伴你走过春秋冬夏，也会让你思念到永远，永远。

原载《本溪日报·洞天》

李　琳　女，生于20世纪60年代，辽宁省本溪市人，法学硕士，先后就职于本溪师专、本溪市委宣传部、桓仁县委、共青团本溪市委、市妇联等。中国书法家协会理事，中国书法家协会女书法家委员会秘书长，辽宁省书法家协会驻会副主席、秘书长。书法作品多次参加全国书法展，并参与编著《大学书法教程》等。

气节如梅苗可秀

李　琳

春天来临，每当山花烂漫之时，我都会情不自禁地想起毛主席的《卜算子·咏梅》。毛主席咏的是梅，又何尝不是在咏我们的先烈呢？！

家乡本溪的苗可秀，就是气节如梅的先烈。

1931年，日军发动"九·一八事变"，正在东北大学读书的苗可秀流亡北平，加入东北民众抗日救国会。在成立大会上，苗可秀慷慨陈词，会后毅然回到东北，以文弱之身，率民众，抗强虏，宁亡身，不亡国。

苗可秀策马踏飞雪，转战辽东，重创日伪，令敌胆寒。日军疯狂围剿，欲杀之而后快。苗可秀不幸负伤被俘，面对劝降，他不为所动，大义凛然，甘愿为国捐躯。"伏床自思，尚堪安慰，慰者死得其所耳。"这样的气概让日本狱卒都心生敬意，愿为其转递遗书。

夜深人静，窗外月光如水。苗可秀想起家乡的映山红，想起村口的小溪水，他提笔向好友嘱托身后事，可在"西山购一卧牛之地，为余营一衣冠冢，竖一短碣，正面刻苗可秀之墓，背面略述余之行事，墓旁植梨树四五株，小亭一间，每有休假日，弟等千万要到此一游，每到此处要三呼老苗，我之孤魂可以不寂寞也。山吟水啸，鸟语虫声，皆视为余歌余泣余诉……"

次日，苗可秀从容赴死，时年二十九岁。

转瞬八十余年过去，曾被烈士鲜血染红的大地上，年年山花盛开，簇拥着高高的烈士纪念碑。

选自《辽宁日报》

我与恩师林晓鹏

李　琳

　　转眼间，恩师林晓鹏先生离开我们快一年了。无事时，我傻呆呆地坐在那儿，身心像没根的浮萍。我很少做梦，可这一年却几次梦见恩师，梦回恩师教习书法的那个大教室，梦回龙池书院。

　　龙池书院是先生亲手创建的，1988 年，先生作为全省优秀中青年书法家已在全国书法大展中崭露头角，苍茫厚重、古朴自然的艺术风格，备受业内关注，慕名求教的人越来越多。先生决定在本溪师专书法学习小组的基础上，面向社会招收学员，义务为本溪、为辽宁吸纳培养更多的青年书法人才。

　　那年 10 月，秋高气爽，枫叶正红。龙池书院正式成立了，那天学校礼堂坐满了学员，先生穿着他那套有些泛旧的浅灰色西装，早早来到会场，平时就赤红的脸膛更加红涨，显得异常兴奋。省书协主席聂成文先生到会讲话。我被先生和同学们推选为龙池书院理事长，并代表学员发言。我紧张得深一脚浅一脚地走上讲台，面对台下先生期待的眼神，当场立下了"是龙就应腾飞，怎甘身卧沙滩"的誓言，那意思就是一生都要奉献于书法。

　　在之后的几年里，无论是给先生当学生，还是毕业留校给先生当助教，我还是下了一番苦功夫。在先生的悉心指导下，翻阅书法经典古籍，阅读书法理论文献，生命的小舟每天徜徉在书法历史的长河里，临摹、欣赏、解读，再临摹、再欣赏、再解读，循环往复，日子虽然单调寂寞，却很充实。先生也是如此，所不同的是先生一旦投入创作，就会"发疯""发狂"，忘我、忘时间、忘饥饿。一次他突然晕倒在工作室，若不是被学校勤杂工及时发现，险些酿出危险。

　　当然，日子也有轻松快乐的时候，那就是先生带着我们走出校门，游学交流。一次，辽宁 14 市师范院校书法联展在铁岭举办，先生不知从哪儿借来一辆救护车，我们在车里席地而坐，一路欢歌笑语。还有一次，先生带我们去兴城参加省书法临帖班。我们傍晚登上了绿皮火车，那天火车上的人太多了，坐着的、站着的、座席下躺着的，像摆饺子似的挤满了车厢。先生高高的个子站在那里，一手扶着行李架，一手举着书，专注地看。车厢里的闷热和嘈杂，似乎与他毫不相关，只是见他偶尔托托顺汗水滑下的眼镜。多少年来，先生专注地看书的形象，一直定格在我的脑海里。半夜我们到了锦州，和很多旅客一起，在候车室里等待天亮后赶往兴城。正是深秋时节，晚风吹来，冻得我们瑟瑟发抖。先生让我们掏出写字用的毡子披在身上，聚在一起取暖。那场面，像一群可爱的小企鹅。

先生视书法如生命，多年的执着与付出得到了回报。那几年先生捷报频传，屡屡获奖，先后入展全国第三、四、五届书法展、全国扇面书法展、全国第二届楹联书法展、全国第八届中青年书法展、全国首届行草书展并获能品奖、全国第七届中青展获提名奖……这些大奖，令我们这些学生羡慕不已。

先生把多年研习书法、临池耕耘悟出的经验毫无保留地传给我们。先生对我更是偏爱有加，无论是书法创作，还是书法教学都是毫无保留，倾囊相授。我在全省大学生书法比赛中获得一等奖后，先生高兴得逢人便讲，比自己获奖还高兴。在先生的辛勤栽培下，我们这个书法队伍也日益壮大，涌现出 20 多位国家级会员，近百名省级会员。

几年后，我被调到市委宣传部工作，后来又被派到县里。工作越来越忙，时间越来越紧，当年的誓言似乎忘到了脑后。那段时间最怕接到先生电话，电话中先生总会问：最近写什么帖呢？拿来我看看。有时已两三个月没动笔，为了应付先生，只能草草写上几笔。就这样，我像步履蹒跚的孩子，被先生牵着、扯着、拽着，一直在书法艺术的道路上磕磕绊绊地前行着。我现在常想，如果没有先生的督促，我是不是早已掉队，甚至放弃？

2007 年，先生 60 周岁，按要求他要从本溪市书协主席的岗位上退下来。那天先生把我叫到他办公室，我看出他有多么不舍，他希望我能接过他的衣钵，但我没有答应。那时，我在局级领导岗位上，工作繁忙，难以分身，所以决意推脱，虽一再表示要像支持先生一样支持继任者，但先生还是很失望。后来，他找到时任本溪市文联主席的刘牧春做我工作，我说明原因，刘主席表示理解。这样，本溪市书协主席人选空缺半年。

一天，已调到辽宁大学任教的杨光先生打来电话，他是先生的好友，我对他也很敬重。他一反谦和，严肃地甚至用批评的口吻对我说："李琳，你太自私了！你只从自己的角度考虑问题，一点儿也不顾及你老师的感受，辜负了他对你的培养，他多么希望你能传承这份事业。"

一语惊醒梦中人。我想先生的失望是有道理的，官场上不缺少我李琳一个，可是本溪书法家协会却缺少一个能张罗事的掌门人，缺少一个为广大书法爱好者服务的热心人。我十分惭愧，立刻向先生表示了歉意，表示愿意扛起本溪书法这面大旗，先生宽慰地笑了。

人有时真的身不由己。那些年，我一度想摆脱书法，但先生却像在我的身后拴上一条橡皮筋，你越想摆脱，这橡皮筋便拽得越紧，直到把你拽回起点。于是，我不仅担任了本溪市书法家协会主席，又当选了辽宁省书协副主席。而且在2015年，又被调到辽宁省书法家协会担任秘书长，专职做起了书法工作。此时先生已患中风，起居需要师母照料。他得知此事后，喜得合不拢嘴，嘱咐我一定要重视人才，好好为书协会员服务，多出精品。他说："写书法重要，做人更重要。"先生还特意吩咐我要多关照武威。武威是我省书法骨干，身有残疾，多次在全国获得大奖。先生疾病在身还念念不忘辽宁书法人才、书法事业，让我更加心生敬意。

先生患病十余年，从未放弃书法，右手不听使唤，就一直坚持用左手创作，不能写小字，就写大字，每天临池不辍。即便住院治疗，也在病床上研读书法。此时先生的书法虽然少了些以往的精致、细腻，却多了古朴、放达。2016年，辽宁电视台《话说名家》栏目组要采访我、录片子。我说："恩师身体不好，还是先采录他吧。"当时恰逢先生70大寿，我带着为先生书写的大"寿"字，陪同电视台记者赶到先生家中，为先生做了一期节目，留下了宝贵资料。

先生对我亦师亦父，师母姓李，恩师姓林，我叫李琳，似乎有天然的缘分。2020年父亲节，我为恩师选了一套家居服，去看望他。先生坐在轮椅上，执意马上就要换穿上，师母说不方便，等李琳走后再换。先生说：李琳不就是自己的孩子吗？有什么不方便！

如今我已过知命之年，读了多年的书，我越来越感到先生也是一本书，一本厚厚的书；习了多年的书法，我越来越认为先生也是书法，他那书法的线条是那么扎实、苍劲，一丝不苟。先生用一生的心血和汗水写就了这本珍贵的书，创作了这幅充满生命之美的书法作品，并把这本书、这幅字留给了我。我将在未来的岁月里一页一页地翻动它、欣赏它、感悟它，慢慢地品读先生人格的执着与自信，悟出人性的美好与善良，感受人间的温暖和真爱。

选自《印象本溪》

李秀生　1960 年 1 月生。曾任本溪广播电视大学党委书记、校长，市委宣传部常务副部长，本溪市卫健委党组书记。中国作家协会会员，先后出版长篇小说《血色围墙》《祖坟》《神庙》，诗集《绿色风景树》《希望的落日》《冬末的花朵》《一半的月光》等。

雪夜亲情

李秀生

大姐性格倔强，不仅子女对她又怕又爱，就连我们姐弟也是各个惧怕她，但又像对母亲一样，至今依然怀念和感到亲近。

雪花弥漫着天空，洁白的山峦，给童年的我和童年的世界，增添了无尽的惬意与憧憬。每当年关将至，望着远山银白的大雪，便情不自禁地思念着大姐。不是想别的，只是想大姐的到来，就会给我童年贫穷的小山村，带来小镇矿山的喧嚣和亲情！

父亲的期盼是质朴的。他多么希望唯一"出息"的大女儿，早日来到啊！每逢过年，大姐都会给老父亲买来白酒、帽子和棉鞋。就会给我带来学习用具。每当大姐到来，童年时的泥草屋便聚满了浓浓的亲情，邻里亲友便围坐在大姐的周围，亲情的目光，闪烁在大雪包裹的小屋里，跳跃在小屋幽暗的烛光中，每个眼神儿，都在点燃这个大雪纷飞的世界。

记得 70 年代初，一个寒冷的冬季。腊月二十八的那天，天空飘舞着鹅毛大雪，一大早，我们姐弟几个在父母的催促下，踏着厚厚的积雪，匆匆地赶到八里开外的客车站，兴高采烈地去迎接大姐和大姐夫。

可不知什么原因，本来是应该下午 2 点前到站的大客，我们一直等到夜幕降临了，也没有盼到大客的到来，更没有见到大姐和大姐夫，我们内心顿时感到失落和沮丧。

回到家里，见到母亲正在外屋忙前忙后，父亲穿着打着补丁的衣衫，正端坐在准备"开席"的漆黑的方桌旁。父母没有见到大姐、大姐夫的到来，便不住地朝着窗外眺望。小屋静悄悄的，外面的雪越下越大。厚重的积雪，压得小山村喘不过气来。

那天晚上，向来贪酒的父亲，硬是滴酒没沾，只见父亲端着饭碗，勉强咽下几粒米饭，便吹灯睡去了。父亲怎么能睡得着呢？

也许是家乡的召唤和亲情的驱使，就在夜深人静的时候，突然，听到小院的雪地上，有杂乱"铿锵"的脚步声和呼喊的叫门声。父母从炕上一骨碌爬起来，大声喊道："女儿回来了，女儿回来啦！"正在睡梦中的姐弟几个，就像惊诧的小鸟，立即从被窝里爬了起来，蹦下地，点亮灯盏，打开房门。只见大姐扛着包裹，大姐夫抱着刚满月的孩子，雪人似的站在门前。

原来，姐姐、姐夫从露天矿乘坐火车，准备到红庙子，换乘客车，去往家乡。然而，那天由于大雪封路，客车停运了。于是，姐姐、姐夫踏着没膝深的大雪，步行60多里路，去亲吻故乡的亲情。

我们渐渐地老了。进入当今这个时代，交通、通信已把地球变成了村镇。然而，每逢年节，有多少子女能够"常回家看一看，帮爸爸妈妈洗洗碗"？面对父母的期盼，他们拿手机微信、视频，送去节日的"祝福"！送去一份"孝心"？！

大雪阻隔了山路，却阻隔不了那份骨肉亲情！还有什么亲情，能够比"常回家看看"，更能触摸含辛茹苦、白发苍苍的心灵，洗去渐渐老去的父母满眼的泪花呢？我真的想再回到那个大雪纷飞的年代，蹚出一条雪夜亲情之路。

原载《本溪日报》

李恩惠　女，1963年生于黑龙江省。在《本溪日报》担任记者、部主任，发表散文多篇。

城市的背影
李恩惠

A

山上的那片碑林，想来不会有太久远的历史，但它的灰色，仿佛藏着一段与繁华有关的传说，让人猜了又猜，甚至可以成为登山探疑的一个理由。

历经风雨留下的斑驳印记，吸引着往来的路人，在长长短短的岁月中，还能够找到些许旧日时光残留的片段，这或许会成为小说家编故事的由头，单凭想象就可以杜撰出很多的"事端"来。

就像一座城市，它永远都有着让人迷惑的一面，回眸望去，青砖红墙、高楼窄巷，都是一种无声地诉说，告诉着人们它的往昔和今日。

B

有了历史，城市也就有了高度。

实际上，历史就是城市的年龄，只是没有谁愿意它年轻而已。

或金碧辉煌，或刀光剑影；或月圆花好，或血雨腥风。城市的往昔，在承载了若干年的起伏跌宕之后，已经像刻在竹简上的文字一样，成为不好随意更改的定论，凝固在或远或近的记忆中。

当年的碉堡，把征战时的枪声很小心地收藏起来，历经几十年的沉淀之后，只剩下清冷的断壁残垣，但每每看到它凝重的表情，就会让人想起动荡的岁月以及留在动荡中的无辜生灵。

城市的身后，收藏着泛黄的经历，一如收藏着不能丢弃的宝物，可以时常拿出来翻阅、观赏、品味，让流走的时光做一次次真情回放。

C

走进一座城市，就是走进了陌生。行进在拥挤中的，是精神的无助和淡然的面孔。

孤独，是城市永恒的表情。

抚摸有着远古色彩的雕塑，似乎可以找到寻踪的入口，但那满天阳光折射着的城市繁华，让人无论如何也不能把它与历史联系起来。被刻意"做旧"的日子，已然不会成为有价值的古董，只能是不需掩饰瑕疵的工艺品，可以随手放在任何一个角落。

城市需要经历，越厚重越好。没有"家事"的城市，很容易被人"看轻"。

被"看轻"，是城市不能忍受的别样伤痛。

于是，就盼着在某个角落，能够找到一块印证历史的青砖或有着远古印记的残破瓦片，那份喜悦就像在族谱中找到位置一样，终于有了不同寻常的身世和值得炫耀的"典故"。

"身世"是城市穿在身上的名品，富丽、高雅、辉煌。

D

博物馆的灯光永远都是低沉的，就像一个沉思着的智者。

躲在城市的背影里，静默就是一种安静中的张扬。那沉寂千年、生着铜锈的长剑，已经阅过无数岁月沧桑，在探寻的目光中做着无言的守候，等来的是崇拜、景仰和不会有答案的猜测。

不论是悠长的远古洪荒，还是咫尺的耀眼霓虹，被记忆拷贝的往事，都被压缩成"精品"后，做着最经典的存留。

或繁华或苦难，城市的日子被一篇一篇翻过，留下的只有这些打下了时代印记、面孔褶皱着的表情，向暂作停留的人们做着无言的诉说。

城市，因此厚重而深沉。

E

城市，是一杯浓酒，醉了的，是那些想要"明白"它的人。

原载《本溪日报》

李月英　女，1965年生于辽宁省本溪县。小说《鬼眼》在《鸭绿江》发表后获"青年文学创作奖"，1986年调入市文联，任《辽东文学》编辑。后调入《本溪日报》"洞天"编辑部。出版作品集《不雨亦潇潇》。

失去的颜色

李月英

那一天，我没有走出屋子。外面温暖的阳光正从窗子照进来，落在弟弟刚寄来的信上。弟弟信里说，他要结婚了，日子定在后天。那信写得极短极潦草，我不知为什么忽然有些伤心，便伏在桌子上悄悄地掉了几滴眼泪。一下子感到弟弟和我分得很遥远了，我明明知道自己这样极不应该又没必要，但眼泪却还是极不争气地往外涌。

我比弟弟大三岁。小时候，弟弟是我唯一的小伙伴儿，每年春草绿遍山沟，我便挎着筐领弟弟上山采山菜。他那时总是穿我穿小了的衣裤，花花绿绿的或袖子长或裤腿长，我又特意用红头绳给他扎小辫儿，因此，他的样子很滑稽可爱。我叫他："假丫头！"他咯咯地笑着拍手，拿毛毛狗吓唬我说："毛毛虫咬你。"进山后，他总是比我走得快，一会儿采一把菜送到我筐里，我越是夸他，他越是能采。等到筐满后在山洼里歇着挑菜，他便蹲在一边，扯起袖管在鼻子下面蹭一蹭，歪着小脑袋很神气地问："姐，你说咱俩谁采得多？"这时我便逗他，轻轻地拍拍他擦鼻涕时抹在脸蛋上的痕迹说："大蝴蝶采得多呗！"他便很满足地缩一下脖子又伸伸舌头，有一点羞涩的样子，又抹一抹干在脸蛋上的"蝴蝶"笑了。那一年，弟弟只有六岁。

弟弟稍大点了便随我出沟上学，沟里的孩子比沟外的孩子胆小，每天上学放学他都跟在我的身后，像只可怜的小猫。但到五年级时，他突然自己单独往返了，一问才说："我都比你高一头了，还跟你走哇？"这时我才猛然意识到弟弟已在不知不觉中长成一个英俊高大的少年了。但那时弟弟和我还是很知心的，常将一些事情说给我听，有时还撒娇故意藏在一个地方吓我一跳。妈做下好吃的东西他也不像几年前那样"护食"了。并认真地说："姐，你太矮太瘦了，你得多吃点好的，要不你的个儿准追不上我。"说到个头他总是挺骄傲的，我有一点气恼，便说："妈偏向你嘛！"并狠狠地瞪他，但心里却越发觉得弟弟漂亮可爱了，有好东西也还是尽着他吃。

等到弟弟高我一头半的时候，他谈恋爱了，那时他才二十岁。从此，我眼前失去了一个天真活泼的小弟弟，而多了一个沉静寡言矜持的大个子青年。他不再真诚地同我交谈什么了。我见他头发留长了，便说他该剪一下，他却异样地看着我，嘴角和眉梢流露出一丝不屑的神情，但又很快地客气地对我笑一笑，说："我也想学一学你们城里人。"当时我被噎出了满眶的泪水，弟弟也许没有挖苦我的意思，但我却这样认为。其实我算个什么城里人呢？不过是农村的粗粮和山菜养大了我之后，又梦一般地住进了城市罢了。实际上，我还是一个村姑，终日为了温饱而在"山崖"上挣扎。但我的弟弟并不知道这些，这是我的悲哀。

前一段日子，弟弟布置新房，我买了一些室内的装饰品送给他表示我的心意，他却很认真地核算一下价钱。当他客气地付给我钱时，我哭了，我感到我们姐弟之间相当陌生和疏远了。弟弟长大了，变得世故了，唉，我真感到怅然和失落，人生为什么要这样呢？

选自《不雨亦潇潇》

魂系何处

李月英

　　我就这样静静地坐着看那渐淡的薄日远去，心中的哀婉不免化作热辣辣的泪水簌簌地下落了。有人说我感情脆弱，尤其是在进城以后就更明显了。

　　我很爱我周围的人，也希望他们能喜欢我，但常常又不是这样的，我便感到好孤独、好遗憾。过去我有一个很要好的朋友，她，常跟我在一起。那时，她只有18岁，像只乖巧听话的小猫，我在她面前便时常显示出大姐姐的成熟与老练。她那样单纯和真诚地信任我，我曾感动地对她说："如果我是个男孩子，将来长大了准保娶你为妻。"她听后哭了很久。我到城里后她便很少来看我了。

　　后来我知道她谈上了恋爱。不知为什么心里竟有一点莫名其妙的怨恨和妒忌，便常在夜静时给她写信，她却不曾给我回过几封信，弄得我常慨叹人长大了真不是一件好事情。

　　过去在农村的山沟里生活，我有很多的亲戚和邻居相互往来倒也热热闹闹的有情有趣。我时常怀恋那时的光景，便常想回山里住上一阵子。可当我真回到那里去时，故乡的人却已不太欢迎我了，他们说我喝了城里的水，是城市人了。我奶奶88岁了，很爱我。她总是爱对外人说："我孙女是国家的人了！"我很替奶奶难过，她不懂得这个社会。城里的大马路平展展的，但走起来是怎样艰难，只有我这个走惯了泥巴道的山丫感触最深刻。别人笑我也笑，但内容却是那样不同。我说不出这生命里到底注入了怎样的悲哀，只是一味地过不上快乐的日子……

　　我每次兴致勃勃地回到山沟里的那座小院，奶奶便迎出来，大声说："你可来了！"奶奶为什么要这样说呢！我本是回到自己的家呀！干吗不说"你回来啦"呢？我心里难过，奶奶分明是拿我当外人看待了，我已不再属于这个家庭了。因此，在吃饭的时候，我总是很小心地看着家人的面孔。其实，家人待我同从前没什么两样，只是多了一点客气和谦让，这使我很不舒服。

　　晚上，我对母亲说："妈，今晚我和你睡一块儿呗！"母亲看我一眼，指着地角上的大木床说："你还是到那上面去睡吧，住惯了床的人睡火炕不得劲儿，再说，炕上有跳蚤，那玩意儿专咬生人！"我没再多说什么话，便抱着被子到床上去了。但却一夜没睡，我为在母亲的眼里成了"生人"而委屈，也委屈自己从打记事起就没再挨过母亲温温暖暖地睡过一次好觉。

当然，从内心里我对母亲一点怨气也没有，回到城里仍然思恋着山里那个家。有一回，我想家了，男朋友劝慰我说："到我家去吧，那才是你真正的家。"记得那天正下大雪，我第一次和他一起去了他家。我当时穿了一件街上很流行的紫呢外套，样式很好看，我也觉得穿这样的衣服去婆家很体面很城市人似的。但在无意间的闲谈中，小姑子和我说，他们单位有一个从农村考上中专的姑娘也穿了一件这样的外套，看上去挺土气的。她又说："农村人在城市里怎么打扮也不像城市人！"我苦笑了下冲她点点头。

我时常有一种走投无路的感觉。"我呢？我到哪儿去了呢？"有时，我很想逃出去，找个安静的地方，真正弄清属于我自己的全部思想、愿望和追求。我感到自己活得很累，很累，我失去了原有的那片土地，在繁华的城市里又无法去开垦新的田园，这是莫大的悲哀，不知这悲哀能不能也像以往一样化作生命的财富。

选自《不雨亦潇潇》

李 磊 男，1958年出生，汉族，北京大学法学院在职研究生学历。当过兵、当过警察，现退休在家。中国法学会辽宁省法学会会员，本溪市作家协会会员。曾发表作品百余篇。

钢铁卫士 柔软的心

李 磊

王成镇手中有10枚金光闪闪的奖章，排列在一起颇为壮观。

不知情的人看到这些奖章，一定以为这位滨河路派出所的所长是位横眉怒目的赳赳武夫，却想不到这是个能写篆字、擅长国画、会吹口琴、能写文章的多面手。更想不到的是，这位钢铁卫士有一颗柔软的心。

一次朋友相聚，他讲起与母亲的情感，威武强壮的汉子竟至于哽咽，使在场的人无不动容。

母亲已经80多岁，除了值班和特殊情况，他每天都要领母亲到望溪公园转上一圈儿。如果是早上，转完以后母亲目送他走过马路，他怀揣着母亲的希望，挺直腰板，走向自己的岗位。邻居不知他叫什么，但有人问起他，就说每天带母亲遛弯儿的那个人，邻居们都知道指的是他。

他母亲早年为了养活他们，一个女人竟干起男人才干的装卸水泥的重活儿。久而久之，患上了严重的关节病，乃至于连楼梯都不能下。他心急如焚，每天给母亲按摩、泡脚。母亲年纪大了，按摩使劲过大容易伤到，使劲小又不起作用，得拿捏得十分到位。他长期坚持，终于使母亲能够走下楼梯。

他的妻子和兄弟姊妹伺候变成植物人的岳母，6年里，岳母竟然没有得过褥疮，医生视为奇迹，邻里称道有加。除此之外还要照顾家和婆婆，来回奔波，累出了滑囊炎，关节肿大还有积液，蹲下都站不起来。跑了几家医院，都没治好。有的医生建议手术，后来省里一位专家提议保守治疗。

他心疼自己贤惠的妻子，根据专家的指示，自己到网上看中医的穴位，悉心揣摩，亲自上阵，给妻子按摩。按摩之后，他让妻子蹲下再站起。奇迹发生了，妻子在他按摩后居然站了起来。

古人说"求忠臣必于孝子之门"，此言不虚。王成镇对家人如此，对上访者，甚至对逃犯都以仁心相待。

前年"爱警日"前夕，滨河路派出所来了几位特殊的客人，他们拿来粽子、苏子叶和自己种的蔬菜，来到这里，帮着擦玻璃、打扫卫生，还同民警一起座谈。临走时，每人还领走了一兜鸡蛋。

看到这个场景，许多人不解地问：这些人不都是你派出所辖区的上访人员吗？怎么那么亲热，就像一家人一样有说有笑？

原来，这是王成镇和他的战友们为了"优环境"，他们人人都当"店小二"，争当维稳"变压器"的结果。

2007年7月18日傍晚，17时至20时，山东省济南市遭受特大暴雨袭击，由于短时间雨量过大，以及城市排水系统能力不足，造成25人死亡、4人失踪、170多人受伤和重大财产损失。

不巧的是，当时王成镇和他的战友正在这里执行押解任务。

路上浊浪翻滚，大水已淹没了车轮，吉普车熄火无法前行。一看手表，开往本溪的火车很快就要发车，而离火车站还有很长一段路程。犯罪嫌疑人梁某脚上还戴着脚镣，行动缓慢。见此情况，王成镇毅然背起比自己还高的梁某涉水前行。侦查员王亮在后面帮着，在齐腰深的水中几个人艰难前行。这一幕，清晰展示了他的赤胆忠心，散发出执法者的人性光芒，犯罪嫌疑人感动得不知说啥是好。他们紧赶慢赶，总算在发车前一分钟登上了火车。

以柔克刚，一向被视为高级智慧。但王成镇用柔想去克刚，却不是出于智慧，而是出自本心，不由得令人暗生敬意。

选自《印象本溪》

　　李　铁　1967 年生，现为《本溪广播电视报》总编辑。广播电视二级编导。辽宁省作家协会会员，出版长篇小说《活着不累》。多年笔耕，创作并发表大量小说、诗歌、散文、报告文学、电视片解说词。

林公西行

李　铁

　　"苟利国家生死以，岂因祸福避趋之。"这是在中国诗词海洋中众多抒发家国情怀作品中的一桅高高的帆杆。

　　我看着他了，此时的他静穆地站在一个沙丘上，满眼是苍茫的沙海。他眼神深邃，目视远方。他像四个月前在西安城外辞别家人时吟诵着这首诗时那样，语音浑厚、情感丰实。四个月了，如今终于到达了目的地，可他的眼前还是伶仃洋那波涛汹涌的海面，衣袍里还裹挟着那略带腥咸的海风。

　　从西安到伊犁将军府所在的霍城，足足有四个月的旅程，但他走得很累，心走得很久。这一路，他时而忧愤，时而激昂，时而忧虑，时而悲绝。其实，这样的心情早就弥漫着他的苦旅，从广州初次贬谪到浙江军营的路上，从在浙江再次接到朝廷的旨意起身西行的那天清晨，只有在江苏接到皇帝新的旨意，让他协助治理黄河缺口时，才转而一喜，但接下来，还是奉旨戍边继续西行。这段时间，诗词成了缝合伤口的针线，抑扬顿挫的节奏更适合酒后解忧，而那字里行间的家国情怀就在这深情吟诵中呼吸吐纳充盈着心际。

　　在形胜之地的杭州，诗人就要启程了，面对漫漫行程和遥远的西域，即使内心世界再强悍的人也难免心怀忐忑。他向曾经也被流放新疆的朋友张珍臬询问万里之外的一切。

　　　　谪宦东归已十秋，玉关怀旧感西州。
　　　　从戎大漠追狐尾，惜别将军揖马头。
　　　　诗梦俄惊梁月堕，边心遥逐塞云愁。
　　　　谁知卷里濡毫客，垂老凭君问戍楼。

　　启程前，他把尚书和瑛在乌鲁木齐当都统时编撰的《三州辑要》放进了行囊。

三州是引用唐代的称呼，即庭州、西州和伊州，也就是现在的乌鲁木齐、吐鲁番和哈密。他把这本书放在了方便拿出的地方，以便随时翻阅。

> 唱彻阳关万里秋，借书还为说三州。
>
> 几人绝域逢青眼，前度归程羡黑头。
>
> 不信玉门成畏道，欲倾珠海洗边愁。
>
> 临歧极目仍南望，蜃气连云正结楼。

15 辆车载着几千卷书籍将默默地陪伴着它的主人向北、向西，江苏、河南、陕西、甘肃，一路走去，然后才是瀚海苍茫的新疆。有诗书和家人陪伴，诗人豪气在胸，"临歧极目仍南望"，虽然双脚向北，但他的内心深处依然担忧着东南沿海的局势。

就这样在杭州的清波门外，林则徐带着家人向送行的亲友们深深一揖，在"少穆，你多保重"的嘱咐声中，转过身来，抬起脚步，投身在迷离的江南雨雾之中。

英雄歧路，但英雄有更多志同道合的朋友。在从杭州赴新疆的路上，一封封写满真情的信札和一双双载满深情的大手拨散了诗人的愁绪，稀释了他心中的郁结，使漂泊旅途的诗人熨帖了疲惫的心灵再一次英雄气长、豪气干云。让我们来认识一下他的朋友。

魏源，《海国图志》的作者；潘曾沂，内阁中书舍人；王鼎，直隶总督、协办大学士、东阁大学士，号蒲城相国；富海帆，时任陕甘总督；程德润，时任甘肃布政使；姚椿，时在湖北荆州书院讲学；王柏心，时在湖北荆州书院讲学；邓廷桢，曾任闽浙、云贵、两广总督，与林则徐同贬新疆……

这些人，有的有着声誉全国的学界声望，有的则是官居一方，但他们用友情之手连缀着诗人的天涯行脚，从东南到西北。一杯香茶、一顿晚宴、一壶清酒、一首诗章，让孤旅夜短，让雨夜漏响，让心冷又温，让那一腔家国情怀弥久更坚。在 19 世纪的中国，他们用诗词和美酒向英雄致敬！

有趣的是，河陕汝道叶申芗的儿媳妇，是林则徐的妹妹，而林则徐的三儿子林聪彝又娶叶申芗侄女为妻。如果，从林聪彝这边论，林则徐和叶申芗是亲家平辈，而要是从林则徐妹妹那边论，林则徐则要比叶申芗小一辈……好了，不用理会那么多了，有美酒就足够了，有关切的眼神就足够了。一场欢畅的宴饮还没开始，林则徐先是感激客套了一番。他夸奖叶申芗"君是苍生托命身，亲从东洛见经纶"。哪里？哪里？叶申芗自然也谦虚了一遭。既是亲属还是好友，双方坐定，上酒来！酒香驱走旅途劳顿更能融和双方的情绪。抚慰、祝愿、关切、倾诉，酒至半酣，主客双方已是肝胆开张情绪酣畅，接下来，就是"赠言更切河梁感，生别天涯字字真"了起来。

朋友的真情迎送，令林则徐心中慰藉如饮甘醴，而圣心难测，又常常令他始料未及难以适从。和魏源在镇江分手后没有几天，刚到仪征，皇上的旨意到：开封祥符黄河决口，命林则徐赶到河南襄助河工。治河救灾，不可能短时间内完成。他把家人安顿在南京，只和他的大儿子林汝舟赶往河南。那里，迎接他的是水天泽国的灾区和王鼎渴盼他早日到来急切的眼神。

公元1841年8月2日，黄河在开封西北的祥符决口，河南、安徽六府二十三州县的大片土地一片汪洋，灾民流离失所、哀鸿遍野、饿殍塞道。刚刚接到圣旨的林则徐似乎还多少有些窃喜。他用李白流放夜郎中途遇赦为典告诉他的友人，"一舸浮江木叶秋，传闻飞鹊过扬州"，但当他看到灾区惊心的一切时，对灾民的同情、对时局的忧虑又充盈心怀。"江海澄清定何日？"他着急、他焦虑、他顾不上多想是不是还要继续走完那迢迢的旅程，就在这里和王鼎一起投身到黄泛区的泥泞和浊水之中。半年过后，黄河归道。林则徐在修河工地上还没来得及掸落双肩的尘土，圣旨到：由河边工地遣戍伊犁流放。听到这个消息，王鼎哭得最惨。少穆、少穆，怎么会是这样？怎么会是这样？他不愿意让林则徐继续西行，多方斡旋，但无济于事。不用了，您多保重，戍边伊犁不算什么，现在决口已经堵上，这就很好！许多灾民已经安居，这也很好！还有您这老朋友的一腔真情，这就够了！"相公且莫涕滂沱"，我，这就要上路了。

过了洛阳，进了西安，林则徐一病不起。妻子郑氏和三子林聪彝、四子林拱枢也从南京赶到了这里，一家人在西安洒泪相聚。两个月后，病情好转的林则徐告别家人再次西行。

那一天，西安城各级官员都到郊外送行，林则徐与他们一一话别。最后他望了望看不到尽头的西去官道，吟诵出了本文开篇的这首经久传诵的诗章。

力微任重久神疲，再竭衰庸定不支。
苟利国家生死以，岂因祸福避趋之。
谪居正是君恩厚，养拙刚于戍卒宜。
戏与山妻谈故事，试吟断送老头皮。

三秦大地真是有幸，在那年一个平常的清晨，听到了这发自肺腑的不凡之声！

四个月后，林则徐一行到了霍城。刚刚洗尽风尘，他就投身到西域的苍茫大地。

在新疆的 3 年零 2 个月间，他勘测荒地 689000 多亩；带领军民垦荒 194000 多亩；修建了被当地人称道的"林公渠"；带领吐鲁番民众扩建了 70 多眼坎儿井。至今，在新疆的许多地方，人们还把坎儿井亲切地叫作"林公井"。

在乌鲁木齐红山公园赭红色高岗的崖畔，林则徐的塑像伟岸伫立。他深情地望着远方，望着辽远的大地。我一腔崇敬，走近他，走近他，鞠躬、鞠躬、鞠躬。

那天夜里，我听到了"林公井"里欢快流淌的溪水在吟唱着他的诗句。

原载《本溪日报》

　　李　斌　英文名 Peter lee，毕业于辽宁师范大学英文系，获美国加州大学工商管理硕士学位，现任辽宁省本溪市商务局英文翻译，著有诗歌、散文、随笔集系列丛书《等一朵花开》。

平山甲乙楼

李　斌

　　平山甲乙楼是一片坐落在平顶山脚下的老式楼群，始建于 20 世纪 50 年代。

　　中华人民共和国成立初期，国家重视发展钢铁，本溪曾被列为全国十二大直辖市之一，平山甲乙楼曾是本钢高干住宅。将近 70 年过去了，昔日的辉煌已成过眼烟云。

　　甲乙楼具有俄式建筑特点，每座楼最多三层，有三个单元，凸出的单元顶和楼顶呈尖锥形。楼体用红砖和水泥砌成，俄罗斯冬季寒冷，所以甲乙楼墙壁很厚，极为坚固。因年代久远，陈旧土褐色的外观诉说着岁月的沧桑。

　　现在回想起来，杨明家在乙楼的那间屋子可真是小啊！

　　房间只有 12 平方米，厨房独立，很小，烧煤做饭，两个人站在厨房就没有地方了。一扇大门内两户人家共用一个走廊和厕所，楼道窄，楼梯陡，走在楼里廊道，柴米油盐的生活气息迎面而来，邻里之间的琐碎一览无余。12 平方米的房间陈设也简单，基本上是生活必需品。一铺木制的大炕，上面铺着秫秸秆编织的炕席，炕席光滑细腻。炕琴（炕柜）靠墙存放衣物，上面叠放被褥。一张单人床、一张学习桌、一台缝纫机。木制地板增添了坐卧功能，使房间显得宽敞了一些。

　　就在这个小房间，住着杨明一家五口人，吃饭睡觉都在这里。杨明也从这个不可思议的窄小房间荣膺本溪高考状元，考上了北大，走出国门，成为一名科学家。他的爸爸是一个医生，妈妈是银行干部，房间小，但是他爸爸妈妈从不反对外人来访，不会因为家里空间窄小，嫌弃外人打扰。屋子简陋，一家人却也其乐融融，从来没觉得拥挤。我家离杨明家很近，我也成了杨明家的常客，朝来晚走，俨然是他家里的一员。我们一起学习，一起去做年少时有趣且有意义的事情，结伴去逛书店，结伴去听文学讲座，结伴探险从未踏足过的远山，甚至一起偷偷溜进本钢宾馆大院去捡烟盒……

那时国家刚刚改革开放，举国上下掀起学习外语的热潮，本溪电台播出英、日语广播讲座。我和杨明早早起来，为了不影响他家人休息，我们就站在走廊过道收听，学习。那时没有电视，没有录音机，物质条件极其匮乏，但我们不乏快乐，不乏理想，不乏进取。杨明爱看书，学习好，是我们那个年代的楷模。近朱者赤，近墨者黑。和杨明在一起，他的优秀品行，潜移默化，耳濡目染，影响着我这个无人管教、纯属散养长大的孩子。我从最初的懵懂无知，蒙眬觉醒，渐渐蜕变，在幼年时期就仿佛得到高人指点，喜欢和优秀的孩子在一起，培养了自己向好学生看齐的上进心。在学习上眼睛看排头，盯着学习好的。不像现在的一些孩子，在学习上像英国的老太太排队，专门找排尾。

老杨家给我留下童年的记忆，可以说是我成长的摇篮。我曾经给杨明写道，假如没有你的陪伴，我的童年、青年，乃至整个人生的轨迹，不知道会走向哪里，我相信不会好于现在。

不再有平山甲乙楼了，那些陈旧的老式楼房已被拆除，一片废墟变成一片工地，不久这里将屹立起气派十足的"欧洲城"。然而，平山甲乙楼旧时的影像已定格在我的脑海里。不能忘怀昔时无忧无虑的童年、少年，不能忘怀昔时朝夕相随、不离不弃的伙伴。童年、少年、孩提时代的伙伴，织就了我今天悠悠的怀旧情怀。

我来到此处，仅剩下的一栋老楼还矗立在那里，暂作工地民工睡觉的地方，不久也将变成永久的历史。我拿出手机，拍下这仅剩下的平山甲乙楼一角，为自己保留一点过去的记忆，我人生中永远不老的记忆。

选自《等一朵花开》

李方凯　1967年3月出生，毕业于沈阳师范学院中文系，现为市政协机关一级调研员、市政协常委、市政协学习宣传和文化文史委员会主任。在《本溪日报》等报刊发表多篇散文。

王蒙来溪讲学的前前后后

李方凯

王蒙先生将于2008年5月中旬来本溪讲学。本溪市政协领导对此非常重视，决定在市文化宫面向广大政协委员和社会各界人士举办这次大型讲座，经过与王蒙先生秘书彭世团的多次电话联系，我们明确了应做好的各项准备工作。

可就在万事俱备、只欠东风之际，一个意想不到的重大事情发生了，那就是5月12日汶川发生了特大地震。我们从电视里看到，王蒙先生参加为汶川灾区举办的大型募捐义演时说，本来他是要到东北来讲学的，为了汶川灾区而不得不暂时取消东北之行了。面对这一突如其来的情况，我们和彭世团秘书电话商量，将王蒙先生来本溪讲学的时间推到了9月。

9月9日，王蒙先生真的到本溪来了。那天中午，我与市政协有关领导到富佳大酒店二楼等待王蒙先生的到来。中午11时许，见到了王蒙先生及其夫人崔瑞芳和秘书彭世团。只见已74岁高龄的王蒙身着灰白色的中山服，虽已满头白发，但双目炯炯有神，风度翩翩，气宇轩昂，儒雅大方。

一起就餐后大家来到市文化宫贵宾室稍作休息。在这里，王蒙先生精神头很足，欣然与等候在这里的市领导合影留念，还单独与我照了一张。能请到王蒙先生，对本溪这座城市来说产生了不小的轰动。市文化宫1000多人的座位爆满，就连过道里都是听课的人。

下午2时整，王蒙先生正式登台，就"和谐文化与文化和谐"这一主题做了精彩的演讲。在历时两个多小时的时间里，这位文学大家站在全球化的大视野，用深入浅出、幽默精彩的语言，以独有的智慧和博学，精辟地阐述了自己对中华传统文化的历史命运，中华传统文化的特色，弘扬传统优秀文化的重要意义等多个重大问题的独特思考，对如何找准我国文化发展的方位，创造民族文化的新辉煌，增强我国文化的国际竞争力，提升国家软实力等一系列重大课题作了深刻演讲。让人意想不到的是，王蒙先生讲完后到了自由提问环节，他用幽默、睿智的言语，十分从容地回答着提问者提出的各种问题，显示了深厚的文化功底。而且不为人知的是，在他讲课之前我跟他说用不用确定几个人问拟定好的问题，对此也好有个准备，可他非常潇洒地说："不用，可以随便问！"

演讲结束后回到富佳大酒店用晚餐。考虑到王蒙先生年事已高，市政协领导特意让我晚上也住在富佳大酒店，与彭秘书一起给王蒙先生搞好服务。晚餐结束后，我陪王蒙先生夫妇和彭秘书从富佳大酒店出来散步，穿过滨河路来到了太子河上的一座大桥，我便问王蒙先生以前是否来过本溪，对本溪的印象如何。他笑着说，他是第一次来溪，还说几十年来一直对这里的印象是个出煤出铁的工业城市，感觉应该是工业气息更浓烈一些，不想一路行来，竟看到这里的绿化不错，城市在山中的感觉清爽淡雅，与自己的想象略有差别。看到蜿蜒的太子河穿城而过，青山碧水遥相辉映，他不住地称赞本溪是一座山水工业城。由于都做政协的文史工作，王蒙先生对这方面话题谈了不少。他边走边说，政协的文史工作很重要，很有特色，能够给后人留下宝贵的资料，应该下大力气抓好这方面工作，抓紧抢救、征集、出版宝贵的文史资料。王蒙先生还跟我讲了全国政协学习和文史委员会近几年开展文史工作的基本情况，对我很有启发。

第二天上午，行程安排的是请王蒙先生一行参观驰名中外的本溪水洞。大概六七年前，王蒙先生曾在一次研讨会上听到一位辽宁的老友谈起过本溪水洞，得知那是世界上可以乘船游览的最长的地下暗河，便有心应邀一游，但因为各种原因一直未能成行。这次，得知我们安排游览本溪水洞，老人不觉露出孩子般的笑容。

游览本溪水洞，王蒙给人留下深刻印象的是两件事：一是穿上棉袄后立刻向导游询问为什么洞内洞外的温度差距如此之大，并且冬暖夏凉，当导游向他详细讲解后，方才释怀，步入洞中；二是在乘游船返回之时，洞顶不时有许多水珠滴落，导游告诉船上的游人们，传说这水珠是幸运水，滴到脸上能消除皱纹，滴到头发上能使白发变黑。闻听此言，王蒙立刻摘下帽子，昂起脸，让水珠任意飘落在自己的头上，坐在第一排的他还回头笑着让大家都接点儿幸运水。

王蒙爱说实话世人皆知，游过水洞，随行的本溪日报社记者赶紧问他感觉怎样，他笑着说："本溪水洞比我去过的其他城市的溶洞要好得多！"如果是旁人这样回答，不免让人有客套之嫌，但他的回答，足以让本溪人相当骄傲。见王蒙游兴正浓，我就追问一句，可否愿意以辽宁或是本溪为题材创作一篇文学作品，他不住地点头称可以考虑。

当天的午餐安排在观音阁水库坝下充满乡村气息的民俗村。用餐时，给人印象极深的是，王蒙不时地给夫人夹一些特色菜肴，还小声告诉她："尝一尝，味道不错。"

午餐后下起了绵绵秋雨。想是因为此次来溪是以"和谐"为题进行演讲，当车子走到"紫霞堂"时，王蒙下车后给本溪市政协留下了"四海之内皆兄弟也"的墨宝，字体舒朗纯朴，有种返璞归真的可爱，亦如他给人留下的印象。

下午2时许，我们驱车来到小堡高速公路口，抚顺市政协文史委的同志已经在那里等着接王蒙先生来了。临别时我们问王蒙先生还来不来本溪，他朝我们温和地留下一句："能来一定来！"

我和王蒙先生的"亲密接触"并未就此"打住"，送别了他们之后，我还和王蒙先生的秘书彭世团保持着电话和手机短信联系。令我非常兴奋的是，全国政协学习和文史委员会于2008年12月中旬在北京举办文史干部学习培训班，市政协领导同意我参加这次培训班的学习。我感到这是拜见王蒙先生的极好机会，就在赴北京的前几天又与彭世团秘书进行手机短信联系，希望能够见到王蒙先生一面。就在我焦急等待之时，彭世团秘书给我发来短信，说"王蒙先生欢迎你去他家"。我见此短信非常高兴，期待着再次见到王蒙先生。

12月12日中午我到北京后就马上与彭世团秘书见了面，与他一起到了王蒙先生的家里，见到了精神矍铄、谈笑风生的王蒙先生。他回忆起在本溪时的一些细节，关切地询问市政协的工作情况，还欣然提笔写下了"锦上添花"四个字，送给我作纪念。我在王蒙先生家里坐了有半个小时就离开了，临别时先生非要出门送我，站在门口不停地向我摆手作别。这成了我心中一道永远不能忘记的风景……

选自《我与人民政协》

苏　东　1970 年生，现供职于本溪市侨联。辽宁省作家协会会员，辽宁省散文学会会员，本溪市书法家协会理事。多篇随笔、游记发表于《工人日报》《人民政协报》《辽宁日报》《本溪日报》等刊物，出版有散文集《如影随行》。

每一粒流沙都知道

苏　东

敦煌城外，远远地就能看到高大绵延的沙山，那就是鸣沙山了。高阔的沙山护卫着宁静的敦煌城，让小小的敦煌城犹如一串浅绿色的手珠，安静地卧在绵软的沙掌之中。

出城不远就来到鸣沙山前，远远望去，到处都是沙的海洋，浩瀚无边，波浪起伏。黄黄的细沙铺成了一幅立体的沙画，向远处伸展着，看不到沙山的那头，只知道沙山的那头一定还是沙山。

不经意地抓起脚边的黄沙，细细的沙从手指缝隙中匀速地流走，犹如时间般地均匀，不徐不急。摊开手掌，会发现每一粒流沙都是那样圆润、细腻，犹如精雕细刻一般。"这沙山就是我手中的细小沙粒所组成？"不禁自问，再望着远处起伏的沙山，是无论如何都不会与手中微尘般的细沙联系起来的。

但事实就是如此。这以"亿"作为单位都无法衡量的细沙组成了尖翘的沙山，与周围的蓝天、大地共同经历了天地造化的时时刻刻。"传道神沙异，暄寒也自鸣"，在古人所做的《敦煌二十咏》中当然地要对鸣沙山做一番纵情的表述。因为即便是终日流动的沙山，对敦煌人来说，都是一种生命的根脉。

这里的每一粒流沙都知道这个道理！

脚踏着沙地前行，突然有一种失去土地的恐慌。我们走路很少会在土地上留下足迹，但这里的每一步都会有深深的脚印，让人感受到我们是真实地在这里存在。

那随着脚步扬起的沙粒又会流落到哪里呢？

鸣沙山并不像我们常见的沙丘那样圆润，沙山的顶部都是有棱角的，犹如刀锋一般，线条分明。据说，在鸣沙山的形成中曾有一个关于两军厮杀的故事，双方的勇士最后都被突如其来的一场风沙掩埋在这里，于是便出现了沙鸣的现象。"可怜一夜风沙恶，埋没英雄在覆盆"，沙鸣曾经是一群勇士在呐喊。每当我们从沙山滑下来，便会听到这种鸣响，千年如故。今天，我们已经能够解释这种现象的真正原因，但我仍然相信这种灵性故事的美妙。

这里一定还有很多我们不知道的美丽传说，而在这里随风而走的每一粒流沙都会知道！

踏着细沙，翻过山顶，面前更是一处无法想象的景象。四周的沙山竟然包裹着一泓湖水。这种无法想象的景象就是那样真实地呈现在你的面前。沙，在我们的印象就是干涸的代名词；水，在我们的心中却是滋润的表象，每一滴水都会在沙的面前尽快地消失。在这里，干与润就是这样矛盾地存在着。这就是月牙泉。四周的沙山包围着月牙泉，犹如两只手掌小心地掬着浅浅的泉水，似乎一不小心，这泉水就会从掌缝中流走。在唐《元和郡县志》中曾记载："鸣沙山有一泉水，名曰沙井，绵历古今，沙填不满，水极甘美。"历经千年，神奇的月牙泉并没有因沙海的侵蚀而增减，这本身就是一种生命的启示。泉水四周苇草丰茂，据说泉中还有游鱼，单单这样的景象就足以让终日领略大漠风沙的人们感受到生命的律动与顽强。

要想亲近月牙泉，也好办，从沙山顶上一路滑沙下来就行了！可从沙山顶向下望去，陡直的沙山似乎在隐藏着某种危险，让人却步。沙山的坡面上，刚刚滑下的人留下的痕迹，不一会儿，就让淡淡的清风抚平了。于是，山坡的流沙在等待，山边的清风在等待，等待你的勇气一刻。当我们鼓足勇气，坐在滑板中奋力一抖，滑向山下的时候，我就后悔了，不如从侧面走下山去。然而怎么说都是无用的，山底见吧。

虚脱的双腿再次站在沙地上，感受到的是如此坚实的土地的能量，尽管这沙仍然是刚刚踩过的那一粒。这时的每粒沙都在窃窃嬉笑！

作为敦煌八景之一的"月泉晓澈"，确是给人一种宁静洗心的感受。不妨就在泉边坐下来，闻一闻来自苇草的清香，听一听来自泉边的水声，"一池清水绿涟漪"。月牙泉边，生长着一种被称为罗布红麻的小花，小花盛开，犹如泉边的蝴蝶，在清风里颤颤飞舞，掩映着清水叮咚，犹如隔世，让人静静体味生之灿烂。不如躺下来，让暖暖的黄沙将日光的能量透过脊背烘进身体，一股暖暖的日光便在身体中缓缓地流动着，在每一滴血液、每一个细胞中流过，充涨着身体，犹如这里的每一粒流沙，不管流多远，都不会离开这沙山、清泉。

沙山、月泉，犹如一对饱含悖论的兄妹，终日争论却又亲密无间。我们听到的沙山鸣响、月泉欢歌，其实都是来自我们内心的音响。这音响只有能与山、泉共鸣的人才会听到。

还能听到的，就是这里的每一粒流沙。它们与沙山、月泉共同经历了天地翻覆、日月穿梭，它们听得懂沙山的每一丝声响，看得懂月泉上的浅浅波纹。其中的含义，每一粒流沙都知道。

原载《工人日报》

熙　高　原名周熙高，1938 年生于河北省，中国作家协会会员，曾任本溪市作协主席。晚年定居上海。曾在《人民日报》《人民文学》刊发过作品，有小说入选《小说选刊》。出版小说集《妻子》《熙高短篇小说选》《无奈人生》、长篇小说《沉陷》、故事集《哭笑由你——荒诞岁月的民间百态》、散文集《岁月遗梦》等。

结　束

熙　高

该结束的时候就要结束。

没有不落的太阳，没有不残的月亮，没有不熄的火焰，没有不死的生命。

万事万物都有结束的一天。它是归宿，它是完成，它是圆满，它是结晶，它是转机，它是涅槃，它是另一种形态的新生。

该结束的时候自当结束。

发现朋友背叛，犹豫什么？立即绝交，一刀两断！容他再一再二不能容他再三，人海之中岂能没有忠诚？

恋情陷入非分的泥沼，犹豫什么？忍痛割爱，快刀斩乱麻！当断不断，越陷越深，再想脱身就晚了。一失足成千古恨，不要终生背负十字架。

意识到选错了行业，犹豫什么？弃如敝屣，一身轻松。被半生的苦功和奋斗所羁绊，对吃下的苦痛成本恋恋不舍，就迈不开新的脚步。

断定走错了方向，犹豫什么？掉转脚跟，重新起步。这不是计算损失的时候，走出沙漠，寻找到绿洲再说。

明白误入歧途犹豫什么？苦海无边，回头是岸。不要企图掩盖一身污泥，公开冲洗放到太阳下晾晒就是。

退休证一发，犹豫什么？说声再见，扭头就走。离开耗尽心血的岗位，奔向休闲的夕阳，哪来的留恋和失落？

好心人要给你一个象征性的头衔，犹豫什么？摇头摆手，坚决拒绝。人家那是怕你禁不住失落，什么"余热""余冷"的，全是委婉之词！来得凛然，走得也要磊落。

听人家对你的旧称呼，犹豫什么，告诉他们，立即改口。

什么主任，什么局长，而今咱就是普通老百姓，叫老张老李多么痛快。入伙的时候是咱，退出去还是咱。

老伴递过来菜篮子，犹豫什么？双手接过，扭身就走。上街买菜，到学校接孙子，拜老伴为师学做饭，就是重新上岗。

检查出绝症，惊慌什么？该开刀开刀，该吃药吃药，要么就到绝症俱乐部报名。能多活几年更好，上帝限期报到，从容赴约便是。人生天地间的苦辣酸甜都尝过了，还有什么留恋，说不定那边风光更好。

该结束时自当结束！

选自《岁月遗梦》

书签儿

熙 高

　　我一生手不释卷，免不了要用书签儿。家务杂事，人情往来，读书不得不暂停时，就把书签儿往书页间一夹，下次再读一翻便找到了中断之处，接续了思路。

　　小小一个物件，不知接通了多少大千事物和精神境界。

　　我用过的书签儿不计其数，有买来的，有受赠的，也有购书附带的，又有用卡片自制的。但有一枚却与众不同，它白地儿，黄边儿，正面印着一丛素雅的兰草，上端系着一条红色的丝带儿。不是说它制作得多么精致，而是说它的来历令人终生不忘。

　　那还是我在本溪一中念书的时候，学校距离解放北路新华书店只有一箭之遥。我客居异乡，靠接济求学，自然连一本书也买不起。而那时的新华书店开架售书，随便翻，随便看，这便对我构成了巨大诱惑。

　　一天课后，我以购书人的姿态走进书店。店堂里，四壁书架，直抵顶棚，好像一处贮藏智慧和文明的大峡谷。我顺手取下巴尔扎克的《高老头》，看着看着，神思就飞驰到十九世纪初的巴黎社会去了。待我再回到二十世纪中叶华夏东北的新华书店时，殿堂里已经灯火通明，顾客散尽，只余下我和一个营业员姑娘了。

　　我似乎平生第一次见到那么俊美而朴实的同龄人。她正坐在收款台内，用脉脉的目光看我。我如坐针毡，立刻冒了一头傻汗。这下，我这"购书者"的画皮被撕破了，掩藏不住无偿看书的真面目了。我忙不迭地将书页折叠，合上书本，想放回书架赶快逃跑。不料，她却要对我说话，我更加紧张，甚至把她要说的话先在心里听到了："这里是书店，不是图书馆！"然而，实际我听到的却不是这话，而是她柔柔的声音："没关系，还有半个钟点才停业呢。"

　　我当年不知怎么那么不懂礼貌，竟连一句"谢谢"也不会说，就满脸通红地逃遁而去。

　　学校下午课后有两个小时的自由。第二天，我又进了那座殿堂，并借着顾客的纷乱身影做掩护，又站到外国文学书架之前取下了那本《高老头》。令人惊奇的是，我昨天匆匆折叠的书页被展平了，却在那一页间夹了一枚书签儿。白地儿，黄边儿，正面印着一丛素雅的兰草，上端系着一条红色的丝带儿。我热血沸腾，不由地瞥了那个营业员一眼。不料，她目光一触，莞尔一笑，又低头忙她的业务去了。我这才明白，她是在纠正我损伤书籍的错误之后，又给予我一个"投机取巧"的工具性馈赠。

从此以后，这馈赠物就伴我在这个殿堂里度过整整三年的每天两三个小时，因为我无家可归，连寒暑假也没有中断过。冬天，我穿得单薄，那姑娘暗示我可以站到有暖气片的角落去，不必死心眼守着取书支架不敢挪动。我的腿站肿了，她又允许我坐到取书用的人字形木梯上。每天停业后她又默许我把夹进书签儿的书本放到别的读者拿不到的地方，使我第二天能顺利地继续神游于知识和艺术的宝库。

就这样，我一本一本地啃读，一点一滴地汲取，直到把那书店的中外文学名著都阅读一遍，也就到了毕业时间。

遗憾的是，当我离校时，那个姑娘不知何故多日没有上班。离校前的那几天，我照例每天到书店去读书，但一次也没有看到她。我设想，如果她在班，我敢不敢、能不能向她道别？想的结果是不会。那时代，社会拘谨，我更拘谨，好像是个没有开化的生瓜涩枣。

到现在我还对自己痛责不已，长达三年，我竟然没有同她交谈过一次，对她的身家姓名一无所知，却把那枚书签儿一直保存至今。

三十年间，光阴荏苒，天地沧桑，浮世混沌，阴差阳错，在我做教师、做编辑、做干部的同时，竟然又混了一个什么作家的浪名，并附带一些什么委员什么理事的虚衔。当地方传媒报道我的作品讨论会时，我意外地收到一个莫名其妙的电话，是一位女士打来的，祝贺我的成功。我问她是谁，她说我不认识她，也没必要认识她，再问，她就挂断了，从此再无音讯。我搜尽枯肠，怎么也找不出另一个人来，自我多情地认定就是新华书店那个姑娘。然而，人海茫茫，踪影渺渺，彼此绝断，毫无来往，怎么能够断定就是她呢？

而今，我只能时不时地拿出那枚书签儿，放在案头，凝目遐想了。它，白地儿，黄边儿，正面印着一丛素雅的兰草，上端系着一条红色的丝带儿……

我打算将它带进棺材。

选自《岁月遗梦》

杨雪松　女，1969 年出生，辽宁省作家协会会员，本溪市作家协会主席。出版散文集《另一种白描》、随笔集《光阴的玩具》《携庄子游于艺》《桓仁版画之美》、长篇报告文学《天蓝兰 水清青》《桓仁农民版画调查报告》《本溪话剧口述史》，在《光明日报》《文艺报》等发表评论近百篇。

卖红枣的妇女

杨雪松

深秋的傍晚，街头树叶金黄，橘红色的街灯也一盏盏亮起来。通街暖暖的色调，对抗着丝丝冷风。

我在报喜鸟专卖店的门口等人，门口的台阶上，蹲坐着一个卖红枣的妇女。她的姿势很特别，明明是受不了长时间蹲姿，但又不敢完完全全坐着，只好不停地扭动着身体，像是遇到了烫人的热炕头。她的头与眼睛也像猫头鹰那样机灵地转动，一边寻找顾客，一边提防被店主或城管赶走。

等的人依然没有出现，于是我成了卖枣女人的"猎物"，被劝说着买了些又大又红的甜枣，同时，还被她认出是"电视上的记者"。

时间过得很慢，我焦急起来，来回踱着脚步。而卖枣的女人却兴奋起来，她停止了低声的叫卖，不停地将我上下打量。突然，她果断地扔下枣筐，站起身急切地向我走来。她的表情很复杂，有一些忸怩不安，还有一些严肃和庄重，张了几次口终于说："你是记者吧，见过的事多，我就想问你一个问题，假如说有一个人，她刚刚死了当家的，她还算不算军属？"

我被这突如其来的问题给蒙住了，本想说军属的事情应该咨询民政局，但那样显得太冷漠，于是随口问："她的丈夫生前当过兵吗？"女人很高兴，使劲点着头说"当了三年多"。"那就应该是吧"。显然，我对自己的回答也没有百分之百的把握。

女人颇失望，但又不甘心就这样离开。她倾诉着内心的苦恼："可是我有一个邻居，当着大伙的面硬说死了丈夫就不是军属了，还骂一些难听的，你说这话对吗？不过你可别多想，这个人不是我。"她努力装出轻松的样子，以显示那个失去丈夫的人不是她，但她的笑极为勉强，红肿的眼睛里写着说不完的悲伤。

　　看来，这的确是个严肃的问题，也许还涉及军属的政治待遇和生活待遇。我中肯地告诉她："大嫂，你到村里，或者到乡里民政部门去一趟，一定能问清楚的。现在军属是不是还有补助？"

　　一群刚放学的少年打闹着走过去，不注意碰翻了无人照看的枣筐，红枣滚满了白色的台阶，格外扎眼。

　　她只扫了一眼，脚如生了根般站在我面前："我不去村里，也不想要什么补助，我就想问问你是咋看的，你说这种情况还算不算军属？"她莫名的倔强，以及对军属称号的执着深深打动了我。如果既不是为了生活补助，也不是为了荣誉证明，仅仅需要一句精神的安慰，那有什么不可以呢？于是我坚定地回答说："是的，我看一定是军属。大嫂，您还是军属。"

　　她饱经风霜的脸孩子般笑了，赶忙收拾起枣筐，迈着轻松的步子，朝着火车站的方向走去。

选自《另一种白描》

光阴的玩具

杨雪松

女人爱照镜子，但多半都像五官科大夫那样挑剔五官，而瞧不见自己真正的神情。她手中的那面镜子，只是一个光阴的玩具。

镜子里，我们忽而童稚，忽而成熟；忽而青丝，忽而白发；忽而丰润，忽而枯槁；忽而欢笑，忽而哭泣……一生何止七十二变。

光阴的玩具，它亦像一个塑形师，把人类玩弄于手掌间。而我们至死也未知光阴为何物。光阴，是一条线段，还是一块空间？是日升月落，还是太阳的自转和地球的公转？

总是没有标准答案。只有一些傻女人，依然为镜中红颜而劳神；还有一些天真女人，她们用脸上的胭脂、头上的珠花，和镜子玩起了光阴的游戏，抗拒那将至的衰残幻象。

这个游戏并不好玩，因为无论怎样使皮肉受苦，生命的真相终归一堆白骨。光阴的玩具，只能交出这唯一答案。

倘若有人能超越生命而流芳百世，那是因为他们做了与众不同的事，留下了与众不同的思想。那是因为他们年过四十，就不再理睬光阴的玩具，不再理睬光阴背后操纵的蔑视、威胁与警告，而是另起炉灶，挂起了一面心灵的镜子。

古人的高堂明镜，就不是那种照人高矮胖瘦、老少丑俊的镜子，而是那种能辨别妖魔鬼怪、判断是非善恶的镜子。

真正的镜子犹如真正的风景，是藏在心里，现于神情的。

选自《光阴的玩具》

杨洪波　1959年出生，辽宁省本溪人。1978年就读东北师大历史系，1985年获硕士学位，入清华大学任教。后调入中国丝绸进出口总公司，任二级公司总经理、《罗博报告》杂志社社长、《卓越理财》杂志出版人等职。著《诗意的远方——西行日记》，主编《历史的启示》《中国近现代国情问题剖析》《书林撷英》等书籍。

香格里拉的遇见

杨洪波

独自一人驾车行驶在318国道上，目标是远方的西藏和新疆，顺道去寻访"最后的香格里拉"稻城亚丁。

清晨，从稻城出发，向南约90公里便是亚丁。远眺热乌寺，小憩波瓦山，从一位藏族小朋友手里买下一枝高山雪莲，看着小姑娘开心得红扑扑的笑脸，就会有种莫名的感动。山间藏民还在准备早餐，石砌的藏屋飘起袅袅炊烟。一处昏暗的房间里，藏族老妈妈在煮牛奶，三个孙女围拢依偎在奶奶身边，通红的炉火把房间映出明暗有致的油画般的效果。一路都是美好的遇见。

距离香格里拉镇还有数公里，在路边一处客栈前停下了脚步。时值中午，正是午餐时间，就在这里吃饭吧。

客栈名字很雅致入时，名曰"遇见"，本来就一路感慨着旅行路上打动心灵的各种遇见，在这里停留正是遇见了遇见。

遇见餐厅的老板是个热情的康巴汉子，炒好菜就坐在一旁看着我吃饭，不停地和我说这说那，邀请我晚上下山来找他聊天。

须臾之间，肚子已经撑得滚圆。穿过香格里拉镇，来到七八公里外的亚丁国家自然保护区景区附近。一位酒店老板跑过来推荐他的酒店，看他挺淳朴踏实的样子，就随他去了。在办理入住手续时，着实受了一小惊，身份证不见了。翻遍身上每一个兜兜，仔细查找车里和背包，可以肯定身份证真的不见了。酒店老板还是帮我先办理了入住手续，有了落脚之处，其余事情再说无妨。不就是丢了身份证吗？也不是丢了人。

下午，抖擞精神，游览了亚丁行程中的短线，冲古寺、珍珠湖、仙乃日、冲古草甸，一一走遍，次日再走长线。置身亚丁，顿觉超凡脱俗，赏心悦目，这是大自然少有的未被污染的人间净土。

丢失身份证，尽管装作若无其事，实则有些懊恼。从北京出来，这还没走出四川，丢了身份证，进入西藏、新疆几乎是不可能的，过检查站、住店、加油，没有身份证寸步难行。在朋友圈里发了一个寻物启事，自知希望渺茫，但各种办法都需一试。朋友们在网络上给我出主意、想办法，也是五花八门，穷尽心思。这时真想，宁肯丢人，还是不丢身份证好。

回到酒店，天色渐晚，但还没有完全黑下来。带上高光手电筒，打算沿途在停留过的地方寻找，万一身份证就在什么地方等着我呢。这个时候，思维像跳跃的小河一样欢蹦乱跳，构思了一个又一个再次遇见我的身份证的场景，希望寻找身份证的话剧，能按照构想的剧本出演。

先到香格里拉镇公安派出所报案，派出所里空无一人，走出来时遇见一位从外面回来的年轻警察。说明情况后，警察先生迅速在网上输入我的身份证号，证实是良民，马上给我开了一个证明，请景区和附近酒店给予方便。咨询在稻城能不能补办身份证，警察说不能，只能到省城成都办理。哇！距离八百公里。

走出派出所向稻城方向开去。第一站就是遇见客栈。

打着手电筒在客栈路边、河边仔细搜索，白天曾在这些地方溜达，一无所获。然后走向客栈，客栈门口站着一位藏族女孩，圆脸浓眉，黑亮的眼睛，健康的肤色，眸子里透着一股大城市里少见的天真和纯净，笑脸上流露着质朴和善良。她微笑着问我，有什么事儿？我说中午在这里停留过，身份证不见了。她回身进店，拿出一个身份证给我看。这一刻，我差不多是惊呆了，那就是我的身份证！这不就是我设计的剧本中的一幕吗？原来，下午她在客栈地上捡到了身份证，还不知道怎么还给主人。人在惊喜一刻，大多会忘乎所以，热情地拉住女孩的手，不管不顾地和她热烈拥抱。女孩的父亲在一边也憨憨地笑着，帮我们拍了几张合影。我要记住她，这位高原上最美丽的女孩。在遇见客栈再次遇见遗失的身份证，真是不可思议的遇见，神奇得无以言表。

女孩叫格绒依珍，刚参加完高考，已经被成都一所大学录取，利用假期帮父亲打理客栈。我在客栈逗留到很晚，和格绒依珍一家人喝茶聊天。过了很久，和身份证重逢的喜悦还萦绕在心头。

身份证失而复得，于是有了后面在西藏、新疆的畅通无阻，成就了一次充满诗意的奇幻之旅。

选自《诗意的远方》

邹国玺　本名邹国喜，曾任职于辽宁省本溪市平山区委，从事过文化、宣传、党校、史志等工作。辽宁省作协会员、辽宁省散文学会会员。

雪花飞上了我的书笺

邹国玺

笔下流淌的文字，就像那雪花仍在执拗地下着，一沓信包裹着我的心，急切地期盼早日飞出老秃岭融入你的心怀。大雪封山，我们已经两个月没下山了。雪下在山上，我们的雷达站就在辽宁的屋脊。

都说，清晨是看雪最好的时候，可是这时是"鬼龇牙"的关口。白毛雪撒野地张牙舞爪向哨所的战士扑来，抓挠着战士的脸，撕扯着战士的棉衣，战士却好似冰雪巨人迎风挺立。

山泉被冻僵了，清凉的歌声断了。我们用雪洗脸，用雪下炊。雪，洁白洁白的像精制的面粉，没有污染。你可听见过雪叫吗？它叫得有时细微、温柔，有时粗犷、暴虐。我们硬是同风雪摔打出一身真功夫。若没有雪，我们倒觉得有点寂寞了。站在辽东的"珠穆朗玛峰"吟诵伟人毛泽东的"飞起玉龙三百万，搅得周天寒彻"，倍觉心胸开阔，大有屹立地球之巅，鸟瞰寰宇之感。每当下雪，我都跑出所外，迎接那无数活泼小天使的到来，让它们亲亲热热地吻着我的脸。

当我在荧光屏前观察那飞机在天空中飞行，我的每根神经都异常敏感。忘却了冰冷，心中揣着一团火，燃烧着对祖国的忠诚，燃烧着对爱情的真挚。

那片片雪花，像一枚枚新奇的邮票，一张张精致的贺年卡，飘飘洒洒扑向我的怀抱，给我带来了家乡亲人的美好的祝愿、亲切的问候。我似乎也看到了，你那轻盈的倩影。

当山城还沉睡在寂静的月色中，床头的小闹钟便无情地把你从梦乡中叫醒。你匆匆爬起，冒着刺骨的严寒迎着风雪，在雪地上踏出了第一行深深的脚印。在迷离的路灯下，你挥动着大竹扫帚，像雪花那样吻着山城的洁白。你剥去了大自然给山城涂抹得太厚的胭脂，给人们开出一条平安的道路。你把对我的焦盼，化作对山城的爱恋，抒写在大街小巷。那沙沙的扫路声给山城人民送去的第一个问候。你用纯美的心灵净化了山城，净化了被世俗污染的灵魂。

每当我看到像你心灵一样洁白的雪花，便唤起了我们在冰雪中结成的纯洁友谊和爱情。

曾记得，我们在溜冰场上，旋动雪花的时候吗？伴着优美的旋律，彩色的滑雪服旋转着，滑行着，飞快地划出奔放、多彩的线条。多么富有诗意的北方冬季啊，你我把舒心的笑，洒向雪花飞舞的天空。我们把溜冰恋歌谱写在洁白的日记里。

还记得同学们在平顶山聚会的情景吧！约上几位要好的同学，我身着军装，胸前佩戴着军功章，你肩挎相机，兴冲冲地踏着雪路，登上了山。在皑皑的白雪中，童心回归了。孩子似的在雪地上追逐嬉闹，在白雪的地毯上打着滚。

俯瞰雪中的山城，那雄伟的五座高炉恰似五条挺胸傲立的钢铁汉子，犹如五个风雪中的纤夫，喊着号子，拉着纤绳，拼力把山城拉出了低谷。此时，山城哺育的一代青年心中在想些什么？一切尽在不言中。

今年这几场雪好大呀！它封了进山的道路。山高路险，汽车难以爬上海拔1300多米的老秃顶。我们的战士，就像峻岭上的雪松笑迎风寒。

这里的战士敬佩杨靖宇将军，人人会讲杨靖宇的故事。1935年在这峻岭丛林里，建立了抗日联军根据地的密营。那个冬天，是个哈气成霜、滴水成冰，真是个能冻掉下巴的冬天。杨靖宇将军率领抗联在辽东山区同日寇周转，已断炊几天了。杨靖宇带领战士在漫天大雪中扎下密营，在林海雪原中艰难跋涉。忽然发现雪地有位老汉，他倚坐在雪松树下，老人像吸足了老旱烟，在安详地歇息，老人身边有一个袋子，里面装着金黄色的大豆。他为给抗联送粮，自己连饿带冻，永远倒在了洁白的雪地上。抗联战士含泪把老人掩埋了。杨靖宇将军用刺刀在那棵雪松上刻下了：安息吧！为抗联送粮的老乡。

这棵雪松至今长得郁郁葱葱，它是座丰碑，这座扎根于沃土的绿色丰碑，在人民心中永生。

以前，对"爬冰卧雪"这个词总是一读而过。可是当我亲临在先烈鲜血染红白雪的革命根据地时，当我们真正与雪为友，与雪共迎曙光，共送晚霞的时候，才体会出"爬冰卧雪"是何等凝重。雪默默地记录了什么？雪默默地掩盖了什么？雪的含义是永远研读不完的。难怪雪成了文人墨客抒情言志的永恒题材。

多情的雪花又飞上了我的书笺，愿这倾吐一个战士情怀的家书，能快快地伴随着纷飞的雪花，落入你的胸怀，奏起你我对人生和谐优美的旋律。

家，山城也在下雪吧，听说今年的雪很大，很大……

选自"本溪电视台散文征文"

胡清和，笔名湖泊，生于 1931 年 12 月 15 日，安徽省休宁县人，中国作家协会会员。1957 年 2 月开始发表作品，多次获奖。出版有《军魂曲》《女战俘》《胡清和短篇小说选》《朝鲜战争中的女人们》等书。

落户口

胡清和

1955 年 12 月 26 日，我从部队转业到本溪，同时转业的还有一位女同志。我们都分配到市政府工作，住在机关独身宿舍里。过了几天，宿舍管理人员让我们拿介绍信和住宿卡片到派出所去落户口。

我们要去的派出所在花园山的背后（现为光明街）。从市政府到派出所，要绕着花园山走一大圈，几乎都是上坡路。由于晚上落了一场雪，路面很滑。而我同那位女同志都是南方人，很不习惯走这种路。

那时候，我同那位女同志还相识不久，又都是未婚青年，尽管路很难走，也不好意思伸出手来互相搀扶着走。当我们走到一个拐弯处，她不小心一滑就摔倒了。

她摔得很狼狈，形象也很滑稽，我觉得好笑又不好意思笑。问她："怎么样，不要紧吧？"

她的臀部摔得很厉害，也不好意思讲，便坐在雪地上呻吟。我想伸出手去拉她一把，但迟疑了一下，又问了一句："需要我拉你一把吗？"她望着我，苦笑了一下，无可奈何地点点头。

当我们的手刚刚握住，我用力拉她时，我的右脚一滑，也摔倒了。我这一跤摔得更厉害，弄得两个人都站不起来了。幸好路上没有行人，只有我同她一起坐在雪地里，面面相觑，哭笑不得。

许久，我才挣扎着站起来，拍打着身上的污迹，嘴里不禁发起牢骚："真倒霉，一到本溪就摔跤，以后还有个好吗？"

她一边爬起来，也一边怨愤地说："这个鬼地方，我迟早要离开。"

果然，我们在本溪工作不到一年的时间，都相继发生了"倒霉"的事。她在鞍山的男朋友告吹了，我在丹东的女朋友也黄了。我的女朋友在陆军医院工作，不愿跟我到本溪来。

后来，同我一起落户口摔了跤的那位女同志，虽然也在本溪结了婚，有了儿女，但还是不愿留在这个鬼地方，而是回到了她那风景优美的家乡——一个闻名于世的秀丽城市去工作了。

现在回想起往事，我从部队转业到本溪，至今已有三十多年。如果说，那次落户口摔一跤是我在本溪"倒霉"的开始，那么，我由一个青年变为两鬓斑白的老人，也算是"倒霉"了半个人生。但是，任何人在任何地方，他的一生都不会是一帆风顺的，总是在忽梦忽醒、忽喜忽忧之中颠颠簸簸地度过。我在本溪工作、生活了几十年，这里有我的理想，有我的追求，也有我的喜怒哀乐。我在本溪走了文学创作道路，看清了生活中的真善美和假恶丑。所以，我对本溪这个所谓的"鬼地方"毫无怨言，并将自己的根也扎在这块土壤里了。我相信，这个根将来还会越扎越深，越扎越牢。

选自《本溪散文选》

赵福元　1945 年生于辽宁省沈阳市，毕业于吉林大学历史系。1978 年开始举办诗歌学习班，培养了本溪市的文学创作力量。曾任市群众艺术馆馆长。现为中国书法家协会会员。因绘画、文学、书法、摄影兼工，个人作品集取名《四履集》。

后石坞云海

赵福元

在泰山山顶"日观峰"拍完日出，我便又急忙选择拍摄云海的地点。我见北面数里之外，一山如削，向东伸进云海，估计会有较丰富的画面，便将相机旋紧在三脚架上，扛起来，向北寻去。

从小路绕上正路，见一石坊，上刊"后石坞"。

后来，我从《泰山风景名胜导游》中得知其由来："山谷深凹处为石坞，因处泰山之阴得名。"

这里不见行人，路越走越窄，真如清代周在建《题后石坞》所言："山深无客至，石古有人题。"这里蒿草没腰，晨露极重，别说是裤脚、鞋子，就连租用的棉大衣，下半截也都湿透了。

小路伸到一圆形山下不见了，只见光秃秃的山顶，无树无草，灰白的花岗岩，裂有几道石缝。我小心翼翼，匍匐着爬上去，又弓身钻过山后只有一米高树干的奇特的松林，来到后石坞绝顶。站在突兀的岩石上，眼前豁然开阔，群山层次分明。

距脚下悬崖不远，是最近的一座山峰，峰上盖满青松，阴影处墨绿幽暗，光照处鲜嫩晶亮。偶见几株孤松，生在白色岩石上，更明显地衬出它们的身姿，或挺拔，或屈曲，或盘缠，无不蓬勃而自信。

稍远又一峰，树较少，山石露出中国画的"斧劈皴"来，陡峻峭立。再远的山，则应了"远山无树"一说，朦胧中，只见峰头岩石，如人如兽，或蹲或站，峻嶒起伏。

山腰下，刚才还是沉静的云海，这时开始骚动，如巨蟒翻身，大象举步，醒狮弓腰……继而升腾飘舞，沿着条条山谷、道道山梁向上涌来。有的形如小溪，有的状如瀑布，有的势如波涛，一丝丝、一片片、一条条、一块块，或阔或狭，或长或短，或疾或缓，缠缠绕绕，蹿向青松山岩。细观此时的山与云，真乃静与动、巨与细、刚与柔、重与轻、黑与白的绝妙结合！

云忽聚忽散，山忽隐忽现；云忽淡忽浓，山忽深忽浅；云忽掀忽掩，山忽露忽藏……真是如梦如幻，变化万千！镜头随意调换一个角度，都是动人心魄的画面！

不知为什么，我竟突发奇想：若世上没有云雾，那山与山之间，不就少了距离，少了层次，少了韵味吗？中国山水画会不会少了"空白"呢？美学辞典中会不会少了"含蓄"呢？难道人们常谈的人际间的"距离美"，也类似于山之有云吗？……

金黄的萱草花，藕荷色的桔梗花，在岩缝间沐浴着阳光默默开放，宁静而美丽。今晨，它们只献给了我，因为只有我一人登上后石坞。

原载《本溪日报》

赵　雁　女，1951 年生，满族。一级作家，中国作家协会会员，中国少数民族作家学会会员。就职本钢公司工会文联，曾任辽宁省本溪市作家协会副主席，现任本溪市作家协会顾问。出版了长篇小说《空谷》《更年》《天梦》《红昼》《红绸》。报告文学集《本土》《四十年一梦》，电视剧《流淌的不仅是泪》等。

奶奶和烟

赵　雁

我一生中只挨过一次打，打我的却是疼爱我的人——奶奶。

她打我的武器恰恰是她最心爱的宠物——烟袋锅。她挥动着长长的烟袋杆上那个烟袋锅，锃光瓦亮的铜疙瘩落在我的身上，不偏不倚正好打在我的脖颈上。

"瘟灾的！老祖宗就给留下这么个金贵东西，也让你给败了！"我第一次听到奶奶骂人，骂的是我，她的喊声像要撕天。

奶奶打完了我也打丢了她的一切。比如：她从来都是吃完了饭在床上盘腿一坐，嘴里叼着根一尺多长的大烟袋杆很神气"吧嗒吧嗒"有节奏地吸烟，吞云吐雾的样子真像神话故事里的仙人。

顷刻，烟袋杆因为打我折了，烟袋锅也飞了，从我家窗户飞到楼下的下水井里。从此，奶奶魂不守舍。

我为什么被奶奶打？还不是为了我的小妹，晓晓早就把眼睛虎视眈眈地盯在奶奶碧玉的烟袋嘴上了。那个碧玉烟袋嘴翠绿翠绿，绿得透明，绿得亮艳，在烟袋嘴的下方隆起处刻着活灵活现的龙和凤，花纹很精致，玲珑剔透。

奶奶每次抽完了烟，只要她离开房间，就会把烟袋嘴拔下来，用一块小白手绢擦吧擦吧扔进一个口袋揣进大襟上衣兜里。奶奶越是藏着掖着金贵着碧玉烟袋嘴，我们越是感到神秘好奇。

奶奶干完了活要抽烟，发现那个胜过她命根子的碧玉烟袋嘴没了，脸拉得很长，急溜溜，她东翻西找都不见碧玉烟袋嘴的踪影。她开始对我们挨个盘查，我们一水儿地靠墙站在走廊里。我们已经习惯这样，每次家里来客人吃饭，我们都必须这样在走廊里站着，等客人下桌，我们才可以进到里屋吃饭，这是祖宗的规矩，没有人敢破坏。我见浑身生着荨麻疹低着头在发抖的小妹，我认定是她所为。

因为，我们家这个被称为"地主楼"的庭院里，总有一些陌生人哄小孩子们回家拿大人的金镏子、金耳环换糖人，再就是换冰棍。晓晓终于在奶奶防不胜防的情况下，拔下烟袋嘴拿到外面去玩，被一个整天在我们"地主楼"前晃荡的吹糖人老头儿用一个糖人换走了。

打那以后，他再也没有出现在我们家的院子里。

我第一次看到温和的奶奶这么吓人，她气得脸和鼻子都发青。她拿着没有烟袋嘴的长烟袋在半空中一甩一甩地骂着："瘟大灾的，我明明把烟袋放在炕琴柜上，解个手的工夫烟袋嘴就没了。哪个小瘟灾的拿了我的烟袋嘴？"

"我没拿，我也没拿。"弟弟朗朗、二妹帮帮、三妹朋朋嘴像瓜子似的都开了口。

我用眼睛的余光看着小妹晓晓，她浑身抖得更厉害了，奶奶把瞪得跟牛眼睛似的目光盯在小妹身上，手上的烟袋杆也在蠢蠢欲动。我从来没有这样勇敢，抬起头说："是我，我拿碧玉烟袋嘴换了糖人"。

"你你你怎么就这么馋？我叫你馋！""咣"一烟袋锅抢在我没有一点设防的身上。

"老祖宗就给留下这么个金贵玩意儿也让你给败了。"她的声音像把天撕碎了，最后是无力的哀鸣。接着，我才想到了自卫，双手把自己的头捂住。

"啊！"一声尖厉的叫声在房中炸开，我循声看去，是小妹吓得瘫倒在地上。我忘记自己背上的疼痛，去抱小妹。我抱着小妹哭了，小妹睁开胆怯的眼睛，嘟囔道："是我。"

我赶忙捂住小妹的嘴，站在那里的帮帮和朋朋也开了口："奶奶，我看见不是可可，是……"

"是什么？"我狠狠地瞪着她们说。她们不敢再吱声了。我心想，自己已经替晓晓挨了一烟袋锅，你们还要怎么样？是女人天性的使然吗？还是奶奶良心的发现？

她突然慈悯爱怜地过来抱我们，她扒开我的衣领看到我后背隆起一个大包，周边出了血，心疼地责怪道："哎哟，让你嘴馋，才遭这份罪。"她背起我下楼向校医室跑去，小妹们也跟着我们。

奶奶边小跑着边唠叨地说："败家子，想吃糖人吱一声，奶奶给你们买，也别这样祸害人呀！那是汗王的伊尔根娘娘传下来的，我婆婆的婆婆给我婆婆的，她偏心才留给了我，看它不起个眼儿，都传了多少辈子了，怪心疼人的，别看那烟袋嘴不起眼，可值大价钱，一个烟袋嘴能买回这一屋子的糖人。"

我和小妹都没脸哭了，惊讶地望着奶奶："噢，这样贵！"

接下来，我在"地主楼"的大院里算是出了大名，赵校长的女儿可可嘴馋，拿奶奶的碧玉烟袋嘴换糖人。爸爸妈妈的同事们一见我就逗我说："嘴馋吗？"

我难为情死了，心想："倒霉！为小妹背黑锅得背到什么时候是个头。一辈子都要落下一个嘴馋的罪名。"每当小妹惹我生气的时候，真想给她说出去。又一想奶奶的烟袋锅也挨了，嘴馋的名声也扬出去了，别让人再说赵校长家有两个嘴馋的女儿。

从此，奶奶的笑脸不见了，一改常态，经常和我们鸡皮酸脸，我们不敢再惹她，哪怕走在地板上也踮起脚尖。

一个烟袋嘴改变了奶奶的生活，她嘴边的大烟袋不见了，身边装烟叶的笸箩里却多了一摞摞规规整整的白纸条，她那满是皱纹和老年斑的手开始笨拙地卷起搓好的大烟叶子，她小心翼翼地把烟叶放在白纸上，卷吧卷吧一拧，拧掉一个纸头，点上火柴就开始抽，嘴还不时地向天上吹起一个又一个烟圈。

不知过了多久，她手中的卷烟变成了烟卷。她总是爱不释手地从带大襟的上衣兜中掏出红红的烟盒，上面写着"大生产"还有"恒大"。

奶奶嘴边的大烟袋不见了。我越发见她顺眼可爱。我再也不用害怕她用烟袋锅刨我们。真的，奶奶刨我的这一烟袋锅，在我们的心里永远也抹不去，它刨走了什么呢？我说不清，我仍然爱她，不恨她。

她临终前，回光返照坐起身来，把手伸进我的衣领温柔地抚摸我的脖颈，摸得很舒服，她先是惊恐，后是惊喜，喃喃地说："疤呢？疤呢？疤没了！"我说："长开了呗！我都多大了，这点小事，奶奶您还记着。"

"忘不掉，忘不掉的！"

从奶奶的眼光里我看到：人类在生命终结前，都会对自己的生前做出回顾、自检、自查，企求一种谅解和解脱，然后，轻轻松松地上路。我微笑着看奶奶，她满意地把手缓缓地抽开，抽开得那样沉重，有气无力。她说她累了，要躺下，从此再也没起来。

她走时，我们给她带上当时最好的、最贵的烟——石林。

我想，我脖子上的疤没了，是对奶奶那颗负疚的心最大的宽慰。一生善良、忠厚、勤劳的奶奶，睡在那里，是那样安详。

奶奶离开我们已经二十多年了，我常常梦到她各种抽烟的神态和被小妹换了糖人的那个玲珑剔透的碧玉烟袋嘴。有时想起奶奶，我会光顾一下烟店，有什么时令的香烟？我不吸烟，但我在想，如果奶奶还在，我应该在今天给她买一盒什么牌的香烟让她品尝？！

选自《辽东文学》

关于晓晓

赵　雁

奶奶刨我一烟袋锅，却刨近了小妹一生对我的真情依恋。

晓晓，我的小妹。她是这个世界上最让我牵挂的人。她命苦。听奶奶说，小妹生下了来时是穿着孝衣来的，就是一身白色的胎衣，奶奶管那叫孝袍。

果然不久，我们的爸爸在一起医疗事故中离我们而去。奶奶不喜欢晓晓，说她命硬，好像爸爸的死与她有关，是小妹妨死了奶奶唯一的儿子。奶奶总是看不上晓晓，在 20 世纪 60 年代那个困难时期，奶奶分饭总是给她的最少，奶奶有自己的道德依据，她看着小妹说：古代有个孔融，四岁让梨，把大梨给哥哥姐姐吃，自己吃小的。小妹没有孔融的境界，她只知道要填饱肚子，一块用榆树叶子做成的饼分成 5 份，她得到最小的一份，吃完了舔嘴唇，眼巴巴地看着别人。

晓晓饿呀，饿呀！她是饿的，还有就是出于对奶奶的报复，才把奶奶的碧玉烟袋嘴换了糖人。这就是我千方百计要保护小妹挨了奶奶那一烟袋锅的原因。

晓晓一懂事就生活在自卑的阴影里。她命硬，她妨人。谁都可以拿她不当回事。她给人的印象瘦小枯干蔫蔫巴巴。她在这个家庭里没有一点儿地位。成了可有可无的人。

有一天，她被人带走了，送给黑龙江齐齐哈尔的舅舅家。我放学回家后，不见了晓晓，我问奶奶才知道小妹送人了。

突然间，我感到晓晓对我多么重要，我想晓晓，我愿意和她一起玩，我喜欢和她一个被窝睡觉，她身上很热乎，跟她在一起很暖和。晓晓不在的日子里，我想她，天天为她擦眼抹泪。

一天，我做梦梦到了小妹回来了，没几天晓晓真的出现在我的面前。她浑身脏兮兮，鼻涕糊在嘴上，头发乱七八糟，就像垃圾箱旁捡破烂的小女孩。一进门就喊饿，我又惊又喜忙问："小妹，你是怎么回来的？"我抱住晓晓，俩人站在门口哭了好一会儿。我们的哭感动了奶奶，感动了家里所有的人。

奶奶过来搂晓晓："别哭了，委屈我的小孙女了，以后再穷再苦也不把你送人了，一家人守在一起，香是一窝，臭是一块儿。"

"我想你们，舅舅拿钱让他的同事把我带回来的，那个人不给我买票，让我一路装哑巴，不许说话。还不给我买吃的。那个人还要卖我，我吓得躲进火车的厕所里，趁他到处找我的工夫逃跑了。"晓晓边说边哭。

奶奶的一生就会伺候人，她眼疾手快地扒下晓晓身上的脏衣服，然后又把晓晓扔进浴盆里，我们一窝蜂地上了手，给晓晓头上身上抹香皂，一会儿晓晓就被浸在泡沫里。房间里回荡着幸福欢乐的笑声。

妈妈下班回来后，听了小女儿的遭遇，后悔万分，哭着："往后，妈妈一个人带着你们五个饿死、累死也不分开。"从此，晓晓再也没有离开过我们。尽管，国家经历了一个又一个困难时期，生活很苦，我们姊妹五个也像五个铃铛一样响在母亲的身边。我为什么这样形容，因为，爸爸死后，奶奶对年轻漂亮的儿媳不放心，她担心我们的母亲会改嫁带走我们，她常对外人说："车走铃铛响。"妈妈对得起奶奶，一直没有改嫁。

我家的楼下站着两个男孩，他问我："大姐姐，这个楼有没有一个特别特别漂亮的女孩叫晓晓？"

"晓晓，漂亮女孩？你找错了，这个楼有个晓晓，但是不漂亮，一点儿也不漂亮！丑得要命。你们找她干什么？"

"我们是一个宣传队的，她要下乡插队，我们来送她，给她带点小礼物。"

"好吧，跟我来。不过我们家的晓晓很丑，你们会不会搞错？"

回到家里，他们没找错。腼腆羞涩的晓晓，向我介绍他们是她中学宣传队低她一届的同学。

那天，我意外地发现，晓晓真的出落得很美很美。她的美是男孩子发现的。

选自《辽东文学》

张　捷　（1931—2018）　原名张福和，17岁开始发表作品。1980年后，在《诗刊》《星星诗刊》《诗潮》《绿风》等发表作品，并获《星星诗刊》全国征文一等奖及各种奖励几十次。出版《张捷诗歌精选》等7部诗集和散文集《情感红白黑》。曾获全国首届满族文学奖、本溪市"天女木兰"金奖。

那块绿绸

张　捷

回忆像一个老朋友，总会在旧地重逢。在昨夜一个好梦里，我和逝去的爱人孔梅又在锦江山上拥抱春风，她的笑声把樱花抖落一地。

1950年，在樱花漫开的锦江山上，我和初恋的少女孔梅凝视被美机轰炸的情景，一块块绿绸白绸从鸭绿江那边飞到我们身边，她把一块带火药味的绿绸揣到我兜里说："战争太残酷！我们有可能被迫分开。这块绿绸让你坚强，让你等我。"我给她擦了眼泪说："爱情是火，战争是火，我们面临火的考验。"

第二天，省主席李涛在省直干部会上发表了措辞强硬的讲话，最后他宣布女同志立即向柳河一带疏散，男同志转入山洞办公。当晚丹东市进入灯火管制，一片漆黑，像我的心。

次日清晨，我到市府找孔梅时，手持冲锋枪的小于告诉我说，女同志于昨夜疏散了，究竟到哪个县尚不知道。他指一下传达室窗台说："那里有一堆条子。"

我翻到第四个，一眼认出她的字迹："张捷，你记住那块绿绸就行了。胜利回来时希望绿绸依然存在。保重。"

看完条子心里很冷。战争这个坏东西总不让人生安定。从市府楼后传来的火车长鸣像把我的心摘给远方。小于正要和我说什么，一架野马式飞机紧贴着市府楼上扫射而过。市长陈北辰抬一下眼镜说："让麦克阿瑟来吧！我们放进来教训他。"

以后我到东北新华书店总店工作，一切失去联系。生活告诉我，初恋是永远抹不掉的爱。

1958年，我去丹东公出时，在七经路遇见一个推婴儿车的女人，口里唱着：

"宝宝好，宝宝好，宝宝是妈妈的大红枣。"我听来这声儿很熟，仔细一打量，她立刻发现了我："张捷，张捷，是你？！"

一颗像眼睛一样明亮的大泪挂在腮上，我想抱她大哭，可是大街行人又使我尴尬。

"到我家，前边。"

她家很宽敞，我在墙上搜寻照片时，她哭了："不怨我。"这从来不流泪的坚强女人，感情的压抑终于在伤口里决堤。

"结婚那天夜里还哭你呢。我把你的情况全部告诉他。这些年你的名字总在我们中间走着。好时候你的名字助兴，打架时你的名字也上阵。"她突然朝窗外一指，"瞧，老郝回来了"。

我迎上去，他把我手握得很痛："虽然没见过，你是我们的老朋友了。"回头对孔梅说，"你整天怕战争叼走他，人家不是活得很潇洒吗"！

"放屁！"

老郝忙着去备饭，可她要去饭店。我们走到门外，她回头告诉老郝说："今天你是多余的人，请先生回避。"老郝理解她，便向我握手道歉："改日再陪。"

饭后，旧地重游。在锦江山的树丛中，一坐就是 12 点。她说自从离开我之后，虽然他是个好丈夫，检察院的一个科长，但爱情大火再也没燃烧过，只有转瞬即逝的冲动。我的心始终在你的身上流浪，在他的身上捕捉你的影子。她笑着把嘴唇逼近我的唇边问："那块绿绸呢？"当我从兜里掏出来抖开时，她竟狠狠地吻了我，热泪在我的手背上燃起往事。当她知道我每次来丹东都带在身上时，竟果断决定离婚。

离婚，这个爆炸性词句使我茫然。她等了片刻说："给你考虑的时间。"两个月后，我接到她父亲一封来信说："你不要与孔梅经常接触，你每次走了以后，她至少病半个月。让她活下去，活下去……"

我到六道沟医院看望她时，医生说她的肾炎很重，昨天昏倒在厕所，不准我探视。当我拿出信向大夫请示，这位女医生似乎明白了什么，马上领我到她的床前。她见到我立刻精神了，眼睛亮成灯。医生会心一笑走了。她说如果我看不见你死了，不仅是我的不幸，也是你的罪过。她感叹地说："事业我还可以，当上一把经理。可是我失败在爱情上。"然后她认真地嘱咐我，她死后一定要我把那块绿绸盖在她的脸上。一个正在风华正茂的女人，说阴阳两界的话，使我抽泣起来。她反倒安慰我说，该了结的事了结了也是幸福。我从来不知道爱情这么沉重，它是一座大山，还是一个大海？风敲着窗户，好像预示着什么……

　　3月8日，我选择一个妇女的节日，前去丹东看她。我敲开郝家门时，老郝一边收拾桌子一边说："你来晚一步。"我说："我已经在饭店吃了。"可我万万没想到他指的是昨天落葬的噩讯。我立时变成雕塑。

　　"她让我给你拍电报，我想不必了。"

　　"你错误！"我吼了起来。

　　"也许你也有错误，或者我们三个都错误。"

　　我冷静下来之后，从兜里掏出那块绿绸，窗口的风把它抖动起来，像她的魂在跳跃，在欢笑……

选自《情感红白黑》

人生小语

张　捷

　　欢乐是一种幸福，但不能让人懂得人生。人一旦有忧伤，才富有精神世界……

　　人生是自己创造命运，不能等待命运恩赐。真正的泪从眼中流出，回到骨头里生长。失败的脚下有警句回报命运。

　　我有罪难赦，一生不欠仇人只欠朋友。有的债永远还不上了，人永远地走了！有的债人家拒还，只好存在心里压着痛苦。而自己欠自己的债是一笔写在愚蠢栏目中美丽的亏损，多么遗憾的亏损啊。

　　心债难负。为了不欠别人债，必须以奉献为快。心不自私才不负人。我的心一半在外边还债，一半在家里创收。

　　谁的灵魂有花朵，谁就拥有春天。

　　宁肯跟青草谈大地，不披浮云上青天。

　　我的诗如果背离人民，就不如护士手上的纱布，能在伤口上唱歌。

　　人生最怕自暴自弃，悲哀的人所以悲哀，并不完全在于他的命运坎坷，主要由于他习惯以阴暗心理与多事的目光对待事物，多愁善感，怨天尤人，把已经接近身边的快乐逼跑。他不知道，幸福不是拥有得多，而是计较得少。住多大的房子，心情狭窄，也没有世界。

　　穿过一个树林，不等于抵达绿叶的内心。走过一个花圃，不等于把香气带回家。

　　在鸡的眼里，一颗珍珠不如一粒米；在猫的嗅觉里，再香的东西也不如腥；在强盗的眼里，金钱大过生命。

　　一个让荣誉战胜物欲的国家是不可战胜的。

　　一个被物欲击倒荣誉的社会不可能不产生背叛和败类。

　　种子一抬头，就站起一个春天。人生一远望，就看见一个风景。黄昏一敲窗，灯就亮了。命运一转身，人就红了。人生都有机遇，但必须把握变化的规则。

　　精神高大的人，能在巨人头上飞翔。神经萎缩的人，再高的个头，也是半身不遂。身高可以丈量，而精神是顶天立地的风骨，是无形无限的光芒，是一个有作为人生的灵魂翅膀。

没有坎坷的人生是贫穷的；没有痛苦的人生是苍白的；没有风浪的人生没有颜色；没有灵魂香味的人生没有幸福。闪电划过天空有轰鸣的雷，闪电划过身体有激动的雨。

我能走出大雪，却喊不回夕阳。我可以不钓寒江，却不能不钓自己。我一生的骄傲，不够夕阳一笑。人在最后掂量自己的时候，不过是一枯一荣的草。

炯炯有神的大眼睛，不一定比盲人看得远。生活中有一种人，整天对着镜子只看自己的脸，连自己的羞耻也看不见。可悲的是镜子里没有明天，只有胭脂与卑俗。

选自《情感红白黑》

张立砚　原籍辽宁省盖县。1941年生于吉林省长春，2018年逝世于本溪。20世纪60年代初开始在省级报刊发表作品。1965年出席全国青年文学创作者会议，1980年重返文坛。曾任辽宁省本溪市作家协会副主席、辽宁省本溪市文联秘书长。善写小说，也写散文，先后在中央、省、市各级报刊发表各种文体作品百余篇。

寻觅寻觅

张立砚

人在关键时刻被扶一把，是一辈子都忘不了的。三十几年前，我正在一座小镇上参加高考，大概是底气不足吧，心里紧张，手也不听使唤，蘸水笔在卷纸上一勾一抹，加上满手是汗，越写越埋汰。我使尽全身解数，就差没哭出声来。恰在这时，胳膊肘一拐，多半瓶墨水全被碰洒了。眼见大半张卷纸漫上蓝瓦瓦的一片，我立刻傻了眼。坐在我邻座的女同学方虹玉大吃一惊，没等我哭，她先落泪了。方虹玉大概也是一时着急，竟毅然用自己的卷纸拢住继续漫延的墨水。结果，我的半张成了废卷，至少也影响了她两道题的成绩。这事前后不过几秒钟工夫，却令我终生难忘。

高考结束，我找到正在打行李卷儿的方虹玉。我说，我们同窗一场，不管中榜还是落第，我都忘不了你，送我张照片做纪念吧。方虹玉一愣，脸也红了，东扫西望，特地找个没人的地方，悄悄从本夹子里取出一张毕业照，像下了多大决心似的塞给我，扭头跑了。在世道人心都还古朴的年代，乡下女孩子对赠照片这类事是特别敏感并且看得极庄重的。

从此，这照片就成了我生命的一部分，默默伴随我走过了一段悠长的岁月，每每想到人间尚存的真情，我就分外珍重。但意想不到的事情也就发生在这张照片上。等我也到了娶妻生子的年龄，它却在历经劫难后不翼而飞。茫茫人海，连方虹玉的影子我也扑不到了。为此我懊悔了好久，负疚的包袱也日渐沉重，那常被画家们称作大写意的淡墨，反在心里越染越浓。

当古老的大地刚从噩梦中醒来，时髦的东西也就畅通无阻地流行。那几年，各种联谊热正盛，母校突然来信约我出席校友会。我首先想到的就是要看看方虹玉。故人重逢，少不了颂扬一番母校的功德，还有那些没完没了的叙旧。有出国留洋功成名就的，也有大富大贵衣锦还乡的。连当年封闭的小镇都到处是"阿里巴巴"，能说这世道没变吗？但这一切都拢不住我的心。

我是来寻方虹玉的。寻觅，寻觅，沿着当年赠送照片的那条小径，我到处寻觅，却见不到方虹玉的影子。我急了，赶忙去要校友名录。这才知道，方虹玉原来就在邻市郊区的一所小学任教，这是个连地图上都找不到的地方啊。来往省城，我曾无数次从这里路过的。唉，你让我找得好苦哇。我惘然若失，却又如获至宝。回到家里就先写信。三十年旧话，就从丢失照片那桩憾事谈起。但我万万没有想到，另一桩真正的憾事却又接踵而至，方虹玉终于回信了："多年的坎坷使我变得麻木衰老，面对故人我真难开口。你说，我怎么就想不起来……您是哪一位了呢？"她没说是什么坎坷，但我理解一个知识分子经受过的苦难。我的梦境突然破碎：生活里哪有大写意！

那些天，我的情绪一直很恶劣。她怎么会把我忘了呢？她不该忘！有时我想，那一年高考，如果墨水瓶不是放在右边而是左边，这件事就可能不发生。如果邻座不是方虹玉而是别人，也许我们眼下各自的处境会大不相同。

那两道废题，不能不影响到她日后的分配。我正凝神遐想的时候，妻子过来了："我想，我得向你解释一下。那照片真不是我故意藏起来的。那年我偶然翻箱底……其实，这世上的人和事你也别太当真。"

原载《本溪日报》

张正隆　辽宁省本溪县草河口镇人。1947 年出生，1969 年参军，沈阳军区创作室转业。主要从事报告文学创作，主要作品《大寨在人间》《雪白血红》《雪冷血热》《枪杆子——1949》等，都曾在全国产生巨大反响。曾获全国报告文学奖。是本溪文学创作标志性人物。

我的情书

张正隆

人，无论性别尊卑短命儿老寿星都是哭叫着来到这个世界的。一个生命的诞生应该鸣礼炮 21 响，为什么要哭呢？是饿了在那个世界没吃饱？是初来乍到对这个世界感到陌生不习惯？是由生而想到死，觉得造物主太残忍，既然让我来到这个世界为什么还要让我离开呢？

我没听到我来到这个世界时的第一声啼哭，但我认定那是一声求爱的呐喊，若是饿了是渴望母亲的乳汁；若是对这个世界感到陌生是渴望暖润的春风、绚丽的鲜花、光华四射的太阳；若是由生而想到死是渴望有人告诉我有的人虽生犹死有的人虽死犹生。

我是来向这个世界求爱的！

掀去 1989 年最后一页日历，我和全世界 50 多亿人都长了一岁并一道走入 20 世纪 90 年代，我仍在求爱，执着地求爱。走进商店是向售货员求爱，踏上公共汽车是向乘务员求爱，即便坐在自家荧光屏前也是在向发明和制造电视机的人求爱。尽管那微笑有时换来的是像这个时节太子河面那样的面孔和像那河滩鹅卵石一样的话语，我毕竟买来了东西坐上了电车看上了电视。世界是个大千世界，大千世界中的每个人都是个大千世界，存在着的都是合理的，血管里流的是文化。

有人说如今有钱什么都能买到，我说我要买时间越多越好倾家荡产都干。因为我给已经成为我妻子的那个姑娘写的那些情书响当当、硬邦邦就像石头块子、苞米骨子、木头棒子，这是人生大缺憾之一，弥补这个最需要的就是时间。

想干的干不了，不想干的有时却不得不干，这里最需要的是不失心灵中那片处女地和永葆童稚的追求和爱心。最后我要再说一遍：我的每篇作品都是发给这个世界的情书。

选自《山魂水魄》

法卡山告诉我

张正隆

炮声隆隆中，我来到法卡山。

我正在五号阵地的堑壕里探头向异国张望，一只手从背后按住我的头。那手劲不重，却挺执拗，带着不容置辩的力量。我转过脸，是位头戴钢盔，脸色黧黑的娃娃相的小战士。他说："首长，这太危险，请你下来。"我说："小同志，我从东北来一趟不容易，让我再看会儿吧。""不行！敌人的狙击步枪随时都会开火。"他指着后面两米处一个新鲜的弹坑："昨天这儿还落发炮弹哩！"我缠住他苦苦商求。他心软了，使劲眨巴着一双挺好看的大眼睛。

"那……"我兴奋地转过身去，一顶钢盔扣到了我的头上……

40多天前线之行，这件事实在不值一提。可就在这一瞬间，我忽然悟到，穿了15年军装的我还算不得军人，起码算不得真正的军人。

因为军人应是人民的守护神，而我不是。在战争与和平、生与死的交界点上，日日夜夜守卫在这里的南疆军人才能无愧地承受这个称谓。

在法卡山之战的关键时刻，五连二排奉命增援法卡山。一公里山路上，四连的伤员正在后撤。重伤员抬在担架上，轻伤员拄着棍子，或是互相搀扶着，血渍斑斑和烧穿撕烂的军装粘在身上，一个个就像从血水中滚过似的。见五连战友们冲上来，伤员们自动让到路边，有的喊"打""上呵"，有的在担架上挥动拳头。五连战士冲到山脚下，路边是一具具烈士遗体，有的血肉模糊，有的残缺不全……勇士们想哭，没有泪；想吼，吼不出声——那泪水都化作脚下的雷火，风驰电掣地卷上了复仇的战场。

山上，近万发炮弹炸裂的弹片和无法计数的子弹，在不到两公顷的空间穿织，飞进。勇士们先冲上主峰，血火飞溅，前仆后继……战后，有人抓了一把我曾久久驻足凝视的四、五号阵地上的泥土，每一把土里都有弹片、有血、有肉……那一刻，我在干什么呢？我望着在楼口甜甜地叫着"拜拜"的女儿，小鸟似的跳蹦着朝幼儿园奔去，又望着妻子踏上接站的班车，然后，夹着公文包走向办公室。

在长达两个多月的法卡山激战中，当满面焦黑的法卡山守卫者们蜷缩在猫耳洞、盖沟和防炮洞里嚼压缩饼干，有时渴了只能舔露珠时，翻开同期报纸，而我们看到的是《夏季到来话游泳》《××市举办歌舞晚会》《专业户自费出国考察》……

"亏了我一个，幸福十亿人——这就是我们南疆军人的价值和自豪！"是这样，真是这样。

坐在主阵地坑道里被褥一抓一个团的床上，那个把钢盔让给我的小战士，不无腼腆地扯了几句后，就这样和我侃侃而谈。热血沸腾，冲得我眼睛有些发潮。我问他："你不怕吗？"他脸上现出与那副娃娃相很不相称的严肃："生命只有一次，怎么不怕？可敌人欺侮到咱们家门口了，怕顶什么用？只有打！保卫祖国，保卫四化，我是到这里尽义务来的，就是在这里流尽最后一滴血，也是尽义务！……"我又问："你多大了？""18岁。"他一笑露出俩虎牙。我有些不信，他才告诉我，他是虚报一岁来当兵的。旁边的战士故意唬他："一岁？至少两岁！""他的嘴上还没长毛哩……哈哈……"

在法卡山下，我采访了一支马上就要奔赴前线的部队，参加了一个连队的战前宴会。铁碗、瓷碗、牙缸和饭盒盖，"叮叮当当"碰了两次后，有人把一杯酒擎到我面前："你从沈阳军区来，咱们南疆和北疆战友干一杯！"

我擎起酒杯，酒溢出来了，泪流出来了，什么也说不出来了。

可那还用说吗？法卡山什么都知道。

法卡山啊，我见到了你，我知道你，祖国人民也知道你。

选自《本溪散文选》

张永生　满族，辽宁省本溪县人。高级政工师、副研究员、律师、中国戏剧家协会会员、辽宁戏剧家协会理事、辽宁散文学会会员；辽宁省本溪市作家协会会员。出版戏曲作品选多部，评剧剧本《中秋泪》入选文化部"戏曲剧本孵化"二等奖、辽宁省第十四届精神文明"五个一工程"优秀作品奖。

村　戏

张永生

记得小时候家乡常演村戏。

村戏，是村里人办的剧团演的戏。

村戏，是村里人办的剧团演给村里人看的戏。

村戏，是村里人办的剧团在田间、院落、屋地儿和炕头都能演，村里男女老少人人都爱看的戏。

那时候好多村子都演村戏，但我们村的村戏更有名气。这不仅是我们村的剧团办的时间长，演员多，演出多，更因为我们村的剧团有个好团长，他就是罗家三叔罗春芝。罗家三叔是荣誉军人，战争年代失去了一只胳膊，可干起活来样样不比别人差。特别是他爱好文艺，不仅好唱几嗓子，还能编、能导、能演，又极有组织力和号召力。在我的记忆里，从我记事起，到后来村办剧团解散，罗家三叔一直都是剧团团长。别看他平时总笑呵呵的，可在排练场上，却是非常严格、非常严厉，他一严肃起来，大家都怕他。在剧团里，争角色，挑服装，闹不团结是常有的事，可在我们村剧团，就没人敢这么做。正因如此，我们村剧团一直办得很红火，在附近的大队甚至全公社也是名声在外，一九六二年全市文艺会演，我们村剧团还拿了个优秀表演奖。那时大哥在村办剧团拉板胡，记得有一张会演后全团的合影，前排蹲着的女演员捧着大奖状，人人笑得合不拢嘴！

那时村戏一般主要演出评戏和二人转，大都是传统剧目，也有一些现代剧目。打五六岁起，我几乎天天去听戏、看戏，我的评剧戏瘾可能就是这么培养出来的吧！其实严格说，村戏没什么排练和演出之分，每到排练时，村里人就都围在窗前或炕上，看排练。到正式演出，无非演员们搽点胭粉描描眉，穿上两件戏装，再就是照明的灯泡更大更亮些罢了，看戏的还是看排练的那些人。我们村的村戏演出的剧目很多,经常演出的有《茶瓶计》《杨二舍化缘》《夜宿花亭》《包公赔情》《劈山救母》等，我记得还有一出常演的戏叫《李延贵卖水》。说的是宋朝边关守将李延荣被奸臣诬陷通敌谋反，在京家小满门被抄斩，其弟李延贵侥幸逃出，前往苏州投奔未来的岳父——吏部尚书黄璋。黄璋嫌贫爱富，毁约退亲；无家可归的李延贵只得卖水为生。一日李延贵巧遇未婚妻黄桂英，二人互吐真情，几经周折，冤情得申，奸臣伏法，有情人终成眷属。每当扮演李延贵的李春来六舅挑两只水桶登台演唱"宋王爷昏君宠奸党，说我兄勾结贼寇反朝邦，将我父定罪下监受刑杖，害得我有家难归破庙把身藏，万般出在无计奈，大街卖水度时光！"时，观众就会发出同情的叹息，有些老大娘还时不时地用袖头擦擦眼泪。大家为剧中人之忧而忧，为剧中人之喜而喜，为剧中人之愤而愤。村剧团还演过一个印象很深的现代小戏《新风赞》，剧本取于《辽宁青年》，剧情是写一个农村小伙子为招待未婚妻，到商店买肉，路遇一位外地来探亲未找到亲属，想回家又没有路费的老大爷，小伙子就把买肉的五块钱（这在当时可不是小数目）给了老大爷。肉没买成，未婚妻却对小伙子助人为乐的美好品德格外看重，新风得赞，新人成双。记得结尾的四句唱词是："田野处处好庄禾，万紫千红映山坡，都是党的好领导，处处新人新事多。"村戏的演出，不仅活跃了村民的精神文化生活，也对村风、民风和家风都起到了潜移默化的作用。

村剧团农忙劳动，农闲排练演出，年节是更活跃。一般都是正月初五开演，各村都想早点看我们村剧团的戏，都早早和罗三叔打招呼，弄得罗三叔没办法，只好轮着来，今年这个村先演，明年那个村先演，很多爱看戏的人则剧团演到哪儿就跟着看到哪儿。那时还有人民公社、生产队等集体组织，但剧团一般不住旅社不吃公家饭，而是住到各家各户吃派饭。老百姓对剧团非常热情，演员一下车人们就上来抢，抢到手地拉着就往家走，兴高采烈，没抢到的则满眼失落，懊悔不迭。接到演员的人家对演员都是按贵客招待，新被新褥，还得住炕头，吃的就更讲究了，最少四凉四热，熘炒烹炸，应有尽有。晚上演出结束后，还有夜宵，让演员们美美地喝点儿烧酒，村民和演员那种雨水关系真是没的说！我有幸在村剧团活动了八年。村戏不仅培养了我对戏剧的感情，也拉近了我和村民的感情。排练村戏、演出村戏的那些情景至今记忆犹新，难以忘怀。

村戏土生土长，村戏土香土色。

我真的还想多看看村戏。

原载《本溪日报》

张正春　1952 年生。长期在本溪电台工作，曾任《本溪广播电视报》总编，在《本溪广播电视报》开辟专栏，颇受欢迎。出版散文集评论集《言为心声》。

刚强的小妹

张正春

双休日起床，电话铃声响了，原来是家住农村的小妹打来的。她说她上午来我家。她家那种情况能脱开身吗？我和爱人断定，小妹来，肯定有事。

小妹小我两岁，可大孙女已经 8 岁了。小妹是我母亲的外甥女。我记忆中的母亲其实是我的继母。尽管我和小妹没有一点血缘关系，但我非常惦挂可怜小妹。因为，小妹命苦。

小妹很小就失去父母，不满 17 岁就嫁人了。孩子没出生，丈夫就因病撒手归去。小妹是 30 年前在我们家坐的月子。没办法，孩子满月后，小妹忍痛把孩子送人了。两年后，小妹嫁给了现在的丈夫。丈夫虽然其貌不扬，但憨厚朴实能干，特别是一丫一小两个孩子的陆续降临，使山沟沟里这个并不宽裕的小家庭也充满了温馨，我们也都不怎么再挂记她了。

5 年前深秋的一个夜晚，小妹神色慌张地来到了我家。

原来，在这前一天，小妹的丈夫帮弟弟从汽车上往下卸苹果，一个苹果筐从车上掉下来砸在颈椎上，顿时一动不能动，当夜送到市内一家医院。

我们一家人急忙赶到医院，只见妹夫躺在病床上，除了眼睛转动，嘴能说话外，整个身体一动也不能动。

真是晴天霹雳，小妹哭得死去活来。

医院采取了当今能采用的全部手段，盼望着奇迹发生，可奇迹始终没有出现。“对他，我们没招了。”医护人员这样说。其实，我们心里早就这么想。

40 多天后，在花光了小妹家多年的全部积蓄，新欠了 1 万多元债之后，我们把小妹的丈夫送回了家。

医生说，像小妹丈夫这样的，活仨月俩月是他，活三年两年的也是他。关键在于伺候得怎么样。如今小妹的丈夫一动不动地躺在炕上，已经 5 年多了。

　　小妹的丈夫能活到现在，亲戚邻居、沟里沟外没有不夸小妹的，都说是小妹伺候得好！

　　小妹说，这5年，一年四季，不管春夏秋冬，她都是白天穿什么，晚上睡觉照旧穿什么，从来没脱过。脱了睡不行，哪晚不得起来几回？

　　小妹这次在我家住的两宿也是这样：我说，衣服脱了睡舒服解乏。小妹说，这些年晚上没脱过，就这么过来的，习惯了。

　　我的心不由得一阵酸楚。5年，那是1800多个日日夜夜呀！

　　这5年，小妹只是前年到我家来过一次。我和爱人则每年都抽空去小妹家。小妹哪次见到我们，先是高兴，然后就是个哭。那个屈呀！

　　母亲瘫痪在床几年，几乎都是我伺候的。实话实说，真不容易。可小妹的艰难不比我大得多吗？我母亲那半拉身子毕竟还能动弹啊！

　　小妹没少跟我说，要不是看孩子，她早就不活了，太累了，什么时候是个头呀？

　　"是我累了你，实在对不起。可我也不是故意的。你再累两年，等儿子娶了媳妇，我看见了孙子，死了，就能闭上眼睛了。"丈夫的话感动了她。她听从了丈夫的话。

　　两年前春暖花开时节，小妹又不惜拉饥荒，终于把儿媳妇娶到了家。如今，小孙子已经牙牙学语了。

　　本来想圆丈夫一个凄惨的梦，可现在令小妹不想活的，恰恰就是拉这些新饥荒惹的祸！

　　可她能把躺在炕上那个"活死人"弄死吗？要是小鸡小狗什么的，掐死也就算了。可那是人啊！那是在一起生活了20多年的丈夫啊！她说她什么时候也做不出来那种伤天害理、违法的事。他活一天，我就尽心伺候他一天。

　　可饥荒不容她这样做。她伤心的就是这，不想活也为这。

　　小妹说，这次来，就是想看看三哥三嫂。要不来，兴许就再看不着了（这次来，我才知道，她打算回去后寻短见）。

　　这哪行！那两天，我们两口子除了睡觉，就是和小妹唠，做工作。

　　最后，小妹说，听三哥三嫂的。

　　小妹回去好几天了。家里怎么样？我和爱人时常念叨着，心中时时都有一丝愁怅、惦挂。

　　小妹好命苦。但小妹很刚强。

　　好人一生平安。我衷心地为小妹祝福！

选自《言为心声》

张全国　1956 年生于湖北宜城。辽宁省作家协会会员、中华诗词学会会员，画家、摄影家。辽宁省本溪市南芬区文联副主席。擅古典诗词创作，出版《牧墨心疆》同名散文、杂文两部 60 余万字。

褐色长城

张全国

一生混掉半截子才看一把长城，实在笑杀捷足先登的好汉们。

在长城隘口、八达岭影艺公司照相部确实竖了块伟人手书"不到长城非好汉"的牌子，中外好汉们乐得像做新郎官，登城临风，果然荣辱俱忘，你让我照，更添"四海之内皆兄弟"的氛围。

我上长城实在不敢奢望当一条好汉，只是儿时在母亲膝前听过孟姜女哭长城的凄苦却不乏悲剧美的传说，正儿八经做过好多好多的长城梦，到如今才姗姗寻梦而来。

我看蜿蜒起伏的长城，真酷似一套茶褐线装绵延天地间的巨型古版书，平行轮齿一样的城堞是古书上的线装，而这部距今两千多年伟大而举世瞩目的杰作，不是哪位帝王将相才子佳人的创造，正是那些无数身着褐衣或光膀子的黎庶在多少个晨昏中采石、伐木、打夯、打碾、装卸，等等的劳动搬运号子中寸积铢累、盘万里之遥。于是才有了这个世界中古第七大奇迹，这条在卫星上看到的颇具生命力的线条横贯在具有五千年文明史的中华版图上。故此，它实在让我骄傲地要用自己突然想到的一个称谓称它为褐色长城。

早春二月赴京，我们一行几个渴望读长城大卷的长城的子孙们，一人花十元钱在北京站前包了一乘豪华点的旅行车，一起去读了两个小时的长城。具有两千年历史的褐色长城只读了两个小时，可怜只能读点皮毛而已，有的则怕"而已"也未必而已。

车近居庸关，我守着临窗的好位子，眼睛泡儿一般，闪来闪去，生怕遗漏万一，其实归来却也只认读了万一。在一片褐色的山峰上，蜿蜒的砖褐长城终于看到了，倏地我像又一下子回到妈妈的怀里，童年的梦中……

　　车进关中，城隅上杏黄牙旗迎天风猎猎，古乐盈耳似远古绕梁，更以为我在梦中而无可置疑，直到导游唤下车，我才惊梦初醒。

　　登长城颇要些耐力，尤其登八达岭主峰，那个"不到长城非好汉"的景点上，好身体的人也整得气喘吁吁满头大汗的。我自认块头不错，登上制高点后还心慌气短，腿肚子发软，尽管累得不行，却可以任罡风吹汗，凭垛口望远，虽累犹喜，兴奋备至，不白来一回褐色长城凡世人间矣！

　　临近返车时间，游兴仍然绵绵，好想在城下住一宿，领略一番"片月低城堞，星稀转角楼"的意境，品天地之"人化"（人化自然），发古人之幽思。回家与老婆子也吹一把："我登上了长城。"当看到这几个字在小摊上挂的汗衫上早已写好，且文图并茂，于是临上车掏几块钱给儿子买件回来。到了家，赴京数日的疲乏一起向我袭来，往热炕头上一倒横竖不想起来，绵绵睡意恰似登长城的绵绵游兴。老婆问到北京都看啥啦？我说长城（首先说出最难忘的和最想说的）。"长城跟油画一样吗？"一样，但要我画不会是一片绿色，而应是一片孕育着绿色的早春褐色，褐的砖、褐的荆树，以及鹰背褐的岭和巅。这样才古朴厚积，玄德莫测，像我至亲至爱至尊且半生只着褐衣的母亲怀抱，而看长城又似倾听母亲的一支古老的歌！

　　　　　　　　　　　　　　　　　　　　　　　　　　原载《本溪日报》

赔得有滋有味

张全国

人见妻都说找我这样的对象赔死了，言下之意就是说，妻那么漂亮，而我则粗汉、俗汉一条，浑身上下看得见摸得着的地方，没一处能招人待见的。

自古以来，人把人的脸面都当门面和商品广告牌，这是俯拾皆是的事情。其实我走哪了也是看门面和商标，漂亮的广告牌用眼睛多扒拉几遍，有时甚至看得激动就按捺不住，走一步退三步在原地打转，不忍离去。自从扛了妻这块广告牌子，经月老用挣不断的红丝线给咱们捆紧后，从此古井难波，再不曾为哪块漂亮的牌子激动得抓耳挠腮，磨磨蹭蹭的。因为我已有"曾经沧海难为水"这一张可意的牌子了！

当然，就可意讲呢，我们是双方面的，也就是说她当时扛我这块牌子原本也没嫌乎过我的粗俗和破糟的。她原是有着充分思想准备的，像一个赶大集前的当家姑娘盘算熟了自己的主意，方才选择了自己心爱的货物。但当同伴们在赶集回来的路上对其价值观指导下的选择物指指戳戳笑话个半死时，你知道她会独自抱着自己的选择而自信满满吗？这就是十年来我的满族格格心态吧。

十年不长也不短，我们已然有了一个小男子汉——一块还不错的小广告牌子吧。夫妻当然也有过"生活是一团麻""一杯酒"的疙疙瘩瘩、甘甘苦苦，然而妻的价值取向和价值观从未为之而动摇过。比如她有些好意同学每每提及咱们这对数千里南北方人结合的家庭时，人要妻谈点感受。妻呢竟然也说不上喜欢我哪儿了。有时她回到家用眼睛向我索求答案，也还是说不清道不明。1985 年，我们回老家湖北经过北京在工艺美术大楼参观时，记得我指着货架上的一只内画壶对妻说："喜欢这内画壶吗？"妻说："喜欢，难道你买一只不成？"我说："不用，我已经有了再买只会多余。""哪呢？"我靦脸拍了拍自己，妻会意地点点头却又说："你的内秀咋不像内画壶那样从外面也看得出来呢？"我则装模作样地说："那正是我与众不同之处，因为我是个釉面陶瓷的。"

反过来说，也记不清多少朋友疑我："她当时是怎样发现你的？"我说："感应了撞上的吧！"但妻对别人只淡淡地说："要了就要了，准备过赔却没怕赔过。其实无论日子多煎熬，只要心里还有爱，都能在彼此搀扶的时光里熬得有滋有味！"

选自《牧墨心疆》

张杰贵　1962年12月出生，汉族，当过兵，上过大学，业余时间以读书写作为乐趣。1985年后，在国内报刊发表散文200余篇。2003年曾荣获辽宁作协首届优秀会员"金桥奖"。现供职于本溪县政协。

怀念有信可读的时光

张杰贵

有信可读的时光令人怀念。

我读到的第一封家信，是1980年冬季，在内蒙古科尔沁草原深处，那个叫作兴安敖包牧村一蒙古族老乡家的炕头上。那年，18岁的我刚刚穿上军装，新兵连就设在这个偏僻的牧村里，我和另外5个新兵就借住在一牧民家的对面炕上。那时候，新兵们一周内只有周日下午半天休息时间，可以洗洗衣服，也可以写写家信。这个几乎与世隔绝的小山村，邮递员每个周日下午才去一次。新兵连里，最开心的人就是收到了家书的人。我们这些十七八岁的毛头小子，都是头一次远离父母，而这头一次就跑到了"风吹草低见牛羊"的大草原上。在当时，这一封封家书，是我们与家人和外界联系的唯一途径。

新兵中，谁的父母、同学来信了，大家都不保密，聚在一起，念出声来一起分享。谁的父母信写得好，大家就夸有水平；谁的同学字写得漂亮，大家边看边赞叹。

新兵连结束不久，我就被调到了团政治处电影组当了放映员。业余时间多了，我除了写字、画画外，写信仍然是打发时间的主要方式。给父母写信，也给哥哥姐姐同学朋友写信，写得多，收到的信也多。读朋友和同学们的来信就成了我部队生活的一个重要内容。

当时，有一个老兵姓罗，我叫他老罗，他在部队的军马所工作。老罗年龄也不大，只有22岁。我和老罗同在一个食堂吃饭，挺投缘的，一来二去地就成了好朋友。老罗当过"知青"，他当兵前处了个对象，女朋友每隔几天就给他写一封信。老罗很在意给女朋友回信的质量，便把女朋友的信拿过来给我念，然后让我帮着琢磨怎么给女朋友回信。他那女朋友的字写得挺秀气，我至今还记得信上关于劝他少喝酒的几句话："虽然说啤酒开胃白酒活血，但还是少喝为宜多喝为害……一杯酒是人喝酒，二杯酒是酒喝酒，三杯酒是酒喝人。"我帮老罗给他的女朋友回信都写了些什么内容，我实在记不清了。但当时为了帮老罗写情书，我还真下了不少功夫研究成语词典，那情书写的，遣词造句引经据典，老罗的女朋友回信时将老罗实实惠惠地夸奖了一番，说他当兵后文笔有了进步。老罗当时那个乐呀，专门请我喝了两瓶啤酒就着一盒沙丁鱼罐头。

代人写书信，文雅点的说法叫请人执笔。可惜的是，我这写情书的"专长"除了当年给老罗代写情书的时候用了几回，等到自己搞对象时一点儿也没有用上，白瞎了我当年那妙语连珠洋洋洒洒的文笔！

我写的最后一封信是1991年春天。当时我在县政府办公室当秘书，县政府号召在春耕生产中大力推广玉米地膜覆盖技术，派了130名县直机关干部到县内130个村蹲点，一个村派一个，督促检查，要求什么时候完成任务什么时候回来。我去蹲点的那个村是南部山区极偏僻的一个村。当时村干部和群众对县里的这个号召有抵触情绪，认为这项技术增产不增收，便把这气发到我的身上了。我吃住在村部办公室，一日三餐都是米饭就豆腐，一连吃了三四天，他们以为这么一来就能把我这个县里的人给气走。没想到我是个爱吃豆腐的人，不但没被气走，反而稳稳地住了下来。白天同村干部们挨家挨户地做群众工作，晚上就同村里更夫住在一个土炕上。那简易的村部没有电视机、收音机之类带响的东西，只有一铺大炕，更夫大叔睡炕头我睡炕梢。我家里那时候也没有安装电话，晚上的时候，百无聊赖的我只好拿起了笔，把当时的心情写给了妻子。说实话，那封信也不是情书，只是用写字的方式来打发晚上无聊的时间。

信邮走一个星期，我便完成了任务从山村回到县城。又过了一个星期，妻子才接到我在两周前写给她的信，叫我哭笑不得。

从那次下乡回来不久，我家里就安上了电话，平时出差在外，就用电话给家人报平安了。写信、读信这事儿，渐渐地就从生活中淡出去了。接着，BP机、手机渐渐地普及，我的生活节奏一下子方便快捷起来。写信、读信这事儿，差不多被人们遗忘了。去年，我有幸去了趟德国、法国、比利时、荷兰四个欧洲国家和一个非洲国家——埃及。当我徘徊在巴黎圣母院门前，登上埃菲尔铁塔之上；当我徜徉在莱茵河畔，流连在金字塔下，泛舟尼罗河谷……我可以把那时激动的心情在顷刻之间用手机讲给远在万里之遥的朋友，尽管这两地之间存在六七个小时的时差。我当时就想，如果我是在100年前出国，光一个往返的通信至少也要半年。

朋友的儿子在美国念中学，几天前我问他："孩子学习生活得怎么样？"他说：

"很好，我和他妈每周一次定时同他在网上视频，胖瘦都能看到。"

如今，现代化通信给人类生活带来极大的便利，这个地球果真成了地球村了。

我今天上午在整理书房时，看到了当年在部队保存下来的 30 多封信件。读了其中的几封，往事便一幕幕地映到了眼前：尽管现代化的通信给我们的生活带来了便利，我还是怀念那有信可读的年代，和读信时那从指尖慢慢走过的美好而悠闲的时光。

那不知承载了多少个家庭多少对情侣喜怒哀乐和深厚情感的一封封家信，悄无声息地从人们视野中消失了。短短的十几年，恍如隔世。

我知道，我们都无法回到从前了。就好比我现在写这篇文章时是坐在电脑前面敲打着键盘，而不必像过去那样"爬格子"。写到这里，我突然想起普京的一句话，"谁不为苏联解体感到惋惜，谁就没有良心；谁想恢复过去的苏联，谁就没有头脑"。

我想，每个人都有怀旧的心态，就好像我总是怀念那有信可读的时光一样。但是，历史是不可能倒退的，就好像今天的俄罗斯不可能恢复成苏联一样。

原载《本溪日报·洞天》

张　玮　女，生于20世纪60年代。原在本溪市水文站工作。曾写过感人的诗作《流浪的婚礼》，后调至长春市。

一路平安

张　玮

去年的今日，我们在一片结满榛果的山坡上，站成一排稀疏的篱栅，无奈地望着你一步一步地走向土地深处。

山下，有一条逶迤低吟的河流，娉婷地从远处漂来，又娉婷地向远处漂去。如诗如梦，美丽得使你抛开了你一直热爱着的兄弟，头也不回地去，沉迷于她的爱情之中，从此再也不肯出来。

一生谨慎的人，这一次却毅然决然，是否因了某种神圣的感召？

相隔的路途也只在一步之间，待要举足，却又如天地般地遥瀚。爱你的兄弟向你伸出手臂，声声唤你，唤你归来……

终于寻到你时，你却用平生第一次的无情，拒绝这个世界的阳光和空气，向着土地的深处，一步一步地走去。在我们望得见你的最后一瞬，你回眸一笑——然后你纵身跃去！

土地之下是清纯的水，我们知道，你沿着这水，鱼儿一样游去了那美丽的河流，留下我们，在结满榛果的山坡上，站成一排稀疏的篱栅，无力于风云变幻。

浩渺的海洋是风景，苍凉的沙漠也是风景。在你深入土地的地方，牧羊老人正向着他的羊群讲述一条河流的魅力。他说："很久很久以前……"

轮回。两个世界因为距离而成了各自的传说。去年的那个正午，我们这里的天空曾经大雨倾盆，雨落在结满榛果的山坡上，汇成一丝一缕的小河，又一丝一缕地注向你深入的土地。顷刻之后，天空晴朗，湛蓝而高远，遍地寻不到一滴能于掌心一握的雨痕。是否，你以水的方式别我们而去，又以水的方式来看望我们呢？

很多时候，我们太需要这样来慰藉了，尽管我们知道，你不会再来，而我们却都要去。

在你一步一步地走去时，我们正一步一步地走来。

一路平安——去年的今日，这样祝愿你时，也这样向自己祝愿着，今年的今日，我们却无法集结。爱你的兄弟们别你之后又走在各自的日子里。唯我，带着一颗青壳的榛果，在一个迷茫的黄昏，远别家乡，踽踽北上。

风雨潇潇，谁来祝我：一路平安！

选自《本溪散文选》

张　帆　1982年生于本溪市，大学学历。本溪市作家协会会员。2006年从《一棵树》开始文学创作，先后在《辽东文学》《本溪日报》等媒体发表散文作品多篇。

一棵树

张　帆

色树泊子有许多人工林，但我在端详一棵人工栽植的树。

树是平常树，但一经栽植，经历却非寻常。

从种树人种下一棵树，一个生命的历程就开始了。

当这个生命站立在这片土地上，当它的根被牢牢压在泥土下的时候，它就萌发了自己的追求，传承了生命遗传基因的绿色，它要长大，和身边的兄弟姐妹一起长大，像曾经存在的原始森林一样，它要成为一棵参天大树。

某天早上，它一觉醒来，惊喜地发现自己长高了一点儿，它还长出一只手臂出来，谁知还没来得及欢喜一番，只听"咔嚓"一声，一把铁剪子就把这只手臂剪掉了，它忍着连心的疼痛，愤怒地看去，居然是那个种树人！它不理解，当初是这个种树人让自己在这里成长的，但为什么要伤害自己。隐隐约约它仿佛听到种树人说，是为了让其更快地长大，它仿佛才明白，这就是等量交换，要它长得更高更快，必须付出一定的痛苦，它默默忍受着痛苦，它为得到痛苦而感到高兴。

冬天来了，它被再一次地感动了，种树人为它加了一层又一层的防寒布，让它的身体和它的心都温暖了。它又明白了，自己是这个种树人亲手种下的，他对待自己当然会无微不至了，它渴望着长大，渴望接受更多更大的痛苦来磨炼自己。

年复一年，它真的长大了，有一天它发现能看见那个种树人了，它看见他在一幢大楼里，它就这样看着，默默地祝福这位带给自己幸福的种树人……

曾几何时，它有一天终于发现自己不像从前长得那么快的一刻起，那是树木成材的自然现象，但它不知道，它只觉得耳边传来"唰唰"的电锯声，似乎还伴着同伴们的"嘶喊"，不过，它没法分辨那种声音是痛苦的哭泣，还是幸福的高叫……

　　当一切归于平静之时，它看到它的同伴被高高地码在运输车上，慢慢地消失在远方的地平线。

　　未久，远方的地平线上，凸起个火柴盒似的方点，抑或是个圆的，或三角的点，一幢幢高耸的木楼建成了，特别是在看到种树人和种树人"乘凉"的子孙们，不，还有很多很多的其他人都在那幢楼前出出进进时，它闭上眼睛默默地接受了大电锯的"裁决"洗礼，于是它感觉一种前所未有的至伟与崇高。

　　　　　　　　　　　　　　　　　　　　　　　　　　选自《辽东文学》

侯宜坤　女，1943 年生于黑龙江省。1964 年毕业于辽师大中文系。先后在本溪市各学校任教并任副校长。1978 年在《辽宁日报》发表短篇小说《等待你》（与孙铠合写）后，曾在省市报刊上发表过《纽扣》等散文多篇。

萍

侯宜坤

握着电话听筒我想起了她当年那双顾盼流光、勾魂摄魄的黑眼睛。

穿过二十年的岁月，她来看我们抑或是看他。

那时我们读大学四年级。他已悄悄地和我谈恋爱了。一次，我从宿舍的三楼往下走，看见二楼楼梯转弯处，他和她相对无言地站在那里，她正用手帕拭泪。那泪是酸是苦，我不得而知。但落在我心里却是一个乌黑的墨滴。

不久，在他的日记里，我读到了这样的诗："何时偶遇萍浮水，几日奔流水去萍。萍水一分千万里，天涯何处问飘零？"

毕业后，我们虽分在一个省，却不通音信，各自在时代的风雨中苦苦地挣扎。落在心里的墨滴是各种各样的，一滴比一滴大，一年比一年多，最终结成了一层黑色的硬壳，以致把整个心包住。出差。路过。顺便看看。只待几小时。电话里絮絮地、语无伦次地说。

当她站在我们面前，我一下子明白了什么叫沧海桑田。以往的摧残写在她的脸上，"斗私批修"的刀伤刻在她的眼角。她哪里还有当年的丰韵？然而那眼睛，那当年曾顾盼流光、勾魂摄魄的眼睛变得既熟悉又陌生。那眼中的痴迷的温情，经过岁月的洗涤，变得更加深挚和纯净。它顿时融化了我心中二十多年前的那滴墨痕。人啊人，岁月改变了一切，却不能改变你这小小的企盼，人们有时希望得到的是多么少、多么少啊！

父母的呵护、师长的垂青、异性的羡慕，那是年轻时代簇拥在身边的鲜花。当踏着凋零的花瓣步入人生的秋天后，剩下的是荒凉和寂寞。她的爱心，可是秋风送来的一片红叶？

一桌丰盛的菜肴，体现了我和他用二十多年时间练就的全副手艺。她赞不绝口，但没动几筷。视线总随着我儿子左右移动，并说她儿子也这般大了。他们刚巧是当年我们三个上大学的年龄。他往她的菜碟里夹了一块肉段，她多皱的脸几乎觉察不到地红了一下，马上掏出手帕来擦嘴。我窥见那手帕角上绣着一朵浮萍漂在水上的图案。

她说，她和她丈夫要调到边疆去——那地方很好。一切关系都已办妥，回去便启程登车。那天晚上，她很高兴，话说了许多、许多，但我总觉得还有什么她没有说。

第二天一早，我和他把她送上了火车。

在我的心中，那洁白的绢丝织成的青年时代，萍是我心中的一滴墨痕；谁料想，到了色彩驳杂的中年画布上，它竟变成了一枚火红的枫叶。不知在岁月洗旧了的暗淡的老年卷轴上，它会不会是一朵散着幽香的小花？

原载《本溪日报》

纽 扣

侯宜坤

近日父亲从故乡来溪看病，挤汽车、跑医院、找大夫，我忙得像陀螺似的转，这回充分显出了岁月赐予中年妇女的那份干练。

车上挤得透不过气来，好不容易才请人给父亲让了个座。我从别人的腋窝缝里伸出头来，松了一口气，抹去了额上的汗水。

突然，我觉得有人轻轻地拽我的衣襟。我绕过别人的胳膊低头一看，是一双瘦得枯枝似的手正哆哆嗦嗦地在系我毛衣外套下摆上的最后一个扣子，那举手的艰难，像是拼足最后一丝气力。

啊，父亲！我的泪水一下子涌满了眼眶。

父亲得的是绝症，人生的路不长了，也许连上医院的这条路都走不了几回了。在这拥挤的汽车上，在他难忍的疼痛中，仍惦记着女儿的纽扣没有系好！

在这一刹那，我深切地感到了那种无法言说的温情。

离家闯荡30年，生活的风风雨雨洗尽了少女的娇羞和纤弱，洗出个饱经辛酸的健壮妇人。白发初生的今天，早已不敢奢望父母给自己系纽扣的温馨，不期它又这般地来到眼前。

记得那是30多年前的往事了。我和父亲也是一起乘公共汽车，公路两旁浓密的绿荫扑面而来，映着我衣服上的绿色蝴蝶结。因为这件衣服是妈妈连夜赶制的，没来得及钉纽扣，爸爸就用两条绿缎带在我胸前系上了。

结果那硕大的"蝴蝶"随着车轮的节奏在我胸脯上一蹦一跳像活的一样，我开心地指给爸爸看，他笑着说："比纽扣还好。"

好像我们还没来得及把那件衣服的纽扣钉好，我已步入了中年，父亲也重病缠身，形销骨立了。

我不敢想象，不远的日子，世界上就再也找不到这双给我系纽扣的手了。如果那样，今生今世我怎么系衣襟下摆那最后一颗纽扣呢？

原载《本溪日报》

贾　坤　女，笔名西贝。1947 年出生于辽宁省本溪市，2002 年退休。老三届高中毕业，后又读电大中文专业。曾在平山区工作，1985 年到报社，长期在《洞天周报》工作。其间开办的"西贝信箱"，在读者中产生很大反响。工作之余，写过一些散文作品。

春雨潇潇的黄昏

贾　坤

春雨潇潇的黄昏，女儿、丈夫都没归来，一个人油然而生无奈的寂寞，莫名的惆怅，心儿沉沉的。

忽然电话响："你是本溪吗？"话筒里传出一个女孩的声音。"对呀，你是谁？"一阵惊喜，以为是在大连读书的女儿。

"我是抚顺，是随便拨的号，想向你打听一下二二七医院的电话，帮我查查好吗？"

"可以。请你先等一下。"翻开电话号簿，查出了二二七医院。

"喂，是 438332。"

"谢谢你了。我们可以认识一下吗？"女孩的声音里充满了喜悦、渴盼。"当然可以。"

"那我先来介绍一下我自己。我叫白雪，在本溪待过，今年二十四岁。现在搞个体服装工作。你呢，听声音我该叫你姐姐了，可以介绍一下吗？"我被她的热情所打动："白雪？多好听的名字啊！"

她笑了。

"其实你不能叫我姐姐，我该是你阿姨。我女儿只比你小三岁。""是吗？真想象不出来。她在哪里？做什么呢？我该叫她妹妹了。""她在大连外国语学院读书。"

"您叫什么名字，在哪里工作？"

我们交谈着，全然没有陌生感，仿佛是老朋友、老相识。在亲切交流中，我得知她家在抚顺，曾在二二七医院当过兵，复员后停薪留职，搞起了个体服装工作。她说她不愿受约束，个体单干适合她的性格，她想怎么干就怎么干，可以充分发挥自己个人的意愿。她瞧不起那些依靠父母吃饭的阔小姐，虽然她也有那些条件，但她决不利用，她要用自己的双手去编织自己的梦幻。

末了，小白雪又说："阿姨，我经常出门，等有时间到本溪，一定去看您。我想您一定会是一位非常温柔可爱而又漂亮潇洒的阿姨。"

"我欢迎你来本溪。但你看了我一定会失望的，因为我是一个粗暴的、没有教养的、令人讨厌的、丑陋的、有'傻'没潇的女人。因此，我更希望我们永远保持电话联系，这样可以保持你的那份美好的想象，一种朦胧美。"

白雪听了咯咯地笑了，我们互道再见，放下电话，于是沉沉的心变得轻松起来。

茫茫人海中，我并不知也不识这位小白雪，只是一个偶然我们交上了朋友。人世间该有多少美好的东西？有些是可以寻得的，像欢乐、幸福。有些是可遇而不可求的，像友谊和爱情。这个春日的黄昏，我从一个陌生的女孩那里寻得了一份清纯的欢乐，遇到了一份清纯的友谊。

噢，小白雪。

原载《本溪日报》

贾玉普　满族。1964 年生于辽宁省丹东市宽甸县。做过农民、教师，现就职于一群众文化部门。二级专业作家。1985 年发表第一篇作品至今，已在《辽宁日报》《鸭绿江》《诗刊》《散文选刊》等报刊发表二百多万字。出版诗集《草和沙子》《打碎的水》和《鸟的哭声》。

乡村的最后记忆

贾玉普

小侄儿从乡下来，送来猪腿、猪血还有酸汤面、煎饼、黏饼和蕨菜干儿，满满一个编织口袋。打开，浓浓的年味儿就洒了一地。

小侄儿二十六了，也做了父亲，他的女儿马上过三周岁生日。提到女儿，他的脸上就跳出更多的天真和灿烂，他说他从不批评女儿，即便女儿做错了事情，也只是站在一边笑。为此，侄媳经常用指头点他的脑门：孩子都作上天了，你还笑。

小侄儿提前一个星期就打电话来，说要在冬至的前一天宰年猪，要我回去。我告诉他腰疼，坐不了那么久的车。结果，冬至的第二天他就来了，背着一个大大的编织口袋。

在厨房里给小侄儿热饭，陪小侄吃饭，忍不住要问他许多乡下的事情。一些涉及老辈儿人的，小侄儿会一时卡在那儿，我就提醒他那个人有一个什么什么样的儿子或者一个什么什么样的女儿，小侄就恍然大悟：原来他叫这个名啊。涉及一些我未听说过的年轻人，我就立刻叫住小侄儿：他爹叫什么？

看小侄吃饭，听他讲乡下的事儿，一股浓重的乡土气味儿直往胸口上涌，跟棉团儿似的。我和小侄儿都是那块土地长出的草，还有他的父亲、我的父亲，因为他们过早地离世，我们便过早地扎入土里。是父亲们教我们如何站在他们的肩膀上，再把他们的肩膀变作土地，一路引领，一路付出。如今，孩子已经不知不觉爬上我们的肩头……我经常产生这样的想法：父母根本没有离开过我们，他们只是提早出发——他们注定要做先遣者和驿站，提前到那里盖房、生火、清扫庭院……他们的栖息地是我们永恒的方向和跋涉。

时间这东西，到底还藏了些什么？像一根橡皮筋儿，当你觉得日子过得腻歪，它就会怎么抻也抻不到尽头，当你感到了时间的美丽，想挽留住它，它就会用你想象不到的速度缩回手脚。

大哥去世那年小侄18岁，我问他：想你爹吗？小侄就笑了：能不想吗？我又问：想你爹你还笑。小侄就不笑了。

大哥手术是我帮他找的医院，大夫找我签字时告诉我，大哥的病是胃癌中期，手术后需要化疗。我问大夫：化疗需要多少时间、多少钱。大夫说：需要三年，得准备三万块钱。大哥知道了，手术后第七天就要求回家，他说：化疗需要三万元，他宁可去死。两年后，癌细胞扩散，大限将近时，我回到老家看望过他，大哥握了我的手，用弱得几乎听不到的声音问我：化疗，还来得及吗？我既没有点头也没有摇头，只是在心里埋怨：你不是舍不得钱吗？大哥又说，如果能再多活两年，哪怕花30万元我也想……

我握紧大哥的手，眼泪就止不住流下来。我对大哥说：你就怪我吧，是弟弟太穷太无能了啊！

大哥走的那年47岁。他的走几乎是情理之中的事情。

那时候我刚毕业，处了一个女朋友，对方的父母要求见我娘，我就给娘写了信，娘就来了。我家人稀，到我这儿已经单传了五辈儿了，为了让我活得久一些，娘一把我生下来，爹就取了一个女孩儿的名字，叫"老姑娘"，父亲说：放在姑娘堆里，好养。

从女朋友家里出来，娘跟我一起回到宿舍，娘说，有女朋友了，她就放心了，只是身边的大哥，让她的心怎么也撂不下。为此，娘第一次跟我讲起她的前夫，讲大哥小时候的事情，娘说，养儿不养俩，养俩没了家。而她，一辈子嫁了两次，却偏偏生养了两个儿子。娘告诉我，有没有家她不在乎，她只是担心大哥会走到她的头前儿。我说，怎么会呢？大哥才多大呀。娘说，你不知道啊。

娘告诉我，大哥从生下来那天开始，除了吃奶和睡觉，就一直哭个不停。大哥活到五岁那年春天，一个过路的孟先生进屋讨水，见炕上大哭不止的大哥，长长叹口气，对我娘说：这孩子，不是长瓜瓢啊！娘惊呆了，半晌才愣过神儿来，急忙拦住先生，问：先生，你看出了什么？可不好瞒俺。姓孟的先生就说：这孩子的魂儿丢在山神庙里了。我娘紧紧拉着孟先生的手：先生，你既然能看出来，你就一定有办法救他，你可一定得帮帮俺！

孟先生就施了法：点着纸，领着娘从山神庙一路祷告回家，用纸火点着一碗烧酒，趁热让大哥喝了。大哥立刻止住了哭，在炕上睡了整整三天三夜，醒来时，笑了，跟娘要吃的。娘一时高兴得不得了，跪地上给孟先生连磕了三个头，抬起头时，孟先生已经不见了。

娘说，人活着，有许多事儿是说不清的，到现在，连她自己有时都不敢相信那个孟先生是真的，如果仅仅是场梦倒好了，那她就不用担心大哥命短，就不会害怕白发人送黑发人。可是，那不是梦啊，打那儿以后，大哥几乎就没再哭过。手术时，大夫要给大哥打麻药，大哥说，不用，我不会痛。大夫不信，以为大哥是让病折腾得糊涂了，大哥就让大夫先动刀，说我痛了，你再打麻药也不迟。大夫和身边的医务人员都惊呆了，站在那儿，你看看我，我看看你，一时都没了主意。

娘在最后的时刻嘴里还念念不忘，说自己怎么就生了这么一个怪物。当意识到她自己果真要在大哥之前离开这个世界的时候，脸上还是挂满了安静和满足。娘说，她能走在大哥前面，一定是祖辈为她积德了。我不知道娘的祖辈为她积下了什么，可我知道，娘这辈子，为我们积下的却是无穷无尽啊！

娘是在大哥走的前一年离开的，娘为自己选了一个地儿——西山板栗园子的左上角。娘说她哪儿也不去——谁让俺两家生了俩儿呢！那时我才朦朦胧胧地感觉到娘的"俩儿无家"的本意。

大哥也为自己在西山选了个地儿，距离娘有百米来远。大哥为什么不回祖坟？大哥没说，我猜想这里面一定有娘的因素。大哥的父亲是在大哥六岁时亡故的，身下还有我的两个姐，在我父亲来到他家之前，娘的日子是在冰上过的，是在火里过的。十二年后，当我的父亲也离开人世的时候，我的身下又多出两个妹妹。娘说她不怕了，娘说大哥大了，她不会再找人家，她会一直守着我们，把日子过到最后……

娘把日子过到了最后，大哥也把日子过到了最后。他们的离开，把我的整个人都推到家族的前沿上了，单纯的儿子、弟弟忽地一变，成了单纯的父亲和兄长。不仅是在精神上要带领起一支家族的团队奔波在生存线上，更多地，还要为了娘和大哥留下的那么多的"缺口"做出完整的修补。不仅要做一些事情给晚辈人看，还要用自己的行为让他们感受到亲情的体贴和温暖。在他们面前，我时刻要把热的一面露在外面，冷的一面藏在心里。无论是在城里还是在乡下，我最恐惧的事情就是为同龄人的父母祝寿，面对他们的父母，或者是父母的父母，我为自己构建的防护总是在不经意间纷纷塌落，我掌控不住自己的眼泪，它们总是像山洪一样，在蜡烛点燃的一刹那冲破我，打败我……

小侄儿第二天要走，我苦苦地挽留，他又多住了一天。我把身上的棉袄脱给他，他婶儿说，洗一洗吧，我说不用——洗过的棉袄或许就不那么暖了啊！侄儿穿上我送他的棉袄，笑了。侄儿的笑，一下子让我想起那个遥远的春天——我是为了寻找那丝丝缕缕的阳光才把棉袄脱下来的吗——那天，大哥一直把我送到村口，把父亲留给他的那件棉袄从身上脱下来递到我手上，对我说：好好念书。今天，我把这件棉袄交给小侄儿。那一刻，我又一次感受到了那暖意中的苦涩，就像西山上的板栗，全身长满扎人的刺儿。

临上车，我对小侄儿说，要过年了，上坟时别忘了多备一份纸，替我多说一句话。侄儿没说话，只是点头，我注意到，侄儿点头时，脸上没有一点儿笑容。小侄儿挤进了汽车，关闭车门的时候，一股浓浓的年味儿随着正在启动的马达把我的心拧紧。我站在路边，感觉冬天就像一个辘轳，正在把我吊进村边的那口老井……

选自《散文选刊》

贾春林　1966 年出生，曾在 38 军某炮兵团任报道组组长。供职于南芬区文旅局。现任本溪市作家协会副秘书长、南芬区文联秘书长、南芬区作协主席。在《解放军报》《中国国防报》《辽宁青年》《辽东文学》等报刊发表散文百余篇。

山的味道

贾春林

俗话说：一方水土养一方人。无论身在何地，我都忘不了山的味道，家乡的味道，因为这是温馨的港湾，魂牵梦萦所在。

在我的记忆里，山的味道四季分明，沁人心脾，永不磨灭。春天来了，伴随着淅淅沥沥的春雨，肥嫩清爽的山野菜尽情地吮吸着大地母亲的甘甜乳汁，像拔节的竹笋，争先恐后地露出小脑袋，"嘎巴嘎巴"地使劲往上长，满眼青翠欲滴、葱葱茏茏。什么大叶芹、猫爪子、猴腿、刺嫩芽、蕨菜，食法多种多样：做馅包饺子、蒸包子；用清水煮熟后凉拌或蘸大酱吃，爽滑润口，感觉赛过活神仙！山野菜是唯一没有受到污染的绿色食品，具有清热解毒、利胃健脾等独特的药效，早在李时珍《本草纲目》中就有详细的记载。春天里，采摘山菜是山里人的一大乐趣，采多了不仅可以拿到市场上出售，还可以晒干或冷藏以便留在冬天食用。

到了夏天，得益于大山馈赠的特殊食材，在辽东能品尝到一种满族风味小吃——菠萝叶饼。菠萝叶饼是这样制作的：人们先把玉米楂子放在清水中浸泡数日到略微有酸味后捞出，带水磨成面，以豆角和猪肉拌馅，再用从山上采回的嫩柞树叶（满族人称其为菠萝叶）包成饺子状，放进锅里蒸熟了以后便成了菠萝叶饼。这种食品外观晶莹剔透，吃起来酸甜可口，开胃健脾，耐人寻味。

秋天则是十里飘香，松树伞、榛子蘑、山里红、山葡萄、圆枣子等山珍野果丰收一片。山蘑菇是一种独特的野生菌类，味道鲜美，营养丰富，药用价值极高，每年秋季在雨水充沛的时候便破土而出，漫山遍野，灿烂夺目。众所周知，山蘑菇的食法多种多样，可炒着吃、炖着吃，也可煨汤喝，其中有几道东北名菜叫"小鸡炖蘑菇"和"小白菜炖蘑菇"等，主要食材便离不开山蘑菇，口感清爽，回味无穷。值得一提的是闲暇之余，品上一口自采自酿的山葡萄酒，气味香醇，柔顺绵长，赛过琼浆玉露；红彤彤的山里红和绿莹莹的圆枣子，酸中透着甜，是生活在城里的妇女们的所爱、山中极品。山核桃、大榛子、松子，皮薄肉厚，营养丰富，美容保健，嚼起来清脆爽口，余香阵阵。

到了冬天，天寒地冻，大雪纷飞，人们也能享受到山的味道。山蜂蜜汇百花之精华，色泽红润，清香甜润，内含葡萄糖、果糖、氨基酸、蛋白质、维生素、酶和生物活性物质等多种成分，为蜂蜜中的极品，是传统满族特色食品离不开的食材之一。纯净的山蜂蜜闻起来清香甜润，散发着习习的花香，品尝起来，清爽绵软，令人浮想联翩，且具有滋润养颜之奇特功效。由于在漫长的冬天，山蜂进入了休眠期，正是"摇蜜"的好季节。而能在山里人家亲眼所见采蜜、收获的全过程，品尝到清爽绵软、甜透全身每个神经的新蜂蜜，不愧为一大乐事。

"棒打狍子瓢舀鱼，野鸡飞到饭锅里"是当时形容东北自然资源和动物十分丰富的赞美话。大雪天由于挨饿受冻，加上迷路，一时发蒙，狍子、野猪、山鸡和野兔便自投罗网，闯进农家小院、牲口棚或粮囤，束手就擒。早年我曾在农村亲戚家品尝到这些野味，鲜嫩无比，不柴不腻，不带一丝肥肉，胜过人间任何美味。

这就是山里人的"福分"，一年四季有盼头并能品尝到多种山的味道。有朋自远方来，我的待客方式看似十分简单，但很受欢迎，往往先带他们到山里走走、看看，品尝点野味，然后再送些山货当纪念品，与大家共同分享山的味道。

选自《辽东文学》

郭志军 1962 年生，黑龙江省绥棱县人，在职研究生，曾在部队、市政府等部门任职。辽宁省散文学会会员，本溪市杂文学会会员。在《人民日报》《解放军报》《前进报》《辽宁日报》《本溪日报》等发表新闻、通讯、散文、杂文、报告文学等千余篇。有现代公文写作工具书《助您成为笔杆子》《应急管理实用文体写作》出版。

家乡的晨号

郭志军

猛然，我从甜睡中醒来，仿佛听到了号声。可仔细谛听——不，原来是雄鸡在啼叫。

一切都好像还是在昨天似的，一只不成熟的小鸟儿扑棱棱地带走了母亲的希冀。

如今，鸟儿飞回来了，翅膀下旋着豪气。

在这曙光初起的时辰，鸟儿该向哪儿飞呢？

记得刚刚上小学的时候，不识字耳双聋的母亲拖着不听使唤的双腿，一步一步地艰难地把书包挂上了我的肩，把一个"望子成龙"的意愿和彩色的铅笔一起装进了我的少年。

我笨得可怜，"成龙"的光环被我一节节送给了鸟窝、牛栏、小河……

忽然有一天，草绿色的军装裹住了我矮小稚嫩的双肩。母亲流泪了，泪光里闪出新的火花。

伴着军号起床，伴着军号入梦，我胖了，长高了，立功了，当连队文书了……

昨夜，我回来了，从军营。银丝，已飘上了母亲的双鬓；皱纹，深深勒进她的额角。她一个劲地笑，满脸红润。

我提着行李，望着母亲，嘴唇讷讷地动……

啊——雄鸡又在激昂地啼鸣，像军号在吹。

母亲起床做饭了，我穿上留有领章印痕的军装，凑到母亲的身边说："妈，我想上班，起码到社办企业……"

"在家里，小军，帮我种责任田。往日，我以为只有当工人、拿工资、吃官粮……现在明白了，干什么都有出息！"灶火在噼噼啪啪地烧，烧尽了我的内疚和不安，也烧沸了我的热血。

军营的豪气，又在我周身沸腾，和着泥土的芳香。

曙光普照的大地，寒冷中也觉得暖融融的。此时我明白了，何处没有催人奋进的号音？而响着号音的地方，必有坚实洒着汗珠的脚印，必有梦想和希望的大地的勃勃生机！

原载《本溪日报》

郭新生　男，1957年出生，本溪市公安局退休干部。于《本溪日报》《鸭绿江》等报刊发表多篇作品。

坐怀不乱新考

郭新生

坐怀不乱，一条格外抢眼的成语，只读一遍就再也不会忘记。为什么？就因为这条成语展示的情景足以让任何人浮想联翩，意马心猿……

一个妙龄女郎坐在你的怀里，白皙的脸颊轻轻偎于你的肩膀，窈窕的身躯深深陷入你的臂弯，丰满的前胸紧紧贴着你的心口，纤细的玉臂绵绵绕在你的腰间……

我的天哪，遇着这事儿，哪个老爷们能不热血沸腾、蠢蠢欲动啊。

且住，不要胡思乱想了。你光想着"坐怀"的美妙，怎么不想想"不乱"的缘由，这才是需要研究的关键所在。

经查，美色面前不为所动者还真是确有其人。

元末明初的史学家陶宗仪所著《南村辍耕录》一书记载着这样一则故事："柳下惠夜宿郭门，有女子来同宿，恐其冻死，坐之以怀，至晓不为乱。"大致可译为：有个叫柳下惠的人，一天夜间因故睡在城门洞里。接着又来了一个女子，也要在那儿过夜。当晚很冷，柳下惠怕她被冻死，就让她坐在自己怀里，紧紧搂着她。直到天亮，两人都没有做出越轨的事。此事在《荀子·大略》中也有相同记载，看来柳下惠这段经历的真实性还是靠得住的。成语"坐怀不乱"就是由此而来。

柳下惠是谁，怕是没几个人说得清。颇下了一番功夫，才查出此君本是春秋时期的鲁国人，生存的年代比孔子还要早些。一生没有受到重用，只当过管刑狱的小官，却是个品德高尚的正人君子，孔子、孟子对他都非常推崇。不知何人以他的一段经历创造出"坐怀不乱"这一则成语，才真正使他名扬天下，并且被作为道德高尚的楷模，为历代称赞，成了学习的榜样。德高望重的长者往往以此教导后生，要向柳下惠学习，要禁得住诱惑，要站稳立场……

但是，后生可畏！后生们都是有文化、会思考、明理性、懂感情的人。随着人类文明的不断进步，对坐怀不乱的质疑早已不绝于耳啦。

　　说柳下惠坐怀不乱是因为他品德高尚，有人对此表示很不信服。不要说深入研究，仅粗略一想就能发现疑点。柳下惠将人"坐之以怀"时是什么环境，寒风凛冽之中，残砖断瓦之上，还能有乱的欲望和冲动吗？不乱尚且"恐其冻死"，若再宽衣解带，还不成了冰棍儿。再者说，柳下惠怕别人冻死，自己当然也是很冷。把一个人抱在怀里，相当盖了一件皮大衣，对自己也是很有好处。所以有人得出结论，柳下惠之所以没有乱，是因为当时的条件和环境不允许。以此而把柳下惠说成道德高尚的楷模，理由实在太不充分。

　　《南村辍耕录》中还有一则故事，故事主角的品行可能要超过柳下惠。

　　有个叫秦君昭的人要去京师，一位姓邓的朋友设宴为他送行。酒席间朋友唤出一名年轻貌美的女子对秦君昭说："这是我为京师一位部主事买的小妾，想求你顺便将她带去。"秦君昭一听吃惊不小，连忙推辞。旅途当中，美女相伴，这般妙不可言的事谁能管得住自己，一旦失手对不起朋友啊。再三拒绝后朋友生气了："就算这小女子让你尝了个鲜儿，不就是几个钱买的吗，干什么推三阻四的！"秦君昭无奈只得从命。要说这秦君昭还真有个怜香惜玉的样儿，一路上对女子呵护有加，关怀备至。夜间住宿时蚊虫太多，秦君昭就让女子进到自己的蚊帐里，与自己睡在一张床上。到了京师后赶紧报知部主事，主事自然高兴，但那点小心眼也留着呢。他问秦君昭："你的家眷也一同来了吗？"秦君昭答："我没带家眷。"主事一听差点没背过气去，满心欢喜顿时化作满腹苦水。这孤男寡女一路相伴，有如干柴烈火一般，不知已做成多少好事，真真气杀人也！总算没有拒收，主事强打精神，勉强将女子领走，连句谢谢都没有。过了三天，主事兴高采烈地来找秦君昭："你真是个大好人，正人君子，品德高尚，昨天我已给老邓写信，告诉他你果然没有辜负他的信任。"接着两人便开怀畅饮，欢乐不尽。主事大人怎么三天后转忧为喜了呢，自有个中原委。他将小女子领回，一夜过后，大喜过望。第二天给老邓致书报信，第三天赶快跑过来答谢。

　　秦君昭胜过柳下惠之处，在于他是在条件完全具备，而且带着些许浪漫情调的情况下仍然没有乱。是所谓：千里迢迢，夜夜相伴，良辰美景，同床不乱。真是的，后来怎么没出现"同床不乱"这样一则成语呢。

　　如此说来，秦君昭是否真正属于道德高尚的人呢？恐怕也不尽然。真正的原因是他怕，怕的是坏了朋友之间的情分。他考虑的并不是道德伦理而是哥们儿义气，当然这也是一种好的品行，但和道德问题还不能完全相提并论，有程度上的差距。

　　其实柳下惠的不乱也不仅是条件和环境不允许，他原本是个品行端正之人，即便条件允许也不一定乱。他也是怕，怕的是坏了自己的名声。

我们的考证至此已露端倪，原来坐怀不乱的原因竟然归结在一个"怕"字上。

从人的本性上看，"食色，性也"，与生俱来，不是后天因素所能控制得住的。之所以发生坐怀不乱的故事，根本原因就在于怕。怕法律制裁，怕党纪惩处，怕丢了前程，怕名誉扫地，怕纠缠不清，怕落入圈套，怕人家老公来拼命，怕自己老婆闹离婚，怕这怕那，多了去啦。

就是有这么多外力作用引起的怕，才使人本性当中乱的欲望受到了抑制和规范，才使社会维系在一种秩序之下，才不致造成天下大乱。如果一个人确定乱过之后不会惹出麻烦，也就是说没有任何可怕之处的话，谁都得乱！

美国一研究机构做过一个实验，在一天傍晚，让性感漂亮的女郎到大学校园里勾引男同学。女郎逐个问："你愿意到我的宿舍和我做爱吗？"结果当即表示同意的竟达75%。另外25%立场坚定，没有上钩，请听他们的回答："等明晚行吗？"my god！哪是什么立场坚定，必是当晚另有约定。

出现这样的结果，就是因为美国青年不怕。西方的思想观念、道德标准、社会风尚、交往方式让他们没有怕的理由，所以就随心所欲地乱。当然婚后还是要怕的。值得注意的是，十几年来，好些个中国人也开始不怕了，不用坐怀还想乱呢。人们看到，差不多每一个贪官亮相后都带出点艳情故事。即便是女贪官，要么就有小白脸相伴，要么就是男贪官的情妇。为求一乱而将安危置之度外的倒是不乏其人，但多数还是因不怕所致。

前些年海南省委组织部公开选拔副厅级干部，要求对坐怀不乱进行分析。不知应试的这些领导有何高论，有什么抵御色情诱惑的见解。但不管怎么说，若想做到坐怀不乱，别无他法，只有从怕字上下手。让人的头脑绷紧怕的神经，在人的周边保持怕的氛围，使各种怕的因素持续有效地发挥作用，从而达到一个比较现实的目的——因怕不乱。

原载《本溪日报·洞天》

姜　峰　字在森，号二甲堂主人，祖籍山东省潍坊市昌邑，自幼随父母至本溪。曾在本溪市政府、市政协工作。现为辽宁省社科院民俗学文化研究所暨非物质文化研究中心客座研究员，长期致力于关东石砚文化研究，出版《关东辽砚古今谱》一书。

秋圃浇花枝记

姜　峰

余圃中浇菜，亦润将枯花枝。妻问："花已谢，浇枝何故？"曰："酬花开悦人之恩，花落枝生浇其享正寝，若见干渴而不助，何谓大慈大悲乎？"妻曰："善。"

——古文，字数精者为王介甫《读孟尝君传》，用字八十八。今人史学家张颌作《捕蝇记》，用字六十四，自戏电报文学。乙未八月初，余作《秋圃浇花枝记》，用字五十四，不知可配电报文化否？

老来习文，学古追今，自娱自乐，快事也！无示人之念，无名利之求。兴来即写，转首即扔。过数月载，捡起翻看，提笔修之，反反复复，享其新意之悦。昔不可忘，亦不可迷：

银丝覆顶自然事，叹息庸碌逝流年。解甲归做砚田客，尘埃一粒心甚欢。

岁次甲申中秋日，天高气爽，重抄旧纸。

选自《印象本溪》

黄山记游图跋

姜　峰

凡游黄山者，无论何等人物，皆为黄山之美折服。奇哉，妙哉，壮哉！乃千古风流共鸣。

黄山集万山之灵秀，纳五岳之雄魄，瞥一眼，即将曾游之山抹去。那峰、那石、那云、那松、那泉，令游子一步三叹，流连忘返。真揣不透造物主施何法力，能将尘埃中一堆乱石头和无名草木，点化得这般精美绝伦，仪态万千。

黄山之美，在于其应时随令变换。细雨空蒙，炽热春色瞬间妆淡。朦胧之中，别样莲花浮于云端，让尔恍然入梦。摸索一线天攀爬，飘飘若仙；山风阵阵，松涛声传，使尔如临沧海。与石猴品察，云舒云卷，叠起波澜；银霜漫洒，红叶覆山，夜来时分，登清凉台，沐玉盘清晖，倚飞来石下，向吴刚索酒，拜托迎客老松，邀嫦娥仙子舒袖人间；玉鳞飞起，朔风吹棉，激尔豪情勃发。立天都峰顶长啸，为长城内外，红装素裹，分外妖娆咏叹。

神州大地九百六十万平方公里，上苍赐美独一处乎？非也！人性之惰，未知之境众矣。愿诸君闲来蓄志，以搜尽奇峰为己任。若觅得胜黄山处，切莫私享眼福，放喉咙亮一嗓子，邀兄弟同观，举大白，为江山如此多娇，干！

丁亥二月初九，凌晨三时突醒，披衣入书房，将大中先生补墨之《黄山记游图》悬起细观，顿觉胸中有文字涌来，疾笔录下，畅快也！

辛丑七月廿二时，旧稿翻出，察有诸多不妥，又修于午夜。

选自《印象本溪》

姜宝才 笔名老姜，1957 年生于内蒙古宁城。军旅作家、编剧。曾在本溪部队服役 20 多年，历任连队文书、排长、师政治部干事、科长等职，专职从事部队影视创作。现担任国家图书馆中国记忆中心顾问。

老 人

姜宝才

1999 年 3 月 12 日。93 岁的老人刚刚散步回来，窗外飘着雪花。他稀疏的头发、胡须还有满口的假牙，都是雪白的。他开始伏案做功课：温习英语和俄文，抄写新修订的《现代汉语词典》。前者是为了锻炼"脑子"，后者是他的"主业"。有趣的是，近两年他深居简出，很少与外人接触，但他对语言，对中华汉字，格外着迷。他买来了词典，一页一页地读。发现自己过去对很多字发音不准确，词义也模糊。错用了一辈子，他要改正过来。

当年他作为编辑，曾改正过萧军、萧红不规范的用词，萧给他稿件时说一个字也不能改。他没想到自己作为搞文字的，到头来也有误读的地方。就连最权威的字典，也时有错处。难怪有人说，无错不成书。

说来也巧，这天，老人正在抄着汉语词典里的"英雄"条目，只见抄写本上逐渐浮出这样的字迹："英雄好汉，人民英雄。英才、英豪、英杰、英名、英气、英魂、英雄无用武之地……"

查词典和抄词典的老人，叫方未艾，他生于清末，从他的身上可读到 20 世纪的历史，萧军说他是"大时代的小人物"。他的名字虽不见诸英雄传记之类的书，而在很多档案馆以及公安系统的档案室里，却保存着他当年写的与许多著名人物相关的"交代材料"，署名上有他红色手押。

方未艾老人在山里过着平静如水的日子。朋友带我第一次去采访他时，他的家门虚关着。从窗上看到他伏案就读的身影。敲了几下门他也没听见，我们把门轻轻拉开，悄悄地走到他的身后，他依然没有发现我们。这样过了大约三五分钟，他从桌上抬起头来，扭脸看太阳的影子，才看见了我们。

他住着的这个辽东山区小镇，至今还没有通火车。正因为这里偏僻，当年杨靖宇带着队伍在山里打游击，白山黑水掩护过他们。险恶的自然环境，也把他们推向了人生的大境界。杨靖宇从这里西征，想与关内的红军取得联系，但没有成功，在敌人的白色恐怖下，很多人牺牲在了山里。

老人来这里之前，世界似乎容不下他了，是大山接收了他。在这之前，他曾在一个日本人过去开采的旧矿井旁，垒了一个小石屋。那年他已经 60 多岁了。没有一块属于自己的能耕种的土地，最后他的老伴死在了小石屋里。在这之前，他有 13 年是在监狱里度过的，既蹲过苏联的监狱，也蹲过国民党的监狱，还蹲过自己人的监狱，真正九死一生。摘掉那顶沉重的"无冕之冠"时，他已经白发苍苍了。

烈士们已经永生，平反的老友进京的都已经故去了，唯独他还在山里。萧军晚年很羡慕他这个东北讲武堂出身的校友和 20 世纪 30 年代东北作家的文友，心境竟如此超然：当一个终日在田野里散步的老人。

几许阳光照在小石屋上。北京来人给他平反，让他把自己的经历和要求写出来，可以回大学带研究生。他说：老杨他们都在山里，我哪儿也不去了。

他没有工作单位，没有领工资的地方，靠儿女们赡养，靠回忆过去活着。一左一右的邻居，很少有人知道他的身世，他也不轻谈过去，更不要什么施舍。在困难的年代，老友萧军来看他，给他留下点零花钱，他当面摔在了地上，他一生都没向人发这么大的脾气。

就是这样，回忆成了他的第一种食粮、第二种呼吸。

杨靖宇、赵一曼、赵尚志他们早已成了民族英雄，萧红、萧军他们留下了等身著作后也走了，可我给这个世界留下了什么？他想，自己是武人出身，却没有血洒疆场；搞文字，又没有著作可留世。老伴活着时说过：他一生想干的事很多，可什么也没做成。

但没有做成什么，不等于不想做什么。事实是，只要一息尚存，就有很多事情可做，就有做成各种事情的可能。

想打扰的人终究能找上门来，话题在几个熟悉的名字中间绕来绕去，老人清清嗓子，在从窗口照进的阳光里粲然一笑。

选自《2000 年度中国最佳散文》

姜长军 男，1955年生。长期在工商局工作。写过小说、诗歌、杂文、散文。有作品被《特别文摘》转载。

与一座城市的缘

姜长军

知道这座城市的名字，是在11岁那年。

老家在黑龙江省宝清县，那里是接近俄罗斯的边陲地带。

我家邻居初大爷的儿子，在部队服役。一天傍晚，初大爷拿来笔墨，要我给他当兵的儿子写封信。一个小学生，第一次写信，不懂什么格式、称谓，只能把老人的大意写出来。当我按照来信信封写地址时，才发现信封被水浸过，只有部队番号能勉强看清，具体省市一片模糊。万般无奈，只能按大爷口述，写下"辽宁省北西市×××部队"的字样。

信发走，我也就忘了这件事。大约过了一个多月，初大爷兴冲冲来到我家，拿来儿子回信，让我给念一念。一看信封，我写的"北西"变成了"本溪"，不禁脸上发烧。可内心还是蛮高兴，这毕竟是我第一次写的信有了回音。从此以后，我成了大爷和他儿子的信使。当然，本溪这个名字深深刻进脑海，在我的意象里，除了北京，它就是第二大城市了，尽管对它一无所知。

第一次和它近距离接触，是1973年的冬天。运送我们新兵的专列，在雨雪交加的暮色里缓缓驶进本溪。在军供站第一次喝上这里的水，第一顿吃上这里的饭。尽管是极短暂的停留，我还是想多看它一眼，我的心灵深处，它毕竟占据很大的空间。凄风冷雪中，影影绰绰的灯光，高低错落，明明灭灭一层层铺展开来，并不知道那是排列山坡上的平房，以为是高楼大厦。空气中弥漫着一股怪怪的、从未闻过的味道。

列车开动了，伴随骤然的"咣当"声，一个个隧道随之而过，新军装上的雪水变成黑色的斑渍。说实在的，对它的第一印象远没有想象的好。

到了黄海边的军营，恰恰与本溪的老兵生活在一起。时间长了，每当本溪老兵骂我们"新兵蛋子"，我们就会用"你们本溪家雀都是黑的"来回敬，老兵就会瞪一下眼睛，用鼻子哼一声，不理我们。

几年后，在东海舰队服役的哥哥转业到本溪，由于他是伤残军人，又新到一座陌生的城市，便写信和我商量，要我复员也到这里，兄弟间也好有个照应，大嫂更是积极张罗，给我介绍对象。

相亲是在鲍家洼子火炕楼的哥哥家，由于害羞，我根本没细看两个姑娘，更不知介绍的是哪一个。当嫂子问我是否同意，碍于她的情面和那一片苦心，我点头同意。其中的一位离开了，剩下的一位成了我的对象。

送她回家要从煤泥池旁边经过，那条路很窄，很陡。脚踩上去，煤灰和尘土把裤脚弄得脏兮兮。到竖井"洞子车"站，花一毛钱买张票，那是没有一人高，空间很小的小电动车，洞里和车里都没一点光亮，除了铁轨的"咣当"声，就是令人心悸的黑暗。

她家住在柳塘的山顶，一排排平房，密密麻麻高低错落，上趟房与下趟房之间有一米来宽的土路，脚下是护坡墙。挑水要到很远的地方，煤和黄土要到更远的山脚下挑上来。从山顶看去，烟筒冒着黑的、黄的、红的烟尘，把天空涂抹得五颜六色，树叶也是灰色的……这也是城市？这种生活也叫城市生活？与我当兵的海滨城市有着天壤之别，心情沮丧到极点。

缘分本是佛家的语言，和我毫不相干。但宿命也好，偶然也好，我成了这个城市的一员。二十年来，我和它一起走过来，它的容颜越来越靓丽，特别是近年来的环境治理，沉陷区改造力度加大，一座山水文化工业城市逐渐显现出来，碧水蓝天也不再是遥不可及的期待。

它的自然风光给了艺术家、作家创作的灵感，出现了大师和被国人誉为"现象"的文化艺术群体。他们是城市的灵魂，是城市的风景，比建筑的华丽更具色彩，它的震撼力和价值是无法估量的。

每有战友来电或写信问我本溪如何，我会如数家珍告诉他五女山、水洞、温泉以及享誉中华的枫叶大道，其间不乏得意和骄傲。

与这座城市的缘分和情结怕是永远也无法摈弃了。

原载《本溪日报》

俞春林　祖籍江苏镇江，1943 年生于吉林省长春市，童年时代在本溪度过。1978 年至今，在各级报刊上发表诗歌、散文、小说、报告文学等近百篇。

猫

俞春林

她说她家的那只价值五十元钱还出头的青紫兰种兔昨天突然不见了，她也一口咬定这是大黑猫干的。理由是：兔子和鼠的形象很相近，猫是很容易青白不分的。

这接二连三的群众举报，不能不引起我的重视，我开始留心起来。果不其然，一天清早，我在厨房扒炉灰的时候，从炉灰里发现了一缕兔毛，尽管不是青紫色的，再往下，又发现了鸡毛，尽管不是雏鸡的胎毛。看来，我只好大义灭亲了。

背着孩子，我和爱人研究决定，把猫送走。多少人在打这只猫的主意，有的甚至还提出过重金收买，还怕送不出去。我找到孙主任，说要完璧归赵，孙主任自然高兴。把猫送走的当天晚上，我失眠了，一闭上眼睛便看见那猫站在我的眼前，一副受了老大委屈的样子，瞅得我一时不知所措。我知道我对不起它，从它到我家，我没给它买过一条鱼、一块肝，只是把它当作捕鼠的工具，鼠捕尽了，便把它一脚踢开，真正地卸磨杀驴。

第二天一大早，天还没有完全放亮，我听见厨房外头的门有什么抓挠的声音，心里一惊，敌情，是又有了耗子？等我打开外屋门，只见我的大黑猫趴在门外，眼睛盯住我一动不动，似乎在问我："你不肯要我了吗？我就那么叫你讨厌吗？"我赶紧把大黑猫一下子抱回屋里。

因为我已经向邻里做了保证，所以，我还得把大黑猫送走。这一次，我用一只旧元宝筐，筐上面罩上一块黑布，为的是不让它再找回来，我把它送到了三里以外的葡萄园，看葡萄园的刘老汉早就看中了我的这只大黑猫。谁知道，没过三天，它又跑回来了，从后腿上那块血肉模糊的伤口上看，它是"越狱"跑出来的。我于是下了狠心，给它简单地包扎了一下伤口以后，把它抱上了火车，开出三站地以后，我把它抱下了车。我为它烙了一大张油饼，还有一包油炸鱼、一块熟猪肝。在离铁路三十几米远的一块草地上，我把它放下了，把油饼、炸鱼、猪肝就摆在它的眼前，然后，一狠心，转身朝铁路走去。走出没几步远，我忍不住回头看了看，见它一动不动地趴在那里，盯盯地向我这边看着，它似乎完全明白了我的意思，所以并不追过来。走出二十几步远，我第二次回过头去，见它仍然是前一副样子，只是离得远了，已看不清它的眼神。我下决心直奔火车站而去。我买好了半点钟后返回去的车票。于是，坐在候车室里耐心地等车。还有十分钟，火车就要来了，我决定再回去最后看一眼我的那只可怜的大黑猫。当我轻轻地迈着步子来到刚才的那块草地，只看见香喷喷的油饼、黄焦焦的油炸鱼、酱紫色的猪肝原封没动地摆在原处，大黑猫却不在那里了。我突然像发了精神病似的喊了起来："大黑！大黑！大黑！大黑！"边喊着边找，几乎找遍了附近的草丛和小树林，不过是了心思罢了，哪里还去找它？！它一气之下（伤透心了）就那么走了，什么油饼、炸鱼、猪肝，它全然不屑一顾，全然不领我的送别之情。我没有赶上那趟火车，下一趟车要等到后半夜2点钟。

又过了些日子，柴嫂无意中告诉我，她家的那只青紫兰种兔找到了，躲在土洞里又给她下了一窝小青紫兰。

然而，大黑猫却从此再也没有回来，三站地，实在是太远了。

选自《本溪散文选》

徐必如　笔名达煦，祖籍江苏，1945 年生，1970 年毕业于中国人民大学语言文学系文艺理论专业。曾就职于本溪市委宣传部、本溪日报社、本溪市委办公厅，2009 年只身到深圳打拼，在《深圳特区报》《南方日报》《南方周末》等发表评论、随笔多篇。其时评多被人民网转载。

50 岁去应聘

徐必如

1994 年 5 月 20 日，48 岁的我在内地办了提前离岗休息手续，来到深圳这块充满希望的热土，开始经好朋友介绍，在一家报社当顾问兼做二版责任编辑。两年后，由于这张报纸一直没有拿到公开发行的刊号，大有难以为继的架势。眼见得同人们都在自寻出路，我的心也活了起来。

这一天傍晚，我到深南中路散步，在当时上步路口那个贴满"招聘"字样启事的社会广告张贴栏前浏览起招聘信息来。天哪！"年龄 30 岁以下""年龄 25 岁以下"……深圳这座年轻的城市只青睐年轻人，也是顺理成章。正在我无可奈何地准备离去的时候，广告张贴栏的右下角一张启事给了我一丝希望。数十张招聘启事中，唯独那上面对求职者的年龄"不设防"，所聘岗位一是办公室主任，二是中文编辑，要求是大学中文系本科毕业，文笔流畅云云。我曾在内地一个地级市报纸当过五年零七个月的副总编，最后是从市委办公厅副主任的岗位上退下来的，干这两个职务当是驾轻就熟。记住了星期三下午 5 点钟到公司面试的约定后，心里平添了几分自信。

公司办公室在华强北新世纪酒店，我乘电梯上得 6 楼又后悔了。原来，在我之前，走廊里已经挤满了等候面试的应聘者，看样子足有三四十人，且一个个正当青春年少。我一个年已五旬的老头儿跟着他们起什么哄？一种心理弱势油然而生。我不想在走廊里久等，又不甘心白跑一趟，就到楼下借路边公用电话拨通了原先招聘启事上的号码。

接电话的是一位小姐，她明确地回答我："敝公司一向重人才而不把年龄绝对化，你既来了不见我们老板一面未免可惜。"一句话鼓动我重返 6 楼，排在最后静候"发落"。

　　大约接近晚上7点时,终于最后一个轮到了我。没等老板开口,我先说了一句:"我都50岁了,怕不行吧!"谁知老板却说:"50岁才是人生的开始,我可不可以先看一看你的证件?"我连忙将身份证、毕业证书、职称证书递了过去。老板看后又对我说:"徐先生,你也去参加星期六上午的笔试吧!"

　　笔试地点在深南中路北方大厦二楼川农信证券部,题目倒挺简单。但最后有一道文章结构分析题,给出一篇股评,让你说出其要点和段落划分的依据。当年我对股票一窍不通,更遑论股评文章。好在我对一般文章还懂点,于是按照要求,一一作答。这时我才知道,我应聘的这家公司是做投资咨询的,我对此完全是个外行,肯定不会被录用了。不过也不怕,实在不行就打道回府,原单位也还有一份工资可领,如是一想,心里也就踏实了。

　　出乎我意料的是,星期一早晨,我就接到了电话,让我9点钟赶到广西信托证券部,老板要找我谈话。见面后,双方对话很简单。他让我做公司办公室主任兼文字编辑,暂定每个月包吃包住之外1500元工资,并许诺公司效益好还会增加。

　　就这样,我在50岁那年被这家公司聘用了。

选自《深圳特区报》

徐凤野　1955 年生。省作协会员，曾在平山区政府工作。写过诗歌、散文、小说、报告文学，曾在《中国青年报》发表作品，著有《野甸村姑》。

凝固的绿色

徐凤野

书房有盆友人赠予的文竹。最初，按友人的叮嘱，每天我给它浇一遍水，早晚两头用小喷壶喷些雾气。我是很精心的，然而它的长势，比先前不见差多少，也不见好多少，它只是那样纤弱而刚强地平伸着长着绿毛毛小叶的枝干，舒展自如，安然自得。其时，夜读小憩，忙里偷闲，我常把它端量得入神。

那时，我常常要外出一两天，不忍心让它独自锁在房间里，便把它托付给邻居照看，等回来再把它取回。这样反复几次，邻居倒毫无怨色，只是自己颇觉过意不去。于是再有外出，我只好临走给它多浇些水，等回来再歉意地补偿我的"爱抚"。就这样反反复复，然而它的长势比先前不见差多少，也不见好多少，还是那样纤弱而刚强地平伸着毛毛样小叶的枝干，向我奉献着绿色，舒展自如，安然自得。

有一次出差，意外地耽搁了一礼拜，等我风风火火赶回来，一摸它盆中的土壤已成干面儿，它的颜色也由先前的墨绿变为浅绿，不过仍然泛着些许的光泽。我慌忙找水，拿出特意为它买的小喷雾器，很是手忙脚乱了一阵。然后，对它又每天照料如初，没几天，它竟恢复了原样，还是那样纤弱而刚强地平伸着绿毛毛样小叶的枝干，舒展自如，安然自得，而且令人欣然地从它的根部，居然又抽出一枝新绿。

我悟出一个道理，大凡招人喜爱的东西，都是或都该是对人贡献越大，索求得也就越少。看来我先前对它的爱抚和用心，有些似乎是过分的。想来，却也是这样的好，既不牵扯我的精力，又不影响它这样洋溢风姿。

此后的日子，我依旧喜爱它的绿色，却不像先前那样精心地侍奉它了。常常是想起来时，就给它浇一点水，忙不迭时，经常有三五日不去理它。

然而，它还是那样纤弱而刚强地平伸着毛毛样小叶的枝干，向我奉献着绿色，舒展自如，安然自得。

去年冬初，冒着雪，我随一个代表团去外省考察，一去就是月余。其间，也偶尔想起案头的那盆文竹，离开的时间太久了，它能等到我回去吗？可想起来它顽强的生命力和它与人所求甚少的美德，心情便坦然了许多。

旅程结束，我确实有些着急了，奔回房间看时，一块石头落了地。它还是老样子，纤弱而刚强地伸着绿毛毛样小叶的枝干，舒展自如，安然自得，好像在告慰我，它将永远向我奉献生命的绿色。然而这绿色已然是淡淡的，全不见早先的光泽了。我这才赶忙给它浇水，并且破例给它加了一些肥料，然后耐心地等待它的康复，盼着再享受它的墨绿和光泽。一连几天过去了，我是加倍地精心照料，然而它全然没有一点起色，我急了，用手去捏它的枝叶，轻轻一捻，它淡淡的绿毛毛样小叶早已成了干粉……

外面有太阳，冬初的雪站不住，窗外传来房檐滴水声。像音乐，可听不出是忏悔的歌还是赞美的歌。我低头凝视我的文竹，它还是老样子，还是那样纤弱而刚强地平伸着带毛毛样小叶的枝干，向我奉献着象征生命的绿色，愈加显得舒展而安然了。恍惚中，觉得有几个水珠一滴一滴落在它的枝叶上，去滋润那早已凝固的绿色。

选自《野甸村姑》

徐长江　1957年生于辽宁省本溪市。先后在本溪市文化局、市档案局工作。擅长赋体写作，有散文集《吐纳风流》出版。

汲纳文气

徐长江

我最悱恻的是有人说"文化人没文化"这句话。这不是为自己藏拙，也不是为他人敷衍，更不是想装模作样去附庸风雅，而是我心里的真实感受。

记得有一年，全市举办一次综合艺术展览，主办者嘱我写篇前言，以昭示展览主旨。于是，我搜肠刮肚查找骈词，引经据典寻觅丽语，草就一篇奉上。

主办者阅后却说："文辞着实华丽，但缺乏点睛之笔。"我思前想后，慢慢品味，终于豁然，旋即加上一段话："我们文化人有文化，我们文化人懂艺术，我们能用笔墨传情，我们能以色彩达意，这就是文化人的风范。"

主办者为之称道。由此，我读懂了文化人的心语，同时也给我心中留下了深深的烙印。每每想起，时而令我怦然心动，时而也令我为之汗颜。

文化对于一个国家、一个地区、一个人，蕴于内则为元气，呈于外则为风貌。

尽管有人常常慨叹：当今社会的文化氛围有些稀淡，年轻人的文化根底有些浅薄，举止少了点文雅，谈吐少了点儒雅，欣赏少了点高雅，凡此种种。然而，我却以为，凡事不能只追求人气，而应汲纳文气。

文气者，文雅安静而不粗暴也。

汲纳几丝文气，无论是从政者，还是从商者、从艺者、从×者，都是大有裨益的。有了文气，才有儒将、儒商、儒"家"、儒×的产生。胸中的文气重了、稠了，才有可能使当下显得倾斜的知识生态、思维生态、能力生态、决策生态趋于平衡，从而焕发出人文关怀精神。

有了几丝文气，从政者便会审慎一点、长远一点、周全一点。惦记着好心还须办成好事，造福一方而不抛祸四邻。建功当代也还惠及子孙。从而，少了许多官气。

有了几丝文气，从商者便会诚信一点、友善一点、平实一点。自觉践诺，童叟不能欺，真假不能掺，分毫不能差。从而，少了许多俗气。

有了几丝文气，从艺者更会高雅一点，平和一点，斯文一点。不再矫揉造作，不再囿于窠臼，不再浮躁矫情。从而，少了许多媚气。

有了几丝文气，从 × 者也该顺理成章地类推下去……要学会有所为，有所不为。

因此，我体味的汲纳文气是一种自我品格的修养，是一种文化底蕴的积淀。尤其在知识经济的时代里，随着 WTO 规则的渐进，不积极汲纳文气，就不能与时代同步、与世界同步、与事业同步。

"腹有诗书气自华"，汲取身外之气，繁育体内之气，一股"诗书"充盈脏腑之时，操起何事来都能更有根底，更有营养，更为匀称，更为光润。

对此，我将深信不疑。

选自《本溪美文百篇》

徐　恺　笔名恺子、白丁等，1955年生于辽宁省本溪市，本溪市作家协会、散文学会会员，诗词学会副会长。中学毕业后，做过知青，煤矿工人，干部，报社编辑、记者。早年"百花诗社"成员。有若干小说、散文、诗歌（旧体诗词）等作品发表或入书。

和老泰山对饮

徐　恺

撇开酒文化不说，饮酒在人们的生活中，充其量不过稀松平常一点缀。可是，单就感受而言，自饮与对饮、对饮与群饮乃至狂喝与慢酌、大灌与浅品，个中情致却各有不同。尤其喝酒的对象，常常能决定一半酒的味道。

我与岳父喝酒的感觉就奇好。

我的岳父是个本分而实在的园艺师，为人坦诚忠厚，做事勤勉守责。纵使喝酒，也绝少超越"雷池"——据妻和家人说，老人家节制力很强，喝了一辈子酒，却从来没醉过。倒是我的"闯入"，多少有点坏了老人家的规矩。

那是二十多年前，经媒人介绍，我与妻刚认识时的事儿。记得头几次去串门儿，碍于某些不得不有的"戒备"，每次坐在饭桌前，我都认真而坚持地拒酒，理由当然是温文尔雅的"不会喝"。原以为这样的表现，能给女朋友的家人特别是未来的老泰山留下个好印象，岂料事与愿违，别人尚可，唯独这位准岳父，不但对我的冠冕堂皇不领情，反倒流露出了几分失望，并且直指我的"露怯"之处——"现在的年轻人儿有几个不会喝酒的。再则说了，下煤洞的人，能离得开酒吗？"

自知装得不像且又被人揭穿之际，情形自然有些尴尬。于是，被剥掉伪装的我，索性顺水推舟，勇敢地端起了酒杯……从此，这"杯中物"，便成了以后若干年间我与岳父情感联系上最自然也最舒坦的媒介。也就是从这个时候起，岳父开始不知不觉地自我"破例"了。对此比较有说服力的例证是，不久以后，随着彼此的熟悉和关系的亲近，岳母曾不止一次地当着我的面说道："自从认识了你，特别是跟你在一起，这死老头子不仅话多了，而且酒量也明显见长……"话味儿之中的情绪，有点儿喜忧参半，抑或毁誉参半。而我则在心里的一个很显赫的位置上，旗帜鲜明地又多了一个难得的酒友。尽管，我从来没敢把这个字眼儿说出来过。

我喜欢和岳父对饮，因为是家人又兼系长者且心气儿相通，每每把盏，彼此几乎无话不谈。岳父虽然文化程度不太高，却因喜欢读书看报而视野不狭、情趣不低。尤其老人为人亲善，禀性温良，平易之中又不乏刚直的气节，因而，总让人从他身上感应到某种"磁场"般的亲和力与吸引力。

与此同时，我发现岳父也乐意和我"小酌"。有一个星期天，他到市里一个老同事家办事出来（岳父家在温泉寺），翻山越岭地绕到我家（我当时住在溪湖一山上的四坑口街），进门后，他边往外掏东西边说："咱爷俩喝点儿。这儿出去买东西不方便，你就哪儿也别动了，我全带来啦。"这工夫我才注意到，他从一个半旧的紫色防雨绸兜子里掏出来四根黄瓜、几个西红柿和一包小咸菜后，又从劳动服裤子的后屁兜里拽出一瓶"谷酒"（当时很流行的一种"平民型"瓶装酒）。"黄瓜拍了，西红柿拌糖，别的啥也不用做。"

我按照他的吩咐，把黄瓜拍了、西红柿拌了，又炒了盘鸡蛋、凑了碟花生米。之后，翁婿俩伴着海阔天空的闲聊，从中午一直喝到晚上掌灯时分。若不是他当晚必须赶火车回去，我们肯定还会继续聊下去的。

而今，尽管老人已作古有年了，可是，每当"对影成三人"，特别是与人对饮的时候，我总能想起我的老泰山。和他对饮，我能忘掉"不如意事常八九，能与人言无二三"箴言中的形而上，真切地感受上品的酒趣和"海阔天空"的豁达……

原载《本溪广播电视报》

日 子

——致平凡者

徐 恺

对音乐没有什么研究，但也并没妨碍你喜欢《黄土高坡》这首歌，尽管你的嗓子接受旋律远不如接受白干那么顺溜。你那 6 岁的儿子，常常把这歌唱得甜甜的（甜得让你格外地迷恋自己的过去），抑或别出心裁地将那句"大风从坡上刮过"篡改成"大雪在坡上打磨"，似乎是自觉编得得意，于是，再接再厉，又把你和那牛换了个位置——"还有我的爸爸跟着我"……孩子的聪慧，一直给你这个年近不惑的人往心里输予着某些辉煌的梦（有人愿意板着脸孔把这说成是憧憬），让你时不时地生活在一种不坏的希望之中，对自己的日子不敢气馁。

你从不愿轻易对人泄露自己的身世。你说过："每一颗经历过多风雨的心，最终都可能成为一座埋葬自己某些深邃情感的坟墓。"于是，只有当着为数极少的几个莫逆，你才肯声情凝重地说起你尚在襁褓中时父母的离异，还有你的继父、你的辍学、你的青年点（知青集体户）以及你的煤矿窑洞……这一切，都像是从母亲嘴里哼出的那一支支支离破碎的摇篮曲，一直撩拨着你苦涩的回忆。是的，过去，像梦一样缥缈，也像梦一样真切。在那些被忧伤扭曲得斑驳嶙峋的日子里，在那些被汗水浸泡得又酸又胀的日子里，你把将来去航海、再不就去当一个探险家的梦想，大把大把地掖进心灵的小巷深处；你为自己设计的希望，始终没忘了用劳动和拼搏来作为注脚。与同龄人相比，你的生活无疑是缺乏值得向人炫耀的色彩，那些关于你的曲折经历，只是因为你的豁达，才也显得那么平凡、那么简单。

如今，你有了自己的家庭。在那条难以校正的陡峭崎岖的山道上，你和儿子每天从那九平方米的蜗居里走出，再驮着疲倦的月色归来，年复一年，吃力地在风雨和霜雪中丈量着生活的艰辛……又下雪了（冬天，是你百倍提防的季节），你和儿子跳舞似的从山坡上走下，在每一次的滚坡中，都飘下一串浑清不匀的笑声（只属于你和儿子的特殊情调的二重唱）……

记得去年夏季的一天，儿子捧着一件小背心、几盒蜡笔从幼儿园里跑出来，扑进你的怀里，骄傲地告诉你，那是他在全幼儿园的赛跑运动会上得了第一名的奖品时，你却哭了，而你一向是不爱激动的呀！也许，那是你对自己所拥有的生活的感激，因为生活毕竟以特殊的方式，偿还了你的付与；再不，就是你的日子太平静了，平静得难以经受这突如其来的涟漪？……

　　不错，你就是你——中国一个普通小城中的一个普通的公民，你在自己平凡无欺的生活中，时刻享受着一个平凡人的渴望和满足。是呀，生活嘛，也许它本来就不曾有过什么过错，只不过有时不太准确罢了。

原载《本溪日报》

涂　华　女，1973 年生人。现为本溪市作家协会会员、辽宁省散文学会会员，中华诗词学会会员。现在《本溪日报》洞天编辑部工作。发表散文、随笔、评论、小说、诗歌、古体诗词等 300 余篇。散文、随笔等作品散见于《北京日报》《沈阳日报》等。

寻找田园

涂　华

田园，一个多么充满审美理想，能唤起美好遐思的词汇。那里一定是诗意的故乡：有绿意葱茏的树木，有蜿蜒流淌的小河，有峰峦叠翠的远山，有炊烟袅袅的农舍……

然而，不知何时，这美丽的田园风光竟成了我梦里的幻影，而且随着现实刺痛的与日俱增，那梦里的幻影竟也要不复存在了。

今春，和几位影友相约去近郊的一处梨花茂盛之地采风创作。出行前，我们情绪高涨，一想到那漫山遍野的梨花将被我们收藏到镜头里、保存在记忆中，那该是怎样惬意和陶醉啊！可是，一路上我们看到的情景却不得不令我们兴味索然。通往近郊的公路上大都飞驰着重载的大货车，据说附近开了很多矿山，车都是用来拉矿石的。这些庞然大物呼啸过后卷起的尘土令人窒息，本想呼吸一下乡村的空气，但此刻我们不得不几次将车窗关上。柏油路已被过往的重载车倾轧得面目狰狞，两侧田地里的农作物上落满了厚厚的灰尘，显得无精打采，那原本应该是青翠的闪着绿油油光亮的叶子呀。

在即将到达梨花之处的村口，远远地一片池塘在绿树掩映间吸引了我们的视线，这应该是取景的好去处。但等我们下得车来，走到近前才发现，与其说它是池塘，倒不如说是一个臭水坑。一层层的青苔油腻腻地漂浮在已经变质发黑的污水上，池塘已失去了它曾经的灵动和旖旎。想想朱自清那脍炙人口的名篇《荷塘月色》，心里竟莫名地涌起无限的感伤。"树上的蝉声与水里的蛙声"呢？可能早已被刺耳的汽车喇叭聒噪得不再欢唱。还有，那"如梵婀玲上奏着的名曲"之月色呢？那"叶子和花仿佛在牛乳中洗过一样"的景致呢？恐怕都已变成遥远的记忆，成为心灵的祭奠了。

这里还是我梦中的田园吗？一路上望着因断流而裸露的河床，因开采而变得满目疮痍的荒山，心就隐隐地痛着。我眼里的乡村景象绝不是现实中的个例，因乱砍滥伐、侵占耕地、大肆开采矿产资源等恶性行为导致的水土变质、绿色锐减、河流受污等现状正日益破坏着农村健康的生态环境。多少在古典诗词中呈现的田园风光正逐渐失去它原有的况味，"两个黄鹂鸣翠柳，一行白鹭上青天""山光悦鸟性，潭影空人心"的美景在今天的视野中也杳无了。

随着城市化进程的不断加快，今日的农民与土地日渐疏离，他们宁愿走在城市的边缘，也不愿躺在土地的怀抱。以往那种柴门犬吠、男耕女织的乡村图景已再难寻觅，取而代之的却是年迈的双亲和不谙世事的孩童在苦守家园。多少乡村的记忆就这样被风干，曾经的田园画卷也只能在梦里去寻找。

"蒹葭苍苍，白露为霜""呦呦鹿鸣，食野之苹""碧云天，黄叶地，秋色连波，波上寒烟翠"，每每读到这些令人心旷神怡的佳句，徜徉在这绝美的意境中流连忘返之时，我都有重回古时的冲动，想在那里去抚慰我梦中失落的忧伤。

诚然，现代的工业文明让我们的生活日新月异，但如果这种物质繁荣以牺牲环境为前提，以大规模消灭资源为代价，那么，毋宁说，这样的"工业文明"是一种倒退。几十年来，当生态灾难频发之时，一向以万物灵长自居的人类才逐渐意识到：其实自己什么都战胜不了，每次所谓的"征服"，都是对自身的重创和削弱。自然风物的过多夭折意味着美学信息与精神情趣的流失，人们将会因缺乏审美意识和审美享受而心灵干涸。其实，无论物质生活怎样富有都不能让我们的灵魂缺席，唯有辽阔的人文资源和精神风光才是人类生命的源泉！

田园，这个美丽的词汇几千年来一直都以其闲适淡泊的生活情态被我们羡慕着、仰望着，它像一幅美好的精神图腾悬挂在我们的视野中。"采菊东篱下，悠然见南山"作为田园生活最动人的一幕场景，一直在我们心灵深处诗意地栖居着。当有一天我们的孩子们大声地朗诵田园的篇章，为我们描述有山涧、有丛林、有鸟鸣、有花香的美景时，真的希望这是田园风光的重现，而不再是梦里的想象和寻找……

原载《北京日报》

陶　欣　女，1987年毕业于辽宁大学中文系。曾在《本溪日报》《沈阳日报》工作，发表散文多篇。

女士骂街

陶　欣

绝不敢有半分轻侮女士的意思。女士们固然有许多温柔敦厚的美德，但平生所见参与骂街的实在以女士为多。曾对女士骂街有过研究的王蒙说：中国的女士尽管经历了种种不幸、摧残和压抑，还能一代一代地嫁夫生养、传宗接代，也许就是靠这一骂才调节了身心。可见女士骂街得天独厚、源远流长。

从前人们多住平房的时候，房前屋后门户相通，往来密切，因为孩子、因为水龙头、因为院子里放置东西、因为传闲话等诸多题目，冲突频繁，有时实属维护自己的合法权益的合法斗争。这时挺身出战的大都是腰围二尺五左右的女士，偶尔也有梳小辫的，那都是幼承母教青出于蓝。这些从来不读《演讲与口才》的女士竟能横扫三街如卷席。她们的战术一般都是以说理开始，侃侃而谈争取观众，全面讲述事情的起因、发展和结果，有理有据、夹叙夹议、雄辩地说明遍地真理都在自己一方，拍腿拊掌、声情并茂地指出对方的无理与无耻，义正词严地申明自己所以要讲清这一番道理的必要性和重要意义。接着双方在某一细节产生分歧，说理不足便佐以骂街，进入实战阶段。有些久经沙场的女士可以连续几小时不退场不中休、声不颤调不走、有血有肉丰富多彩、精神抖擞地越战越勇。甚至骂着骂着就容光焕发双眼空蒙，渐入一种无敌无我滔滔不绝的境界。威震三街而且名副其实的女士可以把对方骂得三伏天门窗紧闭、鸦雀无声。占了上风骄傲得像斗胜的公鸡，失败的一方，躲进屋里免不了要向自己的男人发泄一通，怨他袖手旁观，不肯帮。有时棋逢对手，双方强烈的叫骂可以交叉成惊心动魄的火力网，使围观者为之动容。不过这种情况往往是战斗升级，言之不足手足齐上，结果两败俱伤。

胡同里的女士们骂起街来，多是古朴的、有民俗色彩的，有成龙配套的家传秘方。骂街的内容可以分为几种。一种叫作"掘"，即掘你十八代祖宗，叫你祖宗死后也不得安宁。祖宗里被重点提名的是祖母，虽然这同属于女性范畴，但女士们骂起来照样奋不顾身。一种叫作"咒"，一般是诅咒对方及其家人遇见突发性事故不能寿终正寝并且祸延子孙。那时常用的还有一种莫名其妙的说法是预祝对方得那种难过又难看的皮肤病和生下的小孩没有排泄口，甚至把对方活灵活现地说成是某种动物的后代，如王八、兔子等等。一种叫作"损"，埋汰对方，着重揭其隐私。历数对方的生理缺陷、德行有亏，全面地做一篇内容充实的揭发文章，一般着重点大都落在对方的生活问题上。此刻，你若以旁观者的身份聆听，会觉得在粗俗之外，通篇还有一种原生的、野性的力量，听得悠长、粗粝而惆怅。

现在人们大都住楼房了，于是主要战场便转移到下班路上、市场和公共汽车上。下班时若看到路上或市场里围了一群人，那十有八九是发生冲突了。来者不善，敢在公共场合亮相的也不是一般"战士"。所以有时其中一位一开始张口就两眼发亮，聪明点的明白是遇见渣滓了，就咕噜几句落荒而去。剩下这位意犹未尽地一个人接着把独角戏唱完，也许在单位里闷了一天，现在有了充裕时间把疲惫和郁闷宣泄完毕再心平气和地回家——而且有观众。

因为战场设在公共场合，机会均等、童叟无欺，所以参战者也是多层次的，入伙的男士也日渐增多，男女对骂仍局限于国骂范畴。有时就听到有的男人——如果这种人也可以称作男人的话，使这对骂流于自然主义，这时比的就不是口才而是脸皮了。少女少男们加入战团，有时就说些和他们的发型一样新潮而怪异的话，有几分幽默调侃的味道，但仍有国骂的底子，所以还不如他们外表那么潇洒漂亮。总的来说，骂街仍以国骂为主，有一点儿开放性，但民间的、传统的色彩还很浓，在主要内容和技巧上都没有什么突破，但杀伤力依然很强。

有一句形容骂人的成语叫"狗血喷头"。狗血大概是很令人恶心的，而且这里有点原始巫术的性质。被淋了一头一脸的人会觉得一种邪魔附体，从此就要噩运缠身了。但是喷狗血的人呢？有时就纳闷，他怎么就能那么取之不尽用之不竭地喷狗血呢？

不过世界上的许多事都有它存在的道理，有时在街上碰见麻烦，比如说买了一盘只有两首歌的原声带回去找他，他倒说你讹诈而你又投诉无门；比如说走在路上突然从楼上飞下的烂柿子、鸡蛋壳或西瓜皮什么的砸在你的身上，就觉得会骂街真是一种人们不可缺少的生存本领，这时候要是能骂一通该多么痛快呀！于是我恍然明白，那些纯洁温柔原是有文明做底子的。你若生在一个有水禽有园丁的花园里，自然应该仪态万方、芬芳可人；你若是原野上的玫瑰，那最重要的是要长出坚韧锐利的刺来，刺穿那些敢于践踏你的脚们，即使破坏了你的美丽温柔。这么一想，倒觉得骂街也不该全盘否定，不过好像是需要升华点——骂街的艺术。

原载《本溪日报》

阿　末　原名李振奇，1962 年生，辽宁省本溪市人。写过诗歌、散文、小说。偶有作品刊发于《北方文学》《满族文学》《中国诗人》《诗潮》《人民铁道》等刊。

梵·高的耳朵

阿　末

　　他弯下僵硬的身子平躺在收割后的麦田里，把浑黄浑黄的耳朵贴在黑湿的泥土上。阿尔的小山在不远处忽明忽暗，两只大黄蝴蝶在草尖上飞逐着。他一点儿没觉出土里的蚂蚁爬进了耳朵，也没听到他想倾听的来自大地的声音。他一直顽固地认为那声音既是澎湃的又是隐秘的，与他心脏的形状相类似，二者的跳动也互为回响。但几乎要拱进土里的耳朵却什么声音也没听到，只有心脏在身体的小屋里砰砰地砸着、砸着……

　　日头快要落到小山后面的时辰，梵·高睁了一下眼睛，他感到耳朵热乎乎的难受，就像被血一样汩汩地撞着、撞着。他伸手摸了一把他自己无法看到的东西，感觉那两只耳朵一定是通红通红的。的确是那样，夕阳正把他以及他的耳朵染得像血一样裸着。后来夜覆盖下来了，麦田和小山融为一体，有人看到一个比夜幕更深的瘦小的黑影歪歪扭扭地移动着、移动着……那两只大黄蝴蝶不知飞到哪儿去了。

　　刀子是扔在早晨吃过的那堆土豆里的；土豆是堆在已凉透了的火灶旁的。他用那把锋利的刀子把有毒的芽子从土豆上剜掉。他找到了它，他摸黑找到了那把冷飕飕的小东西，刀子阴暗地平躺在土豆堆里，隐隐地有一道青光。他恨那些土豆，那些靠它充饥的大大小小的圆球，他都吃恶心了。每月都要吐上几次，把胃液都吐出来了。再看那些青绿色的液体时他已经麻木了……

　　刚往下割的时候他并没觉得疼到哪儿去，只觉得灼热的东西顺着脖子流到胸脯上。他是坐在灶台旁干这件事的，靠在那儿多少能舒服一些。妨碍听觉的东西他不要，他有一把滴血的薄薄的土豆刀。快要干到一半的时候他起来了，他要到床上去，他不想死在灶台旁。割掉一只耳朵不久，他又去割另一只，他要再开一个豁口把压抑已久的血尽快地放出来，但极度晕眩中的他已经没有力气把这件事干完了。木板床有些宽宽窄窄的缝子，血透过床单顺着这些缝子滴下去，滴下去，渗进土里……

面对镜子，他有一种恍惚不定、孤寂欲坠的感觉。他知道镜子里那个缠着白纱布、神色木然、眼神像受伤的鸽子一样又如鹰隼般尖锐的人就是他自己；但又觉得那个家伙离他越来越远，陌生了，不是他了。梵·高变成了只剩一只翅膀的失重而又倾斜的怪物；他感觉半边身子沙砾般地在向坡下坍塌着……悲苦、忧伤、绝望……他决定把镜子里那个人画下来，把坍塌的过程凝固在画布上。以前他曾画过多次但没有一张让他满意的，这次他想要把该干的活一次干完。他再也不想画自己或是其他的什么了……

大地上的向日葵被霜粒打湿了倔强的头颅。那个大他九岁的妓女已在干瘪中不知去向。田野下的土层里潜藏着五彩斑斓的梦境，墨绿色的森林喷吐着火舌舔向夜空。星光打着旋儿从银河上颤抖着滑过。鸢尾花白白地开放在光天化日下。吃土豆的人聚在餐桌前眼睛放着绿光。咖啡馆里沉思默想的人只能看到自己的鼻子。加歇医生摸摸自己的眼镜腿起身从房间里走掉了。教堂的黑色塔尖正在把大雾般的空气刺穿。独木桥上行走的身影恰巧滞留在中间。梵·高躲在他的自画像后面空无地打量着挂满他小屋四壁的画布。粗糙的背景蜷曲而又癫狂。一场巨大的龙卷风把他们带到了空中……

阿尔的小山迎着日头凸显出来了，草尖上两只大黄蝴蝶飞逐着。他看到它们飞进屋子在自己的床前扑来扑去，他想把它们轰出去但没有成功。一只蝴蝶落在他的脑袋上，另一只落在正对着他的那个斑驳的镜子上。他放下烟斗在一张草纸上写道："亲爱的提奥……人就如一粒草籽……来自尘土又归于尘土……如果人不被撒播到土里去，以便发芽生长……怎么能被磨成粉、制成面包呢……"他从褥子底下抽出那把一尺长的手枪，一段时间以来他始终把它藏匿在医生不能发现的地方，摸出那颗擦得烤蓝发光的子弹压进枪膛。他没有把枪口放在心脏的位置，而是抵在太阳穴稍后一点儿割掉耳朵的位置上，另一只手则死死地顶住另一只耳朵，在确定四周都寂静下来，没有一丝一毫的杂音之后他扣响了扳机。

他的烟斗依旧在冒烟。

原载《本溪日报》

郑锦宁　女，1963 年生，曾在本溪市妇联工作，现供职于丹东广播电视台，主任记者。

为情活着

郑锦宁

病了之后，

才知道人生中最珍贵的是什么。

病了之后，

才有了那么一些感受，真挚的独特的感受，令人眼中流泪、心中流血的感受。它们如花、如果。悬在我生活的枝头，使过去的日子永久难忘，使未来的日子充满温馨。

我

自从住院，我常去理发，仿佛剪掉些头发，就能剪掉些病痛和无奈。每次理完发，以另一种面貌出现在朋友和病友的面前，就好像获得一次新生一样兴奋。所以出去理发的时候常常去一些陌生的理发店，为的是，能够不断改变发式，失掉原来的我。可这只是一种暂时的心理安慰，当护士的小推车在医院的走廊里响起的时候，我知道一会儿就有人喊我的名字了。

我还是我，

我只能是我。

转院的前一天，我特意走出好远去理发。我不愿见人，不愿见任何一个朋友或相识的人，我强制自己走，走得远远的，以便在一个陌生的环境里沉淀自己。

走进一家陌生的发廊，里面只有一个顾客，我犹豫是坐下来等，还是再换一家，老板微笑着对我说："稍等一会儿，这个马上就完事。"我坐下了，为了那微笑。但老板没有理解我的意思，此时我真希望他的小店已经坐满顾客，我会选择一个静静的角落，静静地坐下来。我需要等待，需要等待中给我的那一份安静、温馨和那份"若无其事"的轻松。我知道此时我的病房里已经坐满了我的同事、朋友，他们在等我，他们是为了明天转院的事来安慰我的，我不能见他们，我不知道面对那些满含深情的眼神，我说些什么，做些什么。

我无言以对。

一个女士急匆匆进来，我一改往日的那种傲慢与自负，主动友善地同她打招呼，意在推销我的位置让她先剪，就这样如此这般，我让出了好多位置，我发现自己一下子变得那么大度、宽容。以前，总以为自己的未来阳光灿烂，总以为刚三十岁，前面的路还长。可谁知道，当马上被人宣布就要走到终点时，才悟透，人之初，性本善，那些厮杀是无聊又无用的，觉得自己一下子善良起来、纯洁起来，如一块冰在阳光下消融。最后老板过意不去了，硬把我拉到座位上，吹完头，我拿出 10 元钱交给他就走了，他追到门口大声喊："找你钱——"我转回身去摇摇头，此时我只有一个念头——钱算什么。

父亲

祸不单行，我病了，爸爸也病了，并且明确地诊断为肝癌。对他的病情爸爸似乎早有心理准备，他整天挂念的只是我的病。我转到沈阳医大以后，怕影响他的病情，没有让他去探望，骗他说医大不允许探望病人。他信了，手足无措了，整天烧香为女儿祈祷，作为一个不久于人世的父亲，能做的也只有这些了。我今天能够起死回生，也许是上苍被父亲感动了吧！他也曾转弯抹角去托人，希望走后门能见到我，他没有去成。但我知道爸爸那颗爱女儿的心却天天都在我身边，每时每刻都在为我牵挂，甚至忘掉了重病的自己。

一个月以后爸爸得知我要出院了，他高兴得从床上爬起来，到商店买了一挂鞭，他准备步行到彩北大岭，在那儿点燃鞭炮，庆祝我出院，然后接我回家。彩北大岭离我家十多里远，并且都是山路，他不知怎么走到那里，拖着有病的身体，把父爱洒了一路。可父亲不知道我回来的时间，他便一个人坐在岭上，坐在风中，等了许久、许久，他望眼欲穿。父亲实在没有等到我，才一步一步挪回家，他想休息休息，再去岭上等我。家人担心他的病情，反复做工作，父亲才同意让弟弟替他去放鞭。

回来的路上，一挂红红的鞭挂在树上，在枯燥的季节里爆响，红红的鞭屑铺满一地，仿佛是父亲高大的身躯躺在那里。只要女儿能走过艰险，他情愿是桥、是路，那噼啪作响的鞭炮，每一个不都是父亲的唤儿声吗？

到了家，父亲也刚刚进屋。他脸色惨白，看见我回来，父亲笑了。他告诉我，他又偷偷去彩北大岭上等了四个多小时，没见到我回来，怕家人担心，他才回来的。

我回来了，可不久父亲便走了，永远地走了，甚至没来得及让我告诉他，他的女儿是多么爱他……可是那红红的鞭屑，却永远地留在了我的记忆里，像雪地上的红花，娇艳夺目，令人难忘，在我生命的每一个寒冷的日子里，它总给我温暖，给我爱。

弟弟

小时候我和弟弟经常打架，并且打得很凶。几乎天天晚上我俩都守在门边，等归来的爸爸给我们评理。爸经常说我和弟弟是冤家，我也确信这是真的，有时真恨爸妈，生了我，还生弟弟干啥？爸也曾开玩笑说我是现代的周瑜，说我的心情是既生瑜何生亮啊？爸说对了，我也确实是这样想的。

长大以后，架是不打了，可话也少了。虽然相安无事，却也多了几分冷漠，我常常遗憾他要是个妹妹该有多好，整天一起出出进进多快乐。

我转院的时候没有告诉弟弟，当他听说后，连夜开车赶到沈阳。当他深更半夜摸到我床头轻轻喊姐的时候，我浑身一震，平生第一次感觉到了这就是弟弟，弟弟就是这样。

在我住院期间，弟弟天天开车到沈阳去看我，每次他都是背着爸爸妈妈去的，他怕爸爸妈妈从他的态度上判断出我的病情，所以弟弟总是偷偷地去、偷偷地回来。爸见他天天开车出去，气得发疯，骂他不懂事："你姐姐有病了，你还有心开车到处玩，也不知道去看看……"他总是低头："我姐都快出院了，看她干啥？"妈也骂他是冷血动物。

有一次他在我的床头轻轻掉泪，虽然被他瞬间擦去了，却永远留在我心头。那是男子汉的泪，那是弟弟的泪。

当时医院怀疑我得的是不治之症，家人都瞒着我，弟弟偷偷跑到长春为我抓药，救命如救火，为了提前半个小时把药送给我，弟弟竟然把已经买好的火车票揣在兜里，花六百元钱打出租车从长春回到沈阳。

弟弟是开出租车的，我劝他不要天天来看我，影响收入，他却说："只要你的病能好，我的车撞碎都行。"我流泪了，为了弟弟。爸爸曾在遗书中写道："手足团结紧，西去已无憾……"我想爸爸还是为了我们当年的幼稚而担心。爸爸放心吧，我有一个好弟弟。

病了一次，才知道生命的可贵、感情的珍贵。

病了一次，才懂得了人生该拥有什么、该失掉什么，轻松而愉快地拥抱生活。

病了一次，我才明白。

有情的人是幸福的。

为情活着是幸福的。

选自《辽东文学》

晓　寒　本名韩福章，中国作家协会会员，国家一级作家，长期在市文联工作。本溪市作家协会副主席，在省以上文学期刊发表中、短篇小说90余篇，出版有中短篇小说集《凡人作坊》，长篇小说《家丑》《绝石》，另有散文、报告文学、文学评论等200余万字。

母亲的戒尺

晓　寒

自打我记事开始，印象最深的就是挂在我家书架旁的一个长条木板，像纸扇折起来的模样，大小也差不多，小头上有一圆孔，穿着一条黄丝绳。母亲告诉我那叫戒尺，小孩儿要是不听话，就用它打手心。

那根戒尺是枣木的，红褐色，上面可见点点焦黑，光滑细腻，透着柔润的沁亮。我问母亲，那黑点儿是什么？母亲说，那是块雷殛枣木，黑色的焦点是雷殛烧灼的痕迹。所以，我总感觉那根戒尺很神秘、很威严。

后来知道，那根戒尺是母亲家传的。母亲9岁殇父，14岁丧母，由姑母抚养成人。原本是一殷实之家，虽父母早亡，但瘦死的骆驼比马大，姑母一直供母亲读完国高，后来做主将母亲嫁给了在奉天南洋制版所当制版工的父亲，姑姥最看中的是父亲的忠厚和帅气。姑姥家住沈阳小西门，青砖四合院的房脊上长着草。第一次去，母亲教了我许多规矩：见了长辈要行礼问好；未经大人允许不准要别人的东西，吃饭大人没上桌小孩子不准上桌；不能用筷子指人；不能吧唧嘴。从那以后，我就永远都记住了。后来，又逐渐地懂得了一些新规矩，养成了一些习惯，比如对邻居要有礼貌，见了老者要主动让道，不说脏话谎话，不打架，不和坏孩子一起玩，手绢、袜子要自己洗，母亲给洗好的衣服要自己叠好，不写完作业不吃饭。

母亲治家井井有条，她把自己的工资和父亲的工资都打理得一丝不苟，房租、水费、电费、粮款、煤款全都预先留好，分别夹在对应的房证、粮证、煤证里，生活花销都记在流水账本上。在那个年代，全家不仅生活无忧，而且略有积蓄。母亲对待4个孩子不偏不向，更不护小，每个人都要做些力所能及的家务，家规里面人人平等。对外交往，母亲也有明确的信条：对父母不好的人不交，因为这种人没有真情。

家里有一块二尺高三尺宽的小黑板，上学前，母亲就用它教我们写字算术。后来跟邻居李爷爷学会了下象棋，就用黄泥做了一副，在小黑板背面画个棋盘，在楼下支摊儿。一天，二楼的小赵下了夜班也来参战，不想却被我赢了，众人起哄嬉笑，恼得小赵一时性起掀翻了小黑板，黄泥棋子"哗啦啦"砸在石台阶上，好几个棋子上用黄泥条粘的字摔坏了，我嚷着叫他赔，自然没有结果。母亲知道了，却没有责怪，倒给我买了一副象棋。我如获至宝，支摊儿更有瘾了。下夜班的小赵仍时常往前凑，可我不饶他，他一来我收摊儿就走。母亲就说我，说你不要得理不饶人，再说你们老老少少一群人起哄羞恼了人家，你们也有过错。街坊邻里要和睦相处，记住，人，一辈子要与人为善。我接受了母亲的话。小赵也变得文明了。

从上学前到上学后，在正经事上，那根戒尺还从来没在我身上用过。不过，挨过几次板子，还是蛮长记性的。一次是谎报军情告诉丢了猫的李爷爷说是看见了猫，而后藏到地沟里学猫叫；一次是不买票随着不认识的大人混进电影院看《地道战》；还有一次是正月十五同一楼的"蛆小子"打架。前两次我都认罚，可这次却不服，我说，是"蛆小子"先用鞭炮故意炸了我的灯笼。母亲说，一个巴掌拍不响。我说，那日本鬼子打中国，咱们反抗也不对呗？母亲就愣住了，手里的戒尺也没再落下。后来的事证明，母亲接受了我的说法——"蛆小子"不知从哪学的"二指禅"，迎面过来冷不防冲我心口一戳，疼得我缩身弯腰喘不上气来。没几天，我去打乒乓球，远远地看见他从楼前过来，我便把球拍藏在衣服里的心口前，对面过来的"蛆小子"故技重演，只听"哎呀"一声，缩身弯腰的却是他。傍晚，"蛆小子"右手缠着厚厚的白纱布吊在脖子上，一副伤兵模样，他到母亲跟前告我的状，说他折了手指，要索赔医药费。母亲了解了实情，对他说，"蛆小子"你活该！一贯蛮横的"蛆小子"居然哑口无言，狼狈逃窜。母亲说，戒尺不打有理的人。听母亲说，戒尺原本是佛教的一种法器，后来，这戒尺落到私塾先生的手里，就变成了"板子"。鲁迅的《三味书屋》里便有戒尺。

我喜欢写日记，小学五年级的时候就已经写满了两个日记本。我的日记写的多是心里的隐秘，甚至隐私。并非每日都记，心想就写，不想则无，我把它当成我最贴心的朋友。日记本锁在属于我的抽屉里，可是有一天却不经意地暴露了，是因为抽屉太满，日记本从抽屉后边被挤了出去，当我发现它静静地躺在桌子下面时，心忽然悬起来，犹如瞬间被脱光了衣服晾在光天化日下。怪不得这些日子母亲好像对我洞察秋毫，有些教诲的言语句句切中我心里最隐秘的地方。一开始，我对母亲佩服得五体投地，而此时，我全明白了。无地自容过后，便是恼羞成怒，我把抽屉里的另一个日记本也拿出来，静等母亲回来。

下班的母亲照例开始捅炉子做饭。就在煤炉子的火苗升腾起来的时候，我来到厨房，当着母亲的面把两本日记撕开扔进火中，这无声的抗议令母亲大吃一惊，抢救已无济于事。母亲已无心做饭，她回到房间，小心翼翼地对我说，是我打扫屋子时在书桌下面发现的，妈不对，妈不该在你没有允许时就翻看。我扭着脖子看着别处，依然和她置气。

蓦地，身后传来"啪！啪！"的声音，出奇的大。我吃惊地回过头，见母亲正用戒尺狠狠地打自己的手心。我慌忙上前，费了很大的劲儿才把戒尺抢下来，母亲又来抓戒尺，我打开我的抽屉，把戒尺锁起来。

母亲的左手心已给戒尺打得通红，我吹着气给她揉，眼泪也扑簌簌落在她手心上。母亲说，老话讲"皇子犯法与民同罪"，以前，都是我拿戒尺打你们，这回该打我自己了。我知法犯法，应罪加一等呀！我说，妈……

可从那以后，我就再没有写日记，那些真切的爱恨情仇，只能藏在心底，心灵的轨迹随着日月的穿梭，渐渐地模糊、淡化、消失。记得母亲78岁生日那天，她挽着我的手臂喃喃地说，妈有愧呀，要不是我，你从小就一直写，到现在，我儿子一定会更有出息！

时移世易，转眼，我的外孙已经三岁了。外孙爱吃糖，吃成了虫牙，痛起来就哭，哭完了还要吃。哄劝无效，我便亮出了戒尺。外孙却说，姥爷，轻点儿打，打完给我糖。我忍不住笑，女儿便接过戒尺，义正词严地对外孙说，吃一块糖，狠狠打你十个手板，你自己选！外孙便放弃了选择。

戒尺被女儿拿走了，挂在了她家书柜旁。女儿说，要让她儿子像他姥爷小时候一样，对戒尺永远留有一种神秘和敬畏。

选自《百名作家谈家风》

清清六道河

晓　寒

　　1975 年秋天，我下乡到桓仁县六道河公社六道河大队六小队。黄昏时分，从送知青的汽车上下来，第一眼看到的是眼前苍翠的青山，听到的是崖碴子下河水哗哗的流淌声。身后是一轮巨大的血红色的夕阳，一波一波的稻浪泛着金色的光，美极了。不由得涌动起一股激情，暗想：真是来对了。因为我的心里藏着一个不为人知，也是不可告人的秘密——我想写一部知青在广阔天地里大有作为的长篇小说，就像后来拍成电影的由郭凯敏主演的《征途》那样的书。

　　可是后来的日子，却把我的雄心壮志一点一点地撕扯得稀巴烂，甚至让我的自尊都丧失殆尽。六队青年点只有 5 个男生。站在身高体壮的 4 个同伴面前，弱不禁风的我顿感自惭形秽。第一天干农活是扒苞米，老队长让我干最轻的活，跟着牛车把大地里扒好的苞米往回拉。社员里，一个我们叫他"三大爷"的老农说，像小韩子这样的，将来咋活呀？我要是小韩子，将来谁能给我口饭吃就行啊！……

　　我给贫下中农的第一印象居然如此糟糕！我活着，难道仅仅是为了吃口饭吗？望着天上的流云，我心想，在这个广阔的天地里，我还会有什么作为呢？……当时简直沮丧到了极点，死的心都有了。我一蹶不振，整天不说话，走路也低着头。贫下中农对我的评价是：太蔫，没精神头儿。

　　当地有个叫柏杰的青年，专爱往知青堆里混，学着知青把裤腿改得精瘦，留个分头，还总往手心吐唾沫再往脑袋上抹，所以头发就总像牛舔了似的，说话还总想整点唐诗宋词啥的。他也不正经干活，农村称这种人为"二八月"。他家本来在围子（当年日本人为阻断抗联的给养，强迫百姓聚居并围以铁丝网的地方）里，那天，却不远万里来到围子外的六队青年点，坐在炕沿上胡聊。他说围里有个大连女知青叫刘丹霞，美若天仙，真是"回眸一笑百媚生"（他把"眸"读成了"木"），还会用脚尖跳舞。他还说文人都得精通琴棋书画，不懂琴棋书画就不配叫"知青"。青年点的几个人相互对视着，有人说，你跟小韩子来一盘。柏杰斜觑着我：他？半步棋。我抓过炕上的象棋摆好等着他，他满脸不屑：算了算了，哪天你们找个高手再喊我。我说：来吧，不怕一万就怕万一，万一我赢了你呢？骑虎难下的他只得应战。那盘棋我是带着深仇大恨下的，故意不将死他，直到杀得他一丝不挂。

他意识到了羞辱，推了棋盘，鬼念穷秧（当地话）说，六队青年点，四个膀大腰圆，一个瘦小枯干。我知道，他的那"一个"是指我，我装没听见。他又说，六队青年点，四个乌灵的，一个窝囊废。当地人把聪明说成"乌灵"。我仍然不予理睬。过了一会儿他又说，六队青年点，四个精神少明，一个熊头盖脑，还一边用他突起的蛤蟆眼斜着瞅我。"少明"意即帅气，而"熊头盖脑"是当地最恶毒的骂人话。士可杀不可辱，我忍无可忍，就回他一句，说，我再怎么熊头盖脑，也没把唾沫往脑袋上抹。青年点里哄堂大笑。柏杰先是惊愕，随即恼羞成怒，腾地蹦下地，喊，你说谁？我削你！我慢腾腾抓过镰刀，指着他说，这是青年点，不是你家，你敢嘚瑟，看我敢不敢拿镰刀扫你！点里的人把我们拉开，柏杰灰溜溜逃遁，临出院子还回头说，别让我在围里遇见你！

对知青来说，生活上的苦其实算不了什么。青年点断了粮，我们就照蛤蟆、抓蛇、崩鱼，甚至吃小队里的死猪崽子。三九严寒，水缸冻得只剩了碗口大的水心，晚上戴着棉帽子睡觉。即便如此，我们去县城采购，也没忘了拎着半桶大酱去看场电影，还特意走到浑江岸边去看那素裹银装、美丽多姿的雾凇。什么也没能阻挡住年轻人天生浪漫和对美好事物的向往。那时，最大的痛苦莫过于前途的渺茫和自尊的损伤。回想起来，我稍稍找回一点自尊，大概是从那次大队的通知开始。下午撸粳子时，小名叫灰弟子的姑娘对我说广播里通知我明天去大队。我认为她是听错了，没当回事。我这模样，大队找我干啥？可收工后，青年点土墙上的喇叭响了，通知里的确有我的名字，而且播了两遍。点长老潘说，不能错，这个广播员比原先那个强多了，原先那个有一天说："今天全天的节目整个愣儿地播送完了。"

第二天我去了大队，原来是县里要搞文艺会演，大队要排节目，不知是谁说我会拉小提琴，就把我调了去。我们就排练一个朝鲜舞，男女演员都是围里的朝鲜族小伙和姑娘，跳得绝对地道。乐队很小但很精，两把小提琴，我和鲍力力下乡前分别在十七中和五中文艺队，早就熟识，还有一支很不错的竹笛，加上刘丹霞的扬琴，还有一架手风琴和一个长鼓。县里会演时，六河朝鲜舞得了一等奖，就又代表桓仁县参加市里会演，又得了一等奖。在文化宫演出的时候，乐队又请了26中文艺队的崔文波和毕成业加入，重新配器，四把小提琴奏出了绝佳的效果。后来中华人民共和国成立50周年大庆时，六河朝鲜舞还应邀进京，在天安门前演出，不过这些都是后话。当年，我们就在大队的一间大房子里排练，窗外围了许多人。我偶然发现玻璃窗外的头堆里有一颗被牛舔过似的脑袋，上面还有一双突起的蛤蟆眼，我知道那双眼在盯着谁，不觉一下子联想到了癞蛤蟆。那些日子，我每天都拎着小提琴去大队，头戴狗皮帽子，大棉袄的前襟掩起来，腰上系条粗麻绳。六道河 1975 年的冬天很冷，我这样会暖和些。我特意把镰刀别在后腰上，有人说我耍怪，我说不是，有用，搂草打兔子嘛。只遗憾总也遇不上那个兔子。

后来再回到六队，贫下中农看我的眼神就不一样了。灰弟子她爹说，小韩子行啊，还会拉小葫芦瓢。念过九年级的房二哥说，那叫小提琴。就有众多眼睛愣愣地看我，我发现那群眼睛里，三大爷的眼睛睁得尤其大。老队长一如既往地关照我，每干重活，要么让我去往小队的几百条麻袋上用美术字写上"六河六队"，要么就叫我在小队饲养点的墙上再办一期"深入批邓反击右倾翻案风"的专栏，要么就安排我去帮着会计拢账。我把算盘打得噼里啪啦响，居然把个会计佩服得五体投地。他悄悄告诉我，说他都是在心里算的，只是用算盘记个数，一边不好意思地对我笑，露出几颗黄牙。会计干活确实是把好手，但打算盘确实不灵便，手指像一根根胡萝卜，关节处隐约现出黑色的横纹。难怪老队长好几回在饲养点上工点名时说，知青就是知青，能干细活，到啥时候都得是有文化呀！老队长的话让知青们很感动。

天寒地冻的季节原本是北方猫冬的时候，现在却成了战天斗地的时节。各队的劳力都被统一调到大队，集中上山修梯田，学大寨人走大寨路。山坡上红旗猎猎、山风呼啸、人声嘈杂，头上蒸腾的热汗呼出的热气汇聚起来，像山上的雾，很是壮观。每天早五点出工，晚八九点收工，两头不见亮，午饭自带，就在山上吃。歇晌的时候，还要义愤填膺地把"四类分子"们斗一拍子，大批促大干。

青年点的午饭是每人三个大饼子一块咸萝卜。上午十点来钟就饿了，不吃挺不住，有时到了中午饭就吃光了，下午三四点钟就又饿得受不了，心慌腿软冒虚汗，脑子里一片空白，只想到哪儿弄点吃的。一天下午，我饿得胃痛，实在挺不住了，就说去厕所，往山下走。下山时心跳得厉害，两腿又软又抖，真就要撑不住了。这时候，哪怕喝口凉水也行啊，可山沟里却没有水。沟筒子里零星有几户人家，就奔过去。远远地，那院子里的狗就开始吠，房门开了，出来一个五十来岁的妇女。我说，大婶，我是六队的青年，我饿了，想喝口水。大婶说，来吧。那狗就不再吠，懂事地蹲在一旁。我推开柴门进去，找到水缸，舀起半瓢水咕咚咕咚喝下去，立刻感觉好多了。我想道个谢，当我转过身时，令我终生难忘的一幕出现了：大婶递过来一块黄莹莹的苞米面大饼子！

见我发愣，大婶说，孩儿呀，吃吧。我感动得鼻子发酸。我接过大饼子，狼吞虎咽地吃，同时，泪水也充盈了眼眶。我有些不好意思，就来到院子里，背对着她，对着山上飘动的红旗、蒸腾的白色雾气，还有那轮就要落山的血色残阳，吃着饼子，眼泪也溢出来了。

大婶在我身后说，孩儿呀，慢点儿吃，喝口水。我回过身，接过水瓢喝一口，我再也抑制不住，泪水汩汩地涌出来。我很难为情，全给她看见了，也不再躲，就对着她笑，边笑边吃，一边流着泪……

大约十几年后的夏天，一个炎热的中午，我听见敲门声。门本来是敞着的，门口站着一个六十多岁的妇女，她很难为情地说，孩儿呀，我老头在二医院住院，我饿了，舍不得花钱吃饭……我立刻想到了当年的那一幕。我说快进屋吧。她却怎么也不进。我和妻子就拿了凳子，给她盛饭盛菜。临走，又用食品袋和罐头瓶给她装了馒头和炒菜。她告诉我她是桓仁的。我兴奋地问，是不是六河八队沟筒子里的？她摇摇头说她是五里甸子的。她对我千恩万谢，我说不用，真的不用。她哪里知道，正是桓仁乡亲的善良促使我这样做的。一件看似微不足道的事情，居然会对一个人的人生产生如此大的影响，这是一种什么力量啊！但我还是记住了她临走最后的那句话，她说，孩儿呀，你是好人，好人必有好报。我真心感谢她的祝福，也相信是真的。

大概是 1995 年吧，我因工作去桓仁。工作之余，我请县里的朋友陪我去六道河。这时的六道河大队已改成了六河村。县里来了客人，支书自然要陪一陪。我说我要去原先的六队和八队，先去八队的沟筒子里找一户人家。支书说，沟筒子里哪还有人家？原先零星的几户早迁走了，上哪儿去找？于是去六队。

吉普车在公路边停下来。早先，青年点的泥草房就在道边，而现在已没了踪影，代之为一座红砖青瓦房，只东面的青山苍翠依旧，崖碴子下河水哗哗的流淌声依旧。我不无遗憾地唏嘘慨叹。不远处的房前，有个人正在一边倒粪一边往这边张望。他放下粪叉走过来了。我仔细辨认，兴奋地叫了声"房二哥"，迎上去伸出手，他紧走几步伸出双手，忽然好像意识到自己的手刚刚抓了粪叉，就又缩回去，自己搓一搓，笑着说，你是小韩子吧？你一下车我就看见了。我早就说你将来肯定有出息。他邀请我们去家里坐，我们婉言谢绝，因为正当中午饭口，怕添麻烦。唠了一阵，我自然要问起老队长，他说老队长已经不在了。我的心一下子沉下去，说话的兴致全没了。我向老队长家的方向望去，那边的天边有一朵白云慢慢地飘过来，白云里就有了老队长的笑容……

老队长姓胡，是当年全县为数不多的去过大寨的人，支书听说过，有印象。

坐在吉普车里，我拜托支书今后对老队长一家多加关照。见我说得恳切，支书点头应允。我说，1976 年新年，老队长家杀年猪，他家三哥把六队青年点的青年都拽到家里去吃猪肉。我吃了满满两大碗猪肉炖酸菜，都吃饱了，三哥还给我盛了一大碗大米小豆干饭……

弹指间，白发已然悄悄爬上两鬓，可我的夙愿却依然没有实现。虽已有两部长篇小说出笼，可 40 多年前就立志要写的知青长篇小说却仍然无影无踪，而那段知青生活又是我最刻骨铭心的经历，每每回忆起来，一件件历历在目，令人心潮难平。

"天上有个太阳，水中有个月亮，我不知道我不知道我不知道，哪个更美，哪个更亮……"这首歌曾唱得我心潮涌动，彻夜难眠。

我要动笔了，带着我的激情，带着我的痛楚，带着我的怀恋，带着我的真诚，带着我的追忆，带着我的秘密，带着我的遐思，带着我的迷茫，带着我的尊严，当然，还有我的梦想……

原载《本溪日报·洞天》

晓　梦　女，本名孟秀艳，1955 年生于辽宁省本溪市。1972 年参加工作，1987 年毕业于辽宁大学，曾在本溪市博物馆任编辑。先后在《当代》《女子文学》《鸭绿江》等刊物发表作品。出版诗集《心路泥泞》与散文集《美文天地·晓梦卷》。

君子如玉

晓　梦

我在网上打扑克时的名字叫君子如玉。儿子春节回来看见后一笑："作网名可以，打扑克还用这么高雅的名字？""我喜欢。"我答。我喜欢君子，更喜欢玉。

凡是女人皆喜欢珍宝。爱钻的女人必定高贵，也必定有条件，如有貌或有钱，她得爱得起。爱金的女人必定世俗，必定属于芸芸众生，人人爱得起。爱玉的女人呢？必定优雅，必定拥有一颗远离尘俗的心，永远混不进人群去。少数女人爱玉，少数男人也爱。曹雪芹把石头写成通灵的宝玉，又把《红楼梦》中男女主人公的名字皆命名为玉，结果二玉演绎了一段令人荡气回肠潸然泪下的凄美的爱情故事。"玉"赋予宝玉黛玉不同凡响的灵性和坚贞不渝的心。

当代文学大师贾平凹也爱玉成癖，脖子上贴肉挂了一块褐色金镶玉，闻之有香，沁人心脾。朋友聚会时，他炫耀着讲玉的来历，说此玉只经过三人之手，个个皆是传奇人物。大家要求细细观察，七手八脚全上去摘，因为红绳太紧，差点刮掉他的耳朵。争相传阅时，一女士失手将玉跌在茶几上，"啪"的一声，玉碎了！平凹大喊一声"天意"，又大喊一声"六块"！玉果然碎成六块，在场六人每人分得一块。这个故事使玉富于神秘的传奇色彩。

金镶玉香气袭人，古来不多见。《红楼梦》中写到"静日玉生香"，《金瓶梅》中写"比花花解语，比玉玉生香"，想来皆是金镶玉。被皇上宠爱的香妃，据说不是天生体香，而是佩戴了一块金镶玉的缘故。俗话说"有钱难买金镶玉"，大多数的玉无气味，有香气的玉千古难求。贾平凹曾有一块，可见他与玉的缘分不浅。

我在十多岁时读《红楼梦》，看见宝玉黛玉的名字里皆有"玉"字，见了"玉"

字触目惊心，长大后才深刻理解了曹雪芹"人玉合一"的思想观念。读辽宁著名诗人柳沄的诗："玉，睁着青汪汪的大眼睛，使人不敢龌龊。""唯玉，能守身如玉。"第一次强烈地感受到了玉的圣洁贞操，这两句诗从此一生不忘。管子认为玉有九德，荀子认为玉有十德，《说文解字》上说玉有五德，即仁、义、礼、智、信，把中国传统文化的精髓全部涵盖了进去。玉，晶莹剔透，坚密温润，为白云之根系，江河之流魂，山脉之灵气，日月之精华，被历代文人推崇至极，因此才有"黄金有价玉无价"之说。玉有德，玉避邪。它不像钻石那样趾高气扬，目空一切，也不像黄金一样俗不可耐，一身铜臭。它远离世俗的浊浪，永远安然于知己的推心欣赏，在文人骚客的把玩中实现着自身的价值。君子善养自己的浩然之气，襟怀坦荡，日下无尘，拥有着玉的品格和修养，从不随波逐流，不慕荣利，唯重内省。达时兼济天下，穷时独善其身。气质如兰，精神如玉，这样的人古来不多，如李白，如东坡，如易安，如雪芹，如平凹。言念君子，温雅如玉，玉润我心，我心比玉。日常如有一美玉放在家中，或佩戴身上，养心养眼养灵魂，何不为之？君子无故，玉不去身。爱玉之人，因受了玉文化的熏陶浸润，一定能守身如玉，不仅女人，男士更当如此，身在次要，情操为首。

《百家讲坛》上马未都先生讲收藏，他讲了陶，讲了瓷，讲了木质家具，而我急于想听他讲玉，想来一定是一次精神大餐，不由得心生期待。马先生的博学幽默睿智独到，令我敬仰至极。他讲玉，一定会精彩无比。尤其是关于玉中极品——新疆羊脂玉的传奇，我更为感兴趣。

我家藏有一块玉，大如桃，薄如硬币，上面刻有一奔腾骏马。玉质像新疆玉，细腻如脂，晶莹如月。网名的确定，与它有直接关系。君子的温文尔雅，玉的沉静自守，我一直以此规范自修。讲了网名的由来，儿子连连点头："妈，你是阳春白雪。"我听了心头一震，汗颜了许久，儿子高看母亲，真是母亲的幸福啊！

原载《本溪日报·洞天》

35 岁的女人

晓 梦

35 岁才意识到化妆品的重要，即使一个人在家里，也要精心修饰一番，为的是给自己一个自信。35 岁发誓今生今世再穿最后一件艳丽的时装。35 岁没有了苗条的身段和光泽的皮肤，但有了自己独特的风韵。35 岁掉一根头发很心疼。35 岁不愿照镜子。35 岁碰巧和少女坐在一起，会觉得十分难堪。35 岁唯一嫉妒的是比自己年轻漂亮的女人。35 岁很惶惑地回首青春小舟停泊的地方，发现那里原来一点也不美丽、不浪漫。

35 岁不再读诗不再作诗，也不再从小说中寻找人生。35 岁喜欢读散文、读哲学。35 岁不由自主对宗教产生了兴趣，同时又十分清楚自己绝不会成为一个虔诚的教徒。35 岁选择书像选择衣服一样精心。35 岁不再需要自助类书籍。35 岁形成了属于自己的独特的思想体系。

35 岁知道摘不到星星时可以去摘果子，摘不到果子时可以去拾落叶。35 岁不再与人滥比，不再羡慕别人的荣耀。35 岁努力不再做使自己不愉快的事情。35 岁不再痛惜地追悔过去，也不盲目地展望未来，更注重的是清晨醒来之后需要面对的实实在在的今天。35 岁做事只注重过程，而不苛求尾声的完美。35 岁坚信自己如一只春燕，虽然没有留下痕迹，但确实从天空飞过一程。

35 岁变得宽厚仁慈起来，35 岁很会体谅他人。35 岁不再任性。35 岁很明白人生就是烦恼，而快乐只能来自自己的内心深处。35 岁学会了扬长避短。35 岁很少于人于己过不去。35 岁不再徒劳地去锯碎木屑。35 岁只想在某一点上出人头地。

35 岁既能在人生的舞台上尽兴表演，又能在台下冷眼旁观。35 岁能感受到众生皆醉唯我独醒的快意；既能睥睨一切地傲世，又能知天乐命地顺世，外化内不化地保持自己的个性。35 岁变得坚强起来，自信在人生的道路上，能打倒我的只有我自己。35 岁感到最残酷无情的是流逝的岁月。

35 岁时只要于人于己无害，想做什么就做什么，所关心的是自我感觉，而不是别人的看法。35 岁能把忧郁和孤独当作享受来体验。35 岁甘于寂寞。35 岁知道自己如一小草,有荣就有枯,知道自己只活一生,而活着的目的是体验生命的快乐。35 岁十分安然于一杯清茶、一段音乐和一个黄昏,安然于大自然的纯与真。

35 岁能跳出来观察自己、欣赏自己。35 岁的内心充满了安详、宁静与感激,可以如一尾金鱼般逍遥自在地漫游在生活之中。35 岁已经确定了最适合自己的社会位置。35 岁时自我感觉良好。

35 岁能专注地倾听别人内心的声音,尊重别人的隐私并能为人保密。35 岁明白交友最重要的是保持彼此间的距离,崇尚的是君子之交。35 岁能管住自己的面孔。35 岁是一个值得别人信任的年龄。

35 岁不再讨厌家务活,洗衣淘米时能哼起小曲。35 岁特别喜欢按照自己的意愿布置房间。35 岁很自觉地报答父母的养育之恩,很情愿、很努力地为人之妻。35 岁不再严厉地束缚孩子的手脚,诚心诚意地与孩子交朋友。

35 岁知道自己肩负的使命是滋润男人的心灵,是使别人因为自己的存在而觉得生活更美好。35 岁懂得了什么样的男人最适合自己。35 岁能区别开性与爱。35 岁的恋爱是成熟的恋爱。

35 岁知道更强烈、更持久的魅力来源于内在的气质。35 岁想要自己美,自己就会变得很美很美……

原载《本溪日报》

倪诚侃 1946 年生，祖籍浙江。于 1988 年不幸逝世。原为本溪日报文艺部编辑，曾先后在《上海文学》《诗歌报》等多种报刊发表文学评论、诗歌、散文诗等。

在大自然中静思

倪诚侃

阳光投射在你微闭的双眼，你察见那一片橘红色神秘的曚昽了吗？

倚在山野亲切的静谧间，浴着大自然和悦的风，便该悠然地进入遐思了。

而我们常常忽略了它。忙于征战，忙于耕作，忙于……以致不再听见迷蒙中那一声威严的发问：

"你什么时间在思考？"

我们都是从远古走来的。

社会行进着。

然而我们自身走出了多远呢？

人类和人生都呼唤对自身的静思，萌生探索的动机。

是的，应该忠实地记录生活，记录历史——便是这些，要做到也很有难度。

但是更不可以忘记，你也是推动生活、推动历史行进的一分子，用你热烈正直的心、诚挚勇敢的笔。

你不是什么无冕之王，也不应是无柳之囚，精神委顿的贾桂之流。你的生命该激情地跃动，以壮丽的喷发光耀我们的事业……

静思中同大自然默默地对话，灵魂飘逸着，你感到了畅悦。

当灵性奔涌在周身，你会感到新的充实。

那么，回到喧嚣中，自信地再度面对一切吧。

社会行进着。

我们要使它行进得更快、更好。

——因为这是我们全体的利益所在、理想所在啊！

原载《本溪日报》

普希金，你要活下去

——为普希金娜而歌

倪诚侃

可怜她无辜地忍受着世人的种种闲言杂语。

——普希金

俄国版……中国版……世界版……

在这个世界的五色土上，生长着爱恋、生长着仇怨，也生长着闲言（它还被当作秩序的一种支撑呢）。

一百多年前原版于俄国上流社会的、对一个纯情女子的诽谤，早已驰遍宇内了，在我们这里也恒久地再三翻印，甚至坦然盘踞在学府神圣的讲坛。

睿智的诗人早就说出："即使是没有证据的诽谤，它也能传之久远！"

1837 年一个不祥的下午，彼得堡浓重的阴霾里，迸出了一声撕心裂肺的呼喊："普希金，你要活下去！"

随即，她便人事不省了，这位美貌绝顶又极度哀伤的少妇。

有谁料想过，诗坛的太阳会在这个时刻突然陨落；诗人钟情的爱妻、"诗一般的美人"，从此堕入了黑沉沉的命运！

有一辆雪橇交臂驰过，她竟不曾发现诗人带着副手，抽着雪茄，从容地去与邪恶决斗；当她跟姐姐谈论前一天晚上的棋战时，哪会知道丹特士卑劣的枪口，在郊外的黑溪边正瞄准磊落的太阳？——敏于预感的芳心，在大难临头时骤然失灵……

她窈窕、娇美；清澈地闪着柔波的眼神，似蕴有万般风情难以尽述。秀美的黑发映衬着白皙俏丽的脸容，人称是世上奇葩——可是，美难道是罪过吗？

那位浪荡的异国骑士，确实为她久久地神颠魂倒。也可以说，那风雅的纠缠，未免也会在这位圣母般的年轻女子心潭扰起水痕。谙熟于偷香窃玉的丹特士苦心敷设"幽会"的陷阱，她果然翩翩而至，但旋即又飘忽离去，让那个浮浪儿一场空梦。

那刚愎自用的愚蠢沙皇，专横地把天才的诗人役为侍从，并垂涎三尺妄想染指诗人爱妻这绝代佳人。终于不逞！对她来说，诗人的情意远胜过一万个沙皇！

备受沙皇宠信的丹特士，乖戾地射杀了诗坛的太阳！

沙皇和丹特士所无法占有的美，自有上流社会的绅士们、贵妇淑女们，艳羡着的、嫉妒着的，竞相谤毁她。俄国原版的流言像煞有介事地声称："诗人在这次莫斯科之行中，同娜·尼·冈察罗娃相遇是祸患的起因，就是那个没心肝的女人，断送了他的一生。"俄国版很快也就成为不断润色着的世界版，她娇媚因而必定是杨花水性。私心悦之而言必诟之（不诟之不足以证明自己无邪），因而她也就成为外貌佳美、心灵污丑的"宣传例证"，持续充作世代沿袭的"女人是祸水"的洋话柄……

莫非，这也是一种道德平衡，是我们这个世界急需的一种平衡，恶对善、丑对美、假对真的平衡？

洞悉世俗的诗人，于痛苦的弥留中不禁凄然长叹：

"她，一个可怜的女人忍受着并将继续忍受着人们舆论的指摘。"

他身受致命的重创，坦然地迎接他光荣的死亡；只是，诗人痛楚地深感对不起他钟爱的娜塔莎——青春妙龄、无比美貌的娜塔莎，无辜的，他从不曾怀疑过她贞洁的、圣母般的娜塔莎。

"我准备为她牺牲"——这是他挚爱的倾诉，也是他履行了的诺言。

他忍受着剜心的剧痛安慰爱妻："我很高兴还能看到你，拥抱你！不管发生什么情况，你是无辜的，也不该责备自己，亲爱的！"

然而，"普希金，你要活下去！"你要活下去啊！

——为你的娜塔莎抗御身前身后的风风雨雨，那些由柔软的长舌拨弄的、合乎"世道人心"的风风雨雨。这种经朝历代而鲜有改易的风风雨雨，哪一絮哪一滴不是利刃疾镞，戕害着她娇弱的身躯和高洁的心灵！

——为你的诗歌王国继续撰写真诚的诗篇，不许赝品冒充人性的呼唤和心灵的吟唱。在这一圣洁的领域，只应该生长美好和理解……

诗坛的太阳，一直是她心中的丽日；诗人的华章，从来是她绣房中的明灯。

甚至他的情书也那样熠熠生辉，燃烧着诗的火焰！她早已默诵在心，一遍遍深情地重温。

在待字闺中的少女娇羞的梦里，她就把诗人视为善解己情的超人。

蜜月里，她也曾噙着泪花独对孤灯，因为诗友们常常"霸占"了诗人，几至终夜。然而，那泪花是含笑的……

她更铭记着新婚次日的洞房馨香之晨，他跪在她床边赞美天上圣母的厚赐，与惺忪初醒的她四目相对，流不尽的缱绻柔情。

还在初定婚事的那年仲春，一首《圣母》已经写成：

> 我的万千心愿都满足了
>
> 啊，是上苍把你恩赐给我的
>
> 你啊，我的圣母
>
> 你是最纯净的美之最纯净的形象

决心做普希金这样的诗坛巨擘的妻子，她也曾清醒地准备承担可能会有的艰厄。可是，命运的艰厄怎能不超出一个纯真女子单纯的预想？

"总有一天，我相信，人们会为我昭雪，推倒那些使我蒙冤一生的不实之词。直到如今，哥哥，我一直背着沉重的包袱，它们也压在我的子孙辈的身上，那些无事生非，对我恶意诽谤……"

娜塔丽娅·尼古拉耶芙娜·冈察洛娃，我们的普希金娜，临终前凄婉地对她的兄长德米特里倾诉。

忧伤的明亮终于透彻沉默，诗人爱妻迸发的是诗人的睿智和自信。

崇敬诗人，也崇尚美好天性的人们啊，不该听任这一幕善良人的悲剧恒久不绝地排演下去了。

让这种世界版的世俗非议在走向美好的中华乃至整个人间绝版，谁说不是为理想奋斗者的神圣责任！

原载《工人文艺》

莫永甫　1959 年生。主任记者，本溪市作协副主席，辽宁省作协会员，省散文学会副秘书长。在《鸭绿江》《人民政协报》等刊物发表作品 300 多万字。出版专著《往事如铁》《这片云，曾是我们的天》《重启历史之门》等。

文天祥，无驿站之旅

莫永甫

漆黑的夜。

你带着不屈不挠的心，搭上一只抗元的木船，从镇江出逃。

暗夜如漆包裹着你的身影，涛声如雷吞没了木船的摇橹声。

没有驿站的英雄之旅。

多少人花一辈子的时间寻找着这条路。时代告诉我，无须寻找。

杭爱山的惊雷呼啸着南下，百孔千疮的南宋王朝的大船禁不起惊天一击，沉沦于 1268 年的苍茫大海。

时代的劫难中，人们匆匆忙忙寻找着逃亡的路径。

四野路边，遗弃着汝窑烧制的天青色瓷器；林梢飘处，扬挂着张择端的《清明上河图》，中国最辉煌的文明散落在沙砾榛莽间。而此时，欧洲现代国家的雏形刚刚开始。

感知了文明的被毁灭，海天风雨的哭悼声漫过了南方的丘壑丛林。明山丽水便挑起黑色长幡为一代王朝以及连着这个王朝升起的文明送葬。

文天祥一个人急急走来，走过冷风冷雨的旷野，奔向那艘沉沦的大船。

那时的他，没有心情去想怎样做英雄的情节。偶有闲暇便把他的处境吟成很漂亮的诗句扔给后人。

虽是紧张，虽是九死一生的窘迫，仍然保持着闲逸平静的气度。在他的杀伐生涯中，没有剑拔弩张的紧张，即使面对他的敌人，也没有诟骂斥责的激烈。

"一部二十四史，从何说起？"

没有敌意的平淡。

现代电影里的中国民族英雄，不是横眉冷对，就是大义凛然，刻意把自己"摆谱"成英雄。一声"龟儿子，开枪吧！"或一口唾沫吐到对方的脸上，这样的英雄造型，与牛虻相比未免等而下之。牛虻永远微笑的脸，微笑着命令刽子手向自己开枪的平静与高贵，更能引发心灵的震撼。

优雅的文天祥走在抗元的旅途，他知道他代表着宋王朝的文化，他知道他的生命是依附于这个文化上的。抗元对他来说不是"使英雄气"而是文化意识。

生为这个文化而生，死为这个文化而死。

摆脱了个人的生死得失，才使他保持了精神上的闲逸优雅的风采。

大难之下，物质的困顿常追随着他。生死也常变生在呼吸之间，但他从没有停歇过挽大宋王朝于狂澜之间的努力。

数年前，他因坚持抗元的主张而被贬黜。

本已风雨飘摇的南宋朝廷自断手臂。政治的失败是不能凝聚文化的力量，一个文化十分发达的王朝终因不能发挥文化的力量而终归失败。

以文化之优势而终难维系王朝之赓续，这是中国政治一个常令人纳闷的主题。

隐逸江西文化，把宦途的心态换成渔樵情绪，平和地看山，平和地听水。一年四季的色彩收拢杯茶酒盏，轻呷慢斟，不疾不徐，将文化的熏陶唱成平和的风度。

南宋王朝的呼救声打消了他终老林泉的念头。

宋王朝终于沉沦。文天祥没有呼天抢地地为他哭号，他悄悄写下一首词烧化，然后走上刑场，请蒙古帝国砍下他的头颅祭奠他的王朝。

大元帝国很为你可惜。在 90 年后，大元帝国灭亡之时，竟然找不到一个为它的死亡而吊孝的人。

800 年后，我装着《牛虻》走过镇江翻开这一幕时，也很为文天祥和牛虻可惜：不配有英雄的时代，它的文化却在培育英雄。

原载《本溪日报》

我本渔樵

莫永甫

饮山亭，进入的路径已被千年文学史茂密的文字遮断，只有一缕酒香遥遥地飘来，随着酒香隐隐地还有一缕歌声：

"我本渔樵，不是白驹空谷。对西山悠然自足。北窗疏竹，南窗丛菊，爱村居数间茅屋。

风烟草屩，满意一川平绿。问前溪今朝酒熟？幽禽歌曲，清泉琴筑，欲归来故人留宿。"

歌声中把自己谦虚成渔樵的歌者绝不是渔樵。他是在文学史中站立了700多年的刘因。

在文学史上，元代的诗歌难与唐诗宋词匹敌，但刘因的这首《风中柳·饮山亭留宿》词，为历来的选家看重，历代的词选本上都难以落下。

这首词是写景致、写情致的上乘之作。在词人的笔下，周围的山川、居住的房屋、流动的清泉、飞禽的啼鸣无不美妙动人。其实，所有的景致，都只因词人心无俗虑的情致而美妙。所有的景致，垒叠成一种精神的高度。

刘因生存的元初，并不是一个创造美妙情致的时代。置身于北京的大元旧城，看那已被风雨剥蚀的一代王都，让你感到一个只懂以武力征服天下的民族难以诞生创造美妙情致的心境，倒是背向朝廷的文人们以自己的聪明创造了超越历史的文学。

1264 年，忽必烈把元帝国的首都从和林迁到了北京，那时，北京刚刚做了111 年都城。

111 年前，北方是女真民族纵横的天下，这个生长在苦寒之地的民族，在海东青矫健的飞翔中寄托着他们自由的天性。当他们的自由随着海东青成为契丹人的贡品时，他们跃上战马如海东青矫健地为自由而战。当辽王朝的土地成为他们的牧场时，这个历史的过渡让他们完成了眼界的转换，过去海东青飞翔的辽阔天空不过是一个没有参照系下的逼仄视野。隔空而来的三秋桂子的香味实在是"棒打狍子瓢舀鱼"的生活所不具有的审美韵味。文明对野蛮的诱惑促使那个叫完颜亮的女真皇帝将金王朝的都城从东北的偏僻之地搬迁到了燕京。

那是 1113 年。

北京从此掀开了中国都城的第一页。元、明帝国相继在此演出了兴时轰轰烈烈、亡时栖栖惶惶的周期闹剧。令完颜亮没想到的是他开拓的国都，在 300 年后，又成了他的子孙们的"龙城"。

在中国的文化中，有了都城，就有了"龙庭"。也就有了与之相对立的江湖。围绕着"龙庭"的是一条条做官为宦的道路，通向江湖的则是茅草深掩的路径。中国的文人在江湖和"龙庭"分野。庄子为此留下了一个美丽的故事。庄子说：天下有两种马，一种叫"国马"，一种叫"天下之马"。"国马"的奔跑中规中矩，"天下之马"的奔跑则是任意而行。这就是中国文人的命运，"国马"就是在"龙庭"中的文人，这类文人虽留下了事功的坐标，但他们的人格已经矮化了，或者说已经奴化了。过去读范仲淹的《岳阳楼记》，读到"居庙堂之高，则忧其民；处江湖之远，则忧其君"，深为他的情怀感动，今天再读之，发觉这篇美文难免借文章拍皇帝马屁之嫌。"天下之马"就是江湖中的文人。江湖的文人更多地留下了精神文化的坐标。有了他们的存在，我们在整个奴化了的中国才看到自由民主之光历经劫难而不熄灭的希望。

元初的刘因就是这种"天下之马"。

1287 年的夏初，一片单调的蝉声笼罩着大元帝国坐在北京的"龙庭"，元帝国感知了没有文化色彩的悲哀，把眼光投向了江湖，从江湖征招贤人遗士来点缀帝国的门面。于是通向北京的官道热闹起来，先是宋王朝的后裔赵孟頫和数十位宋王朝的遗民把一种复杂的心情化为半推半就的姿态走向北京。

再是不愿为元帝国效命的宋遗民谢枋得被元帝国拘执着拽向北京。来到大都的谢枋得，拜见了软禁在大都的谢太后，拜祭了文天祥的死难之所后绝食而亡。把自己的一缕孤忠挽系在南宋王朝的大船上在历史中发扬蹈厉。其他一些难以割舍生存的优势而终于把精神自由让渡的宋朝遗民，只能以"在山为远志，出山为小草"的诗句来慰藉自己愧悔交加的心情。

目睹了朝代革故鼎新之际各色人物嘴脸变化的刘因在这时从花红柳绿的大都抽身，背向元帝国走向了饮山亭。

从元帝国出走的刘因没有文化的愧疚感。自辽代开始，他所处的区域已从宋王朝的版图中脱幅而出，成了宋王朝的化外之民。他于至元十九年被元帝国征招为承德郎右赞善大夫官。史书记载，受宋遗民谢枋得绝食而亡之刺激即从元帝国出走，之后，元帝国又以集贤学士嘉议大夫的官职征招，再次被他由龙庭走向江湖，由官场走向隐逸，理由不是文化的愧疚，是为追求精神的自由。

李贽在《藏书》中把刘因列为身隐外臣而入传，传记中记载了刘因为拒绝回京做官而给元世祖写的信，写自己身体的疾病和自己的境遇，读来甚为凄婉。信中说他身边没有可以托付后事的亲戚，家中也没有可以依靠的仆人，为了一旦病危不要累及他人，找人到祖茔给自己修了一方墓室，如果病势难以挽回，就自己躺到墓室中以待生命的结束。面对如此凄切的文字，皇帝却说，古人有不召之臣，刘因就是这样的人。皇帝明白刘因的所有说辞，不过是以小心翼翼、谨慎委婉的文字表达坚决拒绝的心曲。证之以他的诗歌"东风吹落战尘沙，梦想西湖处士家，只恐江南春意减，此心原不为梅花"（《观梅有感》）的如江水浩荡的豪情，可知他为了不可让渡的精神自由，毅然决然地放弃了中国文人千百年来百吃不厌的做官大餐。

站在 21 世纪的山峰，回首 700 多年前的北京古城，悦人眼目的除了勾栏中正上演的杂剧外，就是毅然决然与大元帝国告别而渐行渐远的刘因背影。

原载《辽宁散文》

黄开中　1946 年生人，曾任本溪日报社部主任、副总编，在《鸭绿江》《芒种》《辽东文学》等发表中短篇小说多篇，出版长篇小说《老街》《那夜月光如水》和长篇报告文学《50 年守望》《追梦军旅》等。

家的味道

黄开中

张正隆先生写过这么一句话："家在房子里。"

这话很经典。是啊，没有房子，何以为家？别墅也好，茅屋也罢，住进去就是家了。

我们这座小城，城中有座平顶山，城市依山而建，很有点诗情画意。有文人弄了句诗："一碧青山半入城"挺形象的。转山沟就在平顶山的东南坡，我是转山沟长大的，曾写过一组转山沟人物的小说《喊爷》《黄土》《常转缸》等。在那些小说里，我详细描写过转山沟人的生存状况。这里简单说吧，转山沟上万户人家，都是自己垒的窝，都是那些下煤洞的工人或钢铁厂的工人捡些或不知从哪里弄来的砖头石块像燕子垒窝那样一点点垒起来的，垒起窝娶个媳妇就过家家了。有了第一家就有了第二家第三家……一家又一家从山脚下沿坡儿往上垒，一年又一年，转山沟就成了好大一个棚户区。

我儿时的家就在转山沟的一个小石头房子里，房墙是碎石块垒的，房顶是油毡纸盖的，上边涂了一层沥青。房子很小、很简陋、很寒酸，却很生动。冷天，夜里四壁挂霜，白花花的，白天太阳一晒，霜花又化成一条条小溪；热天，火辣辣的太阳烧烤着房顶的沥青，屋里像个小火炉；阴雨天，地面湿漉漉，房顶漏雨，炉坑里冒水，还要提防房后往屋里灌水，因为转山沟的房子是顺坡盖的，房后的过道比我家后窗还高……哎呀呀，这房子能住人吗？

能！就在这么一个小石头房子里住着我的父母姊妹一家九口，而且住了许多年。

而且其乐融融。

母亲很要强，每年春节，都要买些很漂亮的花纸糊棚，尽管过不了几天美丽的花天棚就洇满地图了，毕竟能美上几天。父亲每月六七十元的工资，母亲操持这个九口之家从不叫苦。我们穿得不好，甚至一个补丁连着一个补丁，却都给洗得干干净净；吃得不好，母亲却做得有滋有味，还养了鸡和兔子，偶尔杀上一只，加上些土豆、尖椒、花椒叶什么的，热热闹闹炖上一铁锅，那叫一个香，那叫一个解馋！

父亲很能干，把个巴掌大的小院（这里我夸张了哈，小院虽小，还是比巴掌大得多呀）弄得很精彩。用碎石块垒起半人多高的院墙，墙头垫些土，种上尖椒、小花什么的。小院里种着茄子、小葱什么的，沿院墙种一排眉豆。不知怎么，这些东西长得特别好，尤其墙头的尖椒，一串串，青的、紫的、红的，美呆了。母亲常常把锅坐炉子上了，到院里顺手摘几个尖椒再摘一把眉豆什么的，洗吧洗吧切吧切吧下锅。绿色不？现在我是求之不得了。

我们姊妹几个也快乐得不行。现在的学生几多辛苦啊，天天晚上回家写作业，连小学生都写，一写写到小半夜，星期天还要补课，还要学这个学那个。我们姊妹可没受过这种煎熬，我都念高中了，也没在家写过一个字（也没地方写呀）。书包里从未装过课本作业本，装的都是玻璃球、啪叽、小人书，而且随便逃学，父母从不过问。宽松不？快乐不？我上高中时，要翻过一个小山，我经常在山坡的小树林里看蚂蚁上树，小东西成群结队往上爬，我就研究：谁是头头呢？谁是公谁是母呢？它们的小爪子是什么样的呢？怎么不往下掉呢？看半天没研究明白，就一泡尿把它们全冲了下来……（我不知道我的学生生活和现在的孩子比起来，是该偷着乐呢，还是该偷着抹几滴眼泪呢？）

当然，这里有苦中找乐的意思。我家的小石头房子毕竟太过寒酸，做梦都盼着住上公房。那时是福利分房，父亲是焦化厂工人，不识字，连自己名字也不会写。在我们家我的文化水平最高，要房申请自然由我来写。我写得很用心，比上课写作文用心十倍。写我家的小石头房子如何如何不堪，写老少九口挤在一铺炕上如何如何窘迫，又真实又生动，十分令人同情，十分令人感动。然而申请书写了一份又一份，我从初中一直写到高中毕业，每次都自我感动得眼含热泪，却一直没能感动厂领导。不过，因为一份份写申请书，我的写作水平有明显提高，以至后来我这个大学漏竟然混上个记者，端上文字饭碗，靠卖弄文字养家糊口了。歪打正着，意外收获啊！

后来，我搞对象了。对象总是要到家里看看的，尽管我很难为情，也是躲不过这一关的。那天下了班，等到天黑（那时青年男女约会，一定要等到天黑的，亮着天不好意思哈），我和对象坐电车从德太下车，就一步步奔平顶山走去了。我家在平顶山半山坡，走了一段平路就开始爬坡了，那真叫步步高哈。那时没有路灯,星星挂在山腰。走着走着,对象害怕了:你往哪儿领我呀？我说,去我家呀！

就又往坡上爬。爬了一段,拐了一个弯儿,对象又问:还没到呀？我说:快了。

转山沟山路十八弯,我领着对象又拐了一个弯,又拐了一个弯。对象又问:你家还有多远啊？我说:不远了。对象说:不远是多远啊？我说:再拐俩弯就到了。对象说:还拐呀？我都拐迷糊了……

就这样,对象迷迷糊糊到了我家,迷迷糊糊成了这个家的一员。我一直很感恩这个老婆,那样的一个家居然没把她吓跑。

当然,后来我搬家了,搬了一次又一次,越搬条件越好了。如今的转山沟也盖起一幢幢高楼,名副其实的"新家园"了,我家的小石头房子也不在了,连一点痕迹也没留下。但不知为什么,转山沟那个小石头房子里的家却永远地留在了我的记忆里。那个小石头房子里的家,有一种特别的味道,每每让我回味。

因为我生长在那个家,所以我学会苦中找乐；因为我生长在那个家,所以我容易知足知乐；因为我生长在那个家,所以我更加感恩我的父亲母亲……

我曾写过一篇散文《最难忘,小鸡炖蘑菇》。儿时吃母亲做的小鸡炖蘑菇,那种美味一直让我魂牵梦绕,后来吃了许多大酒店许多大厨做的小鸡炖蘑菇,却再也吃不出那种滋味儿,总觉得味道淡然,比起妈做的小鸡炖蘑菇差了点什么。

差什么呢？我忽然明白了:差的是融入浓浓的家的味道。

原载《本溪日报·洞天》

总难忘，小鸡炖蘑菇

黄开中

元旦那天，我又对妻说，做个小鸡炖蘑菇吧！我总想吃小鸡炖蘑菇，且年甚一年。每逢年节，我便总是要妻做小鸡炖蘑菇。却每每失望。那味道与我记忆中的小鸡炖蘑菇总是相差太远了……

那年八月节，妈杀了一只小公鸡，很认真很仔细地剁成小块，和蘑菇、粉条、土豆一块放入小黑铁锅里炖上。妈又到院里摘下几只尖辣椒和一些花椒树叶子，洗洗切切放到小铁锅里。那时我家有个小院，院墙上栽着一排很辣很辣的尖辣椒，院里还有一棵花椒树。

妈做着这一切时，也就是从小公鸡一开始咯咯叫时，以我为首的我们姊妹几个便一直跟着妈转悠，一双双小眼睛滴溜溜地盯着妈每一个动作。

一会儿，小铁锅里冒出气儿和咕噜噜很诱人的响动，妈就打开盖儿用锅铲儿炒一炒，那香味儿就如一条条小馋虫直往我们鼻子眼儿里钻，弄得我们直流口水。妈的身边腋下就有一群小脑袋瓜争相往锅里看，稍不注意，就有一只小手勇敢地捏出一块鸡肉来。

小鸡炖蘑菇终于做好了。妈亲自掌勺，给我们几个人每人盛一小碗。这是最激动人心的时刻，我们全都屏住呼吸不转眼珠儿地盯住妈手中的那小铲。弟弟妹妹清楚地看到，妈明显地偏向我，却又都敢怒而不敢言。妈极善良却又极有威严的。我的碗底不仅藏有妈精心挑出的几块鸡肉，而且准有一只鸡翅膀。妈说，让我吃了鸡翅膀好飞黄腾达。

姊妹几个，我是老大，妈把希望寄托在我身上。妈自己没有文化，却希望我能学一肚子文化好飞黄腾达。于是，6岁时妈就送我读书；却从不过问我读书作业之类的事，一切放任我自由发展，只在吃的上总偏着我，在鸡翅上寄托着对我的殷殷期望。

小鸡炖蘑菇，我们吃得极香极有味道。妈的碗里却难得有一块鸡肉，连鸡头鸡爪也盛给爸去喝酒了。我姊妹多，小时候家里生活是很困难的。我就发誓，等我飞黄腾达了，一定给妈做这么香这么好吃的小鸡炖蘑菇。

我却没能飞黄腾达，也没有请妈吃小鸡炖蘑菇。我没有想到，母亲59岁上便去世了。我心底便留下永远无法弥补的遗憾和愧疚。那令我永生难忘的小鸡炖蘑菇。

哦，小鸡炖蘑菇！那是我记忆中的第一美味，多少年来一直滋润着我，诱惑着我。我多次固执地要寻找到那浓郁醇厚的滋味儿……

这些年，我吃过名厨师做的小鸡炖蘑菇，我吃过丈母娘做的小鸡炖蘑菇，我吃过妻子做的小鸡炖蘑菇……总觉得那滋味儿不一样。

今年元旦，我让妻按着我记忆中妈做小鸡炖蘑菇时那样去备料。公鸡，自己杀；粉条，选粗的；蘑菇、土豆、尖辣椒样样不差，还特意搞来花椒叶。然而，那滋味儿终是不可复得。

妻无可奈何地说，也许这些年你越吃口味越高了！

我若有所思地点点头，又摇摇头。妻说得也许不无道理，但绝不全是。我终于悟出：妈做的小鸡炖蘑菇里融入了人间最朴素最美的情意，那是任何名贵的东西、任何高超的技艺也无法替代无法弥补的。

原载《本溪日报》

梁贵安　1963年生于丹东，祖籍广西壮族自治区贵港市，现供职于本溪市教育局，曾任《本溪教育》《本溪中学生报》《本溪小学生报》主编。本溪市作家协会理事，辽宁省散文学会会员。出版诗集《心的展厅》《飞翔的岁月》，散文集《水上听香》，新闻通讯集《如歌的情怀》（上、下卷）。

明亮的大理

梁贵安

那夜在云南大理火车站候车，看离发车还有一段时间，便独自一人漫步在与车站一路之隔的长方形的大型广场上。在夜的背景下，我感到广场上有两种明亮的元素在照耀我的心灵。

一种是吸收了太多太多阳光的花朵。这花，逃不脱一年四季朗照的阳光，即使在冬天，它也忘情、舒心地开着。这一片片鲜亮的花，是一池池的阳光、一池池的明媚。这花，以阳光做底色、为底气，再细腻、细致，也显得大方、大气，它的温暖是从心里涌出来的。

另一种是四组以"风、花、雪、月"为主题的大理石雕塑。上关风、下关花、苍山雪、洱海月，这是白族姑娘头饰上的四大元素；代表着"金花阿妹"的精、气、神和美妙的心思。将其固定在这平阔的广场上，拨亮了夜色。这种状态下的大理石，越凝固越生动，越坚固越柔软，越坚硬越浪漫。四组雕塑彼此微笑着，深情款款，编织出一个光明的境界。

依偎着静夜，置身这明亮的广场，我深感震撼，不禁神思飞扬……蝴蝶泉，我一闭眼就在我眼前明亮着。

泉面如心，泉水透嫩、娇柔，仿佛呵一口气就化没了。两颗心化成的清水情水、不含一丝杂质的神水哟，它不流淌，也不荡漾。它明亮着，思念着，处子着，羞涩着……这是一眼至情大理的心泉。一棵树的一根枝干伸向水面，表达一个物体对另一个物体的爱恋。游人坐在树干上，把明艳、明净、美丽、美好，拍入镜头，融入记忆。

三塔的肤色是暖色调的，俨然天地吟咏的三句佛经；又像圣人的三个手指，点拨时空，点拨出好山好水好风光，也将自己点拨成风景名胜。水面上倒映的三塔，将我的心拨动得喜悦明澈。

洱海再大，在我眼里也是小家碧玉。它是天地的一只耳朵，倾听着：阿哥阿妹的情深意长……洱海有情、多情。它收纳上关浪漫风，濯洗下关曼妙花，映照苍山高傲雪，它风情万种，含月魄，衔水魂。

大理古城里的三月街，是富庶之途、风俗之途、音乐之途、明亮之途。我在此买了不少民族服饰，一套绿色的蜡染裙装如柳，亮似花明，它摇曳着民族风情的倩影……葫芦丝曼丽抒怀的旋律流淌了一街……

大理的云，不，云南的云，最为祥和明亮，很浓很低。浓得很尽心，低得很用心。这云的冲击力，静静地来。静得随和、仁慈……

在大理火车站特产店，我买了一件带云意的大理石捣蒜缸。玩意儿虽小，但挺沉。能不沉吗？它，酒杯的形状，斟满了明亮的大理，斟满了酥香的阳光……

原载《本溪晚报》

梁志龙　1954 年生。毕业于南开大学历史系，曾任本溪市博物馆副馆长、研究员。参加和主持 30 余项考古调查和发掘项目。出版《沸流集》等学术著作。常将亲历的考古写成散文发表。

怀　念（节选）

梁志龙

一

1975 年 10 月 4 日，我第一次见到舒群先生。

那天，是我二姐结婚的日子。简单的婚礼，很快便结束了，而招待娘家人的那顿饭，却需要等到中午。余下的时间没事可做，我便沿着小路，闲闲地走着。铁路边有一排新建的矿工住宅，坐北朝南，靠近铁路的那户人家门外，不知发生了什么事情，居然围着许多人：男人、女人，还有孩子。我也好奇，走了过去。

人群中有人悄声说话："这就是舒群呀，大作家。"

于是便有了喊喊喳喳的窃议声。

那户人家的院子外边，是用废旧铁道枕木破开的木板制作的篱笆，本溪方言叫作"障子"。门也是用木板制成的，留有很大的缝隙，两扇，当时一扇关着，一扇半开。

院子里一个面色黝黑的老人坐在板凳上，面前放着一个烟笸箩，在很暖的阳光下，把黄烟的叶子一点点从茎秆上撸下来，然后搓碎。他似乎没有注意到门外围观的人群，依然精心地做着手里的事情。

这就是我第一眼见到的舒群。

顺着半开的门，我走进院子，走向了舒群先生。老人抬起头，望着我。

我说："您就是舒先生？"

老人点点头，说："是。"

我简单地做了一下自我介绍，然后说了今天送姐姐出嫁来到这里，遇到先生，非常高兴之类的话。

先生从身边递给我一个小板凳，坐下后，热情地和我聊了起来。

那时，我 21 岁，在本钢焦化厂做工人，喜欢读书，算是个"文学青年"吧。

也许是读过鲁迅作品的原因，初次见到舒群的时候，未经思索，我便称他是"先生"。当时，这个称呼在社会上并不流行。外面聊了一会儿，舒先生便把我让到了屋里。

这是普通的平房住宅，进屋后是厨房，向西，是个两居室的套间，每个居室的北边是火炕，南边是砖铺的屋地。向东，是临时接出来的一个屋子，为先生的书房。

那天，家里只有舒先生一个人，我们好像谈到了鲁迅，谈到了郭沫若。

一边说着，先生一边用白色的薄薄的卷烟纸，自己卷着旱烟吸。吸了几口，灭掉在烟灰缸里，过了段时间，拿起来，点燃，再吸。那个烟灰缸，其实是个蓝色搪瓷小碟，边缘已经破瓷了，露出了黑黑的胎色。

二

过了一段时日，我又去看先生。

开门的是舒先生的夫人夏青，她朝着西边的屋里喊道："老舒，小梁来了。"

第一次见舒先生时，夏青并不在家，她居然知道我是小梁，应该是舒先生跟她说起过我的那次造访。

进了西屋，舒先生站起来，很兴奋的样子，让我坐在炕沿边。炕上，是一张吃饭的小桌，桌子上，里侧放着厚厚一叠学生用的小笔记本，外侧是一本打开的笔记本和一支钢笔。

先生乐呵呵地说：在写关于话本的书。

这本学术著作，先生早在流放桓仁山村的时候，就已经完成了初稿，定名为《中国话本书目》。话本，是中国古代小说的一个品类，应该是街市上讲书人演说的底本，主要流行于宋元时期，在中国古代文学史上，占有重要地位。

先生从书房里取来《敦煌变文集》，拍了拍封面说："这里就有话本。"

桌上那叠笔记本，就是先生《中国话本书目》的书稿，密密麻麻的小字，写写改改，格子外也填满了增加的内容。

又一天，先生跟我谈起了话本里的词汇，好像是与"马子"一词有关，大意是"马子"这个词，或与"马子"同义的词，在话本里就出现了。先生具体的考证，我现在记不大清楚了。那时，先生在考证文字时，就打破了世俗的禁忌，敢于涉及性的问题。

他拿过一本鲁迅编辑的《唐宋传奇集》，翻开一页，指着上面的一句话，说："唐代人写书很大胆。"

恍惚记得那句话是："摩挲大髀之间，拍摸乳房之上。"

先生翻开刘半农整理出版的清代小说《何典》，一边给我看，一边说："鲁迅第二篇题记写得好。"于是指着上面的文字读起来，"主顾诸公，看呀！快看呀！每本大洋六角，北新书局发行"。读完，先生抿嘴而乐，并说这话既挖苦了陈西滢，又幽默地给自己的书做了广告。《何典》是借鬼界讽喻现世的小说，开头词中，有"放屁放屁，真正岂有此理"一句，先生读了，就朗朗大笑。

三

1976 年春天的一个晚上，我正在家里吃晚饭，忽然听到门外有人喊："是小梁的家吗？"

是舒先生的声音，我急急跑了出去。

舒先生说，他是根据我以前讲的家的位置，一路没有打听就找过来了。

天黑了，我送舒先生回家，路旁两侧都是稻田，蛙声此起彼伏，我忽然和舒先生提起了艾青的诗《捉蛙者》。那时，我对艾青的诗歌着迷到了膜拜的程度，能背诵多首他的短诗，也可以大段背诵他的长诗。艾青的诗虽不押韵，但内里的韵律却随着文字的跳动而抑扬顿挫。他的《诗论》，虽是关于诗艺的断想，但每一段几乎都可以作为短诗来读。

舒先生说我的感受是对的。

舒先生和艾青在延安时期就是好朋友。

大概是 1978 年，舒先生不知从哪里得到了艾青先生的通信地址，于是给艾青先生写了一封信，那信是写在小学生用的田字格上，两页，开首的称呼是：艾青老友、艾青密友。

舒先生把那信给我看了。

不久，舒先生接到了艾青先生的回信，称呼也是这样：舒群老友、舒群密友。

那信，舒先生也给我看了。

信中艾青谈到，他在 1975 年，眼睛得了病，为了治病，从新疆回到了北京。信中似乎还谈到了他的妻子高瑛。

接到艾青复信的那天，舒先生很兴奋。

也许是舒先生知道我曾经迷恋艾青诗歌的缘故，1979 年，他送给我一张翻印的东北文工团从延安出发前团员们的合影，特意告诉我照片上哪位是艾青。

四

舒先生是个严厉的人，甚至对他的孩子。

他的小儿子霄明说过，回到北京后，他给父亲抄了一个短文，抄错了一个字，登在《人民日报》副刊上，父亲见了，竟"近乎于吼"地训斥了他。他的女儿双丽也说，有一年国庆节的三天假期，她与同学去旅游了，回来时，父亲站在大门口，"脸色阴沉"地说："怎么三天都玩了？"

但我知道，舒先生的心里，对孩子的爱是深沉的，有时流露出的是愧疚的感情。

舒先生说，那年他家被迫下乡，去了桓仁县的蔡俄堡，坐在拉货汽车的车厢上，奔波了一日。到了村子时，只见几岁的小女儿的头发上竟是一层黄土。他说，孩子因他遭受着苦难，那时愧疚的几乎要落下泪来。舒先生"文革"时被揪斗，他的小儿子霄明也跟着受了连累，遭到了大同学的拳打脚踢，造成了脑震荡。

每每说起这些，舒先生的心情都是沉痛的。

那年我出差上海，舒先生让我办三件事：一是修理一支派克牌金尖钢笔；二是买二十四史中的《新五代史》和《旧五代史》；三是给双丽买上海糕点。

他说，孩子长这么大了，还从来没有吃过好的糕点。

记得从上海回来，我给舒先生背回四盒糕点，搭在肩上，前两盒，后两盒，坐船到了大连，转乘火车，站台上突遇大雨，糕点盒被淋湿了，送到舒先生家里的时候，先生却咧着嘴乐了。

去上海之前，舒先生给了我一家上海修笔店的地址，好像是在南京路上。我要返回的头一天，那笔还没有修好，店员告诉我，修好后，会寄给我们。

我留了舒先生的单位地址。

一个星期过去了，那笔还没有寄来，舒先生有些着急。

过了几天，我去舒先生家，他高兴地说："钢笔寄回来了。"

那支钢笔，有个蓝布的笔套。我从来也没有问过那支钢笔的来历，但我知道，那笔，跟在先生身边，一定经历了许多风风雨雨，舒先生的好多文章，也许就是从那笔尖上，一笔一画地悄然流出。

那天中午，舒先生留下我在他的家里吃饭，那时我的酒量不大，喝了两小盅酒。

舒先生善饮，特别喜欢喝白酒。记得先生回到本溪后，曾在矿务局招待所会议室，给本溪文学青年讲过一次关于小说创作的课程，桌子上放着一个他自带的水杯，杯子里装的不是白水，而是白酒，先生说到得意处，便轻轻地自呷一口。

原载《辽东文学》

舒　群（1913—1989），本名李书堂，满族，黑龙江省哈尔滨市阿城区人。1935 年参加上海左联后历任延安鲁艺文学系主任，东北大学副校长。东北电影制片厂厂长，曾任二铁党委副书记、本溪合金厂副厂长、本溪市文联副主席。主要作品有短篇小说集《没有祖国的孩子》、长篇小说《这一代人》等。在本溪合金厂任职期间，开始撰写《毛泽东的故事》，在本溪工作达 20 年。

文集自序

舒　群

于浩瀚的时海，飙口浪尖，风驰电掣，随波逐流，五十个写作年头；而今区区文集，何足为序。但愿声明，凡文集文，一仍其旧。所有缺点错误，亦未改正，聊以存真耳。

一向求真，我曾说过这样的真话，当今之世，大致如此：在生时作品多以作家的命运为命运；而在死后若干年，作家却以作品的命运为命运，或各有各的命运。后人铁面，历史无私。

谨以《这一代人》《少年 Chen 女》等卷的序语为序，足矣。

舒群

1982 年 1 月 12 日

选自《舒群文集》

蒋振宇　1978 年生。中国作家协会会员，辽宁省作家协会第十届全委会委员，中国冶金作家协会副主席，本溪市作家协会副主席。曾在国内各大刊物发表作品数百篇（首），入选各类文集、选集数十种，出版有诗集《感性与理性——蒋振宇十年诗选》及合集多部。

城市上空的麦田

蒋振宇

五一节，工地放假一天，父亲这才知道，原来打工的他还有这么一个节日可过。

这是城里的节日，种了大半辈子地的父亲从没放过假、休息过。工地上的那些活儿不比种庄稼更辛苦，可父亲却非常疲惫，整天有气无力的。或许，这就是城里人需要放假的原因吧。

父亲拼命工作，只是为了赚钱。钱不比粮食，因为没有生命，薄薄的几张揣在兜里，总是让人不那么踏实。于是，父亲也就没有了面对庄稼时的神采奕奕。

忙碌惯了，这一闲下来竟然有些无所适从，父亲突然怀念起他的土地、他的庄稼。城市里灯红酒绿、车水马龙，父亲却坚持认为它是荒凉的，因为寸草不生。对于父亲来说，没有野草，没有庄稼，土地就没有生命。父亲曾一次次种下从老家带来的种子，可城里的泥土竟然无法让种子茁壮成长，他最终只能徒劳无功地将秧苗拔掉。

于是，放假这天，父亲没有跟任何人商量，一个人，空着双手就出发了。乘火车，转汽车，父亲没有任何犹豫地走上了通往庄稼的路。

父亲其实就是想看看庄稼，临出来打工时，麦子还仅仅是孩子，三四片叶子的年龄；油菜更小，躺在温棚里不肯下地；土豆拖着身孕，坐在草垛上，等待分娩……如今，春色已经渐深，父亲在城里种下的楼房都十几层高了，可他怎么也记不起那些庄稼的样子。

终于回来了，父亲小心翼翼走进田地，看见麦子已长成毛头小伙子，蜂蝶为媒，在春风里谈一场轰轰烈烈的恋爱。一地菜花嫁东风，父亲错过了油菜花的婚礼，那满地落黄，似乎正向他描述那场盛大的典礼。土豆秧已经开始下垄，它们四处吸吮着阳光，白胖的小土豆酣睡在泥土中。乡下没有城里干净，但庄稼的爱情很纯粹。

那些高耸的楼房，有时候并不能达到一株麦子的高度，这些庄稼远比城里人更幸福。他们不需要节日，就可以全家团聚，怡享天伦。

父亲闲不住了。麦田里，那些色拉秧、播娘蒿，仿佛在和他捉迷藏。这可不是闹着玩的！当麦子上粉，头重脚轻，这些杂草就露出真面目，趁风打劫，把麦子拉倒，破坏收成。父亲的手痒痒的，也不管是谁家的麦田，自顾自地将起袖子，拔起杂草来。拔完草，太阳已西沉。父亲坐在地头，抽着烟，望着麦田，有些恋恋不舍。但他还是要走的，他连自己的庄稼都没能守住，又怎能守住别人的庄稼呢？刹那间，父亲有些感伤。

当天晚上，父亲坐末班车回到城里，他发现自己迷路了。满目是林立的楼房，自己干活的工地在哪里？他一点也不慌乱，坐在马路边抽烟，想着远远近近的事情。天空中，流光溢彩却没有一颗星。父亲知道，就像远方的庄稼和妻儿，她们其实都在，就是看不见。父亲张开大手，那被麦子和野草染绿的手掌，像一块郁郁葱葱的麦田，一点点淹没了他哭泣的脸。

后来，父亲给我打了个电话，他说他在城市上空看见了他的麦田，看见我和母亲并肩在麦地里拔草的身影。我蓦然感受到父亲的悲伤，那已是多年前的事情，父亲至今念念不忘。

原载《本溪日报》

曾宪三　笔名林去等。1946年生于山东省临朐县。曾任本溪日报副总编、市委宣传部副部长、市文化局局长、市文联主席、市作家协会主席、市杂文学会会长，主持出版过本溪文艺创作丛书等。著作有散文集《从善如流》《人生之旅》《回眸看绿》等。

不愿孩子长大

曾宪三

我常对我的两个孩子说："真不愿意你们长大。"

父母哪有不愿孩子长大的道理？可我打心眼里不愿。虽然我知道，孩子由幼童渐长为成人，这是不可抗拒的自然规律。

闲暇的时候，我喜欢翻开影集，去寻找孩子们小时候的照片，让回忆去重温那些溢满天伦之乐的情景：他们躺在我的臂弯里嬉笑玩耍；他们牵着我的手在草地上追逐奔跑；他们光着脚丫在海边堆沙窝窝；在公园的凉亭里和我说着悄悄话……一位友人在步入桑榆晚景之后曾感慨地说："孩子是小时候最可爱，小时的孩子和父母最亲近。"对此感受，我极信然。

头些年，孩子还小，我也和众多的父母一样，盼着孩子长大。遇到他们顽皮淘气，便叹道："你们什么时候才能长大懂事呀？"行在街头，碰到量体重身高的，都要给他们量量，看长了没有。那心情，恨不得孩子明天就成为体魄魁梧、知情达理的小伙子。

然而，当他们朝着"大"长的时候，我这种盼子长大的心情却又发生了演变。

盼到孩子上初中、高中了，我发现，盼来盼去，父子间的情感与欢乐突然少了许多。每天，当我带着一天工作的劳累回到家时，很希望孩子们围在身边说说唠唠，但不能。因为他们在忙自己繁重的作业，顾不上理睬我。而我，也在充当着他们学习的监工，絮絮叨叨地督促，声色俱厉地训斥，有时情急还要来上两巴掌。过后，自己虽然也心疼后悔，但没办法，这可是为他们的前途呀！于是，有时便发出这样的念头：孩子不长大多好，用不着为他们的学习犯愁，用不着为他们迫在眉睫的升学、就业以及不远的将来的婚姻、成家犯愁操心。然而，这可能吗？

孩子大了，感情似乎也在发生着变化。有时他们同学之间谈得蛮高兴，见我走近却收拢了话题。或者他们敢在饭桌上直言批驳我的一些观点，有时对大人的话再不像小时那么虔诚地信服。每每遇到这种情况，心中便会漾起淡淡的悲哀和怅惘，甚至还产生些酸溜溜的情绪：唉，儿大不如小啊！

人都盼着自己的孩子长大，其实儿女大了到底会给自己带来些什么益处呢？古往今来，人们似乎都在这么追求着。但实在看不到追求着了什么。常听一些老同志背后发儿女的牢骚，当初是何等盼子成龙，望女成凤！而最后真正成了龙成了凤的能有多少？即便成了点气候的，当父母的又会沾到多少光？他们成了才，成了家，又都忙碌于自己的事业，忙于筑造自己的小巢，很快又把感情移位于自己的儿女，自己的家庭，留给父母的已经不多了。因此想来，父母同儿女最诚挚朴实的情感、最天真欢乐的岁月、最富乐趣的日子，恐怕就是孩子小的时候了。

话虽那么说，不愿孩子长大，又盼孩子长大，这又是大多数父母的心境。就这么盼着，盼着，盼着孩子大了，盼得自己老了，一代又一代，就这么循着这条人生的漫漫长路走啊走……

可怜天下父母心！

选自《人生之旅》

盼

曾宪三

生活中不能没有盼。盼，是一种引力，也是一种幸福。

小时候，家里不富裕。不光是我们家，地处沂蒙山区深处的那个小山村都穷得厉害，落后得可怕。一年四季，地瓜是主要食物。煮地瓜，地瓜粥，瓜干煎饼，瓜干窝头……从小就和地瓜结下了缘分。放学了，饥肠辘辘地跑回家，拎起张地瓜面大煎饼，卷块咸菜条子狼吞虎咽起来。地瓜煎饼是甜的，咸菜条子是咸的，嚼在嘴里，又甜又咸，不是什么好滋味。天天如此饭食，舌头的味觉似乎也麻木了。小伙伴们在一起闲聊，常以过年吃肉为题。那个时候，只有过年才能尝到肉滋味。谈着聊着，聊得口水直咽，于是便开始盼年，盼过年能吃到白面馍馍。

盼年，给童年带来了快乐，带来了希望。盼，也带来了走向人生的力量。

因为希望和欲求就在前面。

已经进了不惑之年，生活与童年相比，不知强了多少倍。年的企盼没有了，平时吃的，远比往昔过年要好得多。但习惯了，并未感到怎么幸福。甚至产生了众多的不满足。闲时，我常常思忖，生活里缺了什么？哦，缺盼。生活中少了盼，便少了为生活奋斗的欢乐呀！

生活中不能没有盼。

前两年，见不少人家买彩电，妻也跟着眼热起来。"攒钱买一台吧，省得孩子看唐老鸭时总埋怨，也省得人家瞧不起。"我知道，这后一句是更重要的原因。要面子，是我们这个民族的美德呢还是一种心理疾病呢，我说不出。但我知道，包括我自己在内，很大程度是活给别人看的。人家有的我们不能没有，没有，就有失了面子。从那，全家盼起了彩电。盼，又使家庭生活活跃起来，给生活注进了活力。妻子买菜仔细起来，孩子零用钱也要得少了，大家都想早日看上彩电。后来彩电看上了，我做了一下比较，看上彩电的欢愉，绝不如为买彩电奋斗时那么有意思，有趣味。

那是盼的力量，是盼的引力。为盼的目标奋进着的时候的兴奋和喜悦，是目标实现后所不能比拟的。

人，是在盼中生活。如果生活里没有企盼，生活就苍白、沉寂，缺少生气，缺少激情和追求。

有人说过，真正的幸福不是在目的达到之后，而是在目标追求的过程中。我极信然。这追求的过程，不就是企盼的过程吗？

穷的时候盼富裕，寒冷的时候盼温暖，年少的时候盼长大，没有的时候盼有。盼望，使生活增添了乐趣和生动，增添了吸引力和向往力，这种力量是无穷的。它促人前进，促人奋发，促人奋斗，也促人不满，促人乘着不满的车轮向上。

看到当今年轻人结婚，老一辈人陪送、赞助了一切。什么都有了，结婚后什么都不用添置了，生活已安排到了尽点。不知为什么，对这些，我不仅不羡慕，甚至还觉得是一种悲哀。因为他们失去了许多创造生活的幸福，失去了给人带来欢乐和力量的追求。

生活不能太满了，得有点盼头儿，追求盼头儿，等待盼头儿，活着才有意思呢。

原载《本溪日报》

程绍刚　1965 年生，凌源人，在平山区文化馆工作。辽宁省作家协会会员，有多篇散文在《本溪日报》《辽东文学》发表，出版过文学作品集《境界与厚度》。

桥头，借我一千只眼睛（节选）

程绍刚

在现代文明掩映下，这里的日子沉默而平凡。只有亮丽的阳光还一如往常地、日复一日地"光临"这片土地，伴随这里的人们劳作、生息，伴随这里许多典雅的日式小楼在风雨中沉默；伴随着明丽的山泉在青紫云石间清丽地流淌；伴随着人们平凡安详的生活和集市的熙攘。

但它不仅是这样的，天上的白云一定在这里普降过祥瑞，青紫云石打造的文化底蕴也把它的翰墨余香传到海外。它沉默着，迎接千年的洗礼；它沉默着，用波澜不惊的表情掩饰了昔日的车水马龙；它沉默着，在无声的夜晚留下智者的眼泪。很少有人知道它的厚度，更加很少有人能够担当起它的厚度。

它只是平山区所辖的一个古镇，但从前，它不是。当你的视线拉向从前更远的地方，你就看到了它的过去，桥头镇，这名字里就藏有某种古老，藏着某种深深的、也许永远不再为人所知的故事。那里到处是不说话的眼睛和说话的心。如果一座辽代的寺庙上空曾经有一朵飘动的白云，这片土地并因此取名白云寨，那无疑是一种极致的美好。白云嘛，将带来雨水，带来上天的祥瑞与关照，带来温暖而辽阔的信息与风采。这里就是一片充满灵性和风采的土地。这片如今被身边的现代城市"衬托"得略显孤零的古镇，不管怎么说，都承载了太多的文化重量。从前的历史发展是缓慢的，当现代的工业文明以十分霸气的姿势冲击古老的生活以后，这里一度作为一个地区的政治文化中心的地位就被"无情"地取代了。

这座辽东山区的桥头古镇，现在已经应该叫作桥头街道办事处。这样的名字，容易抹去它的沧桑、它的风雨、它的悲伤与欢喜。

桥头镇的年龄比我大了不知多少，悠悠千载白云过，无疑会留下许多灵气！神奇而有趣的是，作为辽砚的家乡，刻制辽砚所用的石材就叫青云石和紫云石，并且，据说离此不远的本溪城中最重要的城中山——平顶山，历史上也曾叫作青云山和紫云山。是文化上的巧合？还是文脉上的必然？顺着甲午战争、日俄战争、第二次世界大战打开的道路来到这里的日本人当然也看出了它的灵气和宝气，它的命运就历史性地成了安奉铁路沿线的军事重镇。小鬼子很鬼，又有着认真和看重文化的态度，这里留下了不知多少他们掠夺和长期占领的美梦。据有关学者研究，当年日本人是企图将安奉铁路、通往大连的铁路，以及桥那边的朝鲜地盘的铁路连片成网的，日本的"东亚共荣圈"那可真是苦心经营。我想，也正如此，日本人在他们驻扎的桥头镇是有过给小孩子糖果之类的举动，而更多的地方是极残忍的行凶，不但是灭绝人性的野蛮，也是又一种占领的手腕。

其实说桥头古迹保留得完好，是与已难见当年容貌的溪湖地区等其他地方——其他的当年日本人更加重点"建设"的地域相比而言。在桥头，不但那些典型的、连片的"日式"建筑尚未拆毁，"洋街""中国街"的格局也清晰可见，给我们留下无限的遐想、感叹，无疑是我们身旁的一种文化观止。我们可以想象，当年日本人是怎样强占我中国领地，怎样以强欺弱，不断地在安奉铁路沿线处心积虑做自己的"东亚共荣"的掠夺和侵略文章的。

顺着这些当年的遗迹，我们能够看到自己不应失去的记忆，看到民族的屈辱、历史的血腥与启迪。

原载《辽东文学》

黑　娃　女，原名宋颖，1974年生，辽宁省作家协会会员，辽宁省散文学会会员，本溪市作家协会会员，本钢作协秘书长。先后在《鸭绿江》《厦门文学》《爱人》《辽宁青年》等报刊发表散文小说百余篇，2011年出版散文集《行走在路上》。

感受父爱

黑　娃

我父亲去世得早，没去世前他也常常不回家，回家了，也不怎么搭理我们小孩子。他喜欢一个人坐在炕上喝点小酒，如果喝得顺畅了，会又唱又跳；如果喝着喝着想到了什么烦恼的事，就会拿我们出气，轻则骂几句，重则打几巴掌。所以，每当我们看到父亲越喝眉头越紧时就会跑出家门，躲起来，不和他照面。我们与父亲的关系可谓疏远，对他惧怕多于爱，甚至父亲去世，都不知道什么叫悲伤。

记得父亲去世的那天，很晴的天，突然就下了大暴雨，我和弟弟走在雨里，手牵着手，我们的脸和天空一样阴云密布。可是，我们的眼里却不能像天一样，在下雨。弟弟使劲拽了拽我的手说："姐，你咋不哭？"我瞪了他一眼，没有说话。其实，我心里也很悲伤，我知道从此后我再也没有了那个叫"爸"的人，可悲伤归悲伤，眼泪却怎么也流不下来。

父亲去世十年后，母亲的一个老同学来家里几次，要为母亲介绍一个老伴。刚开始，母亲一直没有应允，直到我小妹结婚后的一天，我回家时见到一个高高瘦瘦的男人，母亲让我叫他"王叔"，我猜这个人可能就是母亲同学为她找的那个"后老伴"。我仔细看了看他，面容清瘦，咧嘴笑时眼角都是皱纹，说实话，他并不难看，可和我的父亲，很年轻时就离开我们的父亲相比，他显得有点老，一副历经沧桑的模样。后来，我偷偷问过母亲，知道了他的一些情况，老伴也去世了，一处住房儿子一家三口住，一个女儿还没成家。而他因为单位解体，竟然没有退休金，仅靠私企打工赚些生活费。一听这情况，我立即投了反对票。我想母亲半辈子清苦，受苦受累，一个人既当妈又当爹将我们姊妹三个带大，可算我们都能成家了，她也该享享福才对，若找了个如此条件的老伴，日子还得苦下去！我觉得不值，我心疼母亲，以为她至少要找个有稳定收入和住所的人，开始后半生。

然而，我的反对只提出了一次。母亲说，王叔是个好人，能干，他们一起干活有个伴，挺好！因为我工作的地方离母亲很远，弟弟妹妹又都在外地，能陪伴母亲的时间实在太少，少来夫妻老来伴，能有个陪母亲说个话的人在身边，我们也就不那么挂心了。于是，我没再把反对的话说出口，但在心里还没有接纳那个人。

也许是为了生计，母亲和王叔一起生活后就回了农村，种地、喂鸡、喂鸭，经济生活虽不富足，人倒是挺精神挺快乐的。从那以后，我很少回母亲家，即便回去了，当天也一定返回。尤其是夏天，因为在一个房间里的人毕竟不是血缘之亲，这让我有些羞涩和戒备。可即便是回家的次数少、时间短，我还是能感受到王叔的好。每次一知道我要回去，王叔就去大集把兜里的钱全都换成好吃的。他会买很多很多的肉，在他的心里肉还是最好吃的东西，是款待我的佳肴。炒菜、包饺子，王叔会一直忙乎，直到吃完我要走了，还大包小包地带一份给我。

一晃，母亲和王叔一起生活15年多了。在这15年里，我越发感觉到母亲当初选择的正确，这个叔叔是一个值得托付的人，是个能给母亲幸福、陪伴母亲到老的好人！同样，我和弟弟妹妹也在他的身上感受到了久违的父爱——

妹妹生小外甥后，婆家的生意正巧出了意外，疲于应付的妹妹只好把几个月大的孩子送到母亲家。王叔就和母亲一起照顾那个顶爱哭闹的小娃娃，白天抱着玩，晚上哄着睡，半夜起来冲奶粉……几乎都是王叔在干，和亲外公没什么区别，直到外甥五六岁回父母身边上幼儿园才离开母亲家。有一次，妹妹回母亲家，刚会说话的外甥听到她"王叔、王叔"地喊，就问她，为什么不叫"爸爸"，叫"王叔"？从那以后，妹妹改口叫了王叔"爸"。

弟弟是孩子快十岁时，他才结束北漂的生活，回本溪定居的。母亲和王叔帮弟弟一家准备了一处房子，是毛坯房，弟弟自己先行回本溪装修房子时，已经离开本溪将近二十年，对本溪已经完全陌生，很多活干脆无从下手。这时王叔冲了上来，和母亲一起帮着弟弟采买各类建材，搬上六楼……楼上楼下，一趟又一趟，整整干了三四个月。王叔手巧，弟弟家所有的橱柜都是他自己买板子打的，卫生间的防水也是他自己做的，虽然和专业的木工瓦工比起来有些手生，但那股认真劲是花多少钱也买不来的。弟弟的房子装修完了，王叔也累瘦了一圈。房子装修好后，弟弟买了一个沙发，为了省搬运费，已经六十岁的王叔就是不让弟弟雇人，愣是扛一层歇一会儿扛一层歇一会儿地将比他还高的沙发扛上了六楼。看着气喘吁吁的王叔，弟弟感动得不知道说什么好，晚上和王叔喝酒时，弟弟说，就是亲爹也不过如此！从此后，弟弟也改口叫了王叔"爸"。

从小到大我都是个很要强独立的孩子，遇到困难很少和家里人说，尤其是母亲，我从来都是报喜不报忧。有段时间，我遇到了一些挫折，心理波动很大，情绪始终不好，每到周末就像一只受了伤的小蜗牛往"壳"里跑。母亲的家理所当然地成了我的"壳"。可回了家还是待不住，晚饭后我都要出去走走，因为母亲家地处偏僻，过了八九点钟路上就没了行人，这时王叔就会拿着手电筒出来接我。好几次，他走在前面，我隔三四米的距离走在他后面，不说什么话，心里却是从没有过的踏实。

记得一个春天的周日，我又在母亲家待了两天，下午四点我开始收拾东西准备离开，这时王叔站在门口，问我要去哪儿，我说"回家"。他说："这不就是你的家吗，有了委屈，有了难处，你不回这个家，不跟爹妈说，都憋在心里干啥？"这是我认识他之后，他一口气说出的最长、最有哲理的话。我的眼泪"唰"地一下子就出来了。看到我哭，王叔离我更近了，他说，孩子，遇到啥事咱也不能为难自己，咱活给谁看？咱为了谁？咱不为别的，咱为自己活，为爹妈活。

平时很能讲的母亲此时只是站在王叔的身边，陪我掉眼泪。我真不知道这个平时少言寡语的我叫王叔的人是如何洞察了我心里正在挣扎着的苦痛，纠缠着的对错、生死，他的话如一把刀直触我的心口窝，我终于"哇"的一声哭了起来。"孩子，别哭，你听爸的，我就是你爸，你当不当我是你爸我都要说，咱得对得起自己，憋出病来谁心疼你，谁可怜你，听爸的话，咱得好好活……"

对于每个孩子来说，不管多大年纪，有个爸，似乎就有了一个高兴时可以和他撒撒娇、委屈时可以和他诉诉苦、受了欺负时找他来保护、犯了错时让他来帮我解决的人。虽然，我始终没有像弟弟妹妹们一样喊王叔一声"爸"，但自从那个春天之后，我已经真切地接收到了他传递给我的一个父亲的爱，那是我始终渴望却一直没有得到过的温暖和依靠。

我还喊他王叔，也许会喊一辈子，他也说过，这就是个称呼，可在我心里，他已经成了我的"爸"，从我在他面前哭得肆无忌惮、鼻涕眼泪一起流的那一瞬间开始。

原载《本钢日报》

裴子涵　女，原名裴兆焱。1971 年出生，本溪市作家协会会员，曾在市建委定额部工作。出版过诗集《如水女儿》和散文集《露白葭苍》。

我绝不随波逐流

裴子涵

那是有江的地方。

一条很长很有名的江。

白沙和白水。我们分不开。然而我们在努力真实地面对别离。如果忽然结束这爱。我会死掉。我们不能忘记彼此。否则那是悲剧。

我们相爱。我们真的很爱我们。

我们没有距离。他不管街上车上有没有人。送我到机场时，他什么也不说。别离是迟早的事，那么就接受吧。这是事实。上帝会安排我们的未来。

长相知，不相疑。互相信任与敬慕是爱的基石。宽容是砖和体贴的泥，是至温暖的家的巢。

在江边的孤独中，他读我的来信。我一天一封地寄。我想忽然飞到他身旁。从天而降。看他目瞪口呆的表情。看他的激动。

他在你累时安抚你，他在你痛哭的时候安抚你，他在你小鸟依人的时候安抚你，他在你柔情似水的时候安抚你。

只有爱才能让生命有光彩。爱可以战胜死亡，爱可以藐视世俗。

我不媚俗。我冷傲、清高。

你必须听我的——保重自己。

女人喜欢被男人哄着，女人愿意被男人强制着。

女人喜欢强盗。

我在他的身旁。他握住我，以默视传递爱。

爱不需要语言，爱不需要盟誓，爱不需要金钱，爱不需要权力。当爱时，可以不要电视，不要音乐，不要书，不要诗。没有虚荣，没有上进心。

因为害怕离愁。

我们有亲情，我们又彼此独立。但我们需要相依与融合。

我们有争论，我们都彼此谦让。但我们撞击和沟通。

我们等待相守。

渐渐我敬重。他是优秀的男人。他的好，他的坏。怕伤害我时已伤害了我，伤害了我纯洁的奉献。

这时候多希望他走过来。

放下笔，放下书，放下纸，放下诗，放下散文。

为我写书也不要写了。我让你感受我的胡子，我的凶悍和强烈。

他在远方。

我对他说，有时我怕极了写作，它使我痛苦。他说但你要写，你别无选择。

我是不会退缩的。我要做一个别具一格的女子。我要让别人为你骄傲——你有一个写书的妻。

或许这是最愚蠢的做法。

或许这是最虚荣的想法。

女人只想做花环。让男人时刻戴在头上。

他打来电话。好吗？

和你在一起时好。

秋水斜阳，伊人晚风。

他拿去了我的全部。我留下我的全部，在他那里。我空壳地回来了。

无论谁。无论哪一个，我拒绝走近。我锁自己于小小的心巢。

在淡淡的灯下回忆与他一起的时光。

像在天空一样。我喜欢那氛围、那情调。

我写《以青春以生命》，写《望尽天涯路》《良辰美景》。

他还读不到我的文字。

但他喜欢。

他喜欢的一切，都可以做。

选自《露白葭苍》

赫中山　曾用笔名山中鹤。1952 年生，下乡知青，本钢工人，机关干部，后转入城市管理和土地规划管理部门。本溪市作家协会会员、理事。1979 年开始业余创作，在《星星》《本溪日报》《溪水》等报刊发表诗歌、小说、散文等。

黑洞现象

赫中山

城里有座一洞桥，是本城具有原始意味的立交桥。桥上铁路线把城市分割成东西两部，桥下的人行涵洞又将东西部分连接在一起。一洞桥以它的高效率交通吞吐功能在本市颇具知名度，又由于它的简陋给人们带来许多的遗憾。

桥洞里常是黑咕隆咚的。安装在洞顶的照明灯常被违章通行的大型超高车辆挤坏，残缺的灯具使人想到事故现场伤者掉到眼眶外面的眼珠。洞顶的滴漏水以其均衡的频率渗滴在行人的发间和衣领里。洞里常年充盈着马粪味和下水道的气味，令每个摸索行进的人筋鼻屏息只用底气呼吸，深一脚浅一脚地匆匆逃出洞口。

每当早晚交通流量的高峰期，洞里最是嘈杂。商贩们抽打牲口的吆喝叱骂声，拖拉机噼里啪啦的排气声，自行车车阵响成一片的铃声，金属或木制品相互撞击产生的响快或钝闷的声音，畜力车上牲口的打喷嚏声，人们相互无具体指向的催促声，什么地方小磕小碰后受伤者夸张的呻吟声……使得黑洞内噪声分贝猛涨。最令人浑身上火的是偶尔的交通堵塞，有时竟要在黑洞里耽搁几刻钟。

使人感到奇怪的是，黑洞这一载体和容器，里面却极少发生吵骂斗殴现象。大概是人们已经意识到在黑洞里过分纠缠，会更拉长停留在黑暗中的时间。单个人孰是孰非的争论无论价值如何，都会触犯众怒。当然，还有些心理因素，促成了闹中取静的过洞氛围。人们穿行在黑暗中，总会产生对迎面而来或尾随其后的其他人本能的恐惧和戒备，也掺杂一种相伴相助的依托感，在善恶莫测的情况下，回避是上策。人们穿行在黑洞的黑暗中，还会产生一种平步齐肩的平衡感，谁有多大能耐也得亦步亦趋地走完这段距离相等、氛围相同的黑暗之路，谁也用不着嫉妒谁，也看不出谁比谁有本事。人们穿行在黑暗中，还具备一种甘愿吃哑巴亏的忍耐性，在黑暗中吃亏，毕竟无人知晓，忍一忍祸自消，这是人们对自身安危祸福、得失盈亏的一种明智的权衡。

人毕竟不能永远穿行在黑暗中，城市的黑洞也必然会随着市政设施的改造而最后消失。黑洞环境熏陶和研磨出的某些人格特征也会有所扬弃。但是，黑洞人格中那些规范自我、宽容他人、豁达识时、忍耐克制等特质，在大气阳光下也应该是更加高扬的人格旗帜。据报载，国外某著名大城市，素以发案率高在世界闻名。但全城停电的某个夜晚，困在地铁隧道中的人们，在伸手不见五指、贴面不知其容的黑洞里，互相分吃随身带来的食物，手拉手跳舞尽兴，等待灯明火亮的到来。一位盲人还凭着直觉，带着周围的人牵手从一处隧洞口摸了出来。平常时有案情发生的地铁隧道内，竟然没有出现一桩案情，令警察当局大惑不解。

从黑暗中穿行出来的人的确不能忘记黑洞内人心深处发出的和谐善良的旋律。黑洞穿行短暂，白日奔波久长，把这黑洞人格中的和善因子播及所有的时刻，那将是人格全方位的升华。

原载《本溪日报》

薛叔方　女，1924年生于四川省成都市。原《本溪日报》主任编辑，本溪作协顾问。20世纪40年代曾以方抒、薛雪、静野、雪冷等笔名在《西方晚报》《新民晚报》《星期文艺》刊载大量散文作品。50年代后从事文艺编辑工作，写有多篇通讯报告文学作品。

风沙遥寄

薛叔方

这星消失了一个模糊的黄昏，你那里也该是阴郁的夜了吧？朋友你说。

在迷魂的菜油灯下，我发疯地缄默着。我无法说出一切都安息吧，安息，什么也感觉不到，安息了贫穷的生涯，凄苦对你将无可欺凌。

然而，人，没有勇气去获得永恒的寂静，又缺少生的狂想去迈开一步，踏上血泪组在一起变成愤怒。明天，记起了，记起了你会当我说，童年的木马，童年的小纸鸢和风车，她们也如你的朋友一样，在那些日子伴过你在旷野里来回奔跑。你比喻别人更是爱在春天吹柳哨子，吹铜喇叭，他们像嘲笑青蛙一样来比你吹出的音响。他们说你的笛声比猪叫得还难听，你常常气闷得瞪红了眼睛，他们又再笑着说吹鼓手愤怒了。

如今，想起了那童年的戏语却真的变成誓词，你也默默地承认你是个人间悲剧的吹鼓手。你吹着人性的被残害，挣扎，良心的复活，是吗？

记得那些漫谈天荒地老的日子，我说到你母亲。

在你平静的脸上，我看出有着深沉的抑郁，你说：世人生男养女父母总希望能显耀门庭，然而，自己却像出堤的山水，泛滥开，泛滥开。

说你母亲死的时候，是含着一滴心不甘的苦泪咽了气。那么，朋友，也许，这情景使你的心头如一池被吹起的春水，有些痛苦的漪涟吧？也许不，当暴徒们处处用热血染红屠刀的日子，高堂的慈爱也许不是泪水已涸的人的温情了。

是今夜，偶尔翻开箱底，找出你的墨迹，我有着如此向往，让我问问你的生活可快乐吗？别后。

灯花，灯花渐渐燃烧谢了，夜更深……

　　隐隐地听见夜和风的脚步,踉跄地走向远方,淡淡地有些腥味,犬声由深巷里抖出。这山城,是沉睡在荒谬而贪婪的梦中了。在我失眠的夜晚,我是受着如此的蹂躏。那么,朋友,让我问问那里的夜色如何? 荷木可曾敲过了沉沉的夜半。

选自《本溪散文选》

蔡升升　1978 年生，毕业于大连理工大学，现任《本溪日报·星期刊》副主任。在《本溪晚报》《本溪日报》开设多个专栏，撰写大量关于本溪地域历史文化的文章。

划算的游戏

蔡升升

杨廷和辞职回家了，朱厚熜认为这场"认爹大战"该以自己的完胜收场了。有这种想法，只能说他还太年轻。杨廷和的离去，让真正的战斗才刚刚开始，不弄出个鬼哭神嚎，血肉横飞，内阁和六部的文官们岂能干休。

首先发难的是内阁。

嘉靖三年（1524）二月，在内阁的授意下，礼部尚书汪俊上书皇帝。奏折中旁征博引，大发感慨，还特意强调，自己并非一个人战斗，他已发动了七十三个大臣和他一起上书。落款更是相当"牛气"："八十余疏二百五十余人，皆如臣等议。"这就等于向皇帝摊牌了，如果再不听我们的，再一意孤行，还有八十多封奏折、二百多人等着跟您汇报工作，搞不好，我们集体撂挑子不干了，您自己掂量着办！

这要是放在三年前，朱厚熜一定是服软了。但今时不同往日，有跟杨廷和先生斗争这碗酒垫底，朱厚熜此时是来者不惧。既然你们想闹，那咱们就玩把大的，搞个大辩论、大讨论，难道认自己的爹还有错？于是，下令召自己的两员理论干将张璁、桂萼进京应战。

看皇帝真要硬扛，内阁也有点迷糊。真让张璁、桂萼进京，当堂辩论，自己必输无疑。到那时，内阁、六部的脸往哪儿放？

汪俊等人走了一步"以退为进"——"臣等考虑过了，皇上圣明，兴献帝后名号前应该加上皇字。"

这下子，朱厚熜乐了。自己苦苦追求的目标终于达到了。当然了，妥协也意味着各退一步。"请陛下下令，无关官员不必再参与此事。"所谓无关官员，当然就是指张璁和桂萼。

其实，嘉靖还有不太满意的地方，因为他还是有两个爹，一个是明孝宗朱祐樘，他亲爹兴献帝只能排老二，而且名号也不好听——本生皇考恭穆献皇帝。"本生"啥意思？我爹就是我爹，为啥还要强调"本生"？朱厚熜虽然聪明，但毕竟是个孩子，既然爹娘有了个名分，也就够了，于是他答应了汪俊的要求，派人告知张璁、桂萼打道回府。

才走到凤阳的张璁一听皇帝的旨意，马上就明白了——这孩子又被忽悠了。他立刻给朱厚熜上了封奏折——"皇上你被骗了！礼官们怕我们进京对质，才主动提出让步的，如果你不坚持下去，天下后世仍不会知道陛下亲生父亲是何许人也！"

一句话点醒梦中人，朱厚熜这才意识到，自己着了这帮老狐狸的"道"儿。

于是，他收回了此前的旨意，召张璁、桂萼即刻进京。

读书至此，感慨良多！

其实，"大礼议"事件，发展到这一步，已经没什么意义了。权倾天下的首辅杨廷和已经主动交权，皇权必将日益稳固，文官集团何必还要这样做呢？拉帮结派，威胁皇帝，眼看自己不占理，又玩文字游戏，有意义吗？

有，起码他们认为，有！

文官没成"官"之前，是文人。中国的文人，最讲究名节。所谓"饿死事小，失节事大"，"名节"比"实利"重要。当然了，文人一旦成了文官，追求的就是"名利双收"了，"名节""实利"两手都要抓。如果，对权力控制的"实利"必然失去，那就转而去追求"名节"。而普天之下，还有什么比与跟皇帝对着干，更能博得大好"名节"的呢？所以从一开始，这场"大礼议"，对于文官来说，就是个稳赚不赔的"买卖"。

说得再明白点，如果皇帝屈服了，那么权柄的"实利"还在我手，天下我有；如果皇帝占了上风，那我就站在维护"道统"的制高点上，继续死磕，博得个不惧皇权，诤臣直谏的好"名节"，流芳百世。至于，这样的斗争与内耗，是否有利于国家社稷、黎民苍生，鬼才去管他！

每思及此，毛骨悚然矣……

原载《本溪日报》

戴润涛　1957 年生，蒙古族，本溪市作家协会会员。1975 年初中毕业，下乡务农四年，自 1984 年，先后被临时聘为《辽东信息报》记者、溪湖区文化馆创编员、《溪水》杂志编辑。在报刊发表小说散文近百篇。

冷冷秋雨

戴润涛

那年初秋的一天，我上街，突然遇上急雨。我暗自庆幸，多亏带着伞。雨越下越大。经过一条小街，前面出现一位抱着婴儿的妇女，急匆匆地走着。

她没带雨具，只好脱下自己的外衣，把孩子连头带脚裹在里面。雨太大，母子二人身上都湿透了。

我撑着伞，走在他们身后，相距很近。

那婴儿缩在妈妈怀里，下巴紧紧抵着妈妈的肩头，小脸从衣服里露出来，正好对着我。那双眼睛，又黑又亮又大，看着我，一动不动，雨水不断地从他头上流下，经过那冻得苍白的小脸蛋儿，在下巴上汇聚，立刻渗进妈妈的衣服里。

我跟在母子二人身后。婴儿像只刚从水里捞上来的小猫，不哭不闹，乖乖地伏在妈妈肩头，目不转睛地望着我，眼光中似乎流露出一种因无可奈何而产生的宁静。我忽然觉得心头一颤，眼窝发热，真想赶上前去，把伞举到孩子头上。可我没那样做，而是将伞压低，遮住那孩子的目光。我清楚，如果我真的把伞举过去，引来的大概会是路人的侧目而视，以及那位妇女的惊恐疑惧，甚至一位丈夫的暴跳如雷。

轻轻地抬起伞，那双婴儿的眼睛仍在望着我，使我无法忍受。我觉得手里的伞仿佛是属于那婴儿，却被我夺来，而他实在太弱小，毫无反抗的力量，只能这样无可奈何地望着我。现在，面对这个浑身湿透的婴儿，我倒宁愿当初忘了带伞，那样，我此刻的心情会好受得多。

举着伞，走在雨中，走在婴儿纯净的目光里，我内心忐忑不安的感觉实在难以形容。

那婴儿的眼睛仍在一动不动地望着我，躲不掉，避不开，越来越使我忍受不了。我的心里仿佛能够体会到，秋雨从那小脸蛋儿上流过时的冰凉的感觉。

　　我故意放慢脚步，与那母子二人拉开距离。渐渐地，他们的身影消失在雨幕中，而那双婴儿的眼睛，却好像还在我的面前，又黑又亮又大，一动不动地望着我。

　　几年时间过去了，直到现在，我还有时忍不住在想：那么小的婴儿，他有思维吗？如果有，当时他被淋在冰冷的秋雨中，望着眼前举着伞的叔叔，他的小脑袋里会想些什么？

原载《本溪日报》

戴　燕　女，生于 1970 年，曾在《本溪日报》工作。作品见于《星星》《诗潮》《诗人》《散文选刊》《辽宁散文》《民族文学》《百花园》《小说月刊》《天池》等。小小说作品连续多年被选入微型小说年度选本。作品被多种书籍选载。出版诗集《爱情遗址》、小小说作品集《滴水的声音》。

我的发小

戴　燕

小福子是我家的邻居宁叔和宁婶 4 个孩子中唯一的儿子，比我大 7 个月。在他 12 岁之前，我们都居住在溪湖区柳塘一个叫小河沟的地方。那里的人家住在半山腰下一趟趟的平房里，春天的绿树、夏季的繁花、秋天的果实以及冬天的白雪从没有因为小河沟的地域太小而忽视过这里。

我和小福子几乎每天都在一起玩耍：春天的时候我们一起到南山上采野菜；夏天的时候去捉蜻蜓，在小河水里洗脚丫；秋天的时候，我们跟随姐姐们到柳塘学校的校外农场里捡拾地里学校没有捡尽的玉米；冬天的雪后北山上，我们坐在一张破旧的炕席上，沿着厚厚的积雪从山顶呼啸而滑下，直达小河沟底本溪煤矿康复班的养猪场院墙外，那欢乐的喊叫声惊得猪圈里的猪们预感形势不妙，以为到了年根底，人们挥舞着杀猪刀冲它们而来，猪们在圈里左奔右突，也跟着大叫，仿佛向我们求饶：刀下留猪……大人们找到了小福子就找到了我，找到了我也就找到了小福子。

小福子家在我家下趟房。小时候的他长得白白胖胖，非常像年画《连年有余》上抱着红鲤鱼的大胖小子。每年春节前，柳塘合社里都会挂起花花绿绿的年画，我就一次又一次跑去查看，如果发现哪一张年画上的胖小子最像小福子，我就跑回家告诉母亲买哪一张。小福子家不喜欢贴大胖小子的年画，他家经常贴的是古代才子佳人，每一个画面下方都有用楷体字描述的才子佳人的故事简介，这些才子佳人就是林黛玉和贾宝玉、梁山伯与祝英台、司马相如与卓文君、李隆基与杨玉环。如花美眷、似水流年都是我从他家年画上认识的词汇。大概这些年画启发了小福子对女孩的理解，有一次，他把家里的印泥抹在我的嘴唇上，说我看上去跟林黛玉一样。

性别意识是在我们互相查看对方身体之后出现的，小福子常常想弄清楚小孩子是从哪里来的，我们观察了大人很久之后也找不到准确的答案。那时候，小福子认真地告诉我，长大后你当妈妈，我当爸爸。他的话像一束极光，闪耀在我生命的地平线上，我开始盼望着长大，并在心中暗暗地以他喜爱的标准时时塑造自己。

一次，雪下得很大，几个孩子玩打雪仗的时候，小福子被分到了另外一伙孩子中间，雪团又凉又硬，在玩的时候我加小心不朝小福子的身上投掷。然而，他误解了我的好意，直接拿个雪团打到我脸上，然后生气地跑回了家。我也跑到他的家，到小福子的父亲那里告状。小福子生气地告诉他父亲说，我不拿雪团打他，是拒绝跟他玩。那一刻，我意识到男孩和女孩对同一件事情的理解居然有着天壤之别，我不再生小福子的气，但还是为小福子的鲁莽而难过了一天。这些挂在心里的黑云很快就被小福子的遗忘吹过去了。第二天，我们又玩到了一起。

还没上小学的时候，一天，小福子去本溪城市南端的他父亲的工厂洗澡，那个下午我没有看见他。傍晚时分，他气喘吁吁地跑到我家里，看见我后，兴奋地张开他的小手，他的手里有一个晶莹的亮片，他说，这个糖你指定没吃过，你快舔舔。原来，糖是他父亲工厂的叔叔给的，剥开后直接塞进他的嘴里，他含着这块糖，新鲜而陌生的味道突然让小福子想到与我分享。在食品贫乏的年代，一块糖对于一个孩子来说充满了很大的诱惑，我家住在本溪城市的北边，可以想象，一路上小福子要用多大的耐力克制自己的舔舐才留住了最后的薄片。如今，对于那块糖的味道我早已经模糊，但是，那份毫无顾忌流向我的满盈的情意却让我难以忘怀。

20世纪70年代，小河沟里居住的人群中基本上都是本溪钢铁公司的工人、本溪煤矿的工人以及各个街道企业的工人，也有教师、工程师和医生。小福子的母亲和我的母亲当时是在距离我家较远的一家生产白灰的窑厂上班。她们的具体工作是筛灰。无论冬夏，这两个瘦弱而年轻的女人每天穿着厚厚的帆布工作服，戴着帆布的风帽和厚棉纱的口罩，在弥漫着浓浓灰尘的窑厂里干着沉重的体力活儿。她们把窑里烧出的白灰用筛子将石块和白灰粉分离出来。分离灰的筛子宽1.5米、长3米，筛子被吊在白灰窑的筛灰区的横梁上，筛子由一个人来回晃动，另一个人把筛好的白灰粉装到沉重的推车里快步送往堆放白灰粉的仓库。她们还经常上夜班，在漆黑的夜晚昏黄的白炽灯泡下筛灰到天亮。这是街道上谁都不愿意干的活儿，母亲和宁婶以及其他因为找不到更好工作的女人，要想养活家人只有选择这个环境十分恶劣的工作。

有一年夏天的晚上，我和小福子被宁叔带到窑厂的澡堂去洗澡，在筛灰的女工中，我分不出哪一个才是我的母亲。这些在扬起的灰尘中筛灰的女工们都被白灰蒙住了脸，来回晃动筛子的身影一模一样。在此之前，我从未真正意识到，为了活着，人需要到这么恶劣的环境里工作。那天，我为母亲用她有限的能力到这里劳动而流下了眼泪。我来回跑动着叫喊"妈——妈——"每次呼喊，嗓子里都被塞进一团灰尘。母亲和宁婶听到喊声，两个人都摘掉口罩跑了过来，她们似乎没有感到疲倦，而是快乐地脱下满是灰尘的手套拉住了自己的孩子。这两个女人因为是邻居，也因为拥有着共同的命运和同样大的孩子而结下了深厚的友谊。

我的父亲曾经是一个才华横溢的老师，但后来因为患有精神分裂症而长年住在开原的精神病院里。童年的我与父亲唯一的联系方式就是，每到节日，母亲背着我坐上火车去开原看望他。母亲用她全部的青春时光跑遍了医院也没能治好父亲的疾病。每次看望父亲回来，我和母亲的心情都异常沉重，母亲用她的行动告诉我和姐姐们，即使没有父亲在身边，她也永远不会扔下我们。我的母亲只有比别的母亲付出更多的辛苦才能让我和姐姐们尽量与邻居的孩子过上一样的生活。在小河沟的孩子们中间，因为有这样一位父亲，我被排除在一些孩子之外，并常常遭受到那些孩子们的嘲笑。他们远离我，也不敢到我的家里玩，我童年的屋里让我深信不疑地等候着我的是我的母亲，我童年的屋外我毫不怀疑有小福子在等候。

宁婶经常教育她的孩子们要活得像我母亲一样坚强和有志气，像我家的孩子一样懂事、爱劳动、爱学习。每次我家挑煤、挑黄土时，宁叔和宁婶都会及时出现，每年秋季买秋菜的时候，宁叔和宁婶把自己家白菜买回去之后，还要帮我家把菜挑回来，并帮我家把菜积到缸里。每到这时，小福子和我总是抱着一棵大白菜互相比着速度一趟一趟往返，好像我们在做一个有趣的游戏，他把帮助我们家当作一种快乐，传达给我一种无法言喻的温暖。

我不知道自己拿什么报答小福子一家，唯一可以做的就是努力学习，希望在学习上尽我所能满足小福子的需要。读一年级的时候，我跟小福子一桌，他是一个粗心的男生，每次都不能按照老师的要求完成作业，而每次在交作业之前我都先把他的作业检查一遍，当我认为合格之后才交到老师手里。每学期发新书的时候，小福子总是拿着新书飞快地跑到我家来，让我给他包书皮。他说他不喜欢他姐姐给包的书皮，说我比他姐姐包得好。其实，我知道他就是喜欢他的每一样东西里都有我的印记。

偶然一次，我告诉小福子，希望小福子再长高一些，像我们班里那些高个子男生一样。此后，他没事时就跳起来用手够他家的门框，这件事被我母亲看见后笑着对他说，小福子，你别够了，万一以后个子没长，只有胳膊长了可咋办？而我见了，内心却很得意。

小福子家有两间屋子，大屋是宁叔、宁婶和小福子的妹妹住，小屋是小福子的大姐、二姐和小福子住。我母亲上夜班的时候，经常把我放到小福子家，那时我就与小福子、他大姐、他二姐住在一间屋子。晚上睡觉的时候，小福子就拉着我的手，他说喜欢我手里的香味。

宁叔包饺子非常好吃，每次他家包饺子，宁婶就会打发小福子端一碗送到我家里。那时候，我很羡慕小福子有这样一个会做好吃饭菜的父亲。小福子看出我的艳羡，有一次，他认真地对我说，我长大也做饭给你吃。小福子有苹果吃的时候，我也能吃到一个。原来我是不敢吃的，但是宁叔告诉我，我将来是小福子的媳妇，也是他家的人，吃他家的东西理所应当。虽然当时我的年纪很小，但是我能领会宁叔的好意。我经常假装还有事情，在宁叔还想说我是他儿媳妇的时候，转身跑回家。

大概是我上小学二年级的时候，小福子家买回一台12英寸的黑白电视机。在20世纪70年代，对于小河沟的人家来说，黑白电视是一种奢侈品。我记得，每到夜晚，左邻右舍的人都会拥到小福子家去看电视，大家从中央电视台《新闻联播》之前的动画片开始，一直看到电视屏幕上由小到大缓缓推出"再见"两个大字。宁叔和宁婶都是非常随和的人，无论哪个邻居来，他们都表现出极大的热情，积极安排位置，让大家在他们家尽量舒服地度过一个愉快的夜晚。大人们都坐在炕上，孩子们则在地上坐小板凳，小福子总是手拉手跟我坐在一起。那时我就想，也许我和小福子就是电视上演的梁山伯与祝英台或者林黛玉和贾宝玉。

在我和小福子12岁的时候，宁叔单位给他分了一套双室楼房，小福子全家要搬到市中心居住。宁婶的工作要调离，小福子的姐姐、妹妹和小福子将转学。就在搬家的前一天晚上，我的母亲领着我去送小福子一家，我母亲对小福子的父母说了很多祝福的话，而小福子则高兴地领我到另一间屋子里，他快乐的神态深深地刺痛了我。因为在此之前，我一直以为我这一生都将跟小福子在一起，而我所无法预料的变故和生活中某种强大的力量却把我跟小福子分开。我的眼睛里充满了因为变幻和不解带来的空茫和忧郁。当时我的眼里涌出了泪水，小福子看到了，他什么也没说，默默地从窗台的菜盆里递给我一个洗干净的胡萝卜。我转身回了家，我已经感觉到了什么是失去，感觉到了生命的不适。在此之前，我还不知道除了小河沟之外还有更大的世界等着小福子和我长大，并将一再把我们改变。

从此，我与小福子各奔东西。

15 岁那年，我考入一所省重点高中，我二姐告诉我，小福子考入一所技工学校。

我的学校离小福子后来的家很近。进入高中的第一年，我很想看看小福子，这个想法一直等到那年的冬天才付诸于行动。为我开门的小福子个子长得高出我很多。那天，他没有表现出很惊喜的样子，与我想象中的相逢有很大的差距。他对我很客气，生命已经扩大了的小福子让我感到十分陌生。那天，他告诉我他会弹吉他了，说完，为我弹了当时很流行的一首歌《那天晚上》。在他弹唱完那支曲子的时候，他对我说，我将来是大学生，而他是个工人。他还说，他有了一个他喜欢的女友。

那天的重逢让我明白，我的童年结束了。

我是踩着一尺多厚的大雪，带着一颗断裂的心离开小福子的。小福子不明白，对于我来说，还有什么比与他在一起更重要的事情呢。我喜欢与小福子在一起就是喜欢而已，与小福子住在哪里或者做什么工作有什么关系呢？而他有了他喜欢的女友，这句话让我清醒地意识到，童年里的小福子对我许下的誓言不过是小孩子的游戏，随口哼唱的歌曲而已。

去年冬季的一天，我的 QQ 号上突然出现了小福子想加我为好友的请求。这次见面距离我与他最后的分别已经 26 年。面对视频里的小福子，我泪流满面。我凝视着他，这个和我有着许多共同往事的人，我只能依稀可见他童年的模样。他告诉我，26 年来，有时他走在路上，有时在工厂的休息室里，我童年的影子会突然出现在他的脑海。随着年龄的增长，他越来越迫切地想找到我，终于在我小学同学的帮助下实现了。小福子说，他找到我的目的只有一个，就是想知道我过得是不是幸福。得知我很幸福他感到非常高兴。

他的话让我产生一种生存的最基本的情绪，心融化的冰层柔软地流动，我的内心浸透了生命的液汁。

他还说，他确信我也一直想找到他。

我流下了许多感动的泪水。26 年来，我每次走在路上，尤其受到来自与我很近的男人们的刺伤时，我也想起童年的小福子。我更没有忘记宁叔和宁婶，在我家需要别人同情和帮助时，他们一家人对我家伸出了手，我一直记得他们，还有他们无意中保存下的人类的良知、友爱，和长远的品质。

那天，我们谈起了童年的记忆，谈起了小河沟的生活——我和小福子生命里出现的那些交集。原来，我记得的他也记得。但是，我们回不去了。在成长的过程中，我们分别有了更多不同的记忆。

生命成长的艰难让我拥有了能够理解一切并不再寻求别人理解的气质。如今，我所经历的事物和人有些已经模糊成一团，让我不愿意去回味。小福子的出现让我感到岁月突然加快了流失，往事正一件件地远去，流失和远去了的仿佛都在我心里，成为只有自己才能悼念的记忆。我也深深地体会到，唯有美好而清晰的记忆，才是人这一生中最为宝贵的东西。

原载《本溪日报》